安樂堂

世情小說
系列

新校版

高陽

目次

安樂堂

土木之變

1

大明正統十四年八月十六日，深夜。

明月高懸、天街如洗，有人策馬急馳；到得長安右門，滾鞍下馬，左手牽韁，右手的馬鞭「刷刷」地往門上亂抽；即時有個「旗手衛」的「叉刀手」趕過來喝住：「你幹什麼！你知道這是甚麼地方嗎——。」

話沒有講完，他自己停住了；因為他已看清楚，這個滿頭大汗、氣喘如牛、衣衫破碎的中年漢子，原來是個太監。

「公公，」叉刀手問：「你怎麼弄成這副樣子？」

那太監喘息未定，無法答話；大門上的一小扇小門，「呀」然而啟，有個人厲聲問道：「誰在這裡胡鬧！活得不耐煩了，是不是？」

「王將軍，」叉刀手答說：「是裡頭的人。」

這個「王將軍」的官銜叫做「坐更將軍」，職司宿衛；他此時亦已看出來是個太監，便放緩了聲音問：「你這位公公，半夜闖皇城，為甚麼？」

「有十萬火急的大事，你讓我進來！」說著，那太監從身上掏出一塊銅牌，遞了過去。

這塊銅牌，其實是半塊——右面的半塊；左面的半塊，歸坐更將軍保管。他將右半塊接到手中細看，正面是半個「西」字；背面的數碼是五十二；隨即轉身到值廬中，找到另外半塊，兩下一湊，嚴絲合縫，清清楚楚地顯出一個完整的「西」字——這是太祖高皇帝頒留下來，特准出入宮禁的「銅符」，分「承、東、西、北」四個字號，「西」字號只能進出長安右門。

於是王將軍啟鑰開門，「貴姓？」他問。

「梁。」

「看樣子，梁公公是從前方來。」王將軍突然喜動顏色，「想來御駕親征，馬到成功，梁公公是來報捷的？」

不問還好，一問只見梁太監顏色大變，雙淚交流，終於掩面失聲；王將軍與叉刀手面面相覷，臉色也都變得陰沉了。

「王將軍，」梁太監拿手背揩拭著眼淚說：「你快帶我到內閣去。」

這是快不了的事，內閣大堂在紫禁城東南角，重重宮門，處處請鑰，到得內閣，一輪圓月，已將西下了。

「老爺、老爺，有緊急軍情。」

在內閣值宿的兵部侍郎于謙，被推醒了；定一定神問他的伴當于成：「你說甚麼？」

「有緊急軍情。」于成答說：「是個姓梁的公公報來的。」

于謙的一顆心，頓時往下一沉；緊急軍情而由太監報來，大告不妙？「請梁太監進來！」他連靴子都顧不得著，隨手披了件衣服，赤足迎了出來。

「于大人，」淚流滿面的梁太監聲音發抖，「萬歲爺落在也先手裡了！」

于謙大吃一驚，急急問說：「在甚麼地方？王司禮呢？」

「在土木堡；王司禮死在亂兵當中了。」

這是指掌司禮監王振，權勢之盛，為漢朝十常侍以來所未有；廿三歲的皇帝尊稱之為「先生」而不名，不僅言聽計從，而且情如父子。一個月以前，蒙古瓦剌部落的酋長也先，入寇大同；王振以皇帝的名義，下詔親征，命皇帝唯一的胞弟郕王留守。文武百官由吏部尚書王直領頭諫勸，王振不聽；

詔下五日，領京營兵五十餘萬，自京師出發，勛臣外戚、宰相、尚侍、翰林言官，扈從過半，幾於傾國而出，而不過一個月的工夫，竟會「一敗塗地」！

「一敗塗地到甚麼地步呢？」

「死的人不知其數。」梁太監忽然變得興奮起來，「在萬歲爺身邊服侍的人，有一個渾身中箭，像個刺蝟；萬歲爺絲毫無傷。大難不死，必有後福；于大人，你看聖旨。」

聽說「聖旨」二字，于謙急忙站了起來；命于成取來衣冠，穿戴好了，方始面北而跪，捧著梁太監貼身所藏、汗水浸潤、皺得不成樣子的一張紙，細細辨讀。

只看了頭一句：「急諭懷來守臣」，于謙便即問說：「是誰代筆？」

「錦衣校尉袁彬。」梁太監答說：「萬歲爺派我到懷來投書；那裡的人說：萬歲爺交代的事，他們辦不了。只有把聖旨送進京來，請列位大人遵旨。」

是甚麼事「懷來守臣」辦不了？于謙急忙往下看去：「朕現居也先之弟伯顏帖木兒營中，尚能以禮相視。彼輩意在金帛，望即盡力籌措鉅資，火速運送前來；饜彼之望，期可脫困，切切！正統十四年八月十五日、月初上時，命錦衣校尉袁彬代筆。」下面署一個「鎮」字；皇帝是「祁」字輩、御名「祁鎮」。

「這得趕緊處置！」

于謙站起身來，在書桌後面坐下，照內閣與司禮監行文的通例，寫了一道文書，扼要敘明土木堡兵敗、皇帝蒙塵，以及這道上諭的來歷，請轉奏皇太后，或啟上監國。受文的人是資格在王振之上，而權勢不及的司禮監提督太監金英。

「你趕緊遂門傳遞，」于謙將連同上諭在內的一個封套，交給猶在待命的王將軍，「把這道文書，送交司禮監金公公。要交代清楚，不得片刻遲誤。」

不久，聽得深宮中隱隱傳來哭聲；哭聲越來越高，直到黎明。

2

為了贖回皇帝，皇太后特命開貯藏金銀寶貨的「內承運庫」，揀選蒙古部落喜好的金珠重寶，裝滿了八個箱子；此外哭腫了雙眼的錢皇后，亦罄其所有，包括她自海州娘家陪嫁來的首飾及金銀器皿在內，裝了兩箱子，一起當作名為犒賞的贖金，由太常寺的提督四夷館及行人司，各派幹員，在兵部特遣的精騎護衛之下，星夜出居庸關，過懷來衛，一路打聽也先的蹤跡，終於在大同遇到了。

也先是前一天八月廿三，挾擁皇帝到達大同城下的。也先命袁彬與守城的都督郭登，城上城下，遙遙相語，說也先有話，只要有大批金銀送來，他就可以將皇帝放回來；同時要求開城放他進去面談。

郭登的回答是，金銀沒有，城亦不開。皇帝深為不悅，命袁彬傳旨：「我跟郭登是至親，何以如此見外？」

原來郭登的曾祖父名叫郭山甫，與太祖是小同鄉，亦是鳳陽人，精於相法；他的子女很多，獨獨說他的老二郭興、老四郭英，將來會出將入相。郭興與郭英想不出在蒙古人統治的天下，飽受歧視的漢人，如何得以出將入相？只以父親這麼說，就算妄言，亦只好妄聽。

元順帝至正十二年春天，在皇覺寺當和尚的太祖，由於定遠人郭子興起兵，而元將徹里不花不敢攻郭子興，只以俘良民，誣以為盜而邀賞，看著禍將及身，徬徨無計，在菩薩面前卜卦問去留，那知留既大凶，去亦不吉；因而思量：「莫非要我舉大事？」這一卜居然大吉大利；太祖由此下定決心，去投郭子興。

路過郭家，日暮西窗；郭山甫一見驚喜，太祖的面相，既醜且怪，頭頂矗起，顴骨高聳，鼻尖下巴，皆往上掀，而郭山甫認為這在相法上名為「五嶽朝天」，貴不可言。

「我說你們將來能夠出將入相，」他向郭興、郭英說：「就因為你們命中得遇這樣一位貴人。」於是他命兩子隨同太祖去投軍，後來果然都因汗馬功勞而封侯，一個是鞏昌侯；一個是武定侯。兩侯之妹亦侍太祖，封為寧妃；洪武十五年馬皇后崩，太祖不復立后，寧妃曾攝中宮事，直至洪武三十一年，太祖駕崩。

武定侯郭英的子女，比他的老祖宗郭子儀的七子八婿還要多，有十二子、九女，其中一子尚太祖第十二女永嘉公主；兩女一配皇十五子遼王，一配皇二十四子郢王；有個孫女，也就是郭登的堂姊，為仁宗貴妃，所以皇帝說他跟郭登是至親。

但是，郭登怕城門一開，也先乘機進攻，因而答奏：「臣奉命堅守大同，不敢擅自啟閉。」袁彬怒不可遏，「郭登，你無父無君，我跟你拚了！」說完，打算一頭撞死在城牆上。

這是故意作出劇烈的舉動，以激郭登；果然有效，城頭放下一部軟梯來，讓袁彬上城。一見抱頭痛哭，然後會同大同鎮守太監郭敬，及逃入大同的官員一起商議，決定由郭敬捐出私財兩萬銀子，連同庫藏龍袍及其他服御等物，出城進獻皇帝。郭登另具深心，回城召集勇士七十餘人，密謀奪回皇帝。

第二天，京城送來的十箱珍寶到了，也先自然笑納；但對送回皇帝一事，不置可否。到得半夜，下令拔營，帶著皇帝往北走了。

由於不斷有扈從官員脫險回京，兵敗的真相，逐漸明白，自七月二十出京後，第二天宿營龍虎台，軍中夜驚，是不祥之兆，便有人擔心出師不利；廿三日出居庸關，經懷來衛西行；廿七日抵達宣化府，連日風雨，人心惶惶，隨駕諸臣，紛紛上表，請求駐蹕宣化，而王振不許。八月初一到了大同，兵士乏糧，殭屍滿途；兵部尚書鄺埜奏請回蹕，當然也是白說。

但是大同鎮守太監郭敬的話，在王振認為是自己人的心腹之言，聽進去了。郭敬告訴王振，也先所部，強悍無比，京營雖眾，未必便能取勝。王振有些害怕了，決定回鑾；大同都督郭登跟扈從的內閣學士曹鼐與張益說：車駕應入紫荊關，往東八十里便是易州，穩捷可靠。但王振是山西蔚州人，要請皇帝臨幸他的故鄉，以便誇耀鄉里。因此原來應該往東南的行軍方向，改成直指正東。

時值秋收將屆，數十萬大軍踐踏田地，那裡還有收成之可言。王振一看要捱鄉人的罵了，趕緊改弦易轍，仍舊取道宣化府，就這樣一耽誤，警報來了。

八月十三日駕至懷來以西的土木堡。鄺埜上奏說，此去懷來二十里，請車駕疾驅入關，以重兵殿後，可保無虞。奏上沒有消息，鄺埜一打聽，原來王振預備帶回家鄉的輜重一千餘輛車子，尚未到達，需要等待。

其時太師成國公朱勇帶領的前鋒三萬人，已經跟也先交了鋒，大敗而潰。此是何時，不顧萬乘之尊，而重千乘輜重？鄺埜直叩行宮，當面奏請。

王振大怒，「你這個書獃子，懂甚麼軍事？」他厲聲喝斥：「再亂說話，殺掉你！」

「我為社稷生靈，你別拿死來嚇我！」鄺埜亦抗聲回答：「我不怕死。」

他雖不怕死，無奈王振不聽；喝一聲：「把他弄出去！」頓時有幾名校尉上前，半扶半拖地將他攆出行宮。

第二天八月十四，也先已經迫近了；這時王振才發現一件非常糟糕的事，土木堡是高地，掘井深到兩丈，尚不及泉，人馬皆渴，而十五里外的一道河，也就是唯一的水源，已先為也先所占，怎麼辦？

於是思量奪圍，而也先已從土木堡旁邊，一處名為麻谷口的地方入侵，都指揮郭懋守住谷口，激戰終夜，到了第二天中秋佳節，居然出現轉機，也先派了使者來談和。

皇帝欣然同意，特召翰林學士曹鼐至御前寫好談和的敕書，遣派兩名通事，偕同也先的使者回去覆命。

就在這時，王振下令移營向懷來進發，剛剛越過壕溝，也先所部，揮舞著長刀，呼嘯而至，聲震山谷。又飢又渴的京營兵，喪失鬥志，已非一日；爭相逃命，自相踐踏，屍上疊屍，血流成河。

將相大臣殉難的，除了入閣掌機務的學士曹鼐、張益以外，還有兵部尚書鄺埜、戶部尚書王佐；刑部侍郎丁鉉、工部侍郎王永和；右副都御史鄧棨；五品以下的官員，不可勝數。但突圍脫險的大員，亦復不少；禮部侍郎楊善，便是其中之一。

此人字思敬，是京城中的土著；十七歲那年中了秀才，適逢「靖難之變」，以參與守城之功授官，永樂元年改為鴻臚寺序班。鴻臚寺掌管慶典朝儀，所以序班這個從九品的官職雖小，卻能常近天顏；楊善長身玉立，風儀極美；音吐洪亮，舉止漂亮，所以每每為成祖所矚目，循序漸進，一直升到鴻臚寺正卿；前幾年升為禮部侍郎，但仍舊兼管鴻臚寺。

死裡逃生回到京城，楊善第一個要看的人是于謙，因為鄺埜既已殉難，兵部便是于謙當家；明朝的兵部權重，尚書別名「本兵」，既理軍政，亦掌軍令，「本兵行邊」，遇有不稱職守的將帥，可以就地撤換。如今六師傾覆，大敵當前，長驅而入，直搗根本之地，已到了危急存亡之秋；于謙的責任極重，楊善覺得有將在前方的所見所聞，告訴他的必要。

這一夕深談，使得于謙知己知彼，獲益匪淺。但談到王振的跋扈妄行，于謙忍不住發問：「他人還則罷了，莫非英公亦不能制他？」

「英公」指英國公張輔，他的父親叫張玉，在元朝便是軍政最高長官的「樞密知院」，元亡以後，在沙漠中待了十八年，歸順明朝，自從五品的副千戶幹起，逐漸變成燕王麾下的大將。燕王得以成大事，文的靠做了和尚的姚廣孝；武的便靠張玉，不幸中道捐軀，陣亡在山東東昌府，年五十八歲，燕王痛極而泣，即位後追贈張玉為榮國公；仁宗洪熙元年加封為河間王，張輔便是他的長子。

但張輔之貴，是靠他自己的戰功；燕王即位為帝後，封侯安伯；永樂三年進封為新城侯；四征交趾，進封英國公。仁宗即位掌中軍都督府事，加官「太師」，威震中外；這樣一位四朝元老，對王振竟不能發生制衡的作用，實在是件不可思議的事。

「英公之不能制王振，已非一日之事；倘或能制，根本就不會有這一次的『北狩』了。」北狩是皇帝親征，連番不利以後，才流行起來的名詞；楊善喚著于謙的別號又說：「廷益，你要想到，英公的獨子才九歲。」

于謙憬然而悟；張輔這年七十五歲，一子早經夭折，直到六十七歲，他的侍姬方又為他生子，單名為「懋」，懋字有多種解釋，張輔取「懋而允懷」之義，表示喜悅；這也是可想而知的。

因此，可以推斷張輔這幾年能制王振而無所作為，是想到年逾古稀，去日無多，而獨子方幼，如果與王振結了怨，怕他將來會報復。這使得于謙想到了楊士奇的往事，不由得長嘆了。

「唉，朝廷柱石都以家累而累國，若非楊文員跟英公養癰貽患，何至於有今日！」

楊善將他的話細想了一會，方始明白。自永樂以來，號稱「三楊」的楊士奇、楊榮、楊溥，歷事四朝，賢相當權，國泰民安；宣德十年正月，宣宗駕崩，九歲的皇帝即位，王振越過他的前輩金英，成為司禮監掌印太監，日形跋扈。其時訓政的是太皇太后——仁宗皇后張氏，有一天御便殿召見英國公張輔、大學士楊士奇、楊榮、楊溥、禮部尚書胡濙，向侍立在旁的小皇帝說道：「這五個人是先朝所留給你的，凡事你要跟他們商量；他們不贊成，你就不能辦。記住沒有？」

皇帝跪下來答一聲：「記住了。」

接著，宣召王振；等他一跪下來，太皇太后臉上立即如籠秋霜，「你侍奉皇帝，種種不法！」她斷然說道：「賜死！」

「死」字出口，「宮正司」的女官，雙雙以白刃加頸；王振魂飛天外，以眼色向皇帝乞援。於是小皇帝向祖母下跪求情；皇帝一跪，五大臣自然亦都跪了下來。

太皇太后看著他們說道：「皇帝還小，那知道這些人會替國家帶來極大的禍害？」接著訓誡王振：「我看在皇帝跟大臣的分上，今天饒了你。此後不准干預國事。」

話雖如此，由於制度使然，干預國事是避免不了的；不過有三楊在，不敢為非作歹而已。如是一兩年以後，王振向三楊說道：「國家大事，全靠三位老先生，不過三位老先生，也高年倦勤了，以後該怎麼辦？」

「身為老臣，」楊士奇答說，「自然鞠躬盡瘁，死而後已。」

「嗐，老先生，你怎麼說這話？」楊榮接口，「我輩已老，無能為力，應該以人事君。」

王振正要他如此說，第二天就薦了四個人入閣：曹鼐、黃衷、陳循、高穀，都是進士出身，陳循且是狀元。

既言「以人事君」，即不能不同意王振的舉薦。閣臣七員、三楊勢孤；楊士奇因而埋怨楊榮，而他另有說法。

「王振討厭我們，我們就算能撐下去，他能甘心嗎？一旦夜半宮門出片紙，命某某人入閣，我們能抗旨嗎？倒不如現在讓他舉薦，還不敢援引小人。這四個到底是我輩中人，何礙？」

楊士奇這才明白他的深意，頗以為然。到得正統五年，楊榮請假回福建掃墓，歸途在杭州病歿，得年七十。又不久，楊士奇請假回籍，王振唆使言官動手；原來楊士奇的長子楊稷，曾經仗勢殺人，言官翻案彈劾，閣議不加法辦，只以彈章封寄楊士奇；但言官復又列舉楊稷橫行不法的罪狀幾十件之多，內閣無法庇護，拿交大理寺拘繫，暫且不審，皇帝且特為下詔安慰楊士奇。這一來，楊士奇自覺無顏還朝，一直不肯銷假；楊溥益覺勢孤，而其餘閣臣都是後進，無力與王振對抗；到正統七年太皇太后駕崩，王振隨即將太祖所立，置於宮門，上鑄「內臣不得干預政事，預者斬」十一字的一塊鐵碑，悄悄盜走了。如果有楊士奇在，王振不敢這麼做。這就是于謙所以發「朝廷柱石，以家累而累國」的感慨的緣故。

3

由於「犒賞」使者回報，也先如鷹之「飢來趨附，飽則遠颺」，皇帝未曾贖回，所以由王直領頭，召集廷議，決定請皇太后下詔，立兩歲的皇長子見濬為皇太子，命郕王輔政。於是皇太后在八月廿八日，宣召百官，面諭其事，同時宣詔：「邇者寇賊肆虐，毒害生靈，皇帝憂懼宗社，不遑寧處，躬率六師問罪，師徒不職，被留王庭，神器不可無主，茲於皇庶子三人選賢與長，立見濬為皇太子，正位東宮，仍命郕王為輔，代總國政，撫安萬姓，布告天下，咸使聞知。」匈奴建都之處，名為「王庭」；不說蒙塵，而言「被留王庭」；郕王輔政，用代總的字樣，明明白白表示，皇帝仍是神器之主，且有歸來之一日。

然而歸來是那一天呢？只看到灰頭土臉、戎衣不整的敗兵，滿街亂走；文武百官提到王振，無不咬牙切齒。因此，八月三十日，郕王第一次臨午門聽政時，幾乎所有的奏章，都以為王振傾危宗社，應該滅族；有一道十數言官聯名的奏疏，措詞更為激烈：「若不奉王振滅族之明詔，臣等死不敢退。」讀奏疏的通政使，讀完哭了出來；大家本都含著一泡淚水在眼眶，此時受了感染，便都忍不住了，一時哭聲震天，捶胸頓足，秩序大亂。

這有些不成體統了，而且在這樣激動的情況之下，亦無法從容討論；所以郕王站起身來，往裡面走，百官一擁而入，紛紛高喊：「不滅王振的族，死不甘心！」鼓譟聲中，金英站在高處作個手勢，表示有話要說，等大家稍微靜一靜，他用像貓兒叫春那樣尖銳獰厲的聲音宣示：「有令旨：王振抄家，著錦衣衛指揮馬順前往。」

「馬順？」有人大聲說道：「他就是王振一黨。」

「別多說！大家可以退了。」

「甚麼別多說？你們這班沒卵子的光下巴，沒有一個好東西！打！」

一聲喊打，群擁而上；金英拔腳就逃。馬順大聲叱斥：「走！別在這裡撒野！」

話還沒有完，一條牙笏，當頭砸下，馬順被打得暈頭轉向，錦衣衛特有的那頂極漂亮的帽子，亦被打落在地上；此人是戶科給事中王竑，湖廣江夏人，性如烈火，嫉惡如仇，他左手一把抓住馬順的頭髮；右手甩掉牙笏，左右開弓摔馬順的嘴巴，一面打一面罵。

「平時就是你助王振作惡！到了今天，你還一點都不知道怕！皇上呢？你還我皇上！我要你死！」他一張嘴，死咬住馬順的耳朵。

馬順護痛，只有身子往下縮，以便掙脫；王竑倒是鬆嘴了，但旁邊的人動手了，有的打，有的踢，有的踩，頃刻之間，命歸黃泉。

群情洶洶，猶自不退；躲在後面的金英奉郕王之命問大家還有甚麼話要說？便有人回答：「太監毛貴、王長隨，亦是王振的黨羽，該殺！」

金英回到後面覆命，不一會面無人色的毛貴、王長隨，由錦衣衛牽了出來，眾人拳腳交加，又是活活打死。接著王振的姪子，錦衣衛指揮王山，亦被提了來；於是目標轉移，都奔到外面去唾罵。郕王想趁此機會，退回宮內；于謙一見，急忙上前，拉住他的衣袖。

「殿下停步！殿下一走，今日之事，無法收束；請頒令旨，獎諭百官，以為安撫。」

郕王亦知道，這不是一走能了的事，無奈身邊只有一個已經不受歡迎的金英，別無有擔當的人可用來安撫百官。難得于謙出頭，正好付託。

「說得是，你代我宣諭；一切便宜行事。」

於是于謙抱著牙笏，闊步從中道走到午門台階上，高聲喊道：「宣令旨！」

他的聲音宏亮而清越，加以午門左右延伸出去的「掖門」，高與午門相等，即是周禮中的所謂「兩觀」，實際上是十三間屋子連接起來的「閣道」，東西遙合，廣場聚音，大家聽得非常清楚，不約而同地循聲注視。

于謙不論步行還是站著，一雙眼總是往上看的，懂相法的人私下議論，說這叫「望刀眼」，主凶。但生了一雙「望刀眼」的人，不怒而威，別有一股懾人的力量；所以都靜了下來，等待下文。

「奉監國令旨：百官忠義正直，深為嘉慰。馬順等人，罪在不赦，既死不論；王振罪浮於天，朝廷必有處置。當此國家危急存亡之秋，全賴群策群力，共濟時艱。戰守大計，正待討論；文武百官，務必出之以鎮靜，各就各位，勤慎將事！」于謙朗朗地宣示完了，又加一句：「大家先都散了吧！」

經過這番慰撫，紛紛各散；但大臣言官，有資格參與廷議的人，卻留了下來，因為和戰大計，猶待議定。

朝班已經重新整理過了，郕王居中而坐，左右是兩名當權的司禮監金英與興安；兩旁文東武西，東面以吏部尚書王直為首；西面由勳臣武安侯郭宏領頭，但首先出班發言的是于謙；他說：「京師只餘疲卒十萬，兵部雖已急調山東及南京沿海備倭軍、河南的備操軍，以及江北及北京諸府的軍糧軍，星夜開拔到京師，但怕援軍未到，也先已經入寇，所以當務之急，便是研議如何固守京師，苦撐待援。」

「大家都聽見于謙的話了。」郕王說道：「大敵當前，第一緊要的是團結一致，安定人心；至於固守之計，望大家捐棄私見，盡心籌畫，知無不言，言無不盡。」

此時此地，言必三思，正當文武兩班攢眉苦思之時，東班末尾，閃出一個人來，此人名叫徐珵，字元玉，蘇州人，宣德八年進士，現任翰林院侍講。這徐珵是個功名之士，自視甚高，花樣甚多；由於他生得短小，所以有人說他「矮子肚裡疙瘩多」，但也有人極佩服他，因為他的學問確是很淵博，真可說是於書無所不窺，不過他自己最自負的是，上明天象；經常在星斗滿天之夜，仗劍升屋，一個人仰天看到破曉。

這年入秋，他發現「熒惑入南斗」。熒惑便是火星，《史記．天官書》上說：「熒惑出則有兵，入則兵散。」熒惑不但出現，而且侵入南斗，南斗六星，主天子壽命，又主百官爵祿。徐珵認為此兩者，都已受到威脅。

於是他跟他的朋友說：「禍不遠了。」隨即命他的妻子收拾行李，盡快回蘇州；其時「秋老虎」正凶，長途跋涉，大是苦事。他的妻子不願意走；徐珵發怒罵道：「你不肯走，是不是想做騷韃子的小老婆？」不久韃子——也先入寇，他自覺他的話應驗。

因此，他捧著牙笏，用極自信的語氣說：「驗之星象、稽之歷數，天命已去，只有南遷可以紓難。」

此言一出，惱了金英，大聲叱斥：「你胡說八道！」

于謙接著又說：「主張南遷者，可斬！京師天下根本，一動則大事去矣！莫非宋朝南渡的教訓，還不夠深刻？」

「是極！」金英指著徐珵說：「把他攆出去，他不配在這裡議事。」

看徐珵碰了這麼大一個釘子，少數與他見解相似的人，自然也都噤若寒蟬，只論如何固守了。

「固守要兵、要將，還要器械戰備之具。」王直說道：「今日之事，既以軍務為急，臣以為宜由兵部總其成；請陞于謙為尚書，責令悉心籌畫。」

「你這話深獲我心。」郕王連連點頭：「于謙，你現在就是兵部尚書。」

「受命於危難之際，臣不敢辭。」

「你照王直的話，悉心去籌畫，許你便宜行事。」

「是。臣不敢不盡心。」

「存亡之秋，良將為急。」

郕王問道：「于謙，你心目中有那些武臣應該重用？」

于謙想了一下說：「臣薦石亨、楊洪、柳溥、孫鏜，皆可大用。」

「楊洪不是在守宣化嗎？」

「是！請加獎勵，以示倚重。」

「好！」郕王看著王直說：「王先生，你看該怎麼辦，寫本上來。」王直是永樂二年的進士，仁宣兩朝當過東宮講官，所以郕王尊稱之為「王先生」。

「是！」王直接著又說：「啟上殿下：戰守之事，經緯萬端，非一時所能定議；而且事涉機密，亦不宜廷議。既已責成于尚書總其成，應由于尚書細心籌畫，取令旨次第施行。」

郕王原就想到人多口雜，意見紛紜，倉卒定議，有顧慮不周之失；所以對王直的建議，欣然接納，並指定興安負責與于謙聯絡。

交代完了，正待散朝時，戶科給事中王竑為王振籍沒的事，還有話說。原來是派遣王振的心腹馬順前往執行，馬順已死，應該另外遣人；王竑且又認為王振罪大惡極，而死由自取，並不足以蔽其辜，應該滅族。

「抄家著陳鎰去。」郕王想了一下說：「這罪等抄了家再議。」

原來王振窮奢極侈，京師盡人皆知，但貪贓枉法到如何程度，卻無人能言。郕王是要看他贓之多寡，定罪之輕重，所以要等抄了家再議。

陳鎰是古都御史，奉到令旨，在散朝時搶先一步留住了金英，「金公公，」他說：「抄王振的家，你得派錦衣衛幫我的忙。」

「當然。」金英問道：「你要多少人？」

「總要上百吧？」

「上百？」金英故意作出詫異的神色，「上千還差不多。」

陳鎰是真的詫異了，張大了眼問：「要這麼多？」

「陳先生你久在陝西，不大明白京裡的事。你知道王振有幾處住宅、多少倉庫？」金英將手掌一伸：「他有五處住宅，倉庫數不清，總有幾十座吧。」

陳鎰咋舌：「照此說來，是要上千人。」他接著又說：「只怕一個月以後，才能覆命。」

「請你先大致點一點，趕緊題本上來；越快越好。」

陳鎰不敢怠慢，當天下午便率領金英派來的錦衣衛，先急馳各處，分別將房屋倉庫上鎖，加上封條；然後從一號庫開始清查登記。一號庫專貯珍寶，查點了兩天方始告竣。

第三天上午，陳鎰寫了一個題本，報告初步籍沒的情形，說王振有大第五所，「重堂邃閣，擬於宸居，器服綺麗，上方不逮」；倉庫六十四座，金銀無算，清點一號庫，計有逕尺玉盤九十七面、珊瑚高六、七尺者二十五株。另外附上一本目錄，同時聲明：至少須兩個月方能覆命。

於是郕王召見內閣學士陳循、苗宸、高穀，及遞補曹鼐、張益遺缺修撰彭時、商輅，以及王直、胡瀅、于謙與刑部尚書金濂，議王振之罪。

「你們看，」郕王指著陳鎰的題本說：「擬於宸居！王振不死，我大明天下只怕也要歸他了。金尚書你怎麼說？」

「大逆不道，理當滅族。」

「當滅三族。」陳循接口，「否則不足以平民憤。」

「三族」是父黨、母黨、妻黨，衍為九族。雖然洪武、永樂年間，謀反大逆，可滅九族；成祖因方孝孺不奉詔，以滅九族相威脅，方孝孺厲聲答說：「那怕十族又奈我何？」因為這一句話，他的朋友門生，大遭其殃；算做九族之外的第十族，併戳於市。十族死者八百七十三人。仁宗即位，以父祖用刑過酷，逐漸輕減，自此以後，從無滅九族之事。

「不可！」胡𤊹抗聲說道：「族誅已覺過分，豈可滅三族？」

「自王振籍沒——。」

陳循指出，王振籍沒，由於豪侈為從來所未有；民間議論紛紛，土木之役死難家屬，以及脫險歸來的將士，憤憤不平。如今固守京城，正須軍民死力效命之時，如果王振之罪定得輕了，不但無法鼓勵民心士氣，且有激起民變之虞。因而力爭，要滅王振三黨。

彼此在郕王面前爭執不已，最後得出一個折衷的結果，王振一族，男丁無論少長皆誅；王振的胞姪，錦衣指揮王山，凌遲處死。

「臣尚有一言，」胡𤊹說道：「王振籍沒，聽說金銀有數十庫之多；是否可用以優恤殉難官員將士家屬，伏乞鈞裁。」

「軍需也是要緊的。」興安在郕王身旁說：「不如交王、胡、于三位尚書，協商辦理。」

「不錯！」郕王同意：「就這麼辦。」

自三楊以來，平章國事之權，一直由內閣與司禮監分享。如今時值非常，兼以內閣用事的曹鼐、張益，已被難於土木堡，因此王直、胡𤊹、于謙三尚書，等於接收了內閣的權力。

三尚書中，資望以胡濙為最高，其次是王直，但他們倆卻都拱手向于謙說道：「廷益，諸事請你主持。大局為重，千萬不必客氣。」

于謙勇於任事，感於前輩的誠意，覺得應該當仁不讓；所以會議時除座次居末以外，實際上是主席，他主張重用石亨；召猛將孫鏜自浙江回京；以及其他為了固守所作的部署，胡王二人，無不同意。

「當前有一件大事，不可不早自為計。」胡濙憂形於色地，「通州倉儲米上百萬石，運糧軍既然要調到京裡來訓練備戰，這些米就無法運到他處，倘或也先入寇，勢必資糧於敵，這一進一出，關係甚大。」

「是！」于謙沉吟了一會說：「只有一個變通的辦法，勛臣百官的祿米，尚未支領者，都由通州倉發給，自備伕馬，到通州請領。」

自洪武年間以來，自南至北在淮安、徐州、臨清、德州、通州五大倉，最大的是臨清倉，可儲米三百萬石，通州倉亦不小，但為緊急之時，供應軍食起見，規定勛臣百官的祿米，在臨清以南三倉供應，唯一的例外是新近殉難，追封為定興王的英國公張輔，他生前所得每年三千五百石的祿米，准在通州倉支領。

「此法大妙！」胡濙喜逐顏開，「祿米在通州倉支領，較之在南三倉領，省卻運費，至少要多出三成的好處，是勛臣百官的大好消息，一定踴躍從事。這一來，我睡得著了。」原來戶部尚書王佐隨駕，由胡濙兼攝司農，為了通州倉的存糧無法疏散，已經急得好幾夜睡不著了。

「確是上上之策。」王直也大為稱讚，「既免資敵以糧，復又加惠百官，計莫善於此。」

「事不宜遲，請胡公就交代下去。」于謙又說，「一時都湧到通州倉，秩序大亂，亦不妥當，我以為宜於排定先後次序，分日領取；位低俸薄者優先，才合道理。」

「說得是，說得是！」胡驃一迭連聲地說，「都依你！」

此一舉措，不僅加惠群臣，而且也延緩了也先捲土重來的日期。也先入寇，不比王師出征，人馬未動，糧草先行；也先自然是就食當地，聽說通州倉的糧已散盡，京畿堅壁清野，備戰甚嚴，覺得此去多難，不如先回漠北，休息整頓為妙。

但對朝廷來說，隱憂仍在。當也先挾持皇帝至宣化府時，假傳聖旨，命守將楊洪開城；楊洪命一名裨將回答他說：「楊洪到別處去了，無人作主，不敢開城。」變成君父叩關，臣子拒而不納。也先可以揚言：「我願送皇帝回京，無奈他們自己不要。」變成彼直我曲；尤其可憂的是，朝野之間，並非人人都知道也先「挾天子以令諸侯」的詭謀，目的在騙開城門；如果聽了也先的宣揚，認為郕王有意謀取大位，所以不願奉迎皇帝回京。這種猜疑一起，勢必影響團結與安定，那裡還能期望上下一心，同仇敵愾來保衛國家？

也有人說：也先以皇帝為奇貨；如果中國已別有一天子，也先就無奇可居了。

但別立一天子，立誰呢？有人以為應該讓太子即位，仍由郕王監國，仿周公輔成王的故事。有人以為國賴長君，當此緊急之際，需要當機立斷，名正言順，不如立郕王為是。

這些議論經由太監傳到太后宮中；便即召喚金英與興安，詢問有無其事。

「有的。」金英答說：「皇太后宜乎早定大計。」

「那麼你們看是立太子呢？還是立郕王？」

金英尚未開口，興安搶著回答：「自然是國賴長君；立郕王，請皇太后訓政。」

「那位太后？」

郕王為賢妃吳氏所生；如果郕王即位為帝，吳賢妃便也是太后了，所以要問個清楚。

興安很機警，立即答說：「是臣此刻面對的太后。」

太后點點頭還在考慮，金英說道：「這是千秋萬世的大計；太后似乎應該召老臣垂詢，聽聽他們的意見。」

「不錯！」太后立即同意：「你看找誰？」

金英舉胡濙、王直；興安舉于謙。太后決定三臣並召；召見的地點在禁城東北，太后寢宮仁壽宮前面的一號殿。太后居中而坐；面前垂一幅湘簾，簾前侍立的，一面是宮正司的女官；一面是金英與興安。

先由金英宣示了懿旨，太后在簾內說道：「三位老先生，國家柱石；現在是不是要辦這樁大事，要跟你們好好商量。」

「臣以為，」年紀最長的胡濙首先發言，「以立太子為宜。」

「王先生呢？」

「立太子、立郕王，各有各的好處；宗社所託的這件大事，宜交廷議公論。」

「于先生呢？」

「立郕王則皇上歸國有日；立太子則還國無期。」

「喔，」太后是詫異的聲音：「于先生，請你說個緣故給我聽。」

「立太子、立郕王，均當尊皇上為太上皇帝，但立郕王，即也先所抱的，無異『空質』；立太子，則也先想到太上皇歸國，即非復位，亦必訓政，仍可居奇。或者提出種種苛刻條件，交換太上皇；莫非監國忍令新君負不孝的千古惡名，拒其所請？」

「于謙之言是也！」王直矍然接口：「臣以為立郕王勝於立太子？」

「我也覺得于先生的話，真是有道理。就立郕王吧！」

於是三臣復跪頓首，恭賀太后，國本已定、社稷復安；等站起身來，于謙說道：「竊以為尚有一事，必得今日在慈駕前議定，太上皇帝歸國後如何？」

太后沒有聽懂他的話，在簾內招招手，將金英、興安喚到身旁，悄悄問道：「于尚書這話，甚麼意思？」

「他是說，皇上回來，會不會復位。」

「應該仍舊是太上皇。」興安接口。

太后微一頷首，向簾外說道：「太上皇歸國，名號不變。」

「仍舊是太上皇。」興安又接了一句。

「得此慈諭，太上皇帝一定能歸國了。」于謙塵揚舞蹈地拜了一拜：「臣為國家賀，為皇太后賀，為太上皇帝賀。」

4

群臣紛紛上表勸進，郕王怕挑不起這副沉重的擔子，一再謙讓不受，直到于謙引孟子的話「社稷為重，君為輕」，說：「臣等是憂慮國不可一日無主，並非想成擁立之功。」郕王方始接受。

欽天監選定的吉日，九月初六，郕王即位，遙尊遠在漠北的皇帝為太上皇帝；改明年為景泰元年，大赦天下。尊皇太后孫氏為「上聖皇太后」；景泰帝的生母吳賢妃，自然成了皇太后；冊立王妃汪氏為皇后。深宮一片喜氣，只有太上皇后錢氏，越覺哀傷；從土木之變以後，她夜夜哀泣籲天，哭倦了不知不覺就在露天磚地上熟睡；秋宵露重，風寒入骨，一條腿因為風濕侵襲，已經瘸了；哭得太多，一隻眼睛也快哭瞎了。

「宮中現在有兩位太后，兩位皇后，稱呼很不方便。」興安關照所有的太監、女官：「以後除了當面用規定的尊稱以外，背後就用姓來分別好了。」

當然，宮中的一切，還是孫太后作主；她的心很細，暗中思忖，景泰帝只有兩女，並未有子，但他只有二十一歲，將來一定會生皇子，那時極可能會起私心，打算傳位給自己的兒子；這樣，現年兩歲的太子，小命就會受到威脅，應該未雨綢繆，早為之計。

於是，孫太后找了她的心腹宮女阿菊來計議。孫太后是山東鄒平人，所用的宮女亦以山東籍為多；這阿菊姓萬，山東諸城人，四歲時便在孫太后宮中，今年十九歲，孫太后視之如女，無話不談。

「太子有周貴妃在，應該不要緊的。」

周貴妃是太子的生母，「她凡事大而化之，粗心大意，我不能放心。阿菊，」孫太后說：「我想派你到周貴妃那裡，幫著她照管太子。」

阿菊想了一會說：「太后要我照管太子，阿菊不敢推託；不過，到了周貴妃那裡，她說的話，如果不大對，我是聽她的呢，還是不聽？」

「怎麼不大對？」

「譬如，俗語說的：『若要小兒安，常帶三分飢與寒』，太子穿得少、吃得少一點兒，比較好；周貴妃倒以為我不當心，要讓太子穿得太暖、吃得太飽，怎麼辦？」

「這話倒也不錯。」孫太后問：「那麼，你說怎麼辦呢？」

「好辦。」阿菊很快地答說：「太后只要說：我要親自帶孫子，把太子送到仁壽宮來，不就更妥當了嗎？」

「你這個主意不錯。」

於是，兩歲的太子，即日移至仁壽宮，除了餵乳以外，其餘的辰光都是阿菊照應。也先再次入寇了。

先是挾持上皇到大同。守將郭登在城頭，大聲說道：「賴天地祖宗之靈，國家已有皇帝了。」閉門不納。

於是也先問計於被俘的太監喜寧，此人原來也是韃子，人歸故土，自然效忠於也先；他對邊關的虛實，頗有所知，建議也先攻紫荊關。

守關的是都指揮使韓清，出戰陣亡，於是守關的責任落在右副都御史孫祥身上。景泰帝登極，用于謙的策畫，分遣御史、給事中、部員，分守各處要地，安撫軍民，招募壯丁，就地訓練；孫祥原為兵科給事中，由於他是大同人，所以于謙奏請將他陞右副都御史，派守紫荊關。韓清既歿，孫祥據關固守；到得第四天上，也先出一支奇兵，由間道入關，裡外夾擊，關城破了，孫祥督兵巷戰，死在亂軍之中。

消息到京，朝廷大震，且有言官奏劾孫祥，說他棄關而遁，但于謙不信；事實上此時亦無暇來追究孫祥的下落與責任，因為敵騎已經迫近京城了。

守京城的計畫，是于謙擬定的。第一員大將名叫石亨，他是陝西渭南人，身材魁梧，方面大耳，鬚長過腹，儀觀極偉。也先入寇時，陽和口大敗，石亨單騎突圍，到京以後，正解職聽勘；而于謙知道他是大將之材，薦他掌理新成立的「王軍大營」，進位右都督，封武清伯。

及至京師戒嚴，石亨主張九門盡閉，堅壁以待賊退。

主張堅守，亦不算錯，但是于謙以為不可；因為賊勢頗為猖狂；如果官軍採取守勢，示弱於敵，那就如俗語所說的：「長他人的志氣，滅自己的威風」，民心士氣的影響很大。

因此，于謙親自督軍；命九將守九門，德勝門正對敵人來路，派石亨擔當，背城立陣。于謙亦是全副戎裝，出城巡行九門，撫慰士卒。

不久，也先率大隊到了。一看城門緊閉，城外官軍嚴陣以待，九城守將，不是都督，便是侯伯；

德勝門外，是于謙督陣，石亨率副總兵范廣、陳興當敵；城外各處都貼有于謙的軍令，也先叫人去撕了一張來看，上面寫的是：「臨陣，將不顧軍先退者，斬其將；軍不顧將先退者，後隊斬前隊。」

「這是不顧命了，犯不著硬拚。」喜寧又獻一計：「不如派個使者去說，要他們派大臣來見太上皇帝，多索金帛為妙。」

信息傳達禁中，由於于謙在城外督陣，景泰帝只能召內閣諸臣來議事。大家都以為應該遣使，但是誰去呢？面面相覷，都有怯意。

「總有人去的。」還是景泰帝自己想出一個重賞招勇的辦法，「肯去的人，回來升官。」

這就好辦了，大學士陳循回到內閣，與同僚會商，選中了兩個人，一個通政司參議王復，一個是內閣中書趙榮，此兩人都是有膽量、善言詞的。

將王復、趙榮找了來，陳循先說明任務，然後許以好處，「你們兩位此去，是用禮部侍郎、鴻臚寺卿的名義；雖然暫時假用，但也是一種資歷。而且，皇上已經交代了，『肯去的人，回來升官。』」陳循問道：「兩位意下如何？」

「去朝上皇，亦是臣子應有之義。」王復的話說得冠冕堂皇：「不敢邀恩。」

也先的「中軍大帳」紮在「土城」。京師地名叫「土城」的有好幾處；本是元朝都城的遺址，但他處土城，都另有附屬地名，以為識別，單稱土城是指德勝門外的那一座。

這座土城，亦名「土城關」；相傳是古薊州的遺址，所以又叫「薊邱」。燕京八景之一的「薊門煙樹」，便指此處。連日秋高氣爽，雖然胡塵滿地，但這裡依舊風景宜人；王復在馬上高聲吟道：「『野色蒼蒼接薊門，淡煙疏樹碧氤氳，過橋酒幔依稀見，附郭人家遠近分；翠雨落花行處有，綠陰啼鳥坐來聞，玉京竟日多佳氣，縹緲還看映五雲。』」

並轡徐行的趙榮笑道：「十月小陽春，究非陽春煙景，何來『翠雨落花』？」

「這不是我在作詩；是金文靖公的詩。」金文靖指金幼孜，自永樂至宣德的三朝宰相；王復接下來嘆口氣說：「如此江山不自愛！上皇信了王振的話，真是聚九州之鐵，不能鑄此錯。」

趙榮正要答話，只聽樹林中暴喝一聲，閃出一隊雙辮垂肩的兵來，自然是韃子；為首的一個通漢語，大聲問道：「幹甚麼的？」

「大明欽使，來見也先太師下書。」

「喔，」那人說道：「跟我來！」說完，掉轉馬頭，往北疾馳。

王復、趙榮也催馬緊跟在後，到得也先帳前下馬等待；不久那人出來招招手，王復進帳一看，十來個韃子持刀瞪視，殺氣騰騰；便在心中自語：「勿露怯意，千萬！」

等自我穩定下來，抬頭細看，太上皇居中坐在胡床上，身上反穿一襲白狐裘，越襯得面目黧黑，形容憔悴；胡床左右有兩個衣飾華麗的韃子，一個挾弓，一個持刀；挾弓的那個，年紀較長，面相獰惡；持刀的年輕而和善。王復已經猜到，必是也先兄弟，卻故意裝作不知。

「臣禮部侍郎王復、鴻臚寺卿趙榮，叩請太上皇帝聖安。」說著，王復與趙榮一起跪下磕頭。

「喔，」太上皇指著也先說道：「你們拜見『瓦剌國的太師淮王』。」這是也先自封的稱號。

王復長揖不拜；趙榮亦照此禮，也先怒形於色地向他身旁的人，說了幾句蒙古話。

這個人便是喜寧，他指著王復說道：「身為太師淮王，難道受不得你一個頭？」

王復心想，這不能硬頂，須以理相折，才不致僨事；想了一下答說：「上皇聖駕在此，太師淮王與我同是臣子，不敢越禮。」

喜寧譯轉，也先的臉色緩和了，接著又說了幾句蒙古話。

「太師淮王問你們，可有書信帶來。」

「有。」王復取出來兩個封套，漢文的是景泰帝「上太上皇帝書」；蒙文的是「敕書」，一呈上皇；一交也先。

「太師淮王說：你們兩個小官，要叫王直、胡𣹢、于謙、石亨來。」

王復正不知如何回答時，太上皇使了個眼色說道：「你們趕緊走吧！」

這是個警告的眼色，王復會意，向喜寧說道：「請你覆上太師淮王，我回朝以後，一定力勸皇上，派他們四個人來議和。」

「這才是。」

於是王復、趙榮照前向太上皇及也先行了禮，出帳上馬，頭也不回地往南直奔。到得德勝門外，遇見于謙，他細問了經過情形，復又說道：「請代奏皇上，不必再遣使了，徒亂軍心。」

「是的。」王復答說：「我看上皇也是這樣的意思。」

過了三天，沒有消息，也先開始大肆擄掠；于謙督兵分守九城，是內城的九座城門；外城雖亦遣將防守，但非主力所在，因此也先得以恣意荼毒，天壇等等壇廟都遭劫了；而且自北而來的韃子，有由南面自正陽門進攻的趨勢，而精銳重兵，多在北、西兩面，總兵石亨頗以為憂，向于謙說道：「大臣不出，不行了！」

于謙不作聲，沉思了好一會說：「不用計，不行了！」當下召來副總兵范廣、武興低聲密議，各人照計而行。

此計是誘敵之計。從德勝門至土城，人煙茂密，但適當戰場，自然逃避一空；這些空房子，正好安頓伏兵。

部署既定，遣一名裨將，帶領數十騎作為巡邏，至土城關附近誘敵；也先正調集了一萬人，預備攻城，雙方在北極寺東，俗名北頂的地方相遇，明兵掉頭就走，也先大隊呼嘯著追了下來，過了臥虎橋，將到西小關，原來人煙茂密之處，負責指揮伏兵的副總兵范廣，點燃一種名叫「九龍筒」的火器的藥線，九弩齊發，也先前鋒有好幾個人從馬上栽了下來，後面的韃子急忙勒馬，但大隊衝了過來，一發難收，撞在一起，頓時大亂。

范廣到這時才發號炮，連著三聲巨響，空屋中的伏兵齊出；在高處督戰的于謙，看也先所部，如潮水般湧到，有眾寡不敵之勢，便命掌管神機炮的千戶，將標尺提高，攻敵後路，第一炮太遠了，稍稍壓低標尺，第二炮恰到好處，只見硝煙瀰漫之中，有好幾面旗幟倒了下去，知道擊中了敵人的主力——也先的胞弟孛羅；瓦剌部的「平章」卯那孩，死在這一炮之中。

這一來，敵餒我盛，雙方士氣在炮聲中消長。石亨原在安定門與守將都督陶瑾議事，得報率同他的胞姪石彪，帶領親兵出安定門，向西往德勝門方面側擊。

石亨、石彪叔侄倆使用的兵器相同，都是長柄巨斧，躍馬衝入敵陣，所向披靡，韃子沿城敗退，轉到西直門外。

守西直門的是都督劉聚，背城列陣，前面是極深的一道壕溝，韃子一逼近了，隔壕火器、飛篁齊飛，只好往西去圍孫鏜的部隊。

原來孫鏜奉召抵京後，適有也先入寇之警，奉旨以右都督總兵官的身分，統京軍一萬往紫荊關禦敵，但正待開拔，也先已經入關，孫鏜便在城外紮營。一萬人的營壘，分布在豐中至良鄉，涿州一帶；他的大營紮在西直門外，左右親軍，不到五百人，但親自迎敵，勇往直前，韃子居然往北退了回去。

孫鏜抵擋過頭一陣，看敵勢數倍於我，不敢追擊；馳馬到達西直門下，隔著壕溝，大叫「開城」。城上有老將成山侯王通、都御史楊善；但開不開城，權在奉旨在西城監軍的吏科給事中程信，他匆匆寫了一張字條，縛在箭桿上，射到孫鏜馬前，拾起來一看，上面寫的是「小失利，即欲入城，某若納公，賊益強，人心益危。請努力殺賊！火速、火速！」下面具名「監軍程信」。

孫鏜看完，帶馬向北，揮一揮手，往前直衝。而韃子自德勝門敗退下來，猶有兩三千之眾；領隊的敗而不亂，一看孫鏜勢孤，正好以大吃小，下令包抄，將孫鏜圍在中間。城上助戰，發槍射箭，鼓譟助威；但強弱之勢懸殊，看看不敵，石亨叔侄領兵趕到，韃子領取過他的厲害，望風而逃。石彪領精兵千人，先一步趕到南面的彰義門外，截他們的後路；石亨復由北面追了下來，兩面夾擊，韃子敗退，時亦入暮，守軍收兵。

這一仗也先雖敗，元氣未喪；集結在土城關一帶的部隊，至少亦還有兩三萬。于謙早想轟他的大營，只為太上皇在他帳中，有所顧忌；不想諜報密傳，說太上皇已由伯顏帖木兒護送，往西移駕。于謙還怕消息不實，分遣密諜偵察，證傳太上皇確已遠離土城關，方始下令發炮。

火炮是從元朝就有的，明成祖——燕王最重這樣兵器，攻城略地，往往賴火炮建功；建文初年自燕京起兵後，初期最重視的是濟南，因為一下濟南，便成南北對峙之勢，亦可說已得了建文帝的一半江山。

但守濟南山東布政使鐵鉉，字鼎石、人如其名；燕王圍城三月而不能下，下令用火炮轟城，鐵鉉便製了許多大木牌，大書「太祖高皇帝神牌」，遍懸城頭；燕王無奈，只好停止轟擊。

及至成祖平交趾，獲得「神機槍炮」的製法，威力非舊式火炮所可同日而語，因而特置「神機營」，成為炮兵部隊；「九邊」自開平、懷來、宣府、萬全，以至山西大同、得和、朔州等處，都置炮架，為備邊的利器；但神機槍炮稱為「神銃」，都在京師「兵仗」、「火器」兩局製造，而且不輕發給。

京師九城，自決定固守以後，于謙便請旨責成工部，趕裝炮架，西北兩城，當外敵來路，炮架多於其他各處。于謙決定炮攻後，自德勝門至安定門，列神機炮五尊之多，火藥亦盡量多儲在城頭上，下令攻擊那天，白天仔細標好了安置；入夜城外官軍，一齊燃起火炬，然後五炮齊發，聲震天地，也先這一驚，幾乎喪魂落魄，急急率領從人，落荒而逃；只望黑處走，因為有火之處有官軍，不敢自投羅網。于謙命城外一齊舉火，固然是自明位置，免受誤傷；而主要的作用，亦就是要嚇走也先。

一夜轟下來，韃子死了上萬人，餘眾向西北兩路逃竄，恰好宣化守將楊從奉詔率軍兩萬入衛，而孫鏜的隊伍原就部署在赴紫荊關上的路途中，因此由北路出居庸關的韃子，大都能夠逃命；而往西逃的，便都慘了，先為孫鏜大破於涿州，後為楊從追擊於霸州，能生出紫荊關的，不過三分之一。

這一仗，軍威大振；人心大定，論功行賞，于謙加官「三孤」之一的「少保」，總督軍務。于謙固辭，景泰帝不允。

武臣之功，以石亨為首，由武清伯晉位武清侯；石彪亦由指揮同知陞為都指揮僉事。此外加官晉爵，各為其功，京城裡彈冠相慶，一片的喜氣；紫荊關外的太上皇卻正在受熬煎，連朝雨雪，白茫茫一片，不知道路在何處，虧得袁彬執韁、哈銘扶持，終於跟也先遇到了。

也先殺了一匹馬，請太上皇去喝酒，他經由喜寧傳譯，用一種幸災樂禍的口吻說道：「中國不會來迎皇帝回去了。如果中國派使節來，我可以送上皇回去。」

「你如果願意送就送，派人去通知，遣使來接我，不過徒勞往返而已。」

「我倒願意送，不過不是送到北京。」

「送到那裡呢？」

「你的弟弟做了皇帝；而且已經規定好了，你回去仍舊是太上皇，沒有實權，對我沒有好處。」

也先緊接著說：「我送你到南京，你在那裡做皇帝。」

這個想法，有點匪夷所思，太上皇便即問說：「送我到南京，就得先進居庸關，你有把握嗎？」

「我不進居庸關，我往西先到寧夏，由花馬池南下到陝西，入湖北；再沿漢水到長江，這樣一直往東，不就到了南京？」

「兜好大一個圈子。」太上皇問道：「逢關過卡怎麼辦？」

「有你在，他們敢不讓你過去嗎？」也先又說：「幫你弟弟的，只有于謙他們幾個人；大多數的，仍舊只認你是皇帝。」

太上皇有些心動了，只要到了南京，不怕北京不來接；不過這件事他要跟袁彬商量，因而暫時不作肯定的答覆，只說：「讓我回去想一想，明天告訴你。」

「好！」也先說道：「還有件事，皇后、妃子都在北京；我想送一個妃子給皇帝，一路陪著到南京。」

「呃，是怎麼樣的人？」

「是我最小的妹妹，今年十九歲。」

這也是讓太上皇動心的事；正在躊躇時，發覺跪在他身後的袁彬扯了扯他的衣服；太上皇會意了。

「多謝你的好意。這件事，我也要回去想一想，明天給你回話。」

第二天一早，喜寧來了，是奉也先之命，來討回話。皇帝前一天晚上，跟袁彬、哈銘商量過了，認為兩件事，一件也不能接受；天寒地凍、皇帝又不大會騎馬，這個大圈子不知道要兜到甚麼時候，而且各地守將如果拒而不納，又將如何？至於也先獻妹，明明是派來監視，這一來找機會脫出羅網的希望，就更渺茫了。

當然，回答也先的話，措詞是很婉轉的：「如今是冬天、一路雨雪載途，我又不善騎；回南京的計畫，不妨到春暖花開再說。」

「第一件事是從緩。」喜寧問道：「第二件呢？」

「你是說太師的令妹？」

「是啊！」喜寧揚著臉說：「人長得不壞。」

「冊妃是件大事，我不願委屈太師的令妹；等我到了南京，遣使來迎聘。」

「這第二件事，也是從緩？」

「兩件事，一件不辦！」喜寧突然變臉，手指袁彬，冷笑一聲：「哼！你小子出的好餿主意！你等著，叫你吃不了兜著走！」說完，氣鼓鼓地走了。

到了下午，也先派人來通知，傳袁彬、哈銘到他帳中，有話交代。袁彬、哈銘不敢不去；太上皇以為只是喜寧攛掇是非，也先把他們叫了去痛罵一頓，就會回來的。那知一去去了一個時辰，猶未放回，心知不妙，急急趕到也先帳中。

闖進去一看，袁彬已經被縛；小韃子正在縛哈銘，太上皇大喝一聲：「幹甚麼？」

這一聲驚動了後帳的也先，出來問道：「皇帝你來幹甚麼？」

「我來找袁彬，哈銘；我不能沒有這兩個人，你要殺他們，不如先殺了我。」說著，太上皇抱住哈銘；小韃子不敢連太上皇一起縛，手停了下來。

「好吧！好吧！我饒他們！把繩子解開。」

「你們謝太師不殺之恩。」

袁彬、哈銘都磕了頭，也先警告：如果再在太上皇前胡出主意，定斬不饒。

「這喜寧，不除了他，我們三個人的性命，遲早不保。」太上皇低聲說道：「你們看，有甚麼法子能除他。」

「乾脆，我一個拚他一個！」哈銘說道：「明天我去殺了喜寧，到太師那裡自首；上皇能救得了我最好，否則也就算了。」

「一定救不下來的。」袁彬接口，「犯不著硬拚，慢慢兒想辦法。」

海闊天空地胡想了好些不切實際的主意，漸漸歸納出一句總話：借刀殺人。下來該研究的是：借誰的刀，怎麼借法？

經過連日密議，辦法已經想好了；但需要等一個人病好，此人名叫高磐，是個錦衣衛的百戶，被俘以後，擢來供太上皇使喚；不想受寒致疾，要等他病好復原，才能行事。

轉眼過年──景泰元年；這個年過得特別長，因為是閏正月。元旦那天北京罷朝賀年；也先倒是來朝賀了太上皇，又談起遣使之事。

「光是我寫信沒有用。」太上皇說：「要派一個去見太后；太后交代下來，我弟弟就不敢不從了。」

「說得是。皇帝看派誰呢？派袁彬？」

「沒有用，他不能進宮；見不著太后。」

「那麼，誰能見得著太后呢？」

「我想不出來。」

也先楞了一會，突然發問：「喜寧行不行？」

等袁彬傳譯以後，太上皇向他說道：「你告訴太師，喜寧是太監，當然能進宮，不過我不想派他去。」

等袁彬傳了話，也先問道：「皇帝為甚麼不願意派他去？」

「因為他會搬弄是非。」

「不要緊！我來交代他；他會聽我的話。」

「提到這一點，」袁彬故意遲疑了一下，方又開口：「北京也都知道，喜寧最聽太師的話；說不定有人對他不滿，會殺他。這一層，太師不可不慮。」

「他是替皇帝去送書信，在你們中國說，就是『欽差』；那個敢殺欽差？」

「就怕來不及讓他表明身分，命先就沒有了。」

也先點點頭；想了一下說道：「要有個人陪了他去，證明他是欽差，就不要緊了。」

「那就只是派高磐。」袁彬說道：「他是錦衣衛百戶；邊關的守將，他都認得。」

「再好沒有。就派高磐陪了喜寧去。」

於是太上皇寫了一封上孫太后的「安稟」，請求遣使來迎；陳明細節由喜寧面奏。另外找了高磐來，密授機宜；袁彬又跟他細細籌畫了一切步驟，方始動身。

不多幾日到了宣化府。宣化的守將本來是楊洪，自從奉急詔率兩萬人入衛京師，大破韃子於霸州以後，論功由原封的昌平伯，進位為侯；由於于謙的建議，奉旨率領所部留在京裡，負責訓練京營，兼掌五軍都督府的左府。宣化守將，改派了左都督總兵官朱謙；他的副手便是楊洪的長子，都督僉事右參將楊俊。

喜寧、高磐到得城下時，恰好楊俊在巡視戰備，得報上城問道：「是誰？」

「太上皇帝欽差，御用監喜寧。你是誰？」

「你別問我是誰。」楊俊答說：「你只說你要幹甚麼？」

「我要進京見孫太后；快快開城，少嚕囌。」

「你等等！」

楊俊下了城，去見朱謙請示：「你知道的，令尊曾奉有密旨，也先或會假冒上皇的詔書，無論真假，一概不受。」朱謙交代：「別開城。」

「不過，他並不是說來下書，而是要進京見孫太后；如確有其事，似乎不能不讓他進城。」

朱謙想了一下說：「這樣，你出城請他吃個飯，把他的來意弄弄清楚，再作道理。」

「是。」

於是楊俊命人挑了一副食盒，開城相見，道過姓名，略作寒暄，在士兵巡邏休息用的小屋中，打開食盒，請喜寧、高磐喝酒，問起太上皇的近況。

喜寧尚未答言，高磐突然從喜寧身後，一把將他連雙臂緊緊抱住，大聲喊道：「楊將軍，請你把喜寧跟我，一起抓起來。」

事起不測，如果只請楊俊擒喜寧，他可能會躊躇；一起就縛為萬全之計，無所用猶豫，楊俊立即吩咐隨行衛士，抓住兩人的手臂；喜寧猶在掙扎，高磐挺立不動。

「楊將軍，我奉有上皇的親筆密詔，請你把我右腿的『裹腿』解開，就看到了。」

楊俊便親自動手，一道一道地將裹腿布解開，果然有張油紙所裹的書信；楊俊放在桌上，抹平了紙上的皺紋細看，上面寫的是：「字諭邊關守將：中官喜寧，屢唆也先入寇，且不欲送朕回京，罪大惡極；茲著錦衣衛百戶高磐誘使回國，凡我守將，務縛喜寧，送京交法司誅之。切切勿誤。」下面署一個「鎮」字。

于謙在喜寧被誅時，便已想到，此舉會觸怒也先，領兵入侵，因而告誡邊關各地，嚴加防守。三月間，瓦剌各部落，在也先糾合之下，大舉入寇，大同、陽和、偏頭關萬全各地，紛紛告警；而最危急的是宣化，由瓦剌王脫脫不花——瓦剌原分三部，敕封為順寧王、賢義王、安樂王，也先之父脫懽為順寧王；十四年前殺賢義、安樂兩王，打算自稱「可汗」，但以反對者多，不得已共立元朝的後裔脫脫不花為瓦剌王，自脫懽至也先，都只具空名，這回受也先挾制，領兵兩萬圍困宣化，其實亦是空名；所率領的都是也先的部隊。

朱謙飛章告急，朝中決定派都督同知范廣領精兵赴援。此人籍隸遼東，精於騎射，驍勇絕倫，是于謙所最賞識的大將。也先犯京師時，他因于謙所薦，由都指揮僉事，升任都督僉事，充左副總兵，作為石亨的副手；躍馬陷陣，部下受他的激勵，老弱殘兵，亦為一下子成為勁卒。于謙所最欣賞者在此。

當朱謙告急的本章到達御前，景泰帝命兵部會同諸營，共舉將材，大家一致推舉范廣。及至領兵到達宣化，脫脫不花，已經退去；于謙命范廣駐軍居庸關，把守京師的大門。

不過邊關守將，忠勇奮發，一意堅守的，固然不少；而懦弱怯敵，只望求和的也不是沒有，而且這類人還漸漸在增加，鬥志消沉，最為可慮，于謙決定找機會糾正頹風。

有個大同參將許貴，勛臣之後，上了一道奏章，說也先派了三個人到大同，要求朝廷遣使講和。許貴建議，朝廷應該遣使，而且多賜金帛，以為安撫，然後徐圖討伐之計。

這給了于謙一個機會，當廷議時，他說：「以前並不是不遣使，每一次都是無功而返，有時還會在無形中成了也先的嚮導。也先之仇，不可戴天，就理而言，無講和之理；就事勢而言，講和以後，也先需索無度，從則自損國力，不從則必生變，不如置之不理，最為上策。許貴勛臣後裔，委靡懦怯如此，可斬，可斬！」

說「可斬」，並未真個奏請處斬；但只要他有這句話，影響就很大了。因為遠近皆知，于謙得君甚專，興安及金英，亦是全力支持，或戰或和，完全由他作主；他的態度既表現得如此堅決，邊關守將就沒有人再敢主和；亦沒有人再敢鬆弛戰備。

在京中，于謙在軍制上作了一個重大的改革。原來明太祖力戰經營，以武功定天下，仿照唐朝的府兵制度，普遍設立「衛所」，計口授田，農忙耕種，農餘訓練；遇到征伐，臨時選將充總兵官，調衛所兵編組營伍。任務完成後，總兵官繳上印信；士兵各歸衛所。由於兵是兵、將是將；所以兵不知將，將不知兵，如果調來的兵，訓練嚴格，而總兵官深諳將略，駕馭得宜，當然就打勝仗，否則就很難說了。

衛所常備兵以外，還有「京營」，每年輪調近畿、山東、河南、大寧各衛所的勁卒，隸屬京營，稱為「番上」。京營原來只有一個大營，名為「五軍營」；永樂年間得邊外降卒三千人，慓悍可用，特立一營，即名「三千營」；以後征交趾得神機槍炮的製法，因而又立「神機營」。五軍、三千、神機，合稱「京軍三大營」，總人數由二十萬擴充至四十餘萬。

但承平日久，不能無老弱，而且勛臣貴戚，往往借擢京營兵去服勞役，訓練懈怠，士氣不振，因而才會有「土木之難」。于謙奏言：「兵冗不練，遇敵輒敗，徒耗官米」；提出整頓的辦法，就三大營中挑選精銳十五萬，分為十營，每營一萬五千人，由都督率領，名為「團營」；團營以下為「小營」，每營五千人，由都指揮使率領。此十五萬人，每日下操，名為「團操」。挑剩下來的，仍歸三大營，名為「老營」。

景泰帝一如于謙所奏，並派他為「團營總督」；下設三名總兵官，由于謙提名石亨、楊洪、柳溥充任。監軍照例派太監，一個是曹吉祥；一個是劉永誠。

邊將固守，團營勤練，也先知道想再像從前那樣，往來縱橫，進退自如，是不可能的事了。既然如此，不如真心議和，起碼每年朝貢獲得賞賜，附帶還可以做一筆好生意，比較實惠。於是這年六月間，也先復又正式遣使，要求議和，保證一定會送還太上皇。景泰帝交禮部議奏，久而不決，自然是由於景泰帝不願意上皇回來之故。

於是，四朝元老的吏部尚書王直，會同群臣上奏，也先既然悔悟，願送上皇回國，這是轉禍為福的契機；請皇帝俯從其請，遣使回報，察其誠偽，加以安撫，奉上皇歸來，庶幾稍慰祖宗之心。又說：「陛下天位已位，太上皇還，不復蒞天下事，陛下崇奉安居，則天倫厚而天眷益隆，誠為古今盛事。」

景泰帝得奏，派興安答覆王直：「你們的話說得很對，不過遣使亦非一次，每次不得要領。這回假使以送駕為名，來犯京師，豈非又苦了百姓。你們再好好議。」

議到七月裡，尚無結果，也先倒又派了五名瓦剌國的大臣，到京請和，這回，禮部尚書胡濙，一個人上奏，說應該奉迎上皇；景泰帝仍舊不允，第二天御文華殿，召見文武大臣。

「朝廷因為通和壞事，非跟也先斷絕往來不可，而你們屢次有不同的意見，是何道理？」

奏對的自然是王直，他大聲說道：「上皇蒙塵，理當奉迎歸國。請陛下務必遣使，今日不遣，他日後悔。」

景泰帝大為不悅，「我不是貪戀這個位子。」他指著寶座說：「是你們一定要把我撳下來坐在這裡，現在又嚕哩嚕囌，我真不懂你們是甚麼心理？」

群臣看他臉色很難看，不敢作聲；于謙卻很瞭解，景泰帝患得患失，總以為大家要迎上皇回來，意在復位，因而從班次閃出來勸解。

「天位已定，不會再有任何變化。不過就情理而言，應該速迎上皇；萬一也先是使詐，朝廷也就有話可說了。」

景泰帝恍然大悟，尤其是「天位已定，不會再有任何變化」，出諸于謙之口，等於提出了護駕的堅強保證，所以立即改口，一迭連聲地答說：「依你，依你！」

於是群臣大悅，高呼「萬歲」而散。王直會同胡濙來到內閣，商議遣使的人選。不道興安接踵而至，臉上一副找人吵架的神色。

「你們一定要遣使，我倒要問，有文天祥、富弼這樣的人嗎？」富弼使契丹，如蹈虎穴；文天祥至常州與元兵議和被執，凡此都需要膽量，興安的意思是根本沒有人敢去。

「廷臣惟天子之命。皇上派誰，誰就該去，一定會去；他不去我去，不勞費心！」

王直的話，一句重一句，說到最後，將大袖一摔；那種不屑的神氣，居然將盛氣而來的興安，搞得逡巡而退。

話雖如此，王直還是主張徵求志願之士，有個四川合州人李實，官居禮科給事中，欣然自薦，原因有二：第一，他是個功名之士，此行是個升官的機會；其次，他很好奇，要看看蒙塵的天子，是怎麼一種境況，上皇在漠北，跟宋徽宗、欽宗父子在五國城有甚麼異同？

李實的口才很好，為事擇人，自是適當的人選；再要找個副使，由于謙舉薦大理寺寺丞羅綺充任。此人當過巡按御史，頗有能名；正統九年參贊寧夏軍事，得罪了王振，謫戍遼東，景泰帝即位，上書訴冤而不聽，于謙因為他熟悉西北的形勢，特為舉薦，官復原職。這回于謙又薦他充任副史，另有作用，要他一觀也先的虛實，以利戰守。

李、羅二人都加了官，一個是禮部右侍郎，一個是大理寺少卿。景泰帝特為御左順門召見，親口宣諭：「你們見了脫脫不花跟也先，立言要得體。」接著頒發璽書——國書；另有賜脫脫不花及也先的銀子紬緞，所謂「白金文綺」，要到禮部具領。

璽書未曾封口，李實打開一看，上面只言息兵講和，並無遣使奉迎上皇的話，大吃一驚；趕到內閣，想問個明白，剛上台階，遇見興安從內閣大堂出來，看到他手持黃封的璽書，便即站住腳擋在他前面。

「你來幹甚麼？」

「璽書何以未提奉迎上皇的話——。」

一句話未完，只見興安大喝一聲：「你管它幹甚麼？你捧著黃封套去，就是了。」

李實恍然大悟，此非疏忽，而是有意不提。但到底是誰的主意；他見了也先，應該如何措詞，仍舊非弄個清楚不可。

於是這天晚上，他去看以修撰入閣的商輅。商輅字弘載，浙江淳安人；正統十年「三元及第」，李實比他早一科，年輩相當，素有往來；夜訪於私宅，自然是密談。

「璽書本來是派我擬的。首輔陳公把我找了去說：『上頭交代，只談修好，不談奉迎。』我說：『皇上御文華殿召集群臣議遣使，原是為了奉迎上皇。捨此不言，遣使亦是多餘的事。這道璽書，措詞很難。』他說：『你是狀元，還難得倒你嗎？』我說：『老先生亦是狀元；十科以前的老前輩，我看老先生自己動手吧！』」

首輔陳循是永樂十三年的狀元，算到正統十年，恰好十科；李實便問：「結果是他自己擬的稿？」

「不是。是司禮監交來的稿子。」

「這一說，是興安的主意。」李實將白天在內閣遇見興安的情形，說了一遍，接著又問：「我見了也先，應該怎麼說？」

「你打算怎麼說？」

「我還是要提奉迎上皇的意思。」

「你不怕得罪皇上？」

「我不怕。」

「可敬之至。」商輅起身，向李實長揖到地。

呈遞了璽書，也先派人先為李實引見上皇。在伯顏帖木兒大帳旁邊有一個小蒙古包，外面是一輛牛車；想到上皇便是乘著這輛牛車，為也先耍猴子似地驅遣奔波，李實的眼眶就發酸了。

進去一看，上皇坐在一張草薦上，手裡捧一個樺木碗，正在喝奶茶；七月裡的天氣，帳中悶熱不堪，上皇著一件舊羅衫，肩頭已經破了，露出黃黑的皮膚，上面有隻綠頭蒼蠅。

李實雙眼一閉，跪了下去，用發抖的聲音說：「臣禮部侍郎李實，恭請聖安。」接著羅綺也報名叩頭。

上皇楞了一下，雙眼亂眨，還是忍不住流淚，「終於有人來了，辛苦你們。」他拭一拭眼淚問：

「太后好吧？」

「皇太后、皇后都好。」李實又加了一句：「皇上亦好。」

「王直跟胡驢呢？還健旺吧？」

「是。還算健旺。」

上皇點點頭問：「你們見了太師沒有？」

李實一時不知所對；袁彬便提醒他說：「是指也先太師。」

李實這才想起，也先在瓦剌國自封為「太師淮王」，便叩答奏：「臣等將璽書遞入也先太師大帳；太師遣人告臣：先見上皇請安。臣等尚未謁見太師。」

「喔！你們帶了衣服來沒有？」

這一問又使得李實不知所對，想了一下答說：「此行只是通問，沒有想到也先太師准臣等叩見上皇，所以不曾帶得上皇的服御。不過，臣等自攜有衣服乾糧，敬獻上皇。」

「這是細故，不必去提它了。你們只替我辦大事好了。也先決定送我回京，你們回去，請朝廷籌畫出一個妥善辦法。倘或能夠回去，我就算一個百姓，到昌平去守陵寢，亦是心甘情願的。」說到最後，上皇的語聲哽咽了。

「是。」李實低著頭答應。

「你們起來！」上皇說道：「在這裡亦不必拘於君臣之禮，坐下來好了。」接著又問：「你們喝不喝奶茶？」

「一定喝不慣的。」袁彬在一旁交代哈銘：「你去取清水來。」

哈銘取了一皮袋清水來，很細心地傾注在木碗裡，分遞給李、羅二人；上皇再一次賜坐，他們叩頭道謝，然後也像上皇一樣，盤腿而坐。

氣氛比較輕鬆了，李實便問：「上皇在這裡，亦曾想到以前的錦衣玉食否？」這話問得不大得體，羅綺便悄悄拉了他一把；不過上皇倒似乎不以為忤，苦笑了一下說：「想亦無法。」

「臣愚昧，不知上皇何以如此寵王振，以致弄得幾乎亡國。」

一聽這話，上皇怫然不悅，「不錯，我不能燭奸。可是王振未敗之時，你們怎麼不奏諫？」他憤憤地說：「到了今天，都推到我頭上！」

見此光景，羅綺已有不安之色，但李實不以為意，忠言一定逆耳，真正的忠臣，就在犯顏直諫，所以仍舊率直地說：「上皇歸國，似應下詔罪己。」

上皇臉色越發不怡，但終於還是忍了下來：「那是回京以後的事。」他說：「此刻言之過早。」

這時也先派人來請使者見面，於是，李、羅二人叩辭上皇，到得也先帳中。他的這個蒙古包既大且高，四面開著窗戶，十分宏敞。時已入暮，初秋天氣，早晚皆涼，與上皇那裡的悶熱，真是兩個天地。

帳中燃著牛油蠟燭，正中掘坎，坎中燃炭，在烤一頭全羊；李實、羅綺一到，便請入座飲酒，酒是青稞所釀，微酸如酢；也先與伯顏帖木兒的妻子，親自割肉奉客，倒是待以上賓之禮。

也先透過李實帶來的通事馬顯說道：「南朝是我們的世仇，可是現在皇帝到了我國，我不敢慢待；如果我為南朝所擒，不知道會不會留我的性命？」

「中國向來以仁義待遠人。」李實答說：「如果有像太師所說的那種情形，老早將太師送回國了。」

「我不相信。不過這也是無從去證明的事。」也先接著又說：「皇帝在這裡，我們毫無用處；我遣使請南朝來迎，一直不來，這是甚麼道理？」

「太師誤會了。我們倆，就是奉旨來迎上皇的專使。」

「既然如此，為甚麼璽書中沒有奉迎的話？派你們來，不過通問而已。」

「不光是通問，主要的是息兵講和；既然講了和，上皇自然要奉迎回國。」

「你很會講話，不過我也不是三歲的小孩子，你騙不到我。你們現在的皇帝有私心，怕在我國的皇帝回去了，他的皇位就不保了，是不是？」

「這是太師的猜測。」

「不然！我聽說，南朝以前就有過這樣的情形。」

「是的。那是南宋。」李實又說：「可是兩者的情形，完全不同，宋高宗是自己嗣立的；當今皇帝，奉皇太后之命繼位，太上皇歸國以後，尊號不改，無所謂皇位保不保。」

「你們南朝的家務事，我也管不著，不過璽書並沒有說奉迎；要請皇帝回去，南朝另外要派大臣，正式奉迎。」

「是。」李實停了一下又說：「今有一事，要請太師諒解。秋收將屆，貴國兵馬在我國邊境，往來不絕，以致百姓不敢出城；請太師從速將兵馬調回來，南朝百姓，都會感激。」

也先沉吟了一會，慨然允許，「南朝百姓挨餓，對我們也沒有甚麼好處。」他說：「不過，我不知道那些地方有這樣的情形？你們兩人之中，抽一個人出來，跟我所派的人一起出發，看情形辦，好不好？」

這在羅綺，正中下懷，遂即自告奮勇；也先倒也乾脆，立即找了他的「樞密使」來，當場說定，第二天便一起去視察宣化、大同一帶。

「這樣，」李實對羅綺說道：「你也不必回來了，徒勞跋涉，我們在大同會齊，一起進京覆命。」

這樣說定了，李實、羅綺道謝告辭，回到上皇帳中，具言也先確有送上皇歸國的誠意；他們回京之後，亦必當全力相爭，請另派大臣攜帶正式奉迎的璽書來迎。

上皇頗感安慰，連夜挑燈作書，預備寫三封，一封上太后；一封致皇帝；一封諭群臣。這三封書信，寫了兩天，方始寫畢，鄭重交付李實。

於是李實去向也先辭行，也先交代：「八月初五以前，一定要派人來接。」

「日期我不敢約定。」李實說道：「這要請旨。」

「不！一定要照我的期限，否則，我無法等。」

李實未及答言，伯顏帖木兒出言轉圜，「請你回奏皇帝，盡快派人來好了。這回一定可以永久和好。」他指著也先的小兒子說：「我們跟皇帝談過了，他長大了，是你們的駙馬。」

李實笑笑不答，因為多說一句，要防備也先將來資為口實；不過心裡在想，和親修好，自古有之，等回京後，倒也不妨談談這件事。

到得大同，不但見到了羅綺，很意外地還見到了楊善與趙榮；他們也是奉使出塞。

原來瓦剌國君臣各自為政，脫脫不花亦遣使到京請和；楊善便自告奮勇，願充議和專使；這不牽涉到奉迎上皇之事，景泰帝同意了，並派趙榮為副使。

當然，出塞以後，少不得要去探視上皇。胡驫便上奏說：「上皇蒙塵已久，御用服食，宜付楊善等齎獻上皇。」景泰帝竟無表示，群臣頗多不平；楊善悄悄安慰他們說：「你們別急，我這回去，一定要想法子將上皇弄回來。」

「思敬！」王直喚著他的別號說道：「你自請奉使，皇上垂詢，我力贊其成；不過，沒有把握的話，你不要說。否則，不但你自已為人所輕，連我亦會受人批評。」

「我何嘗沒有把握？」

「你的把握在那裡？」

「喏！」楊善指著胸口說：「一片丹心，三寸不爛之舌；四名小犬，萬貫不吝之財。」

原來他有四個兒子，這回打算一起帶了去供奔走；事實上他亦確是需要親信的幫手，因為朝廷除了對脫脫不花及也先稍有賞賜以外，對其他瓦剌國有權力的人物，一無所贈。楊善決定盡傾私財，購買塞外視為珍品的日用什物，諸如布帛綢緞、茶葉藥材等等，到瓦剌去廣結善緣，以期能成迎歸上皇的大功。由於數量甚多，運輸看管，頗為辛苦，所以他要把四個兒子都帶了去。

及至與李實相遇，一夕長談，對也先及他左右的情形，完全明瞭以後，楊善更有把握；不過李實卻不信他能迎還上皇，因為他只是右都御史，在也先心目中，要王直、胡濙、于謙才算是大臣；而且璽書中亦仍無奉迎之語。

李實、趙榮回京，先到內閣，投遞上皇的三封書信，細談此行的經過；也先既確有送還上皇的誠意，自然應該奉迎。於是大臣以王直為首、勳戚以軍陽侯陳懋為首，聯名上奏；而就在此時，也先又派了個使者來，請南朝遣使，跟他一起去迎上皇。兩案併作一案，而景泰帝不許，只說：「也先使詐。」

「此非面奏不可。」李實說道：「請各位閣老，為我代請晉見。」

內閣跟興安接頭，安排景泰帝召見李實；他細述了也先的態度，接著又說：「也先應臣之請，派人偕同羅綺調回擾邊人馬；臣回京時，經過大同、宣府、懷來等處，田間已有百姓，與去時所見，大不相同，足見也先並非徒託空言。

「伏願皇上俯允群臣之請，儘速遣使，奉迎上皇；倘或逾期稍久，就令仍舊遣臣，臣亦不敢去了。」

景泰帝沉吟了好一會說：「反正楊善已經去了。答覆也先，由楊善送回來就是。」

景泰帝的意向似乎改變了，但仍無濟於事。因為只復書、不遣使，在也先看，迎歸的誠意不夠；而且也是懷疑他是否真有送還上皇的誠意。勢必觸怒也先，意氣用事，交涉將愈棘手。

於是群臣復又合疏陳奏利害關係。而景泰帝遣興安到內閣傳諭：「皇上交代，上皇是皇上之兄，豈有不迎之理？但其情叵測，必須探明；探明確有誠意，再奉迎上皇，亦未為晚。一切都等楊善回來再議。」

楊善未回，但遣他的長子楊宗急馳而回，帶來一個喜訊：上皇即將啟駕回京了。

楊善去見脫脫不花時，也先已經得知消息，特地派一個人來迎接；此人名叫田民，本來是京營的一名軍官，為也先所擄，充做隨從。自喜寧死後，田民代替了他的位置，可說已成也先的心腹，這回名為迎接，其實偵察，要想弄明白，南朝究竟要怎樣處置上皇？

楊善是老狐狸，心計極深，明知其意，聲色不動。到了也先的營地，先將帶來的禮品，託田民一一轉贈，博得了一片歡喜讚嘆之聲。入夜，田民邀集了好些瓦剌的官員，設全羊宴款待楊善父子及趙榮，酒酣耳熱之際，說話便很坦率了，有人問道：「土木堡一仗，南朝的軍隊好沒有用！」

「不錯！」楊善從容答說：「精壯有用的軍隊，不是派到兩廣去征猺人、僮人，就是派到閩浙去剿海盜。那時王司禮只是想邀大駕到蔚州，榮耀鄉里，所以不重戰備，你們也不過僥倖得意；如果是在此刻，那會有這種事出現？」

「怎麼，莫非轉弱為強了？」

「本來就是強的。如今南征將士的精銳，都已回京，總數不下二十萬。這不算，于尚書為了報仇雪恥，另外又募了三十萬人，選拔得很嚴，體格稍微差一點的就不要。這三十萬人，完全用神機營的操法，練神槍、練火器、練毒藥鍊過的弩箭，百步以外，就可以致敵死命。這還是看得見的，看不見的就不必談了。」

「甚麼是看不見的？」

楊善故作躊躇後才開口，「好吧，現在談談也不要緊。」他說：「于尚書手下有個奇才，替他策畫戰備，沿邊要害之地，都埋了鐵椎、鐵樁，深可三尺，上面露出五六寸長的一個矛尖，馬蹄一踏上去，沒有不刺穿倒地的。又請了五台山、嵩山少林寺武功精深的和尚，來訓練刺客；像這種蒙古包，三兩下就上去了，比猴子還要靈活。」

說著，他裝作無意地往上一望；但整個帳中人，包括趙榮在內，不約而同地都向上探視，似乎真的想看看上面有刺客沒有。

「可惜！現在都用不著了。」楊善微作悵惘，「和議一成，大家像兄弟一樣，還用得著這樣子費心思？」

這些話，第二天一早就由田民說了給也先聽，將信將疑，又驚又喜，急於想見楊善；召入大帳，楊善獻上特備的一份禮物，特製的一隻大銀杯，上鐫八字：「太師淮王，加官晉爵。」

也先不識漢文，聽田民講解以後，頓時面現喜色。

說過一番應酬話，楊善問道：「正統年間，太師進貢，每次派三千人，一年要派兩次進貢。朝廷每次必厚待貢使，賞賜甚多。朝廷如此相待，太師何以背盟相攻？」

他關照通事馬顯，照他的語氣翻譯，想看看也先對他據理而爭的反應如何？也先並無慍色，且是用一種埋怨的口吻答覆：「為什麼削我的馬價？給我的衣帛，好多是剪斷的；派去的人好多不放回來，且減了歲賜，教人怎麼忍得下？」

「不是削價。太師的馬，每年都會增加馬價的負擔很重，但已經運到了，不忍退回，只好稍微減一點。太師自己倒算算總帳，所得是不是比以前多了。至於剪斷布帛，是通事有意破壞，事發以後，已經處斬。譬如太師的貢馬，亦有很壞的；貂皮也許毛都脫了，成了光板，這都是下面不小心，不是太師的本意。」楊善略停了一下又說：「每年遣使，多至三四千人，難免有壞人在內，犯了法怕回來了受太師責罪，自己逃走的，朝廷把他們留下來幹甚麼？還有，貢使入朝，人數有浮報的情形，朝廷核實賞賜，所減的是虛數，只要有人就必有歲賜，一個都不會少的。」

當馬顯翻譯時，也先不斷點頭，很顯然地是接受了解釋；楊善認為是提上皇的時機了。

「太師一再進攻，我國的軍民死了幾十萬，可是太師的部下，死得亦不算少了。上天好生，太師好殺，何苦逆天行事。如今送還上皇，兩國和好，中國的銀子布帛，源源不絕地送了來，彼此高高興興，豈不甚美？」

「那麼，璽書上何以沒有奉迎的話？」

「這是朝廷要成全太師的令名，讓太師自己把上皇送回來；如果明載於璽書，好像太師迫於朝命，並非誠心送還上皇。我想，太師一定也不願意的。」

這話在也先聽來，非常舒服，便即問說：「上皇回去，仍舊會當皇帝？」

「不！天位已定，不能再變。」

也先點點頭，尚未開口，有個瓦剌國的大臣昂克，官名稱做「平章」的插嘴：「你們要迎回上皇，為甚麼不拿金銀珠寶來交換？」

「如果那樣子，人家一定說太師貪利。唯其如此，才見得太師仁義，是名垂青史，頌揚萬世的好男兒。」

這番恭維，使得也先飄飄然了，「好，好！」他說：「我把上皇交給你。」

這時伯顏帖木兒有意見，他用蒙古話對也先說：「不如將楊善留在這裡，另遣使者通知南朝，要請上皇復位，然後送回。」

這是伯顏帖木兒想建擁立之功，以期復位後的上皇，將來能夠支持他在瓦剌國掌權；但也先不同意，他說：「我們幾次說，只要南朝遣大臣來，就會把上皇送還；如今大臣來了，仍舊不送上皇，豈不是變成失信？」

上皇要回來了！有人喜，有人愁；發愁的自然是景泰帝。

「住在那裡呢？」他問興安，「總不能住大內吧？」

「是。」興安答說：「反正有唐明皇的例子在；這不是難題。」

唐明皇以太上皇帝的身分，自西蜀回長安後，住在興慶宮，此宮稱為「南內」。明朝亦有「南內」，便是大內之東偏南，位置與興慶宮相彷彿的崇質宮，但規制不能與興慶宮相比，「崇質」二字，顧名思義，可知以質樸為尚，民間呼之為「黑瓦廠」。

成難題的是奉迎上皇的儀節。由胡鰲主持議禮，所定的程序是：首先由錦衣衛具全副鑾駕，迎候於居庸關外；入關至龍虎台，禮部陳奏儀節；文武百官迎於土城外；至德勝門外的團營教場，諸將迎接；但大駕不入德勝門而入東面的安定門；至東安門內、面南設座，景泰帝謁見，百官朝見；最後迎入南內。

奏上以後，興安傳旨：「以一轎二馬迎於居庸關外，至安定門易法駕。餘如奏」。

此旨一傳，大臣蹙眉而小臣大譁，都以為「一轎二馬」由居庸關至京師安定門，是將上皇安排為「微服」回京；但與孔子「微服過宋」，唯恐為人所識，作用雖然相同，而本意則正好相反，孔子是怕為宋國司馬桓魋所殺，行蹤不能不隱密；而景泰帝是顧慮著，上皇具法駕回京，百姓夾道歡呼，籲請復位，尤其是從土城到教場這一段路，最為可慮，倘或百官倡議，諸將擁護，直接奉上皇御午門之上的五鳳樓，宣布復統大政，為之奈何？

但這只是極少數如興安等人，出於私心的過慮；事實上是不可能發生的，就事論事，奉迎上皇的禮儀是太薄了。給事中劉福會合同僚，聯名上奏；景泰帝的批覆是：「朕尊大兄為太上皇帝，尊禮無加矣；福等顧云太薄，其意何居？禮部其會官詳察之。」

這是降旨詰責，所謂「詳察」是察劉福等人「其意何居？」禮部尚書胡鰲便會同王直等，請見景泰帝，面奏「詳察」所得。

「諸臣實無他意，只不過請皇上加深親親之誼而已。」

「昨天，」景泰帝答說：「接到上皇的手書，說奉迎之禮，務必從簡，我豈能違背上皇的話？」有沒有上皇的手書，無人得知；但聽景泰帝說上皇有此「從簡」的指示，胡驪、王直就無可爭了。

大臣不爭，小臣仍舊要爭。有個京營的千戶龔遂榮，雖為武官，性好文史，寫了一封極長的信給大學士高穀，引經據典，談唐肅宗奉迎太上皇——唐明皇的故事；高穀將原函帶到朝房，交給胡驪、王直兩人看。

龔遂榮的信中說：唐肅宗至德二載九月收復西京後，肅宗即遣太子太師韋見素到成都，奉迎上皇。十二月，上皇抵達鳳翔，肅宗發精騎三千人迎駕；十天以後駕抵咸陽，肅宗備法駕迎於望賢宮，等上皇御南樓時，肅宗在樓下脫卸黃袍，換著紫袍，表示不居皇位，仍在東宮，然後拜叩於樓下。上皇下樓，父子相見，嗚咽不勝。上皇索取黃袍，親自為肅宗穿著，肅宗磕頭固辭；上皇說道：「天數人心，都歸於你了。能讓我安享餘年，就是你的孝了。」肅宗不得已而接受。

其時，父老群集歡呼，肅宗下令撤除警衛，許百姓入禁地，謁見上皇。在望賢宮，上皇不肯居正殿，肅宗固請，親自扶登；進食時，每一樣都由肅宗親嘗以後，方始進奉。

第二天，由望賢宮出發，肅宗牽馬奉上皇，親扶上鞍後，執轡控馬，上皇吩咐「不可如此」，肅宗才乘馬前導，卻不敢行在大路正中。上皇向左右說道：「我為天子五十年，未足為貴；今天為天子之父，才真是貴了。」

到得長安，自開遠門入大明宮，御會元殿慰撫百官；然後拜謁太廟，慟哭久之，方入居大明宮。肅宗上表避位，上皇不許；三辭三請，皇位始定。

「這才是忠孝雙全，情義兩孚。」胡驨說道：「大家只說禮薄，不知如何是厚？如今有例可援了。」

「兄弟雖不比父子，而禪位之恩無異。」王直接口說道：「此書宜封進皇上。」

正在談論之際，來了個面目嚴冷的大臣，此人便是左都御史王文；問知經過，大不以為然。

「此事須兩相情願，方成美談。諸公明知無益，而封進此書，無異挑撥上皇與皇上手足之間的感情！」

這話說得相當深刻，正就是外嚴冷而內柔媚的王文才有的口吻。「挑撥上皇與皇上手足感情」這頂大帽子誰也承受不起。胡驨、王直面面相覷；高穀亦就默無一言地將龔遂榮的投書，塞入袖中了。

這一下又惱了兩名小臣，也都是給事中，一個叫葉盛，一個叫林聰；葉盛外號叫「葉少保」，因為每當建議，他總是首先發言，當時只有于謙具此威望，葉盛亦復如此，有人不悅，說「莫非他也是少保？」葉少保的外號就是由此而來的。

葉盛贊成胡驨、王直的主張，看他們為王文所恐嚇，大感不平，便上奏揭露有其事。林聰則不滿於胡、王、高三人態度軟弱，索性封章彈劾，說「王直、胡驨、高穀等，皆股肱大臣，有聞必告，不宜偶語竊議」，請降旨切責。

於是景泰帝傳旨，索閱龔遂榮的原函。這一下，胡驨不必再負「挑撥」的責任，正好呈進原書，而且建言：「唐肅宗迎上皇典禮，今日正可倣行。陛下宜躬迎於安定門外，分遣大臣迎於龍虎台。」

景泰帝怎麼聽得進這話；以前談此事多少還要找個理由，這回是不耐煩的口氣了：「你們只聽我的話照做好了；不必多事！」

八月初二日，上皇啟駕；也先、伯顏帖木兒及瓦剌國的文武首腦，送行的隊伍，約長里許，在一望無垠的沙漠中迤邐往南。近午時分到了洗馬林堡，這是預定分手之處；也先等人都下了馬，一個個眼圈都是紅的。

原來上皇的本性極其摯厚，最能體諒他人的甘苦。這一年以來，為也先挾持，奔波各地，起居無定，食宿不時，挨餓受凍是常有之事，而他從無一句怨言；有時看到韃子受他的官長責罰，每每用神色表示撫慰，甚至還叫哈銘去為他求情。這一份在無形中建立起來的感情，平時不覺得，到了此刻地北天南，不知相見何日之時，才發現是如此難捨難分。

「皇帝請保重！」也先將他那把鑲了寶石的金柄解手刀，從腰間解了下來，雙手奉上，「皇帝見了這把刀，就跟看見我一樣。」

上皇流著眼淚笑道：「生受你了。可惜我沒有東西送你。」他凝視著那把刀，想起胞弟的寡情薄義，不由得淚如雨下。

「皇帝不要傷心！」也先說道：「但願我還能有朝見皇帝的一天。」

「那一天一定會有的。」伯顏帖木兒在一旁接口，「大哥，你請回去吧！我送皇帝過野狐嶺。」

野狐嶺在洗馬林堡以南，這條嶺在大漠中高峻無比，風勢猛烈；北雁南飛，受不住風力，往往墮地，這天橫空的雁字，便亂了陣勢，有一隻正掉在上皇的馬前，他命袁彬撿了起來，抱在懷中，笑笑說道：「我也送牠一陣。」

上嶺到了一處避風的地方，伯顏帖木兒命軍士搭起簡單的行帳，請上皇休息進膳；食畢復行，伯顏帖木兒將哈銘拉到一邊說道：「我也順從天意，敬事皇帝已經一年了。皇帝去年出塞，是為天下，兵敗的過失不在他。這一回到京，還是應該做皇帝；我主人如有危急，我才可以進京申訴。」

他口中的主人，是指脫脫不花；而意在言外，如果瓦剌國發生變亂，希望復為皇帝的上皇，能夠支持他。

哈銘知道上皇復位是不可能的事，卻不知如何回答伯顏帖木兒？冷眼旁觀的楊善，看穿底蘊，深怕哈銘輕率失言，留下後患，因而大聲喊道：「上皇要啟駕了！」

哈銘一聽，做個要為上皇控馬的手勢，掉頭就走；伯顏帖木兒，趕上去說：「我送皇帝過嶺。」於是上皇抱著那隻孤雁上了馬，過嶺下嶺，出嶺口時，上皇吩咐駐馬，等伯顏帖木兒到了面前，在馬上伸過手去說：「俗語云，送君千里，終須一別。你請回吧！」

伯顏帖木兒滾鞍下馬，捧著上皇的手說：「我捨不得皇帝。」

「我也捨不得你。」

伯顏帖木兒失聲而哭，上皇亦不住揮涕；楊善便上前解勸：「不必如此，不必如此！兩國和好，年年通問；朝見上皇的機會多得很。」

聽這一說，伯顏帖木兒方始收淚；囑照他的部將：「你帶五百人，送上皇到宣化。」然後拜別馬前，帶著從人轉馬回北。

上皇仍舊抱著孤雁，往南進發；走不數里，聽得人喊馬嘶，回頭一看，後面黃塵滾滾，奔馳甚急。楊善與上皇神色大變，都以為事忽中變，也先派兵來追上皇回去，只好強持鎮靜，駐馬等待。

等他們一停下來，後面的追兵就不是那樣狂奔急馳，楊善從黃沙影裡，看出領頭的正是責問楊善，何以不用金銀珠寶來贖還上皇的平章昂克。

「哈銘！」昂克說道：「我在路上獵到一隻獐子，難得的美味，特地來送給皇帝。」

接著一名小韃子閃身出來，右肩一聳，將一隻極肥碩的獐子，卸在上皇駕前；他跟楊善相視而笑了。

「多謝，多謝！」楊善下馬，代為致謝，「平章，明年遣使到京，我們好好醉他幾場。」

「一定，一定！」昂克揚一揚手：「皇帝請保重。」說完，他認蹬扳鞍，一躍而上，手往回一揮，又一陣風似地走了。

由於這五百人相送，在朝中引起了誤會；王文在朝房厲聲說道：「誰以為會把上皇送回來！也先最狡猾不過，這回派兵，不索金帛，必索土地；大家等著看吧！」

眾人面面相覷，都畏他強橫，不敢作聲；只有于謙說道：「請稍安毋躁！就派兵來，亦不過五百人，何畏之有？」接著他問胡驫，「使者該到宣化府了吧？」

「應該到了。」

「另外還派了甚麼人？」

「另外派了商弘載，到居庸關外奉迎。」

商弘載便是以侍讀入閣的商輅，在他三元及第後，上皇特簡為「展書官」，日常伴讀，親如家人，是很適當的奉迎人選。

「他動身了沒有？」

「還沒有。」胡驫輕聲說道：「打算扣準了日子、人月雙圓之夜，為上皇入居南內之日。」

這是胡驫與王直商量決定的，因為乘輿出入，國之大事，例應由欽天監選定幾個日子，奏請欽定；而這一回蒙塵的上皇還京，更要挑個黃道吉日，但因景泰帝對上皇猜疑之心極重，如說奏請由天監選取上皇回京及移宮的日期，一定會碰釘子。幾番斟酌，認為中秋將近，以人月雙圓的佳節，為上皇安返的吉期，順理成章、允協人心。這個信息，已由許彬帶到宣化去了。

許彬是在八月初五抵達宣化；一到，守將左都督朱謙便出一封楊善的來信，說上皇頒定八月初六到宣化，遣走護道的韃子後，儘速回京，希望朱謙預備車馬。

「不！」許彬說道：「上皇要在宣化多住幾天，十三到懷來；十五回京。」接著，他將胡驫與王直的意見告訴了朱謙。

「這裡到懷來，兩日途程；照這麼說，要住到十一才啟駕。原以為只住一晚，一切不妨從簡，如今要預備、預備了。」

於是朱謙派人即刻收拾總兵官衙門，內外打掃張燈結綵，改為行宮；另又殺豬宰羊，準備筵席。此外打發五百名韃子，除了庫藏金帛，查點備用以外，亦須預備酒肉犒賞，整整忙了半天一夜，及至就緒，已是天光大亮了。

楊俊與朱謙之子朱永，亦有任務，由於情況不明而又說多不多、說少亦不少的五百韃子，萬一變生肘腋，雖不難敉平，總是麻煩，因此二人密密商議，城裡城外，勒兵戒備。

城上由楊俊瞭望，候到日中，只見遠處塵頭大起，知道是時候了，下得城來，將北門開了一扇，駐馬等待。

塵煙越來越近，約莫里許，塵頭靜了下來，這是楊善顧慮周到，深恐兵臨城下，引起誤會，所以與韃子的帶隊官商量，在城外暫駐，以免發生衝突。那帶隊官很通情理，願意合作，由楊善奉著上皇，緩緩策騎，直到城下。

見此光景，朱謙放了一半心，下了馬與許彬一起在道旁迎候，等上皇行近了，兩人拜伏馬前，稱名奉迎。

上皇由袁彬、哈銘扶下馬來，他沒有見過許彬，朱謙卻是熟識的，執著他的手，流淚說道：「想不到我還有生還之日。」

「上皇歸國，舉國同慶，請先到行宮休息。」

「難為你們。」上皇拭一拭淚說：「伯顏帖木兒派來的兵，可以遣回了；不知可曾預留下犒賞。」

「預留下了。」

「好！好！」上皇看著哈銘說：「你替我給他們帶隊官致意。」

「是。」

於是上皇復又上馬，由袁彬執韁，在朱謙、許彬陪侍之下，到行宮升座；宣化府的文武官員、一一朝見。上皇也記不得那些名字，只是對一名年輕武官，印象特深，他就是朱謙之子朱永，因為生得英武非凡。

進食以後，楊善引著許彬來見，陳明胡驎與王直的計畫，上皇才知道在宣化要住到十一；這五天的工夫，幹些什麼呢？

他想了一會問許彬：「你可是兩榜及第？」

「是。臣進士出身。」

「那麼！你要替我做幾篇文章。」

第一篇是罪己詔；第二篇是撫慰群臣、善事景泰書；第三篇是祭文——上皇想到去年此時，師潰土木，陣亡將士應該致祭。

許彬奉旨以後，便在行宮找了個僻靜之處，潛心構思；他的筆下很來得，立言得體，頗為上皇所欣賞，尤其是那篇祭文，仿照「弔古戰場文」的筆法，寫得氣勢悲壯，章節蒼涼，最後說到上皇生還，足慰英靈，其中且為王振多所開脫，更符上皇的私衷。

原來王振與上皇的關係，是任何人所無法了解的，他之由一個不知生母為誰何的庶孽而能成為孫太后之子，得以繼位，完全是王振一手所策畫。

由於要在土木堡設祭，所以提前一天動身，八月初十那天，上皇親祭以後帶著楊善、許彬，重臨當時蒙塵的遺跡，徘徊瞻顧，悲喜交集，直到日落，方始在諸臣一再催請之下，策馬到了懷來。商輅已經在這裡等了兩天了。

看到商輅，在上皇別有一份疚歉之感，因為他名為「展書官」，其實等於授讀的業師；他在為上皇講解唐史時，對宦官的跋扈，每每陷君於不義，講得詳明剴切，雖無一言及於王振，但上皇不能無慚。

入夜，君臣倆燈下談心，上皇問道：「商先生，你看，天下後世，視我是怎樣的一個天子？」

商輅略想一想答說：「謙讓明哲之主。」

上皇將「謙讓明哲」四字，好好體會了一下、點點頭說：「我明白，謙讓還要明哲，始足以保身。」

「天子聖哲。」商輅信口答了這四個字這是教蒙童如何分辨四聲的一句歌訣：「平上去入，天子聖哲」；因為「天子聖哲」，恰好分為「平上去入」四聲。

「商先生，」上皇又問：「也先告訴我，是于謙堅持要我遜位，有這話沒有？」

「若是也先這麼說，正見得于謙功在社稷，也是功在上皇。」

「於我有功？」

「是。」商輅答說：「于謙認為非此不足以返上皇。也先挾天子以令諸侯，倘使諸侯能不受挾制，則也先所抱的就是空質，自然就會願歸上皇以修好。如果郭登守大同、朱謙守宣化，不能數數擊退也先，只怕上皇還在蒙塵。而郭登、朱謙之能有功，于謙之激勵士氣民心，安定內地，使邊將無後顧之憂，關係極大。再者，國賴長君，今上之即位，出於廷議，亦非于謙個人的主張。」

上皇雖接受了商輅的解釋，但皇位的得失，畢竟是不容易看得破的，因此，他終於還是忍不住說了句：「雖說出於廷議，而據我所知，堅持的是于謙。」

「堅持亦無非欲返上皇。」

上皇默然；好久方又問道：「商先生，你看將來會易儲否？」

「無儲可易。」

「你是說我弟弟尚未有子？」

「是。」

「我弟弟年紀還輕得很，不愁無子。」

商輅不答，只說：「上皇不必想得太多。」

上皇為子孫計，豈能不想？「商先生，」他問：「你以為金匱之盟，可行之於今日否？」

「金匱之盟」是宋朝開國的故事，宋太祖建隆二年夏天，杜太后病重，勢將不起，召太祖及宰相趙普受遺命；杜太后問太祖：「你知道不知道，你是怎麼得的天下？」

「都是天恩祖德，皇太后的餘慶使然。」

「不然，只為周世宗死得太早，柴家只是孤兒寡婦；如果周有長君，那裡會有『陳橋兵變』，那麼容易得天下的事？」杜太后接著又說：「你百歲以後，應該傳位匡義；匡義傳光美；光美傳德昭，這才是社稷蒼生之福。」

匡義、光美為太祖之弟；德昭則是太祖的長子，在兩番「兄終弟及」以後，再回復到「父死子繼」的局面，本性純孝的太祖，涕泣受命。杜太后便命趙普在病榻前作了筆錄，太祖署名以後，趙普加上「臣普記」三字，作為見證。然後藏之金匱，命謹密宮女保管。而匡義、光美及德昭皆不知其事。

及至「燭影搖紅」，太祖遺命傳位匡義，是為太宗。數年以後，德昭及太祖次子德芳先後去世，而有人密奏光美驕恣，將有陰謀竊發；太宗召趙普商議，趙普方始陳明，曾受杜太后顧命，及金匱之盟。太宗便問，將來是否應該傳位於光美；趙普的回答是：「太祖已誤，豈容陛下再誤！」而且設計陷害光美，獲罪發往房州安置；光美憂悸成疾而死。宋朝的帝系，因而由太祖轉至太宗一支。

上皇的意思是，想仿照金匱之盟的成例，請孫太后主盟，確定景泰帝將來傳位於上皇之子；商輅認為這是多餘之事，「若使朝有趙普，金匱之盟，亦如廢紙。」他接著又說：「不過，臣絕不為趙普。」

趙普負了宋太祖；商輅此言，表示他絕不負上皇，「商先生，」上皇感動地握著他的手說：「趙普是村學究，你是大魁天下的狀元。」

八月十五的天氣極好，萬里無雲，金風送爽；京城裡的百姓似乎都擁到了街上，但都集中在東城，為的是一瞻歷劫歸來的上皇的丰采，看看他與蒙塵以前，有幾許改變；重親百姓，是悲是喜。

上皇的法駕，也就是皇帝的全副鑾駕，陳設在安定門內；門外另設一座黃幄，等上皇轎子一到，金英趨前，揭開轎簾，說一聲：「老奴接駕！」淚流滿面地將上皇扶入黃幄。

先在黃幄休息的主要原因是，讓上皇先在這裡更衣；兩名太監捧著一具朱漆畫金龍的長方盤，上置一套皇帝的常服，烏紗折角向上的翼善冠；前後兩肩各織金龍的盤領窄袖黃袍；一條金鑲玉帶，跪進上皇。

「我，」上皇看著金英問道：「我還能穿這些衣服嗎？」

「如何不能？」金英答說：「原是上皇以前的常服。」

「不知道還能穿不能穿？」上皇問道：「你們看我是不是比以前瘦得多了？」

「眼前略顯憔悴，不過天顏一定日見豐腴。」金英又說：「老奴伺候上皇更衣，文武百官等得太久了。」

於是上皇更衣，龍袍的腰身嫌寬了，倉卒之間，無可更易，只有用軟帶束緊；然後步出黃幄，只見安定門內，沿著大街，一片旗海——大明皇帝儀仗，最重布旗，有日月旗、風雲雷雨旗、青龍白虎旗、五行旗、二十八宿旗、江河淮濟四瀆旗、五嶽旗、青紅黃白，五色繽紛；每一面旗用甲士五人，一人掌執，其餘四人執弓箭護衛，所穿軟甲，各隨旗色，花團錦簇，燦若雲霞。

上皇重睹天家富貴、感慨萬千，在文武百官高呼聲中，登上「五輅」中的「革輅」；革輅即是革車，亦就是古代的兵車；上皇御駕親征，雖因兵敗蒙塵，但禮官仍作為他是凱旋還朝，所以請御革輅。

在旌旗羽葆前驅後擁之下，上皇進了東華門，皇帝迎拜於輅前；上皇下輅，親手扶起皇帝，執手相看，彼此眼中都含著淚水。

「大哥！」

「弟弟！」

手足天性，流露於這片刻之間，上皇與皇帝相擁痛哭；金英與興安，等兄弟倆盡情一慟以後，輕輕地將他們拉開。其時東安門內，已一東一西設下兩張金交椅，上皇在東，皇帝在西，並坐交談。

「大哥回來了，天大的喜事。」皇帝說道：「神器有主，請即日復位，臨御天下。」

「不，不！天位已定，不可更易。也多虧得你艱難撐持，轉危為安，即論崇功報德，亦應該是你登皇位。」

「我奉皇太后懿旨監國，臣子之職，分當應為。還是請大哥復位。」

「皇帝至重，既定不可再變。」上皇說道：「我能生歸京師，安居南內，心滿意足了。」

就這樣遜讓了好一會，皇帝終於說道：「大哥既以天下相付託，我不敢不竭忠盡力，以答社稷蒼生；今後還是要請大哥不時訓誨，免得隕越。」

「你做天子，比我做得好！」上皇站起來向羅拜於前的文武大臣說道：「皇帝謙德為懷，但我絕無復位之理。從今天起退隱南宮，不問國事；你們要以當年事我的忠忱事皇帝。」

於是，興安閃出來高聲說道：「請皇上親送上皇，入居南宮。」

正名崇質宮的南宮，在皇史宬以東，太廟以西，粉牆黑瓦，樹木蓊鬱，極其幽靜；如果厭倦了繁華錦繡，到這裡來避囂習靜，求得身心的恬適，那是非常好的去處，但一年之中，飽受奔波流離之苦，空勞錦衣玉食之想，歷劫歸來，仍如寒素，住在這樣的地方，自然意有不足，尤其是在北面金碧輝煌，千門萬戶的大內照映之下，其情更覺難堪。

因此，上皇自入南宮，便無笑容，在後殿看到瞎了一隻眼，瘸了一條腿的皇后，更是傷感。但錢皇后及周、萬、王、高、韋王妃，都強忍眼淚，勉為歡笑，上皇亦就只好強自抑制，不談自己，只問后妃的境況；當然，首先要問太后。

「皇太后會來。」皇后答說：「此刻只怕已從仁壽宮啟駕了。」

果然，宮女來報，孫太后已經駕出東華門，由金英護持著，乘軟轎到達崇質宮。上皇在宮門外跪接，迎入後殿；聽得孫太后一句：「我們母子居然還能見面！」上皇憋了好一會的眼淚，終於忍不住了。

上皇伏在地上，號啕大哭；后妃亦都俯伏在後，雖不敢哭出聲來，卻無不淚流滿面。

孫太后亦頻頻拭淚，等上皇的哭聲稍止，她才出言撫慰，「今天是喜事！你們都別哭了。」

她親手扶起皇后，看她的眼淚仍如斷了線的珠串，滾滾而下，忍不住嘆口氣：「你已經哭了幾缸的眼淚了！再哭，連另外一隻眼都保不住了。」

聽得這話，上皇想到才廿二歲的皇后，一朵如朝陽影裡的芍藥，如今竟似敗柳殘花，憔悴殘廢得不成人形；心頭湧起陣陣憐痛，復又「哇」地一聲，放聲一慟。

「月亮快上來了！」金英說道：「請上皇、娘娘們，陪著老娘娘開筵賞月吧！」

這麼一說，才讓上皇止住了眼淚；而從這時候開始，上皇才能細談這一年來，在大漠的歲月，為了避免孫太后傷心，有好些苦楚，是不肯說的。只揀些韃子的奇風異俗來談，也一再提到伯顏帖木兒相待之厚，及袁彬、哈銘事主之忠。

「這兩個人在不在？」孫太后問：「帶來我看看。」

金英傳懿旨去查問，只有袁彬在，帶入後殿，叩見太后；后妃都躲在屏風後面窺看。

只見袁彬先向太后行了禮，轉身再要向上皇磕頭時，他一把拉住他說：「你坐下來！給老娘娘講講我們在沙漠裡的苦樂。」

上皇視袁彬如手足，而蒙塵在外，亦無法講君臣的禮節；但此刻不同了，袁彬答說：「在老娘娘面前，臣怎麼敢坐？」

太后已看到上皇眼中所閃露的友愛的光芒，便即說道：「不要緊、我賞你坐！阿菊，你端個腳踏過來。」

等宮女阿菊端來腳踏，袁彬先向太后謝了恩，方始半跪半坐在上面；只聽上皇問道：「袁彬，你還記得去年今天的情形吧？」

去年今日，便是土木堡六師大潰之時，創鉅痛深，自然記得，「上皇真命天子，暗地裡有神靈保護；有個跟隨在上皇身邊的太監，渾身中箭，像個刺蝟一樣，可是，」袁彬臉上流露出彷彿至今還覺得不可思議的神情，「上皇毫髮不傷；因為這樣，伯顏帖木兒才會在也先面前力爭，一定要保全上皇。」

「怎麼？」太后問道：「莫非還有人要加害上皇？」

「是。當時也先問他的手下，應該怎麼處置上皇，有個名叫乃公的人說：這是老天以仇人賜我們，不如殺掉。伯顏帖木兒大怒說道：『那顏！要這個人在這裡幹甚麼？叫他走——。』」

「甚麼叫那顏？」太后打斷他的話問。

「那顏就是中國話中的『大人』，他們都是這樣稱呼也先的。」

「喔，你再說下去。」

「當時伯顏帖木兒說：大明天子在千軍萬馬之中，居然絲毫不傷；這是上天要保全大明天子，我們何可逆天行事？不如遣使中國，要他們來迎回天子，那顏豈不是博個極好的名聲。因此，也先才把上皇交了給伯顏帖木兒。如果不是喜寧，上皇早就回來了，而且也不會吃那麼多苦。」

「娘娘，」皇帝接口，「你老人家知道不知道，兒子在這一年當中，覺得最痛快的一件事是甚麼？」

「是——，」太后想了一下答說：「莫非是殺喜寧？」

「正是。」

「這喜寧怎麼可惡？」

「言不勝言。有一回攛掇也先，要殺袁彬、哈銘，如果不是我趕了去，兩個人都沒有命了。」

提到這件往事，袁彬的眼眶便紅了，「老娘娘，袁彬這條命是上皇要跟也先拚命拚下來的。」袁彬說：「上皇當時抱住哈銘不放；小韃子不敢連上皇一起捆起來，也先才放了臣跟哈銘。後來也先跟他的人說：你們看人家，君有情、臣有義；中國到底是大國。」

「話雖如此，可是也有喜寧這種忘恩負義的人。我在那裡吃的苦，大半是由於他從中搗鬼。」

「他怎麼搗鬼？」

「譬如，」上皇略想一想說：「有一回也先說：天氣冷了，要給皇帝添點禦寒的東西。喜寧自告奮勇，說我去辦。其實甚麼也不辦；晚上冷得睡不著，尤其腳上。只好把一雙腳，讓袁彬挾在脅下。」

說到這裡，袁彬又感動得要掉眼淚了，「老娘娘，」他說：「臣的睡相不好，有天晚上，把一隻手壓在上皇胸口；上皇體恤，怕一動就會把臣驚醒，就那樣子勉強忍著。一直到天亮，上皇才告訴臣有這回事；又為臣講漢光武跟嚴子陵的故事。袁彬甚麼人，能比嚴子陵；不過上皇一定能比中興的漢光武。」

聽得最後一句，太后瞿然而驚，「袁彬，」她用低沉的聲音說：「你以後不要跟人去談這回事。切記，切記！」

袁彬一楞，這件事何以不能談；細想一想才明白，這件事不是不能談，不過「漢光武中興」這句話，可能會觸犯忌諱，絕不能說。

於是，他答一聲：「是！臣不會再跟人談這件事。」

「不是說，伯顏帖木兒待你很好嗎？」太后看著上皇問：「何至於讓你受寒？」

「那是在他們的後方，如果是來侵犯，帶著我到大同、到宣化，跟著也先紮營，伯顏帖木兒就照應不到了。」

「我還聽說，也先要叫他的妹妹來服侍你。有這話沒有？」

「有！這也是喜寧出的花樣。還有件可笑的事，也先有個小兒子，想來做駙馬。」

「這也未嘗不可。」太后笑道：「漢家公主和番，本來就有的。」

「那看將來了！果真不得不出此一著，請老娘娘作主好了。不過，我可不想跟也先做親家。」

就這時候，金英趕前說道：「請上皇奉侍老娘娘飲酒賞月，共慶團圓吧！」

「好！好！團圓最要緊。」孫太后又說：「金英，你替我犒勞、犒勞袁彬。」

由於是奉懿旨犒勞，所以金英非常客氣。兩者位分懸殊，金英在宣宗朝就是司禮監，正統年間奉旨清理刑部、都察院所繫囚犯，在大理寺築壇，金英居中張黃羅傘而坐，各部尚書，分列兩旁，那時袁彬只是壇下執旗的小校；如今金英要奉他居上座，使得袁彬大感侷促，一再謙辭，折衷改為東西相對而坐，袁彬坐在西首，一抬頭便看到東升的一輪滿月，回想一年以前的此刻，內心有著無可言喻的悲喜激動。

入座未幾，太后頒賜食物，一盤仁壽殿特製的月餅、一盂為袁彬所不識的羹湯。

「這道羹，名為『舌羹』，要用白兔胎來做。」金英親自舀了一小碗，移到袁彬面前，「你嘗嘗看。」

入口軟滑清腴，袁彬奇怪地問道：「這像小荷葉樣的菜，是不是莼菜？」

「不錯。是浙江鎮守太監進貢的。」

「千里迢迢，貢到京師，居然還是綠的，可真不容易。」

「綠還不足為奇；最難得的是，裹在莼菜外面的那一層膠汁還在，莼菜沒有這一層膠汁，就不好吃了。」金英忽然嘆口氣，「唉！物在人亡。」

物是莼菜，人指誰呢？是指金英最親密的同事范弘。永樂中，英國公張輔征交趾，奉成祖之命，帶來十幾個交趾少年，成祖最欣賞的有兩個，一個叫阮安，心思極巧，天生長於營造，目測意量，畫出圖來，完全符合「營造法式」的準則，北京城池宮殿、部院衙門，大都由他監造。

再一個就是范弘，儀容俊秀，語言清朗，在「內書堂」讀書，穎異不凡；經史嫻熟，工於筆札，在東宮伴讀時，深得仁宗的寵信。宣德初年，陞任司禮監，與金英一起受賜「免死詔」；正統年間受賜「銀記」——一方小銀印，上鐫四字褒辭，作為密奏的憑證；范弘的「銀記」上所鐫的褒辭是：「蓬萊吉士」。

「以前浙江鎮守太監進貢莼菜，都用磁罈子裝，由水路運了來，時間一長，大半腐爛；范司禮出鎮浙江，改了一個法子，用整疋杭紡，拿莼菜鋪在上面，捲緊了由驛馬傳遞，到京最多十天，所以還很新鮮。唉！」金英又是一聲長嘆。

袁彬這才明白，原來范弘上年從征，死在土木堡；袁彬對他死事的經過，頗有所知，當下為金英細說了一遍。不過，陣亡以後的事，他就不知道了。

「屍首運回來了。」金英說道：「重新盛殮，葬在香山永安寺。隨征以前，他跟我說：『此去只怕凶多吉少，如果死在疆場，拜託你葬我在永安寺，立一塊碑：「蓬萊吉士范弘之墓」。』不想，竟成語讖。」說著，掉下淚來。

「金公公，你不必傷心，求仁得仁，而且能如他遺言歸葬，亦可無憾。不過，死者已矣！生還何堪？」袁彬黯然垂首，默默地喝了口酒。

金英聽出他引用的這句成語，改了一個口，「死者已矣，生者何堪」，將「生者」改為「生還」，自然是指上皇而言。他想了一下，覺得有對袁彬提出警告的必要。

「袁校尉，剛才太后提醒你，不要跟人去談，上皇為你所講的嚴子陵、漢光武的故事，你明白太后的意思嗎？」

「明白。」袁彬答說：「無非忌諱『光武中興』而已。」

「不錯。」金英放低了聲音說：「有個人你更要當心；你對上皇之忠，只可擺在心裡，不可現於顏色。」

「喔，」袁彬問說：「金公公，你說我最要當心的那個人是誰？」

「喏！」金英以箸蘸酒，在桌上寫了一個「興」字。

這當然是指興安；袁彬點點頭說：「我知道了。」

「這回你們送上皇回來，自然要論功行賞；如果功大賞薄，你也只好委屈在心裡，千萬莫發怨言。」金英又說了一句：「我這是好話。」

「是、是！」袁彬急忙答說：「我明白，是金公公愛護我。」

為了論功行賞，朝廷大起爭議，舉朝都以為楊善所建的是不世奇功，應該封爵，賜丹書鐵券；但景泰帝命興安到內閣宣詔：「楊善以禮部左侍郎遷左都御史，仍掌鴻臚寺事；趙榮以工部右侍郎，改左侍郎；校尉袁彬授為錦衣衛試用百戶；哈銘亦授為錦衣衛試用百戶，著改名為楊銘。」

此旨一傳，舉朝為楊善及袁彬不平。袁彬因為有金英的先入之言，心中早有準備，不以為意，楊善則更有進一步的看法，「這是意料中事。」他對他的兒子說：「越是賞薄，越見得上皇為皇上所忌；也越見得我們父子幹了一件頂天立地的大事。你們要沉得住氣；上皇知道我們父子的功勞，將來東宮即位，富貴自然而來。」

「那是渺茫得很的事。」楊善的長子楊宗說：「東宮才三歲；皇上二十剛出頭。而且將來東宮是否仍舊是上皇之子，亦在未定之天。」

「這樣，我們就還有大事要做。」

「爹是說——，」楊宗問道：「保護東宮？」

「不錯。」

「那得聯絡裡頭才行。」

所謂「裡頭」是指掌權的太監。楊善心想興安不必談；金英心向上皇，盡人皆知，跟他接近，形跡太顯，不如結交曹吉祥。

曹吉祥是王振門下，一直充任監軍太監；現在與石亨分掌京營，手握兵權，興安亦不得不忌憚三分。為了保護東宮，正需要這樣一個緩急可恃的人。

楊善以前亦曾依附王振，所以跟曹吉祥算是「同路人」，屏人密談，一拍即合。曹吉祥還告訴他一個來自深宮的消息，景泰帝的一個姓杭的妃子，有喜信了。

「如果生的是皇子，今上當然捨不得把皇位傳給上皇之子，可是公然易儲，這話似乎也很難出口。因此，」曹吉祥說：「保護東宮之責，恐怕不在你我。」

「曹公公，」楊善問道：「此話怎講？」

「你倒想！若非東宮夭折，今上何能易儲？可是東宮是不是會夭折，你我怎麼知道？不知道就無法保護。」

楊善明白了，他的意思是三歲的太子，可能會遭毒手；「東宮現在養在仁壽宮，」他說：「不如由上皇領回南宮去養，比較妥當。」

「這倒也是一個辦法。等我來跟阮少監談一談。」

阮少監指御用監少監阮浪，他是與范弘、阮安一起由張輔帶進京的；現在奉旨入侍南宮，總管一切，頗得上皇信任。

第二天恰好阮浪來看曹吉祥，正好細談；阮浪認為東宮可能會遭毒手這一層，確是不可不妨，但養在仁壽宮還是養在南宮，到底何處妥善，卻很難判斷。因為論關切，祖孫當然不如父子，太子養在南宮，照料一定比在仁壽宮來得周全；但論安全，太后宮中到底比較慎密。

「這樣吧，」阮浪說道：「我找仝景明去卜卦看。」

仝景明單名寅，山西安邑人。十二歲時，雙目失明；他的父親仝清便讓他走了一條瞽者謀生的路子，拜師學星命卜占之術。仝寅在這方面有天才，技成以後，青出於藍，占禍福，多奇中。有一年仝清帶著他經過大同，為石亨卜卦，一一應驗，因而成為他一日不可離的門客，如今便住在石亨的府邸；經常有達官貴人，上門向他請教。

在石家，仝寅單住一個院落，院子中間築一座小樓，單擺浮欄、四面皆窗；只有一道扶梯通上下，這道扶梯是活動的，有機關可以操縱離合。阮浪跟仝寅相晤，自然是在這座樓上。

聽明來意，仝寅答說：「無須移動，東宮絕無危險；只儲位失而復得而已。」

「何以謂之儲位失而復得？」阮浪大為詫異，「失位之故，可想而知；只不知如何復得？」

「上皇復辟，儲位自然就失而復得了。」

「上皇會復辟？」阮浪既驚且喜，「仝先生，那是甚麼時候？」

「丑年，寅月，午日。」

「丑年？」阮浪一面掐指，一面算，「今年庚午，接來辛未、壬申、癸酉、甲戌、乙亥、丙子，丁丑；你說是七年以後？」

「不錯。」

「寅月是正月?」

「不錯。」

「仝先生,」阮浪實在不能不懷疑,「你是怎麼算出來的呢?」

「信不信由你!」仝寅笑道:「不過,不管你信不信,都只好擺在心裡。」

「那當然。」

阮浪還要追問時,仝寅搖手不答;一按機關,扶梯接到樓門,是下逐客令了。

由於仝寅的告誡,阮浪回報曹吉祥,只說仝寅卜卦,東宮仍以養在太后身邊為宜;又說東宮絕無生命危險。這一下,曹吉祥、楊善也都放心了。

5

景泰二年,七月初二,杭妃生子,取名見濟。彌月以後,景泰帝跟汪皇后說,「想廢東宮,立見濟為太子。」

「萬歲爺,」汪皇后說:「你不怕天下後世笑話你?」

「笑話甚麼?父死子繼,天經地義。」

「那麼,兄未終而弟及,又那裡是天經地義?」

景泰帝大怒,將在飲茶的一隻金杯,劈面砸了過去;汪皇后躲得快,金杯摔落在地,鏗鏘暴響,驚動了太監、宮女。

一見人來景泰帝省悟了,這件事只能做、不能說;一傳出去,群臣紛紛奏諫,成了僵局,很難化解,因而隱忍不言。汪皇后更是沉著,只說:「是我不好,惹萬歲爺生氣。如今沒事了。」

因此，宮中只知道帝后口角，卻不知道原因為何？景泰帝表面不言，心裡卻不斷在盤算；有一回跟興安透露了一點口風，興安裝作不解，默無所對。又有一回試探金英，說：「東宮七月初二生日。」金英的回答是：「東宮生日是十一月初二。」話又說不下去了。

景泰三年正月初十，興安到內閣傳旨：「賜大學士陳循、高穀銀各一百兩；侍郎江淵、王一寧、蕭鎡、翰林學士商輅銀各五十兩。」這是從未有過的事，少不得有人打聽，景泰帝何以有此一舉？但沒有人知道。

這個疑團一直到三月底方始打破；而且意想不到的是，打破疑團的人，來自廣西——廣西思明府的土知府，一直由土官黃家世襲。這年正月裡，土知府黃𤥭年老致仕，奏請以其子黃鈞承襲。黃𤥭有個庶出的胞兄黃𤦺，現任潯州守備都指揮使，密謀奪位，託詞徵兵，命他的兒子黃震，駐兵思明府外；有一天晚上，悄悄帶了經過化裝的人進城，擁入知府衙門，殺掉黃𤥭全家，支解黃𤥭、黃鈞父子的屍體，裝入兩個大罈，埋在後園，然後仍回駐地。

第二天上午，知府衙門的人來告變，黃震方又進城，貓哭耗子似地做作了一番，一面發喪，一面懸賞「捕賊」。黃𤦺又上書巡撫，請以其子黃震承襲思明知府。

哪知黃𤥭有個老僕，名叫福童，看破了機關，向副總兵武毅投訴，黃𤦺父子殺害他的主人，而且以徵兵的檄文作證；武毅認為地方平靖無事，黃𤦺沒有理由到思明府去徵兵。同時派人查訪，思明府的百姓，亦都指控黃震為滅門的凶手。因此，武毅據實出奏，請准予將黃𤦺革職查辦。

於是，有個剛從京裡來打秋風的太監，向黃𤦺獻計：派一名千戶袁洪，星夜趕到京師，上了一道奏疏，勸景泰帝「早與親信大臣密定大計，易建東宮，以一中外之心，絕覬覦之望。」

原來這個打秋風的太監，在內官監掌印太監王誠門下，而王誠正是為景泰帝策劃易建東宮之智囊。此奏到達御前，景泰帝高興極了，「想不到萬里之外，有此忠臣。」他對興安說：「茲事體大，你去通知內閣，召集廷議。」

黃竑的原奏，一到內閣，大家才知道正月裡受賜白金的緣故，「我們不就是親信大臣嗎？」陳循對由王誠援引而新入內閣的王文說：「我們不可不有以上答主知。」

於是發通知召集廷議，照例由禮部尚書胡瀠主持，讀完黃竑的原奏，王直與于謙猶在相顧愕然時，只聽有個濃重湘西口音的人，大聲說道：「不可！東宮並無失德，廢之無名。」

此人是戶科都給事中李侃，亦以敢言知名；至於林聰，當然亦持反對的態度，「黃竑莠言亂政。」他厲聲說道：「當斬！」

「儲位，國之大本。」監察御史朱英接口，「既定不可復動。」

於是聚訟紛紜，各自私議；胡瀠如老僧入定般，彷彿無動於衷，見此光景，陳循向興安深深看了一眼，示意他出頭說話。

興安自然是忠於景泰帝的，以前的故作不知，只是因為想不出好辦法，如今既然有黃竑出頭，這個機會當然要抓住，「這件事不能不了了之！」他扯開了尖銳帶雌音的嗓子說：「今天就要定議覆奏，以為可者署名；不可者不署名，不得首鼠兩端。」說完，從身上掏出一張紙來，原來他連覆奏都預備好了。

胡瀠這時不能再裝糊塗了，從興安手中接過奏稿唸道：「陛下膺天明命，中興邦家，統緒之傳，宜歸聖子。黃竑奏是。」接著命人抬來一張大書案，備下筆墨，請大家署名。

「閣臣當先！」

聽得興安這一聲，作為首輔的戶部尚書文淵閣大學士陳循，隨即援筆大書：「臣陳循。」接著是工部尚書東閣大學士高穀；等閣臣一一署名完畢，接下來便該資望最高的王直表示態度了。

王直面有難色，一直不肯動手；陳循便拿起筆來，在硯池中濡飽了墨，塞到他手中，心中說道：

「來，來！當仁不讓。」

王直以後，便該于謙，他亦是凝神靜思，好一會方始提筆。等文武百官、勛臣國戚一一署名已畢，數一數共計九十一人；唯一不曾具名的是林聰。

奏上得旨：「可。禮部具儀，擇日以聞。」同時復有分賜內閣諸臣及六部尚書，黃金各五十兩；對王直格外優遇，賜金加倍，而且進官太子太師，隱然將東宮付託給他了。

「此是何等大事？為一個土官所敗壞！」王直拿起御賜金元寶，使勁往桌上一摔，「我們真羞死了！」

唯一問心無愧的是林聰，他還升了官，由正七品的吏科都給事中，調為從六品的詹事府左春坊司直郎；但這是個閒缺，與吏科都給事中的權威有天淵之別，所以實在是明升暗降，巧為懲罰。

「我只可惜于少保！」他對來安慰他的同事說：「這件事走錯了一步。」

于謙在這件事「走錯了一步」，是連他自己都能感覺得到的。黃玹戕兄殺姪，事證確鑿，只以請易儲一疏，不但免罪，而且景泰帝命興安到兵部傳旨：黃玹著陞任都督，充潯州總兵。

這使得于謙大傷腦筋。

「興司禮，」他說：「如此處置，影響士氣，能否請皇上收回成命？」

如果是別人說這話，興安就會厲聲詰責：照你這麼說，黃玹請易儲之疏，是上錯了，無功可言？但他一向非常支持于謙，所以低聲下氣地答說：「于少保，皇上已經說過，『想不到萬里之外，有此忠臣』。是忠臣豈不應該獎勵？」

于謙語塞，「黃玹奏是」的覆奏，自己也署了名的；如果不曾署名，即不以黃玹之奏為是，自可據理力爭，如今怎麼爭法？只好命武選司遵命辦理。

禮部易儲的儀注，雖早經擬妥進呈，但遲遲未見明詔，原因是宮中仍有爭執，汪皇后大不以為然；景泰帝一怒之下，命興安到內閣傳旨，要廢皇后，理由是，滿朝文武百官，皆以為應立皇子見濟為東宮，唯獨汪皇后堅持不可，揆其用意，無非因為只生兩女，而見濟非其所出，心懷褊狹，不可為母。若不廢立，退出大內，恐東宮不能免禍。

這是所謂「欲加之罪」；但汪皇后與文武百官在表面上處於對立的地位，所以即令王直、胡濙這樣的正直老臣，亦不便為她說話。至於汪后被廢，杭妃繼立為后，更是順理成章，無可爭議的事了。

易后自然先於立儲，不過兩道詔書是緊接著而來的，更封太子見深為沂王；立皇子見濟為太子；詔書中說：「天佑下民作之君，實遺安於四海；父有天下傳之子，斯本固於萬年」，上一句說景泰帝之得大位，為天命之所歸，抹殺了上皇禪讓之德。不過上皇另外的兩個襁褓之子，行二的見清、行四的見淳，亦都分別封為榮王、許王；行三的見湜已經夭折，就不復追贈了。

「有一點他不如我，」上皇看完詔書以後，夷然不以為意地說：「兒子他沒有我多。」

這「他」自然是指景泰帝。原來除了沂、榮、許三王以外，高淑妃及周貴妃亦都有喜了。

話雖如此，上皇畢竟是抑鬱時多，開懷時少；幸而阮浪之忠，不下於袁彬，總是想盡辦法為上皇排遣愁悶。

上皇待阮浪亦如待袁彬，有一回阮浪生日，上皇以平時所用的一把解手刀相賜。這把金刀，製作非常講究；繡花的刀袋亦是鍍金的。阮浪門下有個太監王瑤見了，愛不釋手；阮浪便轉送了他。

這王瑤是內宮中的「散官」，經常出差在外，這年奉派了一個好差使，到盧溝橋去監督稅收；掌理巡察緝捕的錦衣衛亦有一個指揮派在盧溝橋，名叫盧忠，與王瑤很快地結成了好友。

這兩人各有貪圖，盧忠是個陰險小人，功名心極熱，一直想結交太監，認為這是條終南捷徑；而王瑤嘴饞，恰好盧忠的老婆燒得一手好菜，而且善於調治太監都愛吃的所謂「不典之物」，諸如牛鞭之類，隔個三、五天就會邀他去大嚼一頓。由於臭味相投，兩人換帖拜把，盧忠是大哥、王瑤是二弟。

有一回盧忠看到了王瑤的那把解手刀，嘖嘖稱羨，「二弟，你這把刀好精緻！」他問：「那裡來的？」

「嘿！這把刀的來頭可大了，上皇御用的。」

「那怎麼到了你手裡了呢？」

「上皇賜了阮老師；阮老師又送了給我了。」

盧忠心裡一動，這天晚上跟他老婆談到這件事，說上皇以御用的解手刀賜阮浪，這在情理之中；而阮浪居然以御賜珍器，轉贈王瑤，這就大有文章了。

「甚麼文章？」

盧忠不答，沉吟了好一會問：「我想把他的這把刀弄到手，你看有甚麼辦法？」

「你不會跟他要？以你們的交情，你只要開口，他不會不肯。如果你覺得不好意思，我來跟他說。」

「不，不！要來的就不值錢了；而且他也未見得肯給。」

「我不懂你的話。」盧忠的老婆問道：「怎麼叫要來的不值錢？」

原來盧忠本來想王瑤作個進門之階，結交興安或者王誠；後來才知道王瑤是阮浪門下，路子根本不對。這天見了那把解手刀，以小人之心測度，起了個惡毒念頭，他想，黃玹奏請易儲，不但免了死罪，還升了官；如果自己告變，說上皇打算結外援，將沂王恢復為皇儲，而以那把解手刀作證據，豈不是一轉眼就能飛黃騰達。

「上皇御用的解手刀，有那麼重要的作用，王瑤當然不肯隨便送人；如果肯送，就是看得並不重要，那也就不能成為證據了。所以說，要來的不值錢。你現在懂我的意思了吧？」

「懂是懂了。不過，王瑤呢？性命不保了！」

「那是一定的。」

「你倒再想一想。」盧忠的老婆說：「你們是拜把弟兄。」

「拜把算得了甚麼？皇上跟上皇還是親弟兄呢？」盧忠又說：「我立了這個功勞，不但會升官，說不定還會封爵，世世代代的富貴。」

盧忠的老婆心動了，想了好一會，嘆口氣說：「那把刀弄不到手，也是枉然。」

「怎麼會弄不到？把他灌醉了，就一定能夠到手。」

「他貪嘴不貪杯；不會醉的。」

「那就在你了！」

夫妻倆祕密商議了一夜，一切細節，都策劃好了；第二天起開始籌備，直到一項珍異食物覓到，方始動手。

這項珍異食物，名為「龍鞭」；龍指白馬；馬以白色為貴，古時天子之車，用白馬四匹，號為「純駟」，所以稱白馬為龍。王瑤常說：龍鞭天下之至味。因此，盧忠這天告訴他說，將饗以龍鞭時，王瑤笑得閤不攏嘴。

近午時分，剛剛坐上飯桌，錦衣衛來了個小校，說「堂官」有緊急公事，立召盧忠進城；這一來，只有盧忠的老婆一個人陪客了。

「龍鞭難得，大嫂的手藝又高；你自己也嘗嘗！」

「你一個人請吧！」盧忠的老婆說：「我們婦道人家，是不吃這些東西的。我敬你一杯！」

王瑤雖非涓滴不飲，但酒量極淺，只喝了一口；盧忠的老婆不依，王瑤只好乾杯。

「我敬了你，你也該敬敬我。」

「是，是！該敬。」王瑤又只喝了一口。

盧忠的老婆乾了酒，照一照杯說：「你看！」

「大嫂，」王瑤陪笑說道：「我的量淺。」

「不是你量淺，是我面子不夠。」

王瑤無奈，「好！我捨命陪君子。」他到底又乾了一杯。

「二弟，你倒跟我談談宮裡的事。」

「宮裡的事太多了。」王瑤問說：「大嫂要聽那方面的？」

「聽說你們在宮裡是配對的。」

「那叫『菜戶』。宮裡管飯不管菜，所以大家找個合意談得來的。自己辦小廚房；一面吃飯，一面說說笑笑，才不寂寞。」

「就好比我跟你現在這樣？」

盧忠的老婆，酒後發熱，雙頰泛紅；領口上的鈕子解開一個，露出雪白的一段頸項，風韻著實撩人，王瑤不免有點意馬心猿了。

「二弟，我想問你一句話，不知道你會不會見氣？」

「不會，不會！」

「聽說公公有真有假，有這話沒有？」

王瑤臉一紅，停了一下答說：「只好說半真半假。」

「怎麼叫半真半假？」

「割得不乾淨，留下一半，就是半真半假。」

「那麼，」盧忠的老婆斜睨著他問：「你呢？」

「我？」王瑤臉又一紅，「我是真的。」

「我不信。」

「不信？」王瑤拉住她的右手說：「請你來驗。」

「你該罰酒！」

「好端端地，怎麼罰我酒？」

「君子動口，小人動手。你這樣拉拉扯扯，還不該罰酒？」

「喔！」王瑤陪笑說道：「罰是該罰，不過，我的量淺，能不能罰半杯？」

「這不是罰酒，是大嫂賞我酒喝，不敢不乾。」王瑤很高興地乾了杯。

盧忠的老婆用左手拿起自己的酒杯，喝了一口將酒杯遞了過去：「喏，半杯。」

「我倒再問你，你們沒有了那東西，可是那件事，你們想不想呢？」

「怎麼不想！」

「想又怎麼辦呢？」

「無非摟摟抱抱，過個乾癮。」王瑤突然跪倒在她面前，「大嫂，我忍不住了；你行個好吧！」

「你看，你又要罰酒了！」

「我罰，我罰。」王瑤自己拿酒壺斟了一杯酒，一飲而盡；然後一把抱住了她。

「你要幹甚麼？」盧忠的老婆併緊了兩條腿，雙手環抱在胸前問。

「求大嫂讓我過個乾癮。」

「沒有那麼便宜的事！」

「大嫂，你說，要怎麼樣才行？」

「你一口氣喝三杯酒，我讓你上我的床。」

王瑤沉吟了一會，斷然決然地說：「行！」

盧忠的老婆拿起酒壺說道：「乾脆到我屋子裡去喝吧。」

王瑤死心塌地跟了進去；三杯酒下肚，身子晃晃蕩蕩，一倒倒在炕上，人事不知；等到清醒過來，人已在錦衣衛北鎮撫司了。

案子鬧得很大。由於王瑤及因王瑤的口供而被捕的阮浪，在受審時，始終沒有一個字牽連到上皇，因而審問不已；並且常常傳盧忠去對質，看看禍將及己，盧忠有些害怕了。

想找個人來商量一下，無奈這是件不能談的事；能談的只有老婆，「聽說有位仝先生，測字靈得很，」盧忠的老婆說：「你倒不妨去問問他看。」

這下提醒了盧忠，當天便去求教仝寅，通過姓名，抽出一個字捲，助手打開來看，告訴仝寅是個巨大的「巨」字。

「足下問甚麼？」

「我問一件事。」

「甚麼事？」

盧忠支支吾吾地答說：「仝先生，能不能不告訴你？」

「這個字已經告訴我了。『巨』為『不臣』之象。」

盧忠大吃一驚，「仝先生，」他說：「我絕不是要造反。」

「我不管你造反不造反；你造反是你的事，與我無關，你不必急於剖白。」

「那麼，我請問，我做這件事吉凶如何？」

仝寅命助手在水牌上將「巨」字橫寫，在盧忠看來，其形如「[illegible]」；然後笑一笑問：「足下自己看，它形狀像甚麼？」

「我看不出來。」

「這是『環首』之形。不是你自己上吊，就是要受絞刑。」

盧忠臉色大變，「仝先生，仝先生，」他哀聲說道：「看看有甚麼解救？」

「足下的名字，已經告訴你自己了。」

「忠！」盧忠在心裡喊出這一個字，沉吟了好一會，從身上掏出一錠銀子說：「仝先生，五兩銀子的謝禮。」

「請收回！」仝寅搖搖手：「十天以後，足下如果沒事，再來送我。」

這表示禍已迫在眉睫了，盧忠苦思焦慮，終於想到了「佯狂避世」這句成語；避世便是跳出世俗的是非之網，或許可以免禍。

想定了就做，恰好這天又來傳他對質，盧忠便在錦衣衛大堂，裝起瘋來，胡言亂語，又哭又笑，甚至滿地打滾，自己將自己折騰得不成樣子，很快地成了一則新聞。

這則新聞傳到商輅耳中，心想進諫的機會到了，趁王誠到內閣宣旨之便，將他邀到僻處密談。

「盧忠告變一案，問官似乎有意要鍛鍊成獄；萬一王瑤、阮浪有一言半語誣及上皇，請問王公公，這案子怎麼了？」

「是啊！」王誠緊皺著眉說：「這案子是不能問的！無奈——，唉！」他嘆口氣沒有再說下去。

原來他很了解景泰帝的心態，一半是真有疑惑上皇謀復沂王為皇儲之心；一半亦不無窮究王瑤、阮浪，能將上皇牽涉在內之意。但他沒有進一步去想，果然如此，怎生收場？莫非還能廢掉上皇？從古以來，只有廢后、廢儲；那裡聽說過太上皇帝亦可廢的？但這話不便明諫，幾次諷勸，景泰帝不知是真的不曾省悟，還是有意裝糊塗，總是默然不答，只天天查詢鎮撫司審問的結果。

「王公公的話，一針見血，這一案是不能多問的。如今倒有一個奏請勿再追究的說法，或足以動天聽。」

「喔，請教！」

「盧忠不是個瘋子嗎？——」

「啊！啊！」一句話提醒了王誠；易儲是他主謀，雖因此得以見寵於新君，但亦不免愧對故主，如今能有斡旋補過的機會，當然不會輕易放過；當時想一想說道：「商先生，你我一起見皇上，如何？」

「除非皇上特召。」

「當然。我跟皇上去面奏，商先生聽我的消息。」

第二天小太監到內閣傳宣，特召商輅在乾清宮思波軒垂詢機務。進宮行禮以後，景泰帝說：「王誠面奏，說你有大事要當面陳奏，你說吧！」

「王瑤、阮浪繫獄已久，供詞前後如一，上皇只是偶爾以刀袋賜阮浪；阮浪又轉贈王瑤，別無其他緣故，盧忠告變，事屬虛罔。如今才知道盧忠原有失心瘋，可知所言皆妄；皇上不宜輕信，致傷天倫。」

「喔，」景泰帝轉臉問王誠，「盧忠真的是個瘋子嗎？」

「是。」

「何以不早奏？」

「盧忠所奏之事，關係重大，那個敢說他說的是瘋話；而且當時瘋病不曾發作，亦很難斷定他是真是假，如今可是真相大白了。」

「所謂真相大白是甚麼？」

「完全是盧忠胡說。外面還有些傳說，不敢妄奏。」

「甚麼傳說？」

「說王瑤調戲了盧忠的妻子;盧忠為了報復,叫他妻子把王瑤灌醉了,偷了他的刀袋,作為告變的證據。」

「盧忠可惡!」景泰帝毫不思索地說了一個字:「拿!」

於是盧忠也拿交錦衣衛北鎮撫司了。這一來案情發生了極大的變化,錦衣衛都督同知、修武伯沈煜去見王誠,表示案子很難辦。

「這一案鬧得這麼大,忽然一下子說是虛無縹緲的事,那不成了大笑話?鬧笑話還在其次,案情上有個矛盾,如果要辦盧忠,就得釋放阮浪、王瑤;要辦阮浪、王瑤,盧忠就不能辦。」

「說得是,盧忠有誣妄之罪,阮浪、王瑤被誣,自然無罪。」

王誠問道:「照你看呢?應該辦誰?」

「就事論事,當然該辦盧忠;為阮浪、王瑤洗刷。」

王誠沉吟不答,因為他知道,景泰帝以阮浪事上皇極忠,很想殺他;這件事該怎麼處置,必須請旨。

結果並未請旨,王誠跟金英商議以後,便決定了辦法,此案只有虎頭蛇尾,不了了之;盧忠不能辦,阮浪、王瑤要殺,不過罪名不是密謀復儲,另有說法,王瑤調戲盧忠之妻,惹出偌大是非,固然該死;阮浪以上皇御賜器物,隨意贈人,事屬大不敬,亦是罪在不赦。

於是,阮浪、王瑤當天晚上,便死在北鎮撫司;盧忠杖責八十革職釋放,他拿了那五兩銀子又去謝仝寅,而仝寅依舊不受。

「十年以後,足下安然無恙,再來謝我。」仝寅已料到上皇如果復辟,盧忠仍舊難逃一死。

在十一月初二沂王見濬過了七歲生日不久,金英帶了一個消息到南宮來,太子見濟得了驚風;兩天以後,不治夭折。

「皇天有眼！」周貴妃冷笑一聲，還想再發議論時；為上皇攔住了。

「你千萬不可幸災樂禍！只有壞處，沒有好處。」上皇復又對八歲的重慶公主說：「你跟你弟弟，不要提見濟的事。你懂我的意思嗎？」

「我不懂。不過爹叫我不要提，我就不提。」

「乖！」

重慶公主是上皇的長女，亦為周貴妃所出；生的那年，適逢孫太后四十正壽，所以封號叫做「重慶」；她從小就很懂事，除了小她一歲的沂王以外，還有四個弟弟，榮、許兩王加上高淑妃生的見澍、周貴妃生的見澤；另有兩個尚無封號的妹妹。對於五弟兩妹，非常友愛，雖只八歲，已儼然長姊的模樣，能幫著諸母照料襁褓中的弟妹了。

「你也要告誡太監、宮女，不准談這件事。」上皇又說：「尤其是阿菊。」

二十四歲的阿菊，豈肯不談此事？不過不敢公然談論而已；私下常常打聽外間的議論，是不是有大臣主張恢復沂王的儲位？所聽得的說法不一，有的雖有此心，但有阮浪、王瑤的前車之鑑，不敢開口；有的認為時機未到，等過一兩年，景泰帝仍未有子，那時奏請復儲，才能為景泰帝所接受。

阿菊認為這個說法最有道理。因此，常常在一尊白玉所雕的送子觀音像前默禱；千萬別送一個兒子給景泰帝。

6

景泰五年端午前一天，監察御史鍾同，在朝房中遇見他的至交，禮部儀制司郎中章綸，很興奮地對他說：「家母從江西回來了。」

「喔！」章綸微覺詫異，不明白他何以有此神情，只好漫然答應，「我過一天跟她老人家去請安。」

「如果今天沒事，不妨到舍間小酌，我有一件大事跟你商量；舉此大事，家母已經欣然見許了。」

話越說越玄了，是何大事？而舉此大事，又何以須得他母親同意？

這章綸性子很直，忍不住答說：「我想不出要令堂准許以後才能辦的，會是甚麼大事？」

「是，」鍾同附耳說道：「奏請復儲。」

章綸恍然大悟，原來正統六年，好大喜功的王振，發大兵征雲南麓川的土司，翰林院侍講，江西安福籍的劉球，上奏諫阻，認為麓川小醜，無足輕重；倒是瓦剌，必將成為邊患，應及早防禦。奏上不聽。

到得正統八年五月，雷震奉天殿，下詔求直言，劉球奏陳十事，復又提到麓川連年用兵，得不償失，以及應該防備瓦剌。王振有個心腹，欽天監正彭德清，是劉球的小同鄉，但行止卑汙，劉球從不跟他往來；此時便大進讒言，說所奏十事，都為王振而發。王振大怒，逮捕劉球下錦衣衛獄；指使馬順殺之於獄中，支解屍體，劉球的長子只覓得一條手臂，裹著血衣而葬。

當劉球上疏之前，本約好他的同鄉好友，江西吉安人的翰林院修撰鍾復聯名同上。鍾復本已同意，但為他的妻子所阻；劉球便親自到鍾家去勸鍾復，鍾太太便在屏風後面開罵了：「你要做忠臣，自己去做好了。何苦連累他人？」

聽得這話，劉球嘆口氣說：「這種事，他竟跟他老婆去商量！」及至單獨上奏，果然被難。但沒有多久，鍾復亦一病嗚呼。鍾太太大為悔恨，常常哭著說：「早知如此，還不如讓他同劉先生一起死！」

這位鍾太太，就是鍾同的母親；鍾同從小就有成父之志的念頭，有一回去瞻仰「忠節祠」，看到吉安先賢歐陽修，及抗金兵而死的楊邦乂等人的塑像，自己也立下一個志願，死後能入祀忠節祠。

這回奏請復儲，吉凶莫卜，身為人子，自然要請命而行；這與他父親之「謀及婦人」的情形是不同的。鍾太太不能成夫之志，一直引為憾事，所以對於愛子能彌補他的遺憾，頗為嘉許。這天晚上，鍾同與章綸燈下密談，決定分別上奏，宜乎在論時政時，似乎不經意地提一提，以免刺激景泰帝的心理。

相約既定，鍾同的奏疏先上，以「近得賊諜，言也先使偵京師及臨清虛實，期初秋大舉深入，直下河南」開頭，列陳戰備之方，用人之道，關於復儲，他說：「父有天下，固當傳之於子，乃者太子薨逝，足知天命有在。臣竊以為上皇之子，即陛下之子，沂王天資厚重，足令宗社有託。伏望擴天地之量，敦友于之仁，擇吉具儀，建復儲位，實祖宗無疆之休。」

景泰帝當然不悅，但因話說得頗為委婉，不便發作，命興安宣旨，召集勛戚大臣，舉行御前會議。

由於景泰帝的意向不明，所以保持沉默者居多。於是景泰帝指名發問：「陳懋，你怎麼說？」自從張輔陣亡，寧陽侯陳懋便居勛臣之首，他的女兒為成祖冊為麗妃，所以亦是皇親國戚中行輩最高的，這年已經七十五歲，而精神矍鑠，聲若洪鐘，一把白鬍子，垂到腹部，儀觀甚偉。當時出班，拱笏回奏：「老臣以為『上皇之子，即陛下之子』，鍾同這話說得很好，請皇上採納。」

「王直，」景泰帝又問：「你呢？」

「臣所言恐有不當，請先賜罷斥，以便臣能從容畢其詞。」

未曾發言，先已引罪，他想要說些甚麼話，亦就可想而知；但景泰帝當然要採取寬容納諫的態度，所以連連搖手說道：「你儘管說。說錯了我亦不怪你。」

於是王直侃侃陳奏，從儲位為國本所繫說起，談到中外都希望沂王復位東宮；其中有一句「皇嗣不廣，祖宗所憂」，在景泰帝聽來，頗為刺心。中國從古以來，帝皇絕嗣，責任都在自己，因為粉黛三千，後宮豈無宜男之女？景泰帝自幼為內侍誘引，斲喪過甚，杭妃以外，是否還能種玉於其他妃嬪，是件要碰運氣的事。儲位國本，何能託之於渺茫的運氣？如果無子，帝系就要轉移；諸王爭位，自相殘殺，再來一次「靖難之變」，恐非亡國不可！所以說「祖宗所憂」。

「大家還有甚麼話？」

話是每個人心裡都有，最普遍的一個想法，便是鍾同所說的「父有天下，固當傳之於子，乃者太子薨逝，足知天命有在」。當初易儲，要將天下傳之於子，跡近豪奪，如今豪奪不成，仍舊不肯將天下還給人家，這就太說不過去了。不過，雖有話都不願說，有些人固由於守著多言賈禍之戒；也有些人認為不說比說好，因為陳懋與王直的話，已說得很透徹，既然沒有反對鍾同的意見，那就等著景泰帝裁決了，無須再說甚麼。尤其是看到興安雙眼灼灼，那副貓兒等著捕鼠的神情，不能不起戒心，俗話說「言多必失」，萬一說錯了一句話，為興安抓住，大做翻案文章，豈非將好好的一個局面搞壞了。

興安確有此心，不過他最盼望的是，有人來反駁鍾同。可惜已入閣拜相的王文，因為江淮大水，放賑未回；只能期望于謙發言，但數次以目示意，而于謙毫不理會。

「茲事體大，」興安無奈，只好飾詞拖延，「儲位是國事，不過也是家事，兩宮太后意下如何，亦不能不顧；請改日再召集會議吧！」

「說得是。」景泰帝起身入內；就此散朝。

隔了三天，章綸也上奏了，案由是「疏陳修德弭災十四事」，第一事是「內官不可干外政，佞臣不可假事權，後宮不可盛聲色；凡陰盛之屬，請悉禁罷」，這三個「不可」，語氣太硬，景泰帝很不高興；再看第二事論孝悌：「孝悌者，諸行之本。願退朝後朝謁兩宮皇太后，修問安視膳之儀。上皇君臨天下十有四年，是天下之父也。陛下親受冊封，是上皇之臣也。陛下與上皇，雖殊形體，實同一人。伏讀奉迎還宮之詔曰：『禮惟加而無替，義以卑而奉尊。』望陛下允蹈斯言，或朔望，或節旦，率群臣朝見延和門，以展友于之情，實天下之至願也。更請復汪后於中宮，正天下之母儀；還沂王之儲位，定天下之大本。」

看到這裡，景泰帝怒不可遏，將章綸的奏章，使勁摔在地上，「這章綸，」他拍桌吼道：「欺人太甚！他眼中還有我嗎？」

興安拾起原奏，略略一看，隨即取一張紙，提筆寫道：「司禮監奉上諭：章綸目無君上，謀為不軌，著即拿交錦衣衛審明覆奏。」寫完重看一遍，又添上鍾同的名字，然後蓋用司禮監的銀印；其時宮門已閉，由門縫中將上諭傳了出去，當天晚上，章綸與鍾同就被捕了。

這兩個真是鐵錚錚的硬漢，錦衣衛官員經司禮監授意，用各種苛刑逼迫，想他們誣供，如何交通南宮？但他們只有一句話：心所謂善，不敢不言，沒有任何人指使。

當然，除了鍾同、章綸以外，還有氣節之士，或者步鍾、章的後塵；或者為鍾、章不平，但直言雖一，遭遇不同，有個進士叫楊集，寫了一封信給于謙，謂奸人黃玹獻議易儲，不過為了逃死。諸公居然在倉促之間，促成其事。他人不論，你于公是國家柱石，就不想想應該如何善其後？如今鍾同、章綸又下獄了，如果死在杖下，諸公固可高坐堂皇，安享俸祿，就當沒有這回事，無奈清議不會寬容。

于謙認為他責備得有理；其時王文已自江淮公畢回京，而且進位少保，于謙便將楊集的信拿給他看，意思是想跟他籌畫出一條能救鍾同、章綸的路子。那知王文另有看法，「書生不識忌諱，不過總算有膽。」他說，「可以提拔。」隨即將他放出去當知州。

再有一個南京大理寺少卿廖莊，也是江西吉安人，他上奏說他從前在京時，見上皇遣使冊封陛下，每遇慶節，必令群臣朝謁王府，恩禮甚隆，群臣感嘆，都說上皇兄弟，友愛如此。如今陛下奉天下以事上皇，願時時朝見南宮，或者講明家法，或者討論治道；歲時令節，准群臣朝見，以慰上皇之心。至於太子，為天下之本，上皇之子是陛下的「猶子」，宜加教育，「以待皇嗣之生。」

就為了有「以待皇嗣之生」六字，景泰帝心雖不悅，暫時還是放過他了。不幸的是，第二年——景泰六年八月，廖莊的母親在南京病歿，盤運靈柩回鄉，照規定，准用驛運；但須先至兵部請領「給驛」的「勘合」，方可至驛站申請船馬伕役，並在驛館住宿。外官到京，例應赴宮門請安；景泰帝一見廖莊的名牌，想起上年他的奏疏，時隔一年有餘「皇嗣」未生，一時懊惱，合該廖莊倒楣，命廷杖八十，謫為蘭州附近的定羌驛丞。

連帶蒙禍的是鍾同、章綸。有個亦為景泰帝寵信的太監舒良說了一句：「都是鍾同惹出來的是非。」景泰帝便又遷怒到鍾、章二人頭上，命錦衣衛在獄中各杖一百；行杖的大板，有輕有重，分為好幾等，杖責鍾、章是宮中封交的頭號大板，鍾同斃於杖下，得年三十有二；章綸長繫如故。

鍾同之死，在都察院中引起兩種不同的反應，膽小的固然噤若寒蟬；但也激起了另一些人的義憤之心，有個早鍾同一科的進士，浙江道監察御史倪敬對他的同事說：「今上失德甚多，易儲之外，其他可言之事甚多，譬如興建大隆福寺，就太過分了。」

太隆福寺是佞佛的興安，奏請景泰帝所興建的「朝廷香火院」，地址在崇文門內東大市街西北，特派內官監掌印太監尚義以及與楊善一起奉迎上皇回京的工部侍郎趙榮主持其事，工程浩大，花費了數十萬銀子；正殿稱為「大法堂」，由於規模宏偉，殿前石欄沒有那麼高大的石材來相配，竟撤用了南宮翔鳳殿的石欄，倪敬之所謂「太過分」，即指此而言。

但有些人認為興建大隆福寺以後，又增建御花園，最近還在造龍舟，以及用庫帑齋僧，糜費無度，這才是太過分。倪敬也同意了這個看法，於是會合同官盛昶、杜宥、黃讓、羅俊、汪法等五人上言：「府庫之財，不宜無故而予；遊觀之事，不宜非時而行。前以齋僧，屢出帑金易米，不知櫛風沐雨之邊卒，趨事急公之貧民，又何以濟之？近聞造龍舟、作燕室，營繕日增，嬉遊不少，非所以養廉躬也。」

景泰帝看到這道奏疏，很不高興，交禮部議奏；胡濙說是出於忠愛之言，無可厚非；景泰帝便另想了一個懲罰的辦法，降旨給左都御史蕭維禎考察部屬；同時派興安授意，將倪敬等人，考列下等，逐出都察院。

蕭維禎長於斷獄，但不是有骨氣的人，當時便擬了一張名單，共計十六名御史，包括倪敬等人在，皆貶謫為未入流的典史。但是左副都御史徐有貞有意見。

徐有貞便是徐珵。他自從創議南遷，為于謙所呵斥以後，好久未得升遷；因而走首輔陳循的門路，送了他一條玉帶。陳循這時的本職是戶部尚書，正二品只能束犀帶；收到徐珵所贈的玉帶不久，進官從一品的少保，玉帶用得上了，因而屢次保薦徐珵。

其時景泰帝用人，都取決於于謙；他有個門生與徐珵友善，受徐珵之託，向老師說情，希望保薦他由翰林院編修，升為國子監祭酒。于謙答應了，但一經面奏，景泰帝問說：「是建議南遷的徐珵嗎？」

「是。」

「這個人怎麼能當國子監祭酒？他的心術不正，把國子監的太學生都教壞了。」

薦而不成，于謙認為心意已盡到了，不必向徐珵說明原因。陳循知道了這件事，便勸徐程改名；否則永無升遷之望。這就是徐珵改名徐有貞的由來。

果然，改名不久，便升了官；景泰三年，黃河在山東決口，廷議時，大家認為應派徐有貞去料理，於是又升為左僉都御史，專責治河。徐有貞到了山東，在黃河交會的張秋，相度水勢，奏陳三策：第一置水門，亦就是建閘，調節水量；第二、開支河，亦就是開引河，容納洪流；第三疏濬運河，使水道暢通。朝廷准如所議。

其時督運漕船的御史，要求先堵決口，以便通漕；景泰帝命徐有貞照辦，而徐有貞不從，他說：「山東臨清運河水淺，由來已久，並非因為決口未曾堵塞之故。如今堵塞了，明年春天還是會決口，徒勞無益。臣不敢邀近功。」景泰帝問于謙；于謙認為他的話有理，准如所言辦理。

於是徐有貞大集民夫，費了五百五十天的工夫，開了一道渠，名為「廣濟渠」；建了一道閘，名為「通源閘」；另外修治了九處堤堰，矯正了旁出不順的支流。景泰帝對徐有貞的印象，丕然一新，升任右副都御史。

他平時跟蕭維禎議事便不甚相合，這回考察部屬，認為有失公平，至少像倪敬這樣的人，當過山西、福建兩省的巡按御史，手握尚方寶劍，曾保有先斬後奏的權威，而居然貶為佐雜微員，實在有失體統，因而爭得很厲害，無奈蕭維禎是承旨辦理，爭亦是白爭。

從二月間杭皇后病歿，景泰帝越發鬱鬱寡歡，原來就很羸弱的身子，很快地顯得形銷骨立，未老先衰。這樣自春至秋，由秋入冬，便須經常宣召御醫入宮了。

於是憂國的老臣王直、胡驫連袂往訪于謙於兵部——從土木之變以來，于謙發誓與也先不共戴天，以直廬為家；景泰帝賜第西華門，于謙固辭不受，其他所賜金銀袍服，雖不能辭，但亦不用，都包得好好的，上加題識，存貯在他那位於崇文門內裱褙胡同，僅蔽風雨的住宅中，逢年過節偶爾去看一看而已。

「廷益，」王直問道：「你可曾聽說，聖躬時有不豫？」

「不止於聽說。」于謙那雙經常仰視的「望刀眼」，垂了下來，「我一個月總有兩次到三次被召進見，天顏一次比一次瘦削，頭髮已經花白了；實在是大可憂之事。」

「我跟源潔先生，正就因為有此大可憂之事，來跟你商量。自從去年杖斃鍾同以來，沒有人再敢提建儲二字。我想，我輩不言，再無人能言；廷益，你的意思如何？」

後。」

「我從兩公之後。」

「不，廷益，」胡濙接口，「你說話最有力量，請你領銜。」

「胡公，非是我意在推辭，朝廷禮制有關，自然該王公領銜。」

「這樣吧，」王直提議：「我們分別單銜上奏；為求於事有濟，請你先上，我跟源潔先生緊跟在後。」

「是！」于謙慨然承諾，「我今夜草疏，明日就上。」

「你預備如何措詞？」

「兩公看呢？」

「我看，」胡濙說道：「不必提復儲的字樣，只請早建東宮好了。」

「對！」王直附議，「不必提復儲，而其意自見。」

「是。我遵從兩公的卓見。」

於是，第二天上午，于謙便即出奏；將奏稿抄送王、胡二人，他們接踵上言。但三道奏疏，都如石沉大海，毫無影響。而外間已有傳言，說謹身殿大學士王文與太監王誠，已奏明太后，迎立襄王世子。宣召親王所用的「金符」，已由尚寶司送交仁壽宮了。

但亦僅是有此傳聞，禁中事祕，無從證實；甚至景泰帝是否已病得不可視朝，亦是傳說不一。不過到了十二月廿八，明發上諭，停止景泰八年元旦朝賀，終於證實聖躬不豫，而且病勢似乎不輕。

第三天便是景泰八年元旦，雖停朝賀，不過百官都到左順門去問安；如是十天之久，都由興安出來答一句：「皇上安好。」到了第十一天，興安的答覆不同了：「你們都是朝廷的大臣，不能為社稷定大計，光是來問問安嗎？」

這是一種強烈的暗示；左都御史蕭維禎回到都察院，召集十三道御史會議，「今天興安的話，」

他問：「你們聽出來什麼弦外之音沒有？」

「怎麼聽不出？無非儲位國之大本，社稷大計，莫要於建儲。」

「對，諸君皆有言責，請各自回去具疏；我知會內閣，明天在朝房集議。」

於是正月十二那天，內閣與都察院在朝房會議，蕭維禎將預備好的一個奏稿，交大學士陳循、高穀、王文以及戶部尚書蕭鎡、太常寺卿商輅等五閣臣傳閱。

「各位閣老，朝廷柱石，請發抒讜論。」

「光說『早建元良』，不夠明顯。」高穀首先發言，「應該明白奏請，復沂王的儲位。」

沒有人響應高穀的主張，蕭維禎便逐一請問：「陳閣老意下為何？」

陳循知道王文有異見，沉默不答；在他旁邊的蕭鎡正要開口，發現太監舒良出現，便停了下來。

「諸公都在此，很好！」舒良說道：「皇上命我傳旨：今年南郊大典，躬親行禮；自今日起宿於齋宮。」

這個訊息，頗出人意外，原以為南郊合祀天地，禮儀繁重，臥疾在床的景泰帝，會特遣重臣代為行禮，不道竟親自舉行，而且照定制，大祀齋戒三日，景泰帝宿於南郊「大祀殿」的齋宮，醫藥照料不便，是不是意味著病情根本不重。

因此，蕭鎡重新考慮他對建儲的態度，原來他是贊成由沂王復位的，此時想到景泰帝可能還有好幾年的日子，後患不能不防，遂即改口說道：「既退不可再。」

這是首先出現的異議：王文掌握住機會，大聲說道：「現在，我們只請建東宮好了！誰知道深宮屬意何人？」

這一下提醒了蕭維禎，「奏稿上我要換一個字，『早建元良』，易為『早擇元良』。」他舉筆改完，端起圍腰的犀帶，得意地笑道：「我的帶子也要換了。」

本來大家在無形中有一個共識，不建東宮則已，要建必屬於沂王；蕭維禎由於蕭鎡與王文的啟示，將「建」字換成「擇」字，便讓景泰帝有了裁量的餘地，但亦並不像蕭鎡那樣明顯排除沂王，所以將來不管結果如何，他都可成擁立之功，二品犀帶便能換成一品玉帶了。

奏疏定稿，聯名同上；景泰帝自齋宮傳旨：定正月十七日御朝再議──齋戒三日，正月十五大祀，十六回宮，需要休息，所以定在十七御朝。

景泰帝力疾將事，原是為了安定人心；但頭目暈眩，舉步維艱，實在無法親行「迎神，欽福受胙，送神」每次四拜的大禮，因而召興安計議，是召內閣首輔陳循，還是德高望重的王直，代為行禮？

「原是為了示人以聖躬無恙。」興安低聲回奏，「這一來，豈不是又會搖動人心？」

「可是──。」

「老奴明白。」興安的聲音更低了，「不如就從扈駕的武臣中，就近挑一個，代為行禮，不必聲張。」

「喔，有那些人在這裡？」

興安舉了幾個人，景泰帝挑中了武清侯、太子太師、團營提督兼總兵官石亨，因為他的資望最高。於是將石亨宣召至御榻，跪而受命，「石亨，」景泰帝說：「十五那天，你代我行禮。」

石亨受寵若驚，響亮地答一聲：「是。」

「聲音輕一點！」興安在一旁叮囑。

「石亨，」景泰帝又說：「這件事，你不必跟人說；事後亦不必聲張。」

「是。」

石亨退了出來，一個人默默地盤算了好一會，命小校將宿衛的前府右都督，英國公張輔的幼弟張軏請了來。匆匆數語，相偕進城，密訪曹吉祥，計議一件驚天動地的大事。

南宮復辟

1

「皇上不行了！」石亨臉上是那種彷彿發現了甚麼寶藏的興奮神情，「講話有氣無力不說；氣色之壞，沒法子形容，我看，朝不保夕。」

「莫非連十七都拖不到？」曹吉祥隨即自己解答了他的疑問：「十七這天，一定拖得到的！皇上的病，不過本源枯竭，御醫用人參、黃耆扳一扳，拖個十天半個月是辦得到的。」

「十七！」張軏接口，「十七御朝，大局會有甚麼變化？」

說大局有甚麼變化，即是皇位的歸屬。滿朝文武絕大多數傾向沂王，但景泰帝要顧到身後；沂王復儲，很快地就會繼位，十歲不足的嗣君，勢必要由上皇訓政，七年以來他如何對待上皇，他自己知道。設身處地設想，他與上皇易地而處，一旦重握大權，即令不忍鞭屍，要想入太廟，就一定是妄想了。

因此，這幾天藉藉人口的一種流言，看來是很可信的，流言是說大學士王文，看透了景泰帝的心事，與王誠密謀，勸景泰帝迎立襄王世子為皇儲——襄王名瞻墡，仁宗第三子，是先帝的同母弟，亦即是上皇與景泰帝的胞叔，宣德四年就藩長沙、正統元年移藩襄陽，上皇蒙塵時，由於襄王最長且賢，眾望所歸，曾有迎立襄王繼之議，孫太后且已命尚寶司將宣召親王的金符，送入宮中；如今以東宮儲位屬諸襄王世子，是順理成章的事。一旦襄王世子繼位，飲水思源，崇功報德，景泰帝身後一定會獲得應有的尊重。

如果出現這樣的變化，將來必是王文掌權；沂王復立，論功行賞，亦輪不到不與廷議的武臣。這樣想下來，自然而然地得出一個結論：奉迎上皇復辟。

「石公，」曹吉祥說：「有你我的兵權在，此事不愁不成；但要做得乾淨俐落，非好好策畫不可。你們兩位跟許道中去商量。」

許道中便是奉迎上皇於宣化府的許彬，現任太常寺正卿；在聽明石亨、張軏的來意後，以手加額，「這是不世之功！」他說：「不過，我老了，不中用了；徐元玉多奇計，你們不妨跟他去談。」

時已入夜，徐有貞聽得石亨、張軏叩門相訪，心知必有機密大事，親自引入密室，低聲動問：「兩公深夜見顧，想來是為建儲，有所主張？」

「元玉！」石亨反問：「你看儲位該誰？」

「王閣老謀立襄王世子，建擁立之功，根本是妄想；他不想想，宣召襄府的金符，在孫太后宮中，孫太后肯把自己孫子的儲位給外人嗎？她只要勒住金符不放，誰敢違反太祖高皇帝的成憲、擅召襄王與世子？」

石亨與張軏對看了一眼，暗暗佩服許彬的舉薦不差，徐有貞對事情的看法，確是高人一等。而且他的態度，已很明顯，傾向沂王，自然也就傾向上皇；原來顧忌著徐有貞城府甚深，不比許彬坦率好相與，如今可以明說了。

「不滿十歲的沂王如果以東宮繼位，大致還是上皇作主；既然如此，何不乾脆迎上皇復位。」

一聽這話，徐有貞亦是以手加額，不過跟許彬不同的是，他重重地打了自己一下，責怪腦子不靈，怎麼就想不到此。

「茲事體大，要從長計議。」

「正就是為此，才來請你籌畫。」

「南宮，接頭了沒有？」

「正打算找人去通知。」張軏答說。

「孫太后那裡呢？」

「可以託老曹去說。」

「老曹是誰？」徐有貞問：「是曹吉祥？」

「是。」

「好！有他在一起，事情就好辦得多了。」徐有貞略想一想說：「這件大事，必得裡應外合才能成功。等南宮、仁壽宮都點頭了，我們再來部署；這幾天我不出門，隨時候教。」

有了初步結果，石亨仍舊趕回大祀殿，留張軏在城裡跟曹吉祥聯絡。徐有貞亦密密地籌審，辦此大事，不能不找幫手；但幫手亦不宜多，以免分功。最要緊的是，找來的幫手，必須是跟于謙、王文沒有甚麼關係的，否則密謀一洩，便有身家性命之憂。

正月十六日月上之時，石亨與張軏悄然來到徐家，「兩處都同意了。」石亨問道：「該怎麼進行？」

「請等一等！」

徐有貞家的屋頂上，有個小平台，是他為夜觀天象而特建的；此時登台細觀看了北斗之北的紫微垣十五星，下來說道：「事在今夕，機不可失。」

「你看出來甚麼？」

「紫微黯淡，蕃衛諸星發亮，應在我輩。」徐有貞問行三的張軏說：「張三哥，你現在就可以動用的人，有多少？」

「一千。」

「夠了。」徐有貞又問：「皇城的鑰匙在誰那裡？」

「在我家老二那裡。」

張軏是指他二哥張輗，他以中府右都督領宿衛，皇城啟閉，由他掌管；徐有貞便問：「你能不能跟他要了來？」

「恐怕他不會給。」張軏面有難色，「總要有個說法，能不能把咱們要辦的大事告訴他？」

徐有貞心想，張輗自從正統五年，因為口出不道之言，為他的長兄張輔訴請治罪，在錦衣衛關了半年以後，脾氣改得謹慎小心，所以得領宿衛，如果將此大事告訴了他，職責所在，或許會大義滅親去檢舉，不可不防。

「這件大事絕不能告訴他。」

徐有貞沉吟了一會對石亨說：「石公，請你陪了他去，說居庸關有警，要勒兵入大內，備非常，把鑰匙拿到了，請你保管。」

「好。」石亨問道：「以後呢？」

「在曹太監家聚會，再作部署。」

石亨答應著，與張軏辭出；徐有貞換上官服，擺設香案，望空默禱，然後將他的一妻一女喚出來說：「我要去辦一件大事，辦成了，國家之福；辦不成，門戶之禍，你們自己斟酌。」

這意思是，萬一他事敗被捕，謀反大罪，妻孥不免，希望她們自裁；徐小姐一聽這話，便盈盈欲涕了。但徐太太是個很能幹、也很有決斷的婦人；而且也深知丈夫的才具、相信他要辦的大事，一定能夠成功。不過，她對當年不願南歸，徐有貞罵她「想做騷韃子的小老婆」這件事，始終耿耿於懷，如今找到報復的機會了。

「你放心好了，如果有門戶之禍，我會料理。反正我也快四十歲了，人老珠黃不值錢，想做騷韃子的小老婆，人家也不會要我。」

徐有貞苦笑不答，帶了一個伴當，由後門策騎而出，順路邀約了兩個同黨，一個是楊善，一個叫王驥，是永樂四年的進士，年已七十有餘，正統年間便已當到兵部尚書，曾三征雲南麓川叛亂的土司；文武全材，威望甚高，但于謙不甚看重他，投閒置散，頗為失意，所以一等徐有貞來聯絡，立即表示，願拚老命，以報上皇。這天，不但他自己束裝上馬，而且將他的兒子王瑺、王祥、孫子王添亦帶在身邊。

三更未到，人都齊了，除王驥父子祖孫四人以外，石亨亦是一家三代，有他的姪子石彪，石彪的兒子石浚；楊善是父子五人；而曹吉祥是叔姪五人，都是金字旁的單名：曹欽、曹鉉、曹鐸、曹鎔，一個個勁裝結束，執弓跨刀，躍躍欲試。

「真是『上陣全靠父子兵』！」徐有貞很高興地說：「大明國史，就從今天要改寫了。」

「各位飽餐，可不許喝酒。」曹吉祥又問張軏：「你的人在那裡？」

「在東安門大街，光祿寺街一帶待命。」

「吃了飯沒有？」

「發了乾糧。」

曹吉祥點點頭，向石亨說道：「你取了那個門的鑰匙？」

「長安左門。」

「銅符呢？」

「也有，是『東』字號。」

「好！你先請吧。」

於是石亨帶了一名小校，策騎到了長安左門；叫開了門上的小門，出來一名「坐更將軍」，一看是石亨，不由得奇怪，「爵爺，」他問，「深夜駕到，有甚麼吩咐嗎？」

「也先到了居庸關外了，我從今天晚上起，開始巡查各處，想進皇城看看。喏！」石亨將銅符交驗。

「是，是，你請。」坐更將軍交回銅符，歉疚地說：「不過，只好請爵爺由這道小門進來；門口的鑰匙，張都督要去了。」

「不要緊，不要緊。」

石亨將馬韁交了給小校，由小門進入，抬頭一看，星月皎然；遙望南宮，院落沉沉，心裡在想：上皇此刻不知在幹甚麼？想來總是枯坐等待；他心裡會怎麼想？夢想不到他還會有一天在奉天殿上受群臣朝賀吧？

正在胡思想時，隱隱聽得人聲；知道張軏領兵到了，便向「坐更將軍」說：「你出去看看，是怎麼回事？」

坐更將軍出小門去看了回來說：「是一隊京營兵經過。」

「不是經過，是進皇城來的。」石亨從懷中將鑰匙取出來說：「你去開門！」

坐更將軍不知是怎麼回事，當然也不敢違拗，等將長安左門打開，已有一騎衝到，正是張軏。

「都來了？」石亨問說。

「都來了。」

於是大隊長驅直入，最後是徐有貞，「石公，」他說，「門仍舊要上鎖。」

此時不暇細問，石亨只是仍命坐更將軍閉門上鎖，將鑰匙要了回來。

「鑰匙給我。」徐有貞要來鑰匙，使勁往金水河中一拋，「今日之事，只能向前，不能後退。奪門吧！」

誰知就在此時，天色大變，烏雲四合，星月晦冥，陡然感到如被關入一個大鐵籠中似地，石亨大為驚恐，「元玉，」他拉住徐有貞問：「事情會不會成功？」

「一定成功！」徐有貞大聲回答，顯得極有信心。

於是一起直奔南宮；石亨的兵器是一把大號鋼刀，他用刀背擊門，同時大喊：「開門，開門！」

由於人聲嘈雜，聽不清裡面有何反應；石亨便跟徐有貞商量，如何得以破門而入？

徐有貞張目四顧，發現不遠之處，有一堆木料，頓時生計，「張三哥，」他對張軏說：「你叫你的弟兄，去搬一根可以做柱子的大木頭過來，把門撞開。」

張軏隨即下令，派幾十名士兵，移來兩丈長的一根徑尺巨木；高舉撞門，但宮門厚重，裡面又有丁字形的巨門撐住，連撞數下，門閉如故。

「撞門不如撞牆！」徐有貞說：「只要撞開一個洞就行了。」

果然，很快地在圍牆上撞出一個大洞；張軏親自領頭，從洞中鑽了進去，指揮部下，移開丁字形的巨門，雙扉大啟，石亨、徐有貞、曹吉祥、楊善一起入內，遙遙望去，殿內已有燭光了。

「就我們五個人去見駕。」石亨又吩咐石彪：「你去把便轎抬來。」

「王尚德呢？」徐有貞覺得王驥是他約來的，應該等一等他，一起進見。

「別等他了！」曹吉祥說，「他的小兒子不懂事，居然騎了一匹馬來，大家一擠，把他從馬上擠了下來，王尚德正在招呼呢！」

徐有貞點點頭，將手一揮，五個人一起上了翔鳳殿；石亨隔著殿門，提高了聲音說：「請上皇賜見。」

殿門開了，燭光下看到上皇穿戴整齊，不像是剛起身的模樣；等他慢慢走到門口，五個人都已跪下了。

「石亨，喔，還有張軏，」上皇只看清了這兩個人，「你們來幹甚麼？」

「請陛下到奉天殿登位。」

「哦！」上皇這樣應了一聲，沒有再說甚麼。

「便轎呢！」石亨向跪在他旁邊的徐有貞說：「請你去看一看，催他們快抬來。」

徐有貞隨即起身，找到石彪，自然也找到了便轎，十來個士兵圍在那裡，七手八腳，不知如何才能把便轎抬起來。原來皇帝的便轎名為「轝」，轎槓的構造相當複雜，有長槓、有橫槓、有短槓、有小槓，相互串連而成，串不成功就抬不起來。

幸而徐有貞懂得它的形製，指導士兵串連好了一看，大家才知道便轎只須四個人，前後各二，雙手平舉即可。於是挑了四名手臂長短相同的士兵，扶上皇上便轎坐穩，石亨、徐有貞等人，扶著轎槓，下殿出宮。

說也奇怪，一出南宮，頓時星月開朗，上皇左顧右盼，右面在前的是石亨，其次張軏，他都認識；左面扶轎槓的是兩名文官，便即問道：「你們兩個是誰？」

「臣左都御史楊善。」

「啊，啊！」上皇驚喜，「原來你是楊善！一下子沒有認出來。你前面的呢？」

前面的是徐有貞，他朗然應聲：「臣副都御史徐有貞。今日奉迎皇上復位，乃是武清伯石亨首先創議；臣有貞策畫迎駕。」

「好，好！你們都是我的股肱之臣。」

不一會，便轎到了東華門，那裡的坐更將軍，迎門攔阻，厲聲問道：「是誰擅闖禁地？」

「你倒看看，是誰？」徐有貞的聲音更大。

「我是太上皇。」上皇叱斥：「閃開！」

坐更將軍不敢攔阻，乖乖兒地閃開，於是入東華門向西，過會極門折而向北，越過金水河橋，便是奉天殿之前的奉天門。

「請皇上御奉天門受賀。」

徐有貞指揮便轎停了下來，扶上皇升階入門，門內的御座還在殿角，他帶領士兵將御座推到正中，上皇毫不遲疑地坐了下來。

「皇上復位，天下之福。臣等叩賀。」

徐有貞領導行禮，三跪九叩既畢，復又出門站到台階上，大聲說道：「大家跟著我三呼萬歲！」

「萬歲，萬歲，萬萬歲！」

士兵齊聲高呼，聲震屋瓦；其時文武百官因為景泰帝這天視朝，都已在午門的左右掖門待命，聽得午門以北一片喧譁，不知出了甚麼事？正在相顧錯愕，私下打聽時，只見崇閎壯麗，俗稱五鳳樓的午門，三十六扇紅門，一齊開啟，徐有貞站在台階上宣示：「太上皇帝自南宮復辟；現御奉天門受賀。」接著又問：「禮部胡尚書何在？」

「胡驣在此。」鬚眉皆白的胡驣，顫巍巍地從後面擠上前來，「有何見教？」

「胡公，」徐有貞急忙下階相扶，謙恭地說：「上皇復位，一切儀節，拜煩費心安排。」

於是胡驣找到鴻臚寺的官員，序班贊禮，叩賀上皇，行禮既畢，在上皇身邊的徐有貞進言：「皇上宜有所宣諭，以安眾心。」

「你替我傳諭：百官各守其職，謹慎將事，不得自相驚擾。」

「是。」

「此刻我要趕到仁壽殿去見太后；你看我甚麼時候，正式御殿？」

所謂「正式御殿」是御天子正衙的奉天殿，重新即位；徐有貞想了一下答說：「臣以為以今日日中為宜。」

「好！」上皇又說：「傳諭完了，你把閣臣，還有王直、胡驣都找了來，我有話交代。」

於是閣臣五員及王直、胡驣，一共七人進見，表情各為不同，王直、胡驣可說悲喜交集，而王直則以景泰帝易儲而蒙賞，不免稍有愧色；高穀、商輅問心無愧，但商輅又微微有惋惜之意，覺得上皇復辟一舉，稍欠考慮，故眉宇間隱顯抑鬱。

陳循、蕭鎡既愧且恐，不過蕭鎡的恐懼，現於形色，而陳循深悔在議復儲時，不該觀望自誤，只有王文表裡不一，內心怕得要死，表面上卻一貫保持著他慣有的那種冷漠的神色。

不過，表情最複雜的還是上皇，無窮感慨自心底同時浮起，奔赴喉頭，壅塞得隻字不能吐，只能緊緊閉上雙眼，然後拭去眼角的淚珠，張眼說道：「我只告訴你們一件事，徐有貞以本官兼翰林學士入閣；曹吉祥掌司禮監。」

「是！」首輔陳循想到徐有貞改名，出於他的指點不免一喜，殷勤地說：「有貞，你該謝恩。」

徐有貞被提醒了，走到上皇面前，磕頭謝恩；上皇指示：「凡事你與高穀、商輅商量著辦。大家退下去吧。」

陳循、蕭鎡知道上皇已等於作了命他們退出內閣的決定，各自黯然回家；王文卻裝作不解，跟著高穀、商輅與徐有貞一起到了內閣。意氣飛揚的徐有貞，將自抑已久的興奮，一下子都發了出來，指手劃腳地大談奪門的經過，王文可真受不住了，悄悄離座溜走。

正談得起勁時，曹吉祥來了，後面跟著一大群太監，以及他的京營中的武官，十分氣派，「高先生、商先生，」他站在內閣大堂正中，昂然說道：「請各便！我奉皇上面諭，有事跟徐學士商量。」

聽這一說，高穀與商輅相偕避去；徐有貞肅客上坐，低聲問道：「裡頭的情形怎麼樣？」

「皇上在仁壽宮大哭了一場。」

「這位呢？」徐有貞舉兩指相詢。

曹吉祥楞了一下，方始會意，是指行二的景泰帝，笑一笑答說：「他在乾清宮西暖閣，聽見撞鐘擂鼓，大吃一驚。問興安說：是不是于謙篡位了？興安告訴他，是上皇復位；他連說了兩個『好，好』，又上床養息去了。」

「怎麼？」徐有貞深感詫異，「連這麼一個對他忠心耿耿的人都不相信？」

「他害就害在疑心太重這個毛病上。閒話少說，皇上交代，王文太可惡，非殺不可；似乎不想殺于謙，你看怎麼辦？」

石亨、張軏、曹吉祥都是于謙的對頭，但要怎麼才能殺于謙，卻只要請教徐有貞，他沉吟了一會說：「中午皇上在奉天殿行即位大典，典禮一完，你就派人在朝班之中，逮捕王文、于謙，我自有辦法叫他逃不出我的手。」

「在典禮上抓人，不大合適吧！」

「不！一定要這麼抓，才能顯出皇上對這兩個人深惡痛絕。等交給蕭維禎去審時，他自然就明白皇上的意思了。」

「說得是。」曹吉祥又問：「要不要先奏明？」

「能奏明最好。還有，宮裡也該清一清才是。」

「王誠、舒良、張永、王勤，都抓起了。」

「興安呢？」

「興安有孫太后替他說好話，沒事。」

「孫太后怎麼說？」

「孫太后說，興安信佛，不要錢；能敬重于謙，是有功之人。」

「這麼說，于謙不也是有功之人嗎？」

「于謙對大明天下有功，對皇上沒有功。」

「著！」徐有貞重重地拍了一下自己的大腿：「我有說詞了，一定能讓皇上殺他。」

景泰八年正月十七日午正，上皇第二次在奉天殿即位為皇帝；親自宣諭，改景泰八年為天順元年。典禮既成，皇帝離座；曹吉祥以司禮監掌印太監的身分宣布：「王文、于謙，大逆不道：奉上諭，拿交錦衣衛嚴審治罪。」

於是錦衣衛指揮使劉敬、指揮僉事佐理衛事兼鎮撫司理刑門達、指揮錦衣校尉逯果，帶領「白靴」小校在朝班中將王文、于謙揪了出來，鐵索加頸，帶到錦衣衛鎮撫司。

不久以前才受命兼理鎮撫司的門達，直隸豐潤人，機警沉鷙，不是甚麼正派人物，但他有個很得力的助手，名叫謝通，浙江人，在錦衣衛中的職位是千戶；謝通深諳刑律，但執法不僅公平，而且仁恕，平反了好些冤獄，為門達帶來了很好的名聲；因此，門達對他言聽計從。

「于少保功在社稷，人人尊敬；因為他不肯跟也先講和，贊成郕王即位，也先看中國大局已定，抱的是『空質』，才答應把上皇送回來。平心而論，上皇之有今日，應該感謝于少保。」

「可是如今事情擺明了，上皇一定要殺他；達公，」謝通故意問說：「你看，該不該救他？」

「怎麼救法？你不是說了，事情擺明了，上皇一定要殺他，莫非鎮撫司還能違旨？」

「當然不能，不過有件事，也是很明白的，于少保一死，大家心裡一定不服，會遷怒到鎮撫司。達公，你不必代人受過。」

「說是說得不錯。」門達一副無奈的表情，「可是有甚麼法子呢？」

「有！」謝通答說：「太祖在日，有大獄必面訊；宣德三年以『古表斷獄，必訊於三公九卿』，因而定重囚會審的制度。于少保、王閣老拿問的罪名是『大逆不道』，當然是大獄重囚，不如奏請移送三法司會審，豈不名正言順。」

門達不等他說完，便一迭連聲地說：「好，好！這件案子能推出去最好。」

「事不宜遲，請達公馬上找司禮監，面奏取旨。」

門達聽他的話，即時進宮，找到司禮監興安，陳述意見；興安沉吟了一下說：「我已經失勢了，面奏一定會碰釘子；不過由三法司會審，或許還有生路，為于少保的事，就碰釘子，也說不得了。」

問清了皇帝這時正在奉天殿之東的文昭閣，召見高穀、商輅，商議草擬復位詔，便也尋到文昭閣來；從窗櫺中望見石亨與商輅，正在低聲交談，不免心中一動；一向正派的商輅，何以會跟驕橫跋扈的石亨私下打交道，倒要細聽一聽。

於是他閃身僻處，側耳靜聽，只聽石亨問道：「復位詔，皇上是交高閣老擬，還是商先生擬？」

「是我。」

「復位詔是不是跟登極詔一樣？」

「當然。」

「要大赦？」

「登極詔中，當然要有大赦的條款。」

「商先生，」石亨是指示的語氣，「光是大赦各類罪犯好了；不必再列別的條款。」

原來仁宗即位時，由楊士奇草擬登極詔，大赦條款一共三十五條，盡除永樂年間所有的弊政；由此立下一個成例，嗣君登基，凡有先朝於民不便的措施，都在登極詔中革除，而石亨所以有此主張，另有緣故。

這緣故一言以蔽：於民便則與此輩不便。當景泰帝即位之初，強敵壓境，京師危急，為了衛國保民，一切以軍務為優先，守土的將帥，得以便宜行事，因而出現了許多擾民的措施，諸如徵用民居、強派伕役等等。及至局勢安定，那些不合理的現象，在「軍務所需」這個藉口之下，依舊存在，變成將帥營私牟利的特權；石亨為了想保持既得利益，所以關說商輅不要列入赦條，俾能維持現狀。

但商輅拒絕了，「歷來的制度如此，」他說：「我不敢變更。」

「商先生，請你再考慮。」

「沒有考慮的餘地。」

「好、好！」石亨悻悻然冷笑，「商先生，你等著瞧吧！」

興安頗感安慰，商輅沒有使他失望；但隨之而來的卻是不安，為商輅懷著隱憂，同時警惕自己，要多多留意，看石亨有何不利於商輅的舉動。

興安沒有碰釘子，皇帝准奏，將于謙、王文交由三法司會審；三法司本以刑部為首，但刑部尚書俞士悅，一向為于謙所支持，避嫌疑改請左都御史蕭維禎主持會審。

接著被捕下獄的，有陳循、蕭鎡，而俞士悅亦終於不免。此外還有工部尚書江淵，他之被捕是冤枉的，當黃竑奏請易儲時，就有人說，一個廣西的土官，那裡懂得這些奧妙？是江淵替他設謀，奏疏亦是他代為草擬呈遞的。人言藉藉，多信其說，但無從證實；因而另有人說：「這好辦，廣西紙跟京師的紙不同。」取原奏來一驗，果然是廣西紙，證明確為黃竑自廣西所上，江淵得以洗刷清白。但此人好發議論，口舌之間得罪的人很多，因而又有人舊事重提，以致被捕，歸案審辦。

緊接著，商輅也被捕了，有言官奏劾，說他與王文、蕭鎡朋比為奸，主迎襄王世子為東宮。這個言官，大家都知道他是石亨的私人。

於是商輅在錦衣獄中上書，經謝通幫忙，得以上達御前，商輅自辯，他曾上過一道請復儲位的奏疏，說：「陛下宣宗章皇帝之子，當立章皇帝子孫。」原奏現存禮部，不難覆按。

「襄王世子是宣德爺的胞姪，宣德爺的孫子，當然是指沂王。」興安亦為商輅解釋：「他的意思是很明白的。」

「既然如此，何不直截了當提沂王？」皇帝反更發怒了，「舞文弄墨，無非取巧。」

「商輅不會取巧。」興安抗聲答說：「取巧的是徐有貞。他本名徐珵，當年創議南遷，于謙、商輅都責備他荒唐。老奴不知道他們在說那些話的時候、有沒有想到過，京師遷回南京，將置萬歲爺於何地？」

皇帝默然，但臉色是和緩了。而且，初步論功行賞時，以石亨為首，進封忠國公，石彪封定遠侯，張軏封太平侯、張輗封文安伯、楊善封興濟伯，而徐有貞只升為兵部尚書，加官而未封爵。

在都察院受審時，王文與于謙的態度，完全不同。對於「謀立外藩」這一款罪名，于謙不認，但亦不辯；王文以激壯的語氣，極力辯曰：「祖宗成法，召親王要用金牌、信符；派遣使者，兵部要發勘合。」他說：「這都不是查不明白的事，豈容輕誣。」

「好！」蕭維禎說：「先查兵部。」

兵部管勘合的，是車駕司主事沈敬；而蕭維禎查問的方式，非常霸道，通知錦衣衛，將他逮捕到案，為的是嚇他一嚇，好讓他作偽證。但沈敬也是個硬漢，明明白白答供：「從未有發勘合給任何官員，召任何親王來京之事。」

這一下怎麼辦？召襄王的金牌、信符，現存孫太后宮中，不必查問；一查反而開脫了王文，那就只好約略師法秦檜殺岳飛的故智了。

「你、于謙，召沈敬密謀，議定而來不及實行而已。」

「怎麼可以這樣說？」王文大聲抗議：「議定而未及行，證據何在？」

「既為密謀，何來證據？」

「既無證據，何可誣以密謀？」

堂上堂下，針鋒相對，激辯不已，但堂上是游詞詭辯；堂下反覆強調證據，南轅北轍，各說各話，使得于謙忍不住開口了。

「這都是石亨他們的意思。」于謙笑道：「你也太想不開了，何必枉費口舌？」

就這樣定讞了，是「謀反」的罪名，當然處死；倒楣的是沈敬，算是同謀，定罪減死一等，充軍鐵嶺。

奏報到御前，皇帝猶豫不決，「于謙實在有功社稷。」他說：「太后跟我談過。」「有功社稷，負罪陛下。」徐有貞說：「不殺于謙，此舉為無名；臣等無功可言，猶其餘事。」聽得這一說，皇帝不再躊躇了，在蕭維禎領銜的三法司會奏上，硃筆批了一個：「是。」

此外被視為忠於景泰帝的，還有陳循。當年廢東宮改封沂王，陳循身為首輔，見利忘義，不能匡正，頗為士論所薄，但事過境遷，其罪在可論可不論之間；他總以為當初幫過徐有貞的大忙，這回是該他回饋的時候了，即令論罪，充其量革職而已，但誰知徐有貞跟他一樣地見利忘義，並沒有替他斡旋，以致與工部尚書江淵、刑部尚書俞士悅同科，充軍鐵嶺，相形之下，陳循的罪又較重，因而遣戍之前，還廷杖八十——屁股當然打爛了，卻有一個療傷的法子，生剝一隻綿羊的皮，覆在傷處，使羊皮、人肉合而為一；因此，受過廷杖的官員，有個外號叫「羊毛皮」。地方官遇百姓衝了「導子」，可當街拖翻打屁股，如果褪下底衣一看是「羊毛皮」，每每免責；這倒不是甚麼仁人之心，而是因為「羊毛皮」雖已削職為民，但明朝的官員，榮辱無常，忽逢恩命，起復故官，是常有的事。這些官員不起復便罷，一起復，地位必高於縣官，為防報復，不如先放個交情在那裡。

于謙、王文同時被禍，而在朝野之間的反應，大不相同。雖然兩人都是含冤負屈，死於非命，只是王文為人刻薄，明知其冤，卻沒有人覺得有甚麼可憐、可惜；對于謙，不但百姓驚聞凶信，如喪考妣者，大有人在，文武官員痛哭失聲的，亦不知幾許？曹吉祥部下有個指揮，原是蒙古人歸化，名叫朵兒，特為備了祭禮，到菜市口行刑之處去哭祭；曹吉祥得報大怒，打了他一頓軍棍。可是第二天，朵兒仍舊扶傷去祭拜。

一班老臣，尤其傷感；王直跟胡濙、高穀談起，說如再戀棧，愧對于謙於九泉。胡、高二人亦有同感，於是約齊了，謁見皇帝。

本來一二品大臣進見，向例由王直首先發言，因為他是吏部尚書；明朝的六部，以吏兵兩部的權最重，吏部尚書在民間稱為「吏部天官」，所謂「天官賜福」，即謂吏部尚書可以造福蒼生，權侔宰相。但這一回進見的本意在告老，所以約定由胡濙先奏。

「老臣今年八十有二，歷事六朝，幸無大過。如今皇上復位，天與人歸，郅治可期；老臣乞賜骸骨，俾得遊息田間，稍享太平之福。務請皇上准奏。」

皇帝一看這情況，知道都是來告老的；心裡盤算了一下，作了決定，便不答他的話，先問王直。

「王先生今年高壽？」

「老臣明年就可放肆杖朝了。」

「原來今年也七十九了。精神矍鑠，一點都看不出來。」

「是。」王直名如其人，出言很率直，「本來老臣猶可勉效犬馬之勞；只是于謙一死，志士喪氣，老臣兔死狐悲，自覺去日無多，不敢再片刻戀棧，請准臣解任。」

「唉！」皇帝嘆口氣，臉色抑鬱，「皇太后聽說于謙死了，嗟嘆不絕，眠食俱廢，我亦很悔做了這件事。」

「于謙籍沒，家無餘貲，一子于冕充軍山西龍門；其妻張氏發山海關。皇上既以為處置太過，何不赦歸于謙的妻子？」

皇帝默然，出爾反爾，威信所關；只好先搪塞一下，「這件事不能急。我會考慮。」他顧而言他地問：「高先生，你還年輕。」

「臣亦六十有七，精力衰頽，方今與民更始，勵精圖治之際；臣不敢忝居要津，請准臣即日馳驛還鄉。」

「高先生，你可以緩一緩。」皇帝又說：「胡先生、王先生，我知道你們都是兒孫滿堂，而且子孝孫賢；為朝廷宣力這麼多年，也該享享老福了。胡先生，你有幾個兒子？」

「臣舉三子。」

「都做官了？」

「幼子尚未出仕。」

「喔！」皇帝又問：「你們還有甚麼話？」

「商輅為皇上親手識拔，三元及第，本朝盛事，如今削職為民，人才棄置可惜，請皇上留意。」

「好，我會留意。」皇帝略停一下又說：「你們退下去吧！我自有處置。」

他處置是暫留高穀；准胡濙、王直告老，賜褒美的璽書、白金五百兩、寶鈔一千貫、綢緞各一百匹，馳驛榮歸；又賜胡濙的幼子為錦衣衛千戶世襲。宣旨後，高穀復又上奏告病，皇帝終於也准許了，不過恩典稍差。

皇帝即位的第八天，第二次論奪門之功。

事情發端於曹吉祥的一個至親，京營都督董興，他說：「我聽得老百姓在談論，幾位將軍，帶領千把弟兄，就奪門復辟了，事情看來很容易，似乎值不得那樣子的重賞。」

「喔！」曹吉祥皺著眉說：「這話不能說他沒道理。」

「我在想，為了平息這些浮議，只有一個辦法，還要大封功臣。」

「啊，啊！」曹吉祥被提醒了，「等我來跟忠國公商量。」

跟石亨商量的結果，恰如董興所預期的——根本沒有那種「浮議」，只是董興想出來的一個「冒功」的花樣。石亨、曹吉祥、張軏一起去見皇帝，細陳當日如何私下調兵遣將；對付于謙及于謙的死黨，而為石亨副手的范廣；當然，這都是虛構而皇帝不可能不信的假話。

於是照他們三人所開的名單，京營軍官士卒升級的，多到三千餘人；董興封了海寧伯，孫鏜跟石亨交好，得封懷寧伯。

這使得王驥大為不服，「冒功」封爵，真的參與奪門的功臣，反倒向隅；於是上了一道奏摺，說「臣子祥入南城，為諸將所擠，墜地幾死，今論功不及，疑有蔽之者。」皇帝問石亨，他證實確有其事；因而王祥授官京營指揮僉事；王驥雖未封爵，但復官兵部尚書，並賞榮號為「奉天翊衛推誠宣力守正文臣」。

這一來徐有貞也眼紅了，跟石亨說，也想弄個爵位。石亨為徐有貞進言；皇帝因為他曾創議南遷，先還不允，但石亨聯絡曹吉祥、張軏，認為今日富貴，應歸功於徐有貞的策畫，飲水思源，該幫他的忙；而且他入閣預機務，亦不能不加籠絡。這樣再度陳奏，力言其功，皇帝終於被他說動了，准封伯爵，封侯是他自己所擬——明朝的爵位，只有公侯伯三等，照漢朝食邑之例，封公稱國；封侯伯則冠以地名。徐有貞因為文臣需有武功始得封爵，所以直截了當地就選了關中武功這個地名，封為「武功伯」，賜號跟王驥一樣，而且世襲錦衣指揮使；加官為華蓋殿大學士，掌文淵閣事，儼然首輔了。

但也有很倒楣的，第一個是范廣。此人驍勇絕倫，為同輩共許為名將。深得于謙賞識。但賦性鯁直，在為石亨作副手，提督團營時，由於石亨縱容部下，騷擾百姓，違犯軍紀，幾次向石亨表示不滿，因而結怨；他跟張軏亦積不相能，以致復辟以後，與石亨同聲誣奏，說范廣黨附于謙，謀立外藩，被捕下獄，當然亦是死罪；一子范昇，充軍廣西，抄家以外，妻孥賜予士兵，遭遇之慘，不下於「靖難之變」忠於建文帝的文臣武將。

第二個是昌平侯洪之子楊俊。不過他多少有些咎由自取；景泰四年楊洪去世後，楊俊襲爵，行為頗多不法，免死奪爵，改由他的兒子楊珍承襲。

楊俊在守懷來時，聽說也先要送上皇回京，密戒部下，不准開城。及至上皇既歸，他又表示，遲早會從上皇身上，闖出大禍。這是忠於景泰帝的口吻；復辟以後，為張軏檢舉，審問屬實，自亦不免。楊珍亦削爵充軍廣西。

由復辟引起的大風波，由外而內，終於臨到了景泰帝頭上。

這是家務，雖然石亨、曹吉祥、徐有貞都主張廢之為庶人，但孫太后不許，「他是我立的，你把他廢為庶人，不就是說我不該立他嗎？而且，」孫太后加強了語氣，「他是對得起祖宗的，不過私心重而已。」

因此，二月初一宣旨，景泰帝廢為郕王，即日移居西苑。由石亨保薦，自欽天監正升為禮部侍郎的湯序，請廢除「景泰」年號，皇帝亦因為孫太后留餘地而不許。

當然，母以子貴的吳太后亦要降位了。她在宣德三年封為賢妃，仍復原號。

杭皇后則禍及身後，不但削去后號，而且原已下葬，稱之為「陵」的墳墓，亦毀去改葬。至於景泰廢后汪氏，倒是無榮無辱，仍復原號為「郕王妃」。

二月初九，郕王薨於西苑，年只三十。內閣議諡法，有一部參考書，名為《鴻稱通用》，共分上、中、下三冊，親王諡法，在「中冊之下」，剛入閣的翰林學士李賢，翻了半天說：「只有一個字可用：『中年早夭曰悼』，諡之為『悼』。」

「此不足以盡郕王生平。」徐有貞沉吟了好一會，突然以手擊案，大聲說道：「有一個字，確切不移：戾！」

這是個很壞的字眼，李賢覺得過分了，因而以沉默表示異議。

「大學：『一人貪戾』；詩經小雅：『暴戾無親』；荀子『猛貪而戾』。」他喚著李賢的別號問：「原德，如何？」

既然他引經據典，當然不易駁倒；細細想去，戾作貪字解；景泰帝落得如此下場，皆起於一念之貪，以致自取其辱，諡「戾」亦是春秋一字之貶，嚴於斧鉞之義，因而也同意了。

景泰帝在一年以前開始經營的「壽陵」，自亦在毀棄之列，以親王之禮葬於西山——這就到了後宮最悲慘的一刻！

原來明朝有宮眷殉葬的制度，自皇宮至王府皆然。為郕王殉葬的宮人，已開列出一張名單，一共八個人；單上有名，命在旦夕，平時交好的，相邀訣別，酒食款待，無異生祭，後宮深處，隨時可以聽得嚶嚶啜泣之聲，令人斷腸。

但這回是在西苑，深宮不聞；大內與西苑，是隔絕的兩個天地，所以周貴妃不知道名單中連郕王元妃汪氏也在內。

但阿菊卻打聽到了，「周娘娘、周娘娘，」她急急奔告周貴妃，「殉葬的一共八個人，汪娘娘也在內。」她們仍舊沿用以前的稱呼，稱汪妃為「汪娘娘」。

「喔，」周貴妃大驚，「她怎麼也會在內呢？」

「是萬歲爺的意思。」

「能不能挽回？」

「那要跟萬歲爺求情。」

周貴妃因為汪妃曾經反對易儲，因而被廢；在南宮時常對沂王說：「你雖然不是太子了，不過，你嬸娘保全你的一番情意，絕不可忘記。」及至杭后之子一死，沂王有復儲之望，更進一步叮囑：「將來多半還會當皇帝，一定要報你嬸娘的德。」如今當然要出全力相救。

但不巧的是兩天沒有見到皇帝，只好派她宮中的總管太監將司禮監興安找來了問計。

「只怕來不及了。」興安答：「名單已經送到內閣，在擬優恤殉葬八個人的親屬；汪娘娘胞兄，原來封爵該革掉的，如今大概可以保全了。」

「我不管她胞兄封不封爵，我只要汪娘娘不死。你說，該怎麼辦？是不是給太后去討情？」

「緩不濟急。萬歲爺昨天剛給太后去請過安，這幾天不會到仁壽宮。」

「那麼，你呢？你可以說話啊！」

「周娘娘，」興安苦笑，「興安不是從前的興安了。」

「那，你總得想個辦法呀！你不是最會出主意的人嗎？」

興安沉吟了一會說：「如今萬歲爺最賞識李學士，老奴跟他去商量看看。」

於是興安到內閣去看李賢，轉述了周貴妃的意思。李賢點點頭說：「汪妃甚賢，理當力救。不過，這件事不便上本，也不便在內閣臣一起進見時談，興公公，你能不能設法讓皇上單獨召見我？」

「你何不請求『獨對』？」

「『獨對』奏甚麼呢？」

「就是這件事啊！」興安又說：「汪妃有保全東宮之功。」

「可是，這是皇家的家務，外臣似乎不便過問。」

「李先生，」興安問道：「你莫非記不得呂夷簡回奏劉后的話了？」

李賢省悟了，興安指的是宋朝李宸妃的故事。宋仁宗為李宸妃所生，劉太后取以為子，而宋仁宗一直被瞞著；及至李宸妃薨，劉太后打算以宮人之禮，在外治喪。宰相呂夷簡回奏：「禮宜從厚。」其時劉太后與仁宗一起聽政，聽得呂夷簡的話，怕仁宗懷疑追問，立即離座，順手拉了仁宗入內。不一會，劉太后單獨臨朝，召呂夷簡責問：「不過一個宮人死了，相公何以說禮宜從厚，相公莫非想干預趙家的家務。」

呂夷簡在簾外答道：「臣待罪宰相，事無內外，皆當預聞。」

劉太后大怒，「相公，」她說：「你是要離間我們母子？」

呂夷簡從容答說：「太后不想保全劉氏一族？如果想保全，禮宜從厚。」

劉太后恍然大悟，仁宗將來即位，一定會知道自己身世的隱痛；那時必恨劉太后，憤無所洩，會殺盡她的娘家人。因而厚殮李宸妃——興安提醒李賢的，便是呂夷簡所說的「待罪宰相，事無內外，皆當預聞」這兩句話。

「興公公見教極是。」李賢答說：「即請代奏。」

「事機急迫，請隨我入宮，以便一奏准，就可以進見。」

於是李賢隨興安一起進宮，到了乾清門西的內右門，李賢站住了腳；因為這是外朝與內廷的界限，未便擅入。

「不要緊！有我。」興安說道：「先到我的直房去坐。」

進了內右門，沿甬道走到月華殿前的月華門；對面東向的是遵義門，進門便是養心殿，南面北向有三間屋子，便是司禮監掌印秉筆的直房。

「小禿，」興安一進門便抓住一個小太監問：「萬歲爺這會兒在那兒？」

「在懋勤殿。」

「好！你伺候李閣老喝茶！」興安接著又說：「懋勤殿進月華門往北就是。我去看一看，馬上就回來。」

興安也不進直房，帶著他的隨從回出遵義門外；李賢一盞茶尚未喝完，興安的隨從來宣召了。

進了懋勤殿，行禮以後，皇帝問道：「剛才興安來回，李先生有話要說？」

「是。」李賢從容答奏：「沂王當然要復儲位；當年郕王元妃，仗義執言，因而幽廢；兩女方幼，從死可憫。」

「你的意思是，想為汪氏乞恩？」

「臣豈敢為王妃乞恩？」李賢答說：「皇上復位，誅賞分明，當年主易儲者，既或誅或竄；那麼護儲者亦應加恩，方得其平。臣待罪閣中，不得其平而不言，有負相職，恐傷皇上知人之明。」

「說得是。」皇帝點點頭：「汪氏不必從死了。」

「是！請皇上先面諭司禮監，傳諭後宮。」

「嗯。」皇帝回顧侍立在旁的興安：「你聽見了。去吧！」

等興安一走，李賢便說：「臣告退。」

「慢慢！我還有話。」皇帝交代，「端張凳子給李學士。」

等太監端了張矮凳來，李賢先謝了賜座；然後危坐在一角，靜候垂詢。

「山東去年大旱，百姓有吃草根樹皮，賑款不足，地方官奏請加發，我問徐有貞，他說賑款多為地方官中飽，不必再加。你的意思如何？」

「為怕中飽而不加發賑款，等於坐視百姓餓死。因噎廢食，臣期期以為不可。」

「我也是這麼想。」皇帝又問：「很多人認為許彬不稱職，照你看呢？」

原來復辟以前的閣臣五人，問斬的問斬，充軍的充軍，革職的革職，及至高穀堅決求去，全班皆空；徐有貞為了報答許彬將他推薦給石亨，策畫奪門，得以大貴的情分，舉薦他由太常寺卿陞禮部侍郎兼翰林院學士而入閣。但許彬為人性情坦率，好交遊而交不擇人，三教九流，甚麼樣的腳色都有；及至入閣拜相，便有人笑他是「李邦彥第二」；李邦彥是宋徽宗的宰相，無能而善吹拍，號為「浪子宰相」。這個名聲太壞了，許彬決定杜門謝客，以期洗刷惡名。

那知這一來更壞，平日上門不須通報的那班浪蕩子，都罵他勢利，小人得志，馬上就翻臉不認人了。這話傳入皇帝耳中，所以有此一問。

李賢倒是很同情他，「許彬交遊稍濫，」他說：「如今想力爭上游，疏遠那些不該交的朋友，以致競相騰謗。」

「『惟女子與小人為難養也，近之則不遜，遠之則怨。』」皇帝唸了這兩句經書，想了一下，「交遊太濫，不宜參大政；叫他到南京去吧！」

明朝的衙門有兩套，兩京各一；「叫他到南京去」，即是到南京當禮部侍郎。翰林學士的兼職，當然取消了，因為這是相職。

「薛瑄呢？」

提到此人，李賢肅然起敬。此人字德溫，是王振的小同鄉，學宗程朱，是真正言行一致的道學先生，所以都尊稱之為「薛夫子」。

正統年間，王振當權，有一天到內閣議事，事後閒談；王振問「三楊」說：「我家鄉有甚麼人可以當九卿的？」

「『薛夫子』薛瑄。」

於是王振將他由山東提學僉事，調陞為大理寺少師；那時李賢當吏部文選司郎中，主管文官的陞遷調補，薛瑄到他那裡去報到，李賢轉述「三楊」交代的話，說用他是王振的意思，應該去見一見他。

「拜職公庭，謝恩私室，我不做這種事。」

薛瑄不但未去見王振，而且在議事時遇見了，亦毫不假以詞色，因此，王振將他恨得牙癢癢地，決定找機會收拾他。

不久，有個姓李的錦衣衛的指揮死了，有個姨太太是絕色，王振的姪子王山想娶她；本人極願意，但大太太不肯，要她為李指揮守節。那姨太太便誣告大太太下毒殺夫，交三法司由都察院主審；大太太被屈打成招，但會審需要會奏時，薛瑄及他的同事，嚴詞拒絕，說這是「誣服」，並非實情。

於是王振指使左都御史王文，參了薛瑄及他的同事「故出人罪」；王振又指使一名言官專劾薛瑄受賄，定了死罪。

在監獄中的薛瑄，仍照在家那樣，每天讀《易經》，毫不在乎。他有三個兒子，伏闕上書，長子願代父死，其餘兩子願充軍來為父贖罪，王振不許。

到了要處決的那天，王振的一個來自家鄉的老蒼頭，躲在廚房中飲泣；王振知道了將他喚來問說：「你這是幹嗎？」

「聽說薛夫子今天要死了！」那老蒼頭越發泣不可抑。

王振大為感動，蓄意要殺薛瑄的決心，為老蒼頭的淚水衝擊得粉碎。但此時犯人已經綁到了法場——明朝自正統元年起，施行「重囚處決三覆奏」之制，決囚當日，刑科上奏請旨，皇帝批示不准；再請再不准；三請方准，是取代三代「殺之三、赦之三」的遺意。但三覆奏以後，仍須請「駕帖」，交付錦衣衛的監刑官，方始開刀。這些程序，都在決囚當日上午完成，待「駕帖」頒到法場，往往已是日中，所以無形之中，變成處斬都在「午時三刻」。

王振要救薛瑄，即從操縱「三覆奏」的程序上著手；到第三奏時，恰好兵部侍郎王偉亦上疏請赦薛瑄，王振藉此為據，將薛瑄的罪名，改為免死革職。景泰初年復起；至復辟後，孫太后表示宰相須用老成的正人君子，因而重用薛瑄，他的職銜跟許彬是一樣的。

此時的李賢，一聽皇帝問到他，正色答道：「薛瑄朝廷柱石。請皇上多納其忠言；至於機務，臣當悉力以赴，請寬聖慮。」

這話很含蓄，皇帝聽出言外之意，遂即問說：「薛瑄精力如何？」

「薛瑄今年六十有五，體貌清癯。」李賢覺得再說下去，就變成在說他精力不足了，因而改口：「不過，薛瑄善養浩然之氣，精力尚可。」

「精力雖可，年紀到底大了！上了年紀的人，說話不免嚕囌。」皇帝又說：「你要我多聽他的話，他每次來見，喋喋不休，不知道聽他一句？」

「擇善而納。請皇上優容老臣。」

「我知道了。」皇帝又問：「你還有甚麼話要跟我說？」

「復儲之詔宜早下。」

「我也是這麼想。只為有個小小的顧慮，這件事一直未辦。」皇帝說道：「將來國史記載：太子見濬，到底是以前的太子呢；還是後來的太子？」

「這好辦。」李賢接口說道：「譬如年號有正統、天順之別，後世一見，便知是景泰以前的皇上，還是景泰以後的皇上；沂王復儲位時，不妨更名，以為區別。」

「好，好！照你的意思。你看改一個甚麼字？」

「此宜責之於宗人府。」李賢答說：「臣未便越俎。」

「你不說甚麼事都該管嗎？」皇帝質問：「這件事怎麼推掉了呢？」

「臣豈敢推諉？」李賢分辯：「成祖文皇帝玄孫眾多，須查宗人府底冊，嘉名才不會重複。」

原來太祖共二十六子，除一子未封以外，共二十五房，顧慮到子孫繁衍，命名恐有重複，為二十五房每房擬定二十字，作為昭穆次序。子孫初生，都要報到宗人府立雙名，上一字照擬定的字派排行，下一字則依五行相生的偏旁選字。

太祖諸子，皆是木旁單名，太子名叫朱標；他那一房的二十字，前五字是「允文遵祖訓」：建文帝「允」字輩，下一字以木生火，用火字旁的「炆」字。他生兩子，「文」字加土旁的第二字，名叫「文奎」、「文圭」。

成祖原封燕王，名叫朱棣，燕府字派，後來成為帝系，前五字是「高瞻祁見祐」，所以仁宗名高熾；宣宗名瞻基；當今皇帝名祁鎮；沂王名見濬——凡是成祖的玄孫，都是「見」字加水旁的第二字立雙名。但成祖的玄孫，現有的不下三、四十，不查底冊；只選水旁的好字，什九會重複。

「這倒是我錯怪你了。」皇帝點點頭，「你替我傳旨給宗人府，沂王易名以外，其餘的也該封了，讓宗人府一併議奏。」

宗人府是個空頭衙門，業務都歸禮部承辦；皇子命名分封，是儀制司的職掌，查明底冊，建議沂王易名見深。皇二子見潾封德王；皇三子、皇四子早夭；皇五子見澍封秀王；皇六子見澤封崇王；生在南宮，年方兩歲的皇七子見浚封吉王。

奏上以後，皇帝復又召見李賢，認可宗人府的建議，同時交代，命欽天監擇定吉日，舉行沂王復儲，諸王同日並封的典禮。

「還有件事，」皇帝面有惻隱之色，「文圭幽禁五十多年了，我想把他放出來；有人說：放出來不妥當。我以為果然天命有歸，我倒亦看得開。你說呢？」

文圭是建文帝的第二子。靖難之變，七歲的太子文奎，不知所終；兩歲的文圭，為成祖幽禁在中都——鳳陽的廣安宮，號為「建庶人」，實際上是圈禁高牆，至今五十五年，文圭已經五十七歲了。

至於有人說「放出來不妥當」，以及皇帝表示「果然天命有歸」的話，都是針對建文帝出亡而發。相傳成祖破南京金川門後，建文帝打算自殺，翰林院編修程濟建議不如出亡；而有個名叫王鉞的太監說道：「當年太祖駕崩時遺命：『有個箱子收藏在奉先殿，如有大難，方可打開。』據說這個箱子是劉伯溫留下來的。」

於是即刻將此箱子抬了來，是一個朱漆的皮箱，四角包鐵；有兩把鎖，匙孔中亦灌了鐵。程濟將箱子劈開，只見內有三套袈裟、鞋帽皆備、三張度牒，上面的名字是：應文、應能、應賢，此外有一把剃刀、十兩銀子。另外有張字條，指示出亡途徑，「薄暮會於神樂觀之西房」。以後如何就不提了。

「天數！」

建文帝長嘆一聲，傳命舉火焚宮，皇后馬氏自焚而死。程濟為建文帝祝髮；建文帝的「教授」楊應能亦願祝髮隨行。有個監察御史葉希賢說：「臣名希賢，應賢無疑。」亦做了和尚。除楊、葉以外，當然也還有自願隨同出亡的忠臣近侍，一共二十二人，亡命天涯，不知去向。

這段傳說，無從證實。不過建文帝出亡，確有其事；為他祝髮的是一位高僧溥洽，因此而為成祖所監禁。

到得永樂十六年，為成祖策劃起兵的一個和尚，法名道衍，而為成祖稱之為「少師」而不名的姚廣孝，病重將死；成祖親臨探視，問他有何未了的心事，姚廣孝答說：「溥洽幽禁已久，請赦了他吧！」溥洽方得恢復自由。

但出亡在外的建文帝，在成祖看來是一大隱患，因而命當時官居戶科都給事中的胡濙，以訪仙人張邋遢為名，遍行天下的通都大邑，窮鄉僻壤，搜尋建文帝的蹤跡，歷時九年，方回京師。

又有個傳說，建文帝已經浮海出亡至南洋一帶，因而又命太監鄭和，造大船六十二艘，領兵兩萬七千餘人，自江蘇出海，先至福建，再下南洋，既往而返，返而復往，前後數次，到第四次回來，大概有了確實的消息，建文帝並未出海，應該是在江浙兩湖一帶，於是成祖復命胡濙出巡。

永樂二十一年七月，成祖親征韃靼，駐蹕宣化時，有一天晚上已經歸寢，聽說胡濙來了，急急起身召見，直到四更時分，胡濙方始辭出行宮。所談的是甚麼？胡濙從未告訴過人，但大家都相信他已經訪查到了建文帝的蹤跡；也可能見過建文帝，並且獲得確實的證據，建文帝絕不會有任何奪回他自己的天下的企圖。

有人認為釋放文圭不妥當，與成祖不放心出亡在外的建文帝，是同樣的道理。但皇帝卻無此疑慮；李賢認為這是「堯舜之心」。因而定議，皇帝請命於孫太后，決定派太監牛玉，會同戶部所派的司官劉存仁前往辦理，處置的辦法是，限制文圭住在鳳陽，給予婢妾十二人，僕從二十人，當然也有一大筆錢，一大片田。

一去去了兩個月，牛玉與劉存仁回京，分別覆命，劉存仁到了內閣，第一句話是：「文圭死掉了！」

「怎麼回事？」李賢大吃一驚，「怎麼死的？」

「這就很難說了。反正天生苦命就是了——。」

據劉存仁說，文圭圈禁高牆，既未受過教育，亦不知高牆以外，尚有天地，豈止不辨黍麥，連雞犬都不曾見過。

「話也說不清楚，不知道他說的甚麼。婢妾一個都太多了，何用十二個？」

「這話是怎麼說？」

劉存仁遲疑了一下，方始回答：「他不會人道。」

幾位閣老，面面相覷；最後仍是李賢發問：「那麼究竟是甚麼病死的呢？」

「房闈之中，事莫能明。」劉存仁說：「李閣老，你也別問了。」

「唉！」李賢心裡在想，愛之適足以害之。當初如果不說「堯舜之心」那句話，勸皇帝一動不如一靜，文圭反倒能盡其天年。

2

「袁彬，」皇帝問道：「聽說你要娶親了，是嗎？」

「是。」袁彬答說：「臣今天求見皇上，正是要面奏這件事。」

「好極了！你娶的是甚麼人？」

「是臣從小鄰居的女兒。」袁彬又說：「臣要請皇上加恩。」

「你說、你說！」皇帝一疊連聲地：「你要甚麼，儘管說。」

「臣住的房子，太小——。」

皇帝想了一下問：「不原來是商輅的住宅嗎？」

袁彬本來只是錦衣衛試用的百戶，復辟後陞為指揮僉事，緊接著又陞指揮同知，其時商輅削職為民，空出來的住宅繳回公家，為袁彬所得。房子既舊又小，娶親以後，岳家要遷來同住，就不夠用了，因而乞求飭工部另建。

「新建住宅，要好幾個月的工夫，來得及嗎？」

「來得及。」袁彬答說，「臣定在冬天迎娶，半年以後的事。」

「來得及就好。我會交代工部。」皇帝又問：「還有呢？」

「臣父母雙亡，有個叔父，去年亦亡故了，無人主婚。臣想請一位皇親出面，替臣主持一切。」

「可以。你想請誰呢？」

「臣不敢擅請；皇上派誰就是誰。」

「我來想想。」皇帝想了一下說：「我找我二舅替你主婚。」

皇帝的「二舅」，便是孫太后的胞弟。孫太后的父親，本名孫愚，為宣宗改名孫忠。宣德三年以后父封為會昌伯。正統年間，國子監祭酒李時勉，賦性鯁直，得罪了王振，想找他的毛病收拾他，多方偵察，竟找不出李時勉有甚麼短處，可入之於罪，最後以李時勉曾派人將國子監彝倫堂左右的樹木，加以修剪，便誣指他擅伐公家樹木，運回私宅；不經內閣，逕取皇帝手批的「中旨」，將李時勉枷號在國子監前面。

時方盛暑，枷三日不解，李時勉氣息奄奄，命如游絲，國子監生一千餘人，群集午門，請求寬貸李時勉，呼聲遠達禁中；王振恐激出變故，但為了維持他的權威，並不打算釋放李時勉。

有個國子監助教，名叫李繼，行跡不檢，常為李時勉所訓誡；李繼雖不能聽他的話，心裡卻是感激的，這時心裡在想，能與王振抗衡的，只有老「國丈」會昌伯孫忠，於是冒昧登門求援，孫忠一口應承。

機會也很好，恰逢孫忠生日，孫太后派了太監來送禮。孫忠便請太監回奏：「請赦免李祭酒，到臣家來作客。座無祭酒，不足使臣生色。」孫太后跟皇帝說了，立即釋放了李時勉。

孫忠死在景泰三年，追贈為侯；復辟以後，加贈太傅，追封安國公。他有五個兒子，長子孫繼宗是孫太后的胞兄，景泰三年襲爵；天順改元，第二次論奪門之功，他亦在其內，進封會昌侯，特進光祿大夫，另賜「丹書鐵券」，本身免死罪兩次；兒子免死罪一次，世襲侯爵。

但孫繼宗意猶未足，上奏說道：「臣與弟顯宗，率子、婿、家奴四十三人預奪門功，乞加恩命。」孫顯宗因此得授為錦衣衛都指揮同知；這個孫顯宗便是皇帝的「二舅」，也是袁彬的「堂官」。

孫家一門貴盛，由孫顯宗來為袁彬主持婚禮；朝貴申賀，喜事辦得非常熱鬧。這天徐有貞也到了，遇見巡視近畿回來的監察御史，談起此行的見聞；楊瑄告訴徐有貞，巡視到河間府時，有人控訴曹吉祥、石亨強奪民田。

「你查了沒有？是真是假？」

「一點不假。」

「那麼，你預備怎麼辦呢？」回完公事以後，順便會問一問：「這一陣，外面有甚麼消息。」

「三皇舅在發牢騷，說萬歲爺不肯照顧外家。」

「這，」皇帝詫異，「這話是怎麼來的？」

「三皇舅想升官，萬歲爺不肯；叫徐閣老跟他說：『你們孫家大富大貴，夠了。不要再想花樣吧！』」

「三皇舅又怎麼知道是我叫徐有貞跟他說的呢？」

「除了徐閣老自己還有誰？」曹吉祥又說：「三皇舅聽了他的話說：『我自己去見皇上。』徐閣老就說：『我勸你不必！見了皇上，會碰釘子。老實告訴你吧，我剛才跟你說的話，就是皇上要我作為我的意思來勸你。』」

皇帝大為惱火，徐有貞簡直是在出賣他。本想立即找徐有貞來詰責，轉念一想，倘或徐有貞抵賴，要找「三皇舅」孫紹宗來對質，那一來鬧得仁壽宮中知道了，大為不妥。

可想而知的，自覺吃了啞巴虧的皇帝，從這天起，便很少召見徐有貞了。

左都御史蕭維禎調往南京，由右副都御史耿九疇升任；此人老成清介，使得柏台風氣，為之一變，勇於任事，亦勇於建言。由曹、石侵奪民田一事發端，連帶查出曹吉祥、石亨許多恃寵擅權的不法情事；最駭人聽聞的是，石亨的姪子石彪在大同恃勢凌侮親貴——以代王增加俸祿，是他的功勞，逼迫代王下跪道謝。

事也真巧，就在石亨班師還朝那天，出現了孛星，慧孛並稱，彗是曳出長長的一道光尾，所以俗稱「掃帚星」；孛則光芒短而四射，照天文家的說法，彗孛見必有災禍，孛又甚於彗。

因此，掌河南道御史張鵬邀集同僚集會，他引《漢書．五行志》所記「孛者，惡氣之所生，有所妨蔽，闇亂不明」的話說：「如今天象示警，惡氣非石亨、曹吉祥而何？我輩建言有責，石、曹諸多不法之事，如果不加揭發；那麼，我們豈不也成了『有所妨蔽，闇亂不明』的『惡氣』了？」

「說得是！」掌浙江道御史周斌首先響應，「我們看看是各人單銜上奏，還是聯名合奏？」

楊瑄接口說道：「當然聯名有力。」

一言而決，推定張鵬領銜、楊瑄主稿，如果奏上召見，有所垂詢，由周斌回奏，因為他的口才最好。

「還有件事，」有個名叫王鉉的給事中說：「諸公千萬要守口如瓶。」

那知王鉉自己就向石亨去告了密。十三道掌道御史聯名彈劾，其事非同小可；石亨立即找到曹吉祥，關起門來商量停當，一起進宮去見皇帝。

「皇上，」石亨直呼直令地，就像跟熟朋友講話，「河南道掌道御史，是張永的姪子；為了替他叔報仇，結黨誣陷臣跟曹吉祥，請皇上作主。」

皇帝只要聽到五個人的名字，無名火就上來了。這五個人都已不在人世，一個景泰帝的杭妃；另外四個是景泰帝寵信的太監：王誠、舒良、王勤跟張永。

「張鵬是張永的姪子？」皇帝問曹吉祥。

「這假不了的。不是張永力保，張鵬怎麼能掌十三道居首的河南道？」曹吉祥又說：「不過，不是徐有貞、李賢指使，張鵬也沒有那麼大的膽子。」

「好！我知道了。」

第二天，張鵬領銜的彈章，上達御前；看到楊瑄的名字也在其中，觀感大變。傳旨御文華殿，召見奏中具名的全體御史。

「刷」！皇帝將彈章從御座上飛下來：「你們自己唸！」

張鵬看一看周斌，他隨即從地上將彈章拾了起來，「臣浙江道掌道御史周斌，謹為皇上陳奏——。」

接下來一款一款地陳奏石亨、曹吉祥的罪狀；間或加以補充，氣定神閒，從容不迫。唸到「冒功濫職」這一款，皇帝揮一揮手，周斌停了下來。

「石亨、曹吉祥他們，率領將士迎駕，朝廷論功行賞，你們怎麼說冒濫？」

「當時迎駕只有數百人，皇上復位之日，光祿寺奉旨賞給酒食，名冊俱在。如今封爵升官至數千人，不是冒濫是甚麼？」

這是質問的語氣，理直氣壯；皇帝讓他駁倒了，默不作聲。等周斌唸完，皇帝一無表示，從御座起身入內；到了近午時分，「二皇舅」錦衣衛都指揮同知孫顯宗，到了文淵閣，向徐有貞、李賢作了一個揖，很客氣地說：「兩位閣老，要委屈你們到我那裡去住幾天。」

「我那裡」總不會是他家裡，徐有貞頓時色變，但馬上恢復了常態，「想來有『中旨』？」他問。

「是。」孫顯宗將中旨遞了給他。

接來一看，上面寫的是：「有人奏，張鵬等劾奏石亨、曹吉祥諸不法事，出於徐有貞、李賢指使，著錦衣衛鞫實回奏。」

「你看！」徐有貞將中旨遞了給李賢。

「這可真是無妄之災了。」李賢看完，神色自若地笑著說。

請到北鎮撫司，由於謝通的斡旋，徐有貞、李賢都沒有吃甚麼苦頭；但張鵬、楊瑄等人可沒有那麼便宜了，吊起來問：「是誰指使的？」

「沒有人。」

一連問了幾天，不得要領：謝通主稿覆奏，曹吉祥認為左都御史耿九疇，身為「台長」，縱容屬下，不無主謀之嫌。皇帝認為有理，於是無妄之災又臨到耿九疇頭上，交三法司會審。

這回是刑部主審，問官照曹吉祥的意旨，將張鵬、楊瑄定了死罪，其餘列名的御史，一律充軍。至於耿九疇、徐有貞、李賢，一律貶官。耿九疇降調為從二品的江西布政使；徐有貞、李賢是從三品的道員，一到廣東，一到福建。但遭遇復又不同，吏部尚書王翱，五朝老臣，為石亨所忌，王翱退避告老，由於李賢力爭，皇帝才將他留下來；此時王翱亦為李賢力爭，說他才堪大用，因而改調為吏部侍郎，不久，官復尚書，仍舊入閣拜相。

徐有貞的運氣就不如李賢了。石亨跟他結了不解之仇，找人寫了一封匿名信投到都察院，說徐有貞指使他的門客馬士權，到處誹謗皇帝，刻薄寡恩；都察院將原件轉奏，交錦衣衛派人追到德州，逮捕徐有貞及馬士權下獄，謝通主審，並無其事，據實覆奏，尚待發落時，承天門發生了火災。

這年夏天，氣候極壞，六月裡先下冰雹，後起颶風，石亨、曹吉祥家的大樹都吹倒了，欽天監上奏，說上天示警，宜恤刑獄；接著狂風大雨，一道閃電劈到承天門上，成了俗語所說的「天火燒」，將承天門燒了一半。於是下詔大赦，徐有貞、馬士權得以出獄。

石亨、曹吉祥還是想殺徐有貞，說他心懷異謀，證據之一是，徐有貞封爵時，表揚功績的詔書，是他自己所撰，內有「纘禹成功」一語，纘者繼承之意，「纘禹成功」，即禹將受禪於舜而為帝之意；證據之二是，徐有貞自擇封邑為武功，而武功是曹操始封之地，《詩經》「載纘武功」，意更明顯。

皇帝將石亨的奏疏，交到刑部議奏，刑部侍郎劉廣衡是石亨的黨羽，說徐有貞「志圖非望」，罪當斬決。覆奏上達時，皇帝正好與親信侍從恭順侯吳謹在御花園翔鳳樓閒眺，望見有一座新起的大宅，崇樓傑閣，壯麗非凡，皇帝便問：「這是誰住的？」

吳謹知道是石亨的新居，卻故意這樣回答：「一定是王府。」

怎麼會是王府？最近封王的是他的幾個皇子，都在幼年，尚未分府，所以皇帝搖搖頭說：「絕不是。」

「如果不是王府，」吳瑾答說：「誰敢這樣子僭妄踰制。」

皇帝想了一下說：「一定是石亨。」叫太監來一問，果然是石亨所造。

下得樓來，看到劉廣衡的覆奏，想起石亨，便在上面批了一句：「著徙金齒衛為民。」

徐有貞免了死罪，攜帶妻女，充發到雲南邊界煙瘴之地的金齒衛。

由於石亨、曹吉祥的跋扈，逐漸有難制之勢，皇帝不由得常想到岳正——此人籍隸通州，正統十五年的會元；天順元年以修撰在內書堂教小太監讀書。

當徐有貞、李賢下獄，薛瑄又因病告老，內閣缺人，吏部尚書王翱保薦岳正入閣。皇帝在文華殿召見，岳正長身玉立，鬚髯甚美；應對之間，侃侃而談，言語爽利，皇帝頗為欣賞，以原官入閣。岳正素性豪邁，感於以從六品的微員，得居相位，覺得非格外努力，不足以言感恩圖報，因此，不論言與行，擇善固執，毫無瞻顧；也因此，得罪了好些人。

第一個是得罪了曹吉祥。有人投匿名信，指責曹吉祥的罪狀，曹吉祥大為氣惱，請皇帝出黃榜懸賞徵求能指出匿名的人；皇帝答應了，召岳正來草擬黃榜。

「為政有體，有盜賊，責成兵部緝拿；有奸宄，責成法司查辦，這種事，那裡有天子出賞格的道理？」

「說得是。」皇帝對曹吉祥說道：「算了。人家說你不好，你有則改之，無則加勉。」

第二個是石彪。他從大同抵禦韃子寇邊回京，自陳戰功，交內閣查問詳情。石彪派了個武官到內閣，岳正問道：「石將軍斬了多少首級？」

賞功之制，自正統十四年起，改定新章，造「賞功牌」分為「奇功」、「頭功」、「齊力」三種，凡是挺身突陣，斬將奪旗者，賞「奇功牌」；生擒韃子或斬首一級者，賞「頭功牌」；雖無功而受傷者，賞「齊力牌」。頭功的計算，割耳為憑，有多少隻左耳，便要斬首多少級，是很難冒濫的。

「數不清楚了。」那武官答說，「耳朵割不勝割，不過都梟了首級，掛在樹林之中，好讓韃子見了害怕，不敢再輕犯中國。」

「喔，你來看！石將軍跟韃子遭遇是在這一帶，」岳正指著地圖說：「這一帶都是沙漠，那裡來的樹林？」

來人語塞；石彪也無法再冒功了。

第三個是兵部尚書陳汝言。此人是石亨的死黨，營私舞弊、侵吞軍餉，與石亨叔姪，同惡相濟，岳正向皇帝建言：「陳汝言，是個小人，如今既然當了兵部尚書，可以用另一個小人盧彬當侍郎。這兩個人都是奸詐氣量小的，同事稍久，必定不和，互相攻訐，那時就可以一起去掉。」

皇帝沒有聽他的話，但陳汝言卻知道了，將他恨得要死，時時刻刻想找機會報復。

機會來了，承天門之災，皇帝命岳正草擬修省罪己的詔書，岳正提筆寫道：「乃者承天門災，朕心震驚，罔知所措。意敬天事神，有未盡歟？祖宗成憲，有不遵歟？」一連串的自我內省，是否善惡不分、曲直不辨、軍旅過勞、賞賚無度、賄賂公行、徭役太重、閭閻不寧？這個「歟」、那個「歟」的，列出十幾條的疑問，說「此皆傷和致災之由，而朕有所未明也。今朕省愆思咎，怵惕是存。爾群臣休戚惟均，其洗心改過，無蹈前非，當行者直言無隱。」

這道詔書，舉朝傳誦；言官亦紛紛上奏，彈劾陳汝言，批評曹吉祥，指責石亨叔姪。於是石亨、曹吉祥又去見皇帝，說岳正表面正直，其實誹謗君上，百姓都在「皇帝背面罵昏君」，說是「若非昏君，那裡來的這麼多毛病？」

皇帝的耳朵很軟，為這番話一挑撥，命岳正出內閣，仍舊到內書堂教小太監去讀書。曹吉祥又說，留岳正在京，他仍可借陳奏作誹謗，不如放他出去。因而謫官為廣東欽州同知。

岳正出京經過通州，省視老母，在家住了十天，方又上道。「勘合」上是有限期的，中途逗留，法所不許；陳汝言知道了這件事，命通州檢查勘合的官員上告，又說他侵奪公主的莊田，結果被捕回京，杖責一百，充軍陝西肅州。

起解歸兵部派解差；陳汝言預先關照，要給岳正多吃苦頭，那解差便給岳正戴上一副其名為

「拲」的小手銬——一塊兩寸厚，尺許長的木塊，挖兩個洞孔，將岳正的一雙手銬在一起。

木硬孔小，絲毫動彈不得，晚上睡覺，亦不解銬，岳正苦不堪言；走到涿州地方，晚上宿在驛站，氣喘病發作，而要自己想揉一揉胸口都辦不到，眼看是非死不可了。

哪知命中有救，他在涿州有個好朋友叫楊四，聽說他起解經過，特地到驛站來探訪，見此光景，一面照料岳正，一面跟解差打招呼，好酒好肉，軟言恭維，將解差灌醉，設法打開岳正的小手銬，將中間的兩個孔打通，空間擴大，手腕就舒伸自如了。到得天亮，捧五十兩銀子擺在解差面前，老實說明經過，請他「高抬貴手」，解差答應了；讓岳正戴著這副改造過的「拲」，安然到了肅州。

皇帝常想起兩個人，一個是削職為民的商輅；一個便是在肅州的岳正，這天召見李賢時又提到他，「岳正倒是好的，」皇帝說道：「就是膽子太大。」

「岳正尚有老母在堂。」李賢乘機為岳正乞恩，「請皇上赦他回來吧！」

皇帝不答，心裡還是忌憚著石亨；默然半晌以後，嘆口氣說：「此輩干政，四方奏事者，先到這兩家，如之奈何？」

「皇上獨斷獨行，四方就不會再趨附這兩家了。」

「有時候也不用他們的辦法，臉上的神氣，馬上就不好看了。」

乾綱不振，可真是愛莫能助了！石亨、曹吉祥心狠手辣，李賢自亦不免有顧忌，只好這樣答說：

「請皇上制之以漸。」

「也只有逐步裁抑了！」皇帝想了一會，宣召領宿衛的恭順侯吳瑾面諭：「你通知左順門的衛士，武臣非奉宣召，不得擅入。」

吳瑾會意，這「武臣」是專指石亨、張軏等人而言，便答一聲：「遵旨！」隨即出殿去宣旨。

「我是念他們有奪門之功，多方優容，不想弄到今天這種尾大不掉的局面。」皇帝又嘆口氣：

「真正非始料所及。」

看皇帝有乾綱復振之勢，李賢也就比較敢說話了，「迎駕則可，『奪門』二字，豈可傳示後世。皇上順天應人，以復大位，門何必奪？而且宮門又何可奪！那不成了造反了？」李賢緊接著說：「當時亦有人邀臣參與的；臣一口拒絕。」

皇帝大為驚異，「你為甚麼一口拒絕？」他問：「莫非以為我不當復位？」

「非也！」李賢答說：「郕王病入膏肓，勢將不起；到那時候，群臣自然會上表請皇上復位，這是名正言順，絕無可疑之事，何至於要奪門？假使事機不密，後患不堪設想。此輩死不足惜，不知道將置皇上於何地。此輩無非利用皇上圖富貴；何嘗真有為社稷之心？」

皇帝恍然大悟，前前後後細想了一遍，越想越覺得不妥；前些日子還曾想到徐有貞足智多謀，或者可以起用他來制裁石亨、曹吉祥，此時沒有這個念頭了。

「皇上如果由群臣表請復位，從容成禮，根本不必擾擾攘攘，朝野不安；此輩既不能濫功邀賞，招權納賄又從何而起？老成耆舊，依然在職，何至有殺戮謫竄，致傷天和，災變迭起？」李賢又引用一句《易經》：「易曰：『開國承家，小人勿用。』正此之謂。」

「悔之已晚。」皇帝又說：「你回去擬一道詔旨，通飭中外，從今以後，章奏中禁用『奪門』字樣。」

在左順門被擋了駕，又有禁用「奪門」字樣的詔旨，這對石亨來說，自然是一大打擊。不過家裡倒是有喜事，他的一個年方十九的姨太太，替他生了一個白胖兒子，彌月之喜，大開湯餅宴，賓客問起他兒子的名字，石亨說尚未命名。

原來石亨生子，上了一道奏章，請皇帝賜名；皇帝把這件事忘記掉了。石亨因為賓客這一問，便託曹吉祥代為探詢。皇帝與吳瑾商量後，命曹吉祥傳旨，召見石亨，把他的兒子帶來，當面命名。

「你的兒子，頭角崢嶸，好好撫養。將來我跟你結親家。」

石亨大喜，「皇上這一說，臣的小兒子，就是將來的駙馬。」他說：「請皇上賜名。」

「你的姪子不叫石彪嗎？」皇帝摸著孩子的頭說：「虎頭虎腦的，就叫石虎吧！」

「是！多謝皇上。」石亨說道：「臣這個兒子，既然蒙皇上看中了，請賜信物。」

不道石亨竟有這樣的要求！不過皇帝原是備了「見面禮」的，便吩咐近侍裴當：「把鎖片拿來。」是特製的一具金鎖片，鍊子上有一隻小猴；皇帝親自將他掛在石虎的項上；等石亨謝了恩，皇帝還有話說。

「我將來會封他為侯；今天先鎖定了他！這就叫鎖定侯！」

石亨愕然，心裡在想，可有「鎖定」這個地名，在於何處？就在這尋思之際，「鎖定侯」石虎忽然哇哇大哭，啼聲宏亮，未免煩人。

「你叫人把他抱出去。」皇帝交代石亨，「我還有話問你。」

「是。」

等把孩子抱出殿外，皇帝問道：「你們一直在說：王文跟于謙密謀迎立襄王世子，到底是怎麼回事？」

石亨一楞，「臣亦不知。」他說：「臣是聽徐有貞說的。」

「有甚麼實據呢？」

「召襄王的金符，已經不在尚寶監了。」

「那是皇太后要了去的。」

「那麼，請皇上問皇太后好了。」

其實，皇帝已經問過孫太后兩三回了，她說當土木之變初起時，人心惶惶，有人說，襄王瞻墡，最長且賢，深得人望；國賴長君，不妨迎立。所以調取襄府金符入仁壽宮備用。但後來決定立景泰帝，金符用不著了。

然則金符何在？孫太后說，一時忘了放在何處，也曾大索過幾次，毫無結果。皇帝疑心，已為太監王誠等人盜走，以備迎立外藩，所以始終對襄王存著疑忌之心。

如今石亨要他去問孫太后，實在亦不必多此一舉了；或者有個辦法，派人到襄陽去打聽，看王文等人是否跟襄王有所勾結。

誰也沒有想到，滿天疑雲，居然在片刻之間，一掃而空。

事起於郕王妃汪氏移居。周貴妃與太子，因為汪氏當年力爭不廢東宮的情分，對她非常尊敬，移居西內，未免委屈，跟皇帝說情，讓她盡攜私房，出居外府，皇帝答應了。

永樂十五年原在東安門外，建造了十座王府，有八千多間屋子；這條街因而命名為「王府街」。皇帝命工部於這八千多間屋子中，挑出一部分興建郕王府，供汪氏居住；修建工程最近落成，汪氏收拾私房，準備移居，撿出來兩封襄王瞻墡的書信，特地上呈御前。

這兩封書信，一封是上孫太后的，建議立皇長子為帝，命郕王監國；同時以重金募智勇之士，設法至沙漠迎車駕還京。這封書信到達時，景泰帝已即位數日，所以沒有送給孫太后看，交由當時的汪皇后收藏。

第二封書信是在皇帝回京師、定居南內時，襄王以叔父的身分，諄諄叮囑景泰帝，對太上皇宜旦夕省膳問安，朔望率群臣朝見，無忘恭順。

更巧的是，汪氏移居，孫太后打算揀些首飾作為賀禮；在一具多年未曾動過的、由三保太監鄭和自南洋帶回來的首飾箱中，發現了大索未得的襄府金符。

這一來真相大白，襄王不但絕無覬覦大位之心，而且忠義過人。同時王文、于謙謀立襄王世子的流言，亦就不攻自破了。

於是，皇帝特派恭順侯吳瑾，迎襄王入朝，皇帝親臨左順門迎接。襄王在宣德四年就藩時，皇帝才三歲，襄王倒還依稀記得他的面貌；皇帝對襄王卻全無印象，但叔姪倆都是天性極厚的人，相見之下，都是喜悅與感傷交併，激出滿眶熱淚。

但此時還不到一抒親情的時候，先謁太廟，後朝太后；然後皇帝親送襄王到南宮——南宮已大大修建過了；皇帝特以此處作為襄王的行館，接風的盛筵，設在正殿龍德殿，襄王堅持不可，改設在左殿崇仁殿；要奉他居上座，當然亦是謙謝不遑，最後折衷，叔姪倆在一張紫檀大方桌東西相向而坐。

「五叔，」西向而坐的皇帝高舉金杯，「請滿飲一杯。」

「是，是。」襄王起身說道：「臣的量淺，不過這一杯不敢不乾。」

因為有他這句話，皇帝便不再勸酒；席間少不得談到蒙塵的苦楚，叔姪倆又對哭了一場。

「那袁彬呢？」襄王收了淚說：「我倒想見見這個人。」

恰好袁彬這天也在隨侍之列，一宣便至；等行過了禮，襄王親自斟了一杯酒，遞給袁彬。

「好個忠義之士！」他說：「你到我襄陽去玩幾天，如何？」

袁彬不敢答應，目視皇帝；皇帝便說：「等過了年，我讓袁彬送五叔回去。」

「是。」襄王接著又說：「還有件事，臣必得今天就要面奏，臣路過開封，當地的父老攔住臣的轎子，說按察使王概，清正廉明，以被誣逮捕，下在錦衣衛獄中，請皇上加察。」

「喔，不知為甚麼人所誣。」

「這，就請皇上不再查問吧。」

「五叔不說，我大概也知道。」皇帝轉臉說道：「袁彬，你去傳旨，今天晚上就把王概放出來。」

「是。」

「還有。明天一早你到內閣傳旨：派王概當大理寺正卿。」

「是！」

等袁彬一走，襄王向皇帝道謝；皇帝亦就正好向他查訪地方官的賢愚，命近侍裴當拿筆記了下來，送到內閣，作為用人的參考。

一連七、八天，每天都由皇帝陪著，或者便殿閒話，或者遊覽西山，或者佛寺瞻禮，榮寵太過，使得襄王有盛滿之懼；出警入蹕，勞師動眾，亦使他大感不安，決定早日辭朝。意料中皇帝會堅留他在京過年，需要另有個人為他自側面向皇帝進言，方能如願。

這個人，最妙莫如袁彬。果然，兩辭兩留以後，袁彬勸皇帝說：「請皇上准襄王回去吧！襄王想念他的孫子，快要成病了；真的得了病，除非把他的孫子抱來給他看，不然再好的仙丹靈藥都不管用。」

「喔，原來襄王還有這麼一塊心病！那就由你送他回去吧！」

接著，下了三道詔書，第一道是添設襄王府護衛；第二道是命工部在襄陽擇一塊牛眠吉地，為襄王營造生壙；第三道詔書是准襄王於歲時佳節，與諸子出城遊獵——這更是異數，因為太祖當年怕諸王密謀奪取皇太孫允炆的天下，所以定下極嚴厲的限制，如兩王不相見、不准出城等等。及至成祖奪了胞姪的帝位，得自親身經驗的教訓，防範更為嚴密，出城遊獵，尤所不許，因為可藉遊獵為名，練兵起事。皇帝如今特下這一道詔書，即所以表示對襄王推心置腹，毫無猜疑。

啟程以前，少不得便殿賜宴餞行；動身之日，皇帝親自送出午門。握手垂淚，都不忍分別，一再相囑「保重」。及至分手，襄王復又屢屢回顧；皇帝便問：「五叔是不是還有話說？」

「是！」襄王伏地說道：「萬方望治如饑渴，伏願皇上厚恤民力，輕傜薄賦；刑戮亦不宜過嚴。」

皇帝避至側面，拱手答道：「敬受教。」

轉眼過了年，皇帝問起優禮襄王的那三道詔書的奉行情形，准襄王與諸子出城遊獵，只須由吏部辦文書通知地方大吏，其事甚簡，早已辦訖；為襄王營生壙，亦已由工部派遣司官，帶領「風水先生」馳驛前往辦理；惟有添設襄王府護衛一事，尚無動靜。

此事歸兵部主辦，而兵部尚書陳汝言是石亨的黨羽，皇帝對他不大信任，因而召見錦衣衛指揮僉事逯杲，密令偵查。

這逯杲原是門達的心腹，為人強悍陰鷙，復辟以後，大治「奸黨」──景泰帝的心腹太監，逯杲很建了些功勞，因此官符如火，由一名校尉，一路扶搖直上，當到指揮僉事，官位僅下門達一等，而權勢已高過門達。

奉旨以後，逯杲第二天便進宮覆命。原來兵部打算為襄王的護衛，添設一個千戶所，也就是添設護衛一千二百人。由於護衛餉厚事閒，所以都希望能被挑中，這就需要走門路了；尤其襄王深受皇帝尊禮，一句話可以將打入詔獄的重犯，一變而為大理寺正卿，能到他那裡當差，只要謹慎無過，一定升官，所以京衛中的千戶，活動這個差使的，大有人在。

於是陳汝言亦就奇貨可居了，先有人出銀一千兩，陳汝言答應了；但另有人出一千五百兩，出一千兩的立即落空；然後又有人出二千三百兩，又壓倒了出一千五百兩的。這樣價碼一變再變，人選亦就一改再改。如今已有人出到三千五百兩，而陳汝言還在待價而沽。

皇帝震怒，召見李賢，面諭徹查。此時的三閣臣，李賢居首；其次是正統十三年的會元彭時；又次是正統七年的翰林呂原，李賢通達，彭時謹密，呂原持重，三人合作無間，早都覺得陳汝言應該斥退，但憚於石亨的勢力，不敢輕發；如今自然是個大好機會。

三人密議定策發動言官檢舉；陳汝言招權納賄、肆無忌憚，所以贓私累累皆有實據。這一下自然被逮下獄，同時抄家。

錦衣衛指揮劉敬將籍沒清冊親呈御前，皇帝略略翻了一下，遂即交代：「把抄來的金銀財寶，都陳列在文華殿外面。」

劉敬不知皇帝是何用意，只這樣回奏：「銀子有十四萬兩只怕擺不下。」

「那就不擺。」皇帝又說：「等擺好了，我叫大家來看。」

這一擺，擺了兩天才擺妥當。第三天上午，皇帝命司禮監宣諭，召集文武大臣在文華殿候旨。文武大臣一到文華殿，無不相顧詫異，大內怎麼出現了廟會。及至細細看去，又都有目迷五色之感；皇帝為讓大家看個夠，一直到近午時分，方始出殿陞座。

「那是陳汝言的贓私，還有十四萬兩銀子沒有擺出來。你們都看見了？」

「是！」吏部尚書王翱，代表群臣答應。

「于謙當了八年兵部尚書，抄家竟抄不出甚麼值錢的東西；陳汝言去年六月才補上兵部尚書，至今不過八個月，貪贓所得，如是之多。你們怎麼說？」皇帝滿臉怒容地瞪著石亨；他不由得把頭低了下去。

「請將陳汝言交三法司，依律治罪。」王翱回奏：「兵部尚書缺分重要，臣請飭下閣臣，迅即遴員調補。」

皇帝點點頭，「准如所奏。」他又看著李賢說：「兵部尚書的人選，一定要慎重。」

李賢回到內閣與彭時、呂原推敲這「慎重」二字的言外之意，認為是針對石亨叔姪及曹吉祥而言；要跟陳汝言相反，能不受石曹的影響，但亦不必有意與石曹對立，以免生出許多是非。這樣，就必須是外圓內方的人，才算適當的人選。

一個一個研究下來，一致同意調左都御史馬昂為兵部尚書。奏准以後，馬昂即日上任；六部加都察院，名為「七卿」，論地位除了吏部就是兵部，所以左都御史調兵部尚書，算是升官，朝官紛紛致賀。

賀客之中有個太僕寺正卿程信執，一見了面，道聲「恭喜，恭喜！」接下來便說：「馬公，實在抱歉，你上任頭一天，我就要來討債。」

馬昂愕然，「請教！」他問：「甚麼債？」

「你要把馬政還給我。」

「喔，不錯，馬政是太僕寺的職掌。」馬昂問道：「何以現在歸屬於兵部？我還不明白其中的來龍去脈。」

「來，來！借一步細談。」

這表示別有不足為外人道的內幕；馬昂向其他賀客告個罪，將程信執帶入一間空屋去密談。

「這是石亨、曹吉祥搞的鬼，說太僕寺到各衛所徵調馬匹，非常不便，馬政以改歸兵部為宜。我跟陳汝言說：『太祖高皇帝曾經降旨：馬數不能讓人知道。如今馬政改歸兵部，那一衛有多少馬，能用有多少，太僕寺完全不知道，萬一肘腋生變，馬匹無從調度，該誰負責？所以我想跟你聯名出奏，馬政仍舊由太僕寺管為宜。』你道他怎麼樣？」

「怎麼樣？不同意？」

「豈止於不同意？他竟翻臉了，問我：『你說肘腋生變是甚麼意思？莫非以為有人想造反？』我當時在想，他這話包藏禍心，打算挑撥石亨、曹吉祥來整我。我犯不著無緣無故惹禍上身，所以不跟他爭；只說一句：『既然你兵部願意管馬政，我樂得省事。』就走了。」

馬昂聽完，不即作聲；沉吟了好一會，低聲問道：「你道肘腋生變，是指曹石而言？」

「我無法答覆你這一句話，不過，我提醒你，石亨養了一個瞎子叫童先，你留意此人的舉動。」

「石亨養在家的那個瞎子，不叫仝寅嗎？」

「仝寅早就不辭而別了。」

「為什麼？」

「我聽說是如此，有一回石亨問仝寅：『我還會不會再發？』仝寅說：『公侯伯子男五等爵，你封了忠國公，已經位極人臣，還要怎麼再發？』石亨不作聲；仝寅也就走了。」

「照這麼說，石亨真有不臣之心？」

「我不敢說。」程信執不願多談，將話頭拉入正題：「馬政之事，到底如何？」

「我同意，我同意。」馬昂答說：「請你具奏稿，我附名就是。」

「你是尚書，當然你領銜。不過——」程信執心想，馬昂領銜，措詞很難，恐怕不夠力量，因而改了主意：「這樣，我先上奏，你來響應。」

「好！一言為定。」

於是程信執一回衙門，親自動筆上奏，大意是「太僕職專馬政，高廟有旨：馬數不令人知。今隸兵部，馬之登耗，太僕不與聞；脫肘腋變生，馬不備給，孰任其咎？」

皇帝一看這道奏章，想到曹吉祥、石亨要將馬政改隸兵部，亦即是歸陳汝言去管，居心叵測；程信執「脫肘腋變生」一語，絕非危言聳聽，而是一種相當明顯的警告。因此，立即傳旨召見逯杲，要他去打聽曹、石是否有陰謀秘圖？當然，程信執的奏請也照准了。

3

瓦剌國內部，亦已經過一番大滄桑，從皇帝歸京後，瓦剌王脫脫不花，謹守藩服之職，每年進貢，頗為恭順；也先疑心他在楊善來迎駕時，已經跟中國在暗中通了款曲。為了進一步控制瓦剌，他要求脫脫不花指定最小的王子為王位繼承人。這個小王子是也先的外甥——脫脫不花續弦的妻子，是也先的姊姊；小王子即為也先之姊所出。

脫脫不花拒絕了，理由是他還未衰老，而王子尚幼，何須亟亟於此。這一來也先加重了疑心，深恐有一天脫脫不花會殺他；於是先下手為強，起兵殺了脫脫不花，自立為王，朝廷也承認了他的地位，璽書中稱之為「瓦剌可汗」。

不久，也先為他的大臣「阿剌知院」所弒；而韃子中另一名酋長孛來，復又起兵殺了「阿剌知院」，找到脫脫不花的另一個兒子麻兒可兒，立之為瓦剌之王，稱號叫做「小王子」。大權歸孛來獨掌，猶如當年的也先；而孛來的強悍，亦彷彿也先，數數擾邊，皇帝派一個永樂年間歸順的西番，高陽伯李文佩「鎮朔將軍」印，鎮守大同；並以石彪作他的副手。

石亨叔姪由大同起家，久視此地為禁臠，如今朝廷派了李文來鎮守；石亨當然很不放心，怕禁臠會落入外人口中，所以借視察邊防為名，帶了他手下的大將盧旺、彥敬二人來觀察動靜。去時出居庸關，歸途由紫荊關回京；策馬上關，攬轡四顧，「雄」心頓起。

「只要把這紫荊關鎖住，京營怎麼到得了大同？」

盧旺、彥敬都明白他的意思，如果他在大同背叛朝廷，皇帝當然會派京營雄兵來討伐；而紫荊關在易州以西六十里，為通大同的捷徑，能封鎖此關，京營兵只能出居庸關，勞師遠征，就不足為懼了。

「我倒要問兩位，」石亨說道：「我現在的官，是不是你們兩位想做的？」

盧彥二人，大吃一驚，「爵爺，」盧旺趕緊答說：「我們是蒙爵爺提拔，才有今天，那裡會有非分妄想。」

「你們誤會了！你們以為我是在說你們想取我而代之？不是的！」石亨停了一下又說：「陳橋兵變，後世不說趙匡胤篡位。你們兩位能助我成大事；我今天的官位，不就是你們的了嗎？」

盧旺、彥敬都是心頭一震，勉強答一聲：「是。」

從這天起，石亨開始認真考慮，如何造反？不過他很慎重，反倒是他的外號叫做「狗頭軍師」的瞎子童先，比他還要熱中；私下叫人偽造讖緯，掘出來一個石人，胸前刻著兩行篆字：「天下滔滔，惟吾不動。」說這是石亨不敗的佳兆，極力勸他起事，必可成功。

「不忙。」石亨答說：「大同士馬甲天下，我在那裡多年，待他們很厚，現在有石彪在，可以掌握得住。我來想辦法，讓石彪掛『鎮朔將軍』印，專制大同。然後北守紫荊，東據山東臨清，控制南北水陸要津；一旦起事，決高郵之堤以絕餉道，京師不戰而困了。」原來京師全靠東南漕糧，亦就是全靠運河暢通；運河最緊要的一段在揚州以北、淮安以南的高郵州，河西便是汪洋一片的洪澤湖，永樂年間平江伯陳瑄築了一道極堅固的高堤，名為高家堰，如果鑿開高家堰，洪澤湖水灌入四十里長的運道，南漕無法北運，軍糧民食，皆無著落，非大亂不可，這便是「不戰而困」京師的絕著。

可是這需要逐漸部署，石亨的計畫是，第一步將盧旺調到高郵州去防守運河，以為將來決堤的埋伏；這一步走到了，但第二步想以石彪代李文專制大同，卻弄巧成拙，闖出一場大禍。

事起於大同的千戶楊斌等四十九人聯名上奏，請以石彪鎮守大同，亦就是以石彪代李文。大同共有十五個衛、三個千戶所；一衛管轄千戶五或六個不等，總數是五十一人；而居然有四十九人奏保石彪，等於表示大同的兵馬盡在石彪掌握之中。

這是楊斌等人愛戴石彪，自動發起此舉，還是出於石彪的指使？皇帝不能無疑。如果是楊斌等人自動發起，也還罷了；倘由石彪指使，那麼他的目的是甚麼呢？這樣一想，覺得非追究真相不可。

於是錦衣衛受命逮捕楊斌，一審得實，完全是奉命行事，連聯名的奏章，亦是石彪所預備。

皇帝得報後，派逯杲星夜趕到大同，謁見李文，出示「中旨」拘繫石彪下詔獄。李文不敢怠慢，以議事為由，將石彪請了來，一聲令下，將他綑得結結實實，當面交付逯杲；又點兵一千，護送逯杲及囚車進京。

其時石亨已經得到消息，他沒有想到皇帝有這樣果斷的措施；趕緊去找曹吉祥商量，曹吉祥問道：「令姪到底指使了楊斌沒有呢？」

「我不知道。」

「那就跟你沒有關係。」曹吉祥說：「我看不如試探一下。」

「怎麼試探？」

「你上個奏章，說管教子弟不嚴，自行請罪。」

「那不就等於替石彪認罪了嗎？」

「石彪的罪，用不著你來替他認；楊斌已經招供得清清楚楚了。」

「也罷！就照你的話做。」

請罪的奏章一上，皇帝傳旨召見，「你不必擔心。」皇帝說道：「等問了石彪再說；只要與你無關，我不會遷怒到你的。」

石亨意料中，皇帝會大大地責備他一頓，說他縱容石彪，多行不法；然後在他認錯以後，皇帝會有一番訓誡。如果是這樣，事情就算過去了；但結果大出意外，事情還沒有了，「只要與你無關，不會遷怒到你」，換句話說，倘有關涉，就不是甚麼「遷怒」，而是天威不測。

石亨越想越不安，再一次上奏，請將他家子弟的官職，盡皆革除，放他回渭南老家終老。這回沒有召見，只在他的原奏中批了兩個字：「不許。」

其時石彪已經解送到京，由錦衣衛審問，找來楊斌對質，口供中透露了好些線索；抓住頭緒，往下追問，問出好多逯杲所未能打聽到的逆謀，其中有一款是，楊斌曾奉石彪之命，到蘇州去採辦龍袍以及非臣庶之家所能用的特大號紅木床。

這一來，石彪當然定了死罪，也抄了家；逯杲進宮面奏，說石彪的一切作為，皆出於石亨的授意，非逮捕石亨嚴審，不能瞭解整個逆謀。

皇帝考慮了好一會，還是狠不下心來，嘆口氣說：「叫他在家養病，不准出門。」

石亨雖不准出門，但並不禁止他會見賓客親友。逯杲派人在他家附近開了一家茶館，指派專人紀錄進出石家的各色人等，每天必到，甚至一天數次往來，或者留宿在石家的，有兩個人，一個是石亨的姪孫、天順元年中了進士的石浚；一個是都督杜清。

不久，茶館中流行一句口號，叫做「土木掌兵權」。土木何指？有人說土木堡之變，也先大勝；如今也先雖死，瓦剌依然強盛，「土木掌兵權」，可能是孛來入侵、京師淪陷。不過，這樣的妖言，沒有多少人相信；大家相信，土木合成一個「杜」字，是指杜清。於是逯杲的偵察目標，專門指向杜清，發覺他蓄養了兩三百名來歷不明的閒漢，以練武為名，經常聚會。同時查出杜清非常注意皇帝的行蹤，哪一天駕臨南宮，找袁彬敘舊；哪一天巡幸西山、到佛寺拈香，他都一清二楚。

逯杲研究杜清的動機是，打算乘皇帝出宮時，找機會行刺，造成京師大亂；然後由石亨號召京營兵起事。

反形已具，不能不料理了。逯杲上了一道奏章，指控「石亨怨望，與其從孫石浚等，造妖言惑眾、蓄養無賴、專伺朝廷動靜，不軌之跡已著。」同時又進宮面奏。

「『土木掌兵權』是指杜清。」逯杲說道：「只有兵部尚書才能專掌兵權；杜清武臣，何能當兵部尚書？除非石亨的逆謀得逞。」

於是皇帝召見李賢、呂原、彭時，將逯杲的奏章交議，「石亨封公，」他說：「非一般官員可比，你們看怎麼辦？」

李賢心裡明白，皇帝還是念著石亨的迎駕之功，想再饒他一次，但姑息會釀成大禍，決定力爭。「石亨貪天之功，皇上待之甚厚，石亨不思感恩圖報，竟敢暗蓄逆謀，死有餘辜。臣不僅請皇上立下宸斷，將石亨付詔獄治罪；而且臣要請皇上革除所謂『奪門』之功。」李賢又說：「石亨家子弟冒功錦衣者五十餘人；部曲親故竄名『奪門』功而得官者四千餘人。方今歲有邊警，天下大水，兩淮尤甚，朝廷發款賑恤，苦於庫用不足，又何能歲糜鉅祿，供養此輩冒功之人？」

「李賢之言是也。」呂原接口說道：「據逯杲所奏，杜清蓄死士謀不利於乘輿，萬一乘間竊發，竟而得逞，其禍何可勝數。臣等今日不言，倘生大禍，百死猶悔！」

這完全是為皇帝個人的安危設想，更易見聽；便即作了裁決，逮捕石亨，交三法司會審。同時又接納了李賢的建議，凡冒功者准許自首，不咎既往，否則不但革職，還將治罪。

石亨瘐死獄中，石彪、石浚、杜清、童先分別處斬，冒奪門功而未自首者，由都察院會同吏部，從嚴追究。一時輿論稱快，而曹吉祥及他的嗣子、胞姪，其他親屬，不免惴惴不安、終日提心吊膽，那種日子真好難捱！曹吉祥的嗣子昭武伯曹欽，不斷在心裡盤算，如果不想為石亨叔姪之續，就必得籌一條一勞永逸之計。有一天，他問他的門客馮益：「從古以來，有沒有宦官家的子弟而做了皇帝的？」

「怎麼沒有？」馮益脫口答說：「你們家的魏武，就是其人。」

魏武帝曹操之父曹嵩，為曹騰的養子，而曹騰便是小黃門出身的宦官。曹欽聽馮益談了曹操的家世，大為興奮；興奮得叫他的妻子出來，向「馮先生」敬酒。

從這天起，曹欽下定決心要造反了。造反的本錢是一批「降丁」；都是韃子在歷次戰役中投降過來的。明朝自太祖手定兵制，兵農合一「三大營」的士兵稱為「班軍」，由近畿各衛所輪流抽調組成，稱為「番上」，農閒期間，秋至春歸。「降丁」無田可授，不隸衛所，亦不屬於三大營，多成為勛臣武將的廝養卒。

曹吉祥嗣子曹欽、姪子曹鉉、曹鐸、曹鏞，官位皆是都督，蓄養的降丁，不下三千之多，還有許多冒奪門之功而做了官的，京中稱之為「達官」，達字雙關，既是發達之達，亦是韃子之韃。為了期待達官能出死力，曹欽將家中幾座倉庫，盡皆打開，金錢、米穀、布帛，隨達官自己取用。同時不斷表示擔心不知那一天為石亨之續，朝廷清理由曹家奉報的奪門冒功案，「達官」又變為「降丁」。這一下，達官以切身利害所關，更願盡力效死了。

當然，曹欽的行事是嚴守祕密的，逯杲雖知曹欽要造反，但千方百計打聽不出他的起事的計畫。事實上曹欽亦並無計畫，只是在等待另一個「奪門」的機會——奪開宮門，弒帝自立而已。

結果是曹欽自己觸發了禍機。有個錦衣百戶曹福來，常領了他的本錢，以採辦軍需為名，從事貿易；曹欽接到密報，說逯杲的部下，釘上了曹福來，經常在一起吃喝玩樂，最近曹福來到湖廣去採買木材，就有逯杲的人陪伴同行。

這就可能洩漏了曹欽的密謀，需要預先防範。曹欽想到景泰年間盧忠裝瘋的故事，便命曹福來的妻子到錦衣衛去陳告，說她的丈夫得了失心症，不知去向。曹欽的意思是做一個伏筆，萬一曹福來洩露了他的祕密，他便可以曹福來是瘋人、胡言亂語豈足為憑來辯解。不道逯杲將計就計，根據曹福來妻子的報告，奏請緝捕曹福來；果然緝捕到案，露出真相，豈非弄巧成拙？

於是曹欽先發制人，派人追了下去，在保定府截住了曹福來；五六個壯漢，拳腳交加，看看快要活活打死了，來了個救星，是北直隸一個姓顧的巡按御史，出巡經過，將他救了下來，還抓住一個行凶的人，一頓拷問，自道是由昭武伯曹欽所遣。

明朝的巡按御史，威權赫赫，號稱「代天子巡狩」，大事奏裁，小事立斷，而且手握尚方寶劍，得以先斬後奏。當然，尚方寶劍不會斬這個無名小子，顧御史只是狠狠地參了曹欽一本。

於是皇帝召見曹欽，命裴當將顧御史的原奏唸給他聽了；沉下臉來訓斥：「你這種橫行不法的行為，趕緊改過；倘或不改，你有鐵券也沒有用。」

奉頒鐵券，只能免死一次，第二次再犯罪便殺無赦了。曹欽頓時汗流浹背，磕頭謝罪，矢志改過。

但事情並沒有了，逯杲已著手調查曹福來的案子，謀反大逆，不在鐵券免死的條款之內；曹欽認為非反不可了。

於是，他找了他的堂兄弟馮益、童先，以及心腹達官伯顏光來密議；馮益獻計說道：「孛來入寇甘肅、涼州，皇上遣懷寧伯孫鏜掛大將軍印出征；以兵部尚書馬昂監軍，定在後天一大早在奉天殿行遣將禮，孫鏜、馬昂明天晚上住在朝房，以待行禮。如果此時起兵殺孫鏜、馬昂，奪門入奉天殿，大事可成。」

大家都說此計可行；於是曹欽去見曹吉祥，約定統禁軍作內應。然後曹欽親自挑選了五百人，厚加賞賜。第二天晚上，又在家大排筵宴，預先慶功。

有個冒功得授為都指揮使的達官完者禿亮，漢名馬亮，覺得曹欽造反，形同兒戲，事必不成，犯不著跟他一起蹚渾水，因而起了個告密的念頭。

於是二更時分借如廁為名，悄悄遁走，逕投皇城以外的東朝房，來找恭順侯吳瑾；恰好他的堂弟廣義伯吳琮，這天也在朝房值宿，兩人一聽馬亮告變，急急將和衣而臥的孫鏜喚醒了，商量應變之計。

「第一件要緊的事，是趕緊上告皇上。」吳瑾說道：「我們弟兄都不會寫漢文，請你馬上寫幾個字遞進去。」

孫鏜文理粗通，但從未草擬過奏章，但此時不是講求表面文章的時候，他略想一想找了張紙，提筆寫道：「飛奏皇上：據密告，曹欽將於五更率降丁，殺臣孫鏜，奪門入宮，臣等必竭力防禦。特奏候旨。」下面具名是：「臣吳瑾、孫鏜、吳琮。」

寫完唸了給吳氏兄弟聽，「很好。」吳瑾將此片紙交付吳琮，「老四，你趕快到長安左門去投，就在那裡候旨。」

吳琮領命而去，到得長安左門，叫開大門上的小門說道：「十萬火急的奏章，趕緊層層遞到乾清宮，我在這裡候旨。」

宮中有一套緊急應變的規制，宿衛無不熟悉，更不敢怠慢；約莫三刻鐘的工夫，遞出來一張紙片，首寫「御筆」二字，下面簡單指示兩條：「第一，速拿曹吉祥；第二，皇城及京師九城緊閉不啟。」

「曹吉祥此刻在那裡？」孫鏜問說：「他應該在他兒子家？」

「不會！」吳瑾說道：「今天行遣將禮，他一定要來的，他住在西朝房。」

「如果是在西朝房，我們想法子把他騙了來。」孫鏜又說：「西朝房人多，在那裡動手，打草驚蛇。」

「說得是！老四你再走一趟。」

「喔！」吳琮問說：「見了他怎麼說？」

「對！」孫鏜說道：「他兒子的事，他當然知道；如果沒有一套妥當的說法，他不會肯來的。」

吳瑾點點頭；他雖不識字，卻是足智多謀，沉吟了一會說：「這樣，老四，你跟曹吉祥說：這裡抓住一名刺客，說是奉曹公公之命，要他來行刺孫將軍。事出離奇，請他過來看一看，究竟是怎麼回事？」

這是無中生有的事，曹吉祥大為詫異，也很惱怒，甚麼人如此大膽，竟敢嫁禍於他？所以一聽吳琮的話，起身就走；剛一進門，便讓孫鏜、吳瑾的從人，左右架住，反剪雙手，拿繩子縛住。

曹吉祥猶在咆哮時，吳瑾大喊一聲：「聽宣！」

孫鏜首先跪了下來；曹吉祥也被捺跪在地上，吳瑾便宣讀了御筆，但只有第一條。

「曹公公，」吳瑾說道：「我跟孫將軍是奉旨辦事，請你原諒，有甚麼話，回頭你見了皇上，自己去分辯。」

接著，吳瑾命從人將曹吉祥五花大綁，口中塞一條舊毛巾，禁止他出聲，然後將他推入匟床下面。

這時曹欽已帶領達官，一陣風似地來了。一看長安左門未開；想起馬亮的「尿遁」，知道事情壞了。

「他媽的，馬亮一定也讓逯杲勾引上了。這個小子靠我們曹家起家，如今專跟我作對；不殺他，難解我心頭之恨！走。」

又一陣風似地趕到逯杲家，他正要出門上朝，碰個正著；曹欽手起一刀，砍翻在地，達官亂刃交加，逯杲被分了屍。

於是曹欽割下逯杲的首級，持在手中，復又轉回東朝房，只見大學士李賢血流滿面，左耳只剩了半隻，有個達官以刀代杖，擊著他的背，攆著他往前走，不知要幹甚麼？

曹欽其時心裡七上八下，自知犯闕奪門的計畫，將成泡影；亦不知此日之事如何收場？一見李賢，心中一動，立即將那達官喝住，滾鞍下馬，提著逯杲的頭，來與李賢敘話。

「李閣老，我是不得已。」他將逯杲的腦袋擲在地上，指著說道：「都是此人激出來的禍。請你替我寫一道奏章給皇上。」

「怎麼寫？」

曹欽沉吟未答之際，一眼發見數名達官，將鬚眉皆白的吏部尚書王翱，推推拉拉地從朝房中架了出來，便又喝住；招呼李賢一起進了朝房。

「王先生，我要李閣老跟你寫奏章遞進去，我是為皇上除奸，逯杲已經翦除；我要面見皇上請罪。」

「你想要面見皇上，只怕不能如願；皇城既已緊閉，此時何能復啟？」李賢特意揭穿他想騙開皇城的詭謀；緊接著又說：「依我看，曹將軍應先勒兵回府，上表請罪；我跟王公，盡力為曹將軍斡旋就是。」

「要我收兵可以，要皇上頒一道慰撫我的詔書。」

這是要求不追究他的犯上之罪；李賢跟孫鏜見過面，知道皇帝應變，頗為英斷，即令代為陳情，皇帝亦不會允許。而況曹吉祥已經成擒，更無大礙；此刻惟有安撫曹欽，勿使變亂擴大，最為上策。

於是，他點點頭說：「好！我寫。」

李賢要了紙筆，略一沉吟，文不加點地寫成四百餘字的一道奏疏，除了陳明曹欽的要求外，另又加了兩句：「再者，懷寧伯孫鏜言，奉勅之事，皆已勾當。附奏。」

這是暗示曹吉祥已為孫鏜所擒；曹欽看完問道：「孫鏜說甚麼？甚麼時候奉的勅？」

「他沒有告訴我。」李賢搖搖頭，「我也沒有工夫問。」

「你在這裡裹傷。」王翱插進來說，「我陪曹將軍去投文。」

朝房間數很多，閣臣占的是最好的三間，也就是最靠近長安左門的三間，出入甚便。到了長安左門，曹欽示意王翱叩門。

「誰？」裡面在問。

「吏部尚書王翶。」

「有何貴幹？」

「請你把小門打開，我有一道奏章投遞。」

裡面沒有動靜，停了一下，另有人來答話：「王老先生，我是劉永誠。大門不能開，小門也不能開，有奏章請你從門縫中塞進來。」

「是了。」王翶將紙片由門下縫隙中塞了進去。

「王老先生，」劉永誠問道：「昭武伯此刻在那裡？」

王翶想說：就在我身邊，只見曹欽連連搖手，便改口說道：「不知道。」

「王老先生，請你派人找到昭武伯，告訴他說，我馬上見萬歲爺請旨。」劉永誠接著問說：「有恩命，怎麼下達？」

「我在東朝房候旨。」

此時由西面來了十來匹馬，其勢甚疾，王翶急急避開，幾步路走到東朝房，只見李賢傷已裹好，很安詳地在喝茶看書。

「原德！」王翶坐到他身邊，低聲說道：「局勢必可轉危為安。皇城中是劉永誠在指揮。」

這劉永誠與曹吉祥的資格相當，頗有戰功；如今是司禮監的提督太監，位在掌印太監，但以掌印掌理內外章奏及御前勘合，顯得權重；其實在皇城之內，提督太監才是一人之下，萬人之上，一應禮儀刑名，約束長隨差役，關防門禁等等，幾於無所不管。劉永誠足智多謀，閱歷甚深，有他在皇城內指揮防禦，曹欽的這班烏合之眾，必難得手。

其時長安左門外，鼓譟之聲又作；原來剛才由四面來的是曹鐳，他剛殺了左都御史寇深，來找曹欽。及至曹欽談了託李賢、王翶上奏的經過，曹鐳大不以為然。

「大哥，」他說，「你怎麼自己給自己來了條緩兵之計？」

曹欽恍然大悟：「先攻開了門再作道理。」他說：「能不能找根大木頭來，把門撞開？」

這是當年在南內奪門的辦法，恰好有木料可用，此刻在大街上那裡去找？曹鐸便說：「不如用火攻。」

於是一聲令下，達官手中的火炬，一齊投向長安左門，門是三寸厚的實心木板，要將它燒成焦炭，著實要等一會。這天是七月初二，仍然晝長夜短，天邊已現曙色了。

「差不多了！」曹欽指著半焦的兩扇門說：「拿刀砍！」

七八把刀大砍特砍，砍開一看，曹氏兄弟倒抽一口冷氣——劉永誠已指揮守宮衛士，拆下御河岸的青磚，將門洞堵塞得結結實實，與城牆連成一氣了。

「走！」曹鐸的心思很快，「這回一定是在堵東安門；那個門洞很大，一時還堵不了，趕快到那兒去放火。」

他料得不錯，劉永誠剛開始堵東安門；門外已火雜雜地燒了起來。長安左門由於裡面堵住，無風可助火勢；東安門則裡外皆空，初起的西風，自門內穿越門縫，門外火苗亂竄、燒得極快，眼看曹氏兄弟奪門有望了。

「不要拆磚了！」劉永誠的聲音又尖又高，「去砍樹枝！把能燒的東西都搬了來！他奶奶的，俺給他來個以火攻火。」

不一會砍來許多帶露的樹枝，以及值廬中的桌椅板凳、門閂掃把，真個把能燒的東西都搬來了。

門外的曹鐸已經下令，準備衝鋒了，那知門燬而火不熄，而且火勢越發熾烈；陣陣紅黃火燄中，還冒出來滾滾黑煙——樹枝帶露，一時燃燒不盡，自然會冒黑煙；經西面來的秋風一吹，不但無法自火燄中衝入，甚至薰得立足不住，非後退不可。

其時天色已經大亮。在黑夜中情況不明，無法調集西征軍，而只能在西安門警戒的孫鏜，對他的兩個兒子孫輔、孫軏說：「西征軍在宣武街待命，隊伍還沒有擺好，營官只怕一時也找不到，軍機急迫，要另外想法子號召。你們到那裡大喊，就說天牢的囚犯越獄，抓住了有重賞。等人齊了，你們再宣布任務。」

兄弟倆領計而行，策馬到了西四牌樓，登高一呼，立即集結了有兩千人左右；孫鏜隨後也趕到了，在鞍上用馬鞭向東一指：「你們總看到東安門的火光了。」他說：「曹欽造反，人馬不多；我們去殺他們，皇上一定有重賞。大家去不去？」

「去！」西征軍同聲答應。

於是孫鏜一馬當先，向東而去；半路上只見工部尚書趙榮，一身戎裝，在馬上疾聲大呼：「願意殺賊的，跟我來！」馬後跟著的老百姓亦有兩三百人之多；手裡拿扁擔的、拿菜刀的，「武器」無奇不有。

「趙公！」孫鏜攔住趙榮說道：「我有兩千兵，夠用了；你在後面打接應，或者到小胡同去埋伏，等著撿便宜。」

「是、是！」趙榮在馬上抱拳答說：「孫將軍，馬到成功。」

「彼此、彼此！」

其時孫輔、孫軏已領兵趕到東安門外；曹欽、曹鐸匆匆商量了一下，由曹鐸迎敵，曹欽去搬救兵，於是一南一北，分道而行；往北的曹欽，走不多遠，遇見恭順侯吳瑾帶了五、六個人迎面而來。曹欽這面有四、五十人，眾寡不敵，吳瑾力戰而死。

南面兩軍展開一陣混戰，孫鏜的軍隊，訓練有素、銳氣十足；但曹氏兄弟的達官降丁，都知道投降亦仍難逃一死，所以個個奮不顧身地拚命，自辰至午，激戰之下，死傷累累。但最後是孫鏜這面占了上風，一則人多；二則曹鐸為孫輔所斬，賊膽已寒。

其時曹欽已將他的人馬都集中了，又作了重賞的承諾，找來一批達官降丁，開庫發弓箭，在東大市街北面，以強弓硬弩壓陣，曹鉉則帶領一百多人，向南直衝，想殺開一條血路。

見此光景，孫鏜下令布陣，他的陣勢跟曹欽相反，將弓箭手擺在前面，採取守勢。他對兩子說道：「只要堅守就行了。馬尚書一定會調兵來，抄他的後路，只看對面後方騷動，就是援軍到了，那時前後夾擊，不怕曹欽逃上天去。」

那知馬昂的援兵未到，曹鉉卻愈戰愈勇，居然衝入官軍陣中，在前的倒地，在後的轉身，有潰退的模樣。

「後退者斬！」

督陣的孫鏜大喝一聲，策馬追上首先後退的幾名士兵，手起刀落，殺掉兩個。

「不反攻不行了！」孫鏜一面對孫軏說；一面卸弓拈箭，看準曹鉉，只見弓弦響處，箭出如飛，正中曹鉉前胸。

「殺啊！」孫軏振臂大呼：「讓開！」

孫鏜的士兵一面往前奔，一面讓路，孫軏舞刀躍馬，追上曹鉉，當頭一刀，劈下半個腦袋。

這一下，曹欽的陣腳動搖了；而孫軏乘勝追擊，奮不顧身，單騎衝陣，自馬上斜伸出去，一刀砍中了曹欽的左肩，可是已為七八名達官所包圍，有一個砍他的馬足，坐騎一側，滾落馬鞍，自然陣亡了。

僥倖逃得一命的曹欽，往東直奔，打算出正東的朝陽門，但城門緊閉，城上的士兵箭如雨下，只好掉馬往北，到得東直門，亦復如此；再轉北面東首的安定門，仍舊逃不出去。

就這時候，天色大變，紅日忽收，烏雲滿天，接著豆大的雨點打得臉上生疼，很快地轉為傾盆大雨，為烈日曬得發燙的街道，讓雨水淋起陣陣白氣，人馬如在霧中，模模糊糊看不真切。但也幸而有此一場大雨，曹欽才能逃回他的都督府。

那是一座新建不及兩年的大宅第，在宣武門內王恭廠，前後大街，左右兩條胡同，一條叫豬尾巴胡同；一條叫棺材胡同。占地五畝，四周是極高的圍牆，曹欽關緊大門，與他的堂弟曹鐸抱頭痛哭，不知何以為計。

不旋踵間，牆外蹄聲雜沓；孫鏜領兵來攻，兵部尚書馬昂、會昌侯孫繼宗，亦各率精兵趕到，將曹家團團包圍；軍士鼓譟之聲，令人心膽俱裂。曹欽看看事已如此，不如自裁，去到後院，投井而死；孫鏜攻破後門，打開前門，曹鐸與曹欽全家，盡皆被屠；卻正是曹欽昨晚大宴達官，預先慶功的時分。

捷報傳入宮中，皇帝破例在深夜御午門，召見李賢、王翺、孫鏜、馬昂、孫繼宗，聽孫鏜面奏平賊經過，親自下了御座，執手慰勞；又看了李賢的傷勢，命他草擬平賊的詔書，以安定人心。

「是。」李賢答說：「此非小變，宜詔告天下，一切不急之務，立即停止，與民休息。」

「好！」

「自古治世，未有不廣開言路，只有奸邪之臣，怕正人君子攻擊，千方百計要閉塞言路，才便於他們為非作歹。」

「這都是石亨、曹吉祥在箝制言路。」皇帝又說：「廣開言路這一節，你可以寫在詔書上。」

曹吉祥自然下獄，審問屬實，凌遲處死；曹欽及他的三個堂弟，雖都喪命，仍須「磔屍」，以伸國法。馮益、童先被捕斬決；湯序屢次妖言蠱惑石亨、曹吉祥起兵造反，為人檢舉，亦死在菜市口；曹氏門下的達官，紛紛被捕，充軍到海南島。此外曹氏三黨株連的亦復不少；反倒是曹欽的岳父賀三老，安然無事，因為連皇帝都知道，賀三老跟女婿是絕不往來的。冒奪門之功時，曹欽將他的名字亦列在冊子中，授為錦衣衛千戶，賀三老上書自陳，並未與聞其事，不敢受官，請求撤銷；所以這一回已經被捕，仍又釋回。

論功行賞，當然以孫鏜居首，由懷寧伯進而為懷寧侯；孫軏陣亡，贈錦衣衛百戶世襲，馬昂、王翺、李賢加官為太子少保；告密的馬亮陞了都督。死難的吳瑾追封為梁國公、諡忠壯；左都御史寇深，追贈少保、諡莊愍。逯杲也沒有白死，追贈指揮使；皇帝還想用他的兒子為指揮僉事，只為門達一句話：「逯杲的兒子很老實，容易受騙上當。」皇帝便讓他在家支指揮僉事的俸祿。

其實，門達是有意排擠逯杲之子，以便於接收逯杲的一批「班底」——分布在京師及通都大邑的密探；這班人無惡不作，最傷天害理的一件事，是誣告寧府弋陽王奠壏母子相亂。

寧王朱權，太祖第十七子，封在喜峰口外的大寧衛，東連遼東、西接宣府，領精兵八萬；寧王復又善謀，是太祖在秦、晉、燕三王以外，最看重的一子。

成祖起兵以前，就想吞併大寧衛；建文元年，朝議怕寧王與燕王會在一起，勢力太強，於是用金符召寧王入覲，寧王心生猜疑，託辭不奉詔。成祖認為有機可乘，私下到大寧衛探視寧王，及至辭去時，寧王送到郊外，設宴餞行，為成祖所埋伏的衛士，挾持入燕，王府妃妾世子，亦隨同入關；部下八萬精兵，是成祖早就下了工夫的，此時一起歸燕。寧王亦就死心塌地為成祖作參贊；傳諭各地的檄文，大多出於寧王的手筆。

成祖曾與寧王相約：「事成，當中分天下。」及至破了南京，成祖即位；寧王當然不敢提出「中分天下」的要求，但請求改封東南膏腴之地，先請求移封蘇州；成祖以蘇州密邇南京，在京畿之內，太祖遺命，畿內不封而婉言拒絕。

「那麼，把杭州給我。」

「皇考曾經想把杭州給五弟，而終於沒有給；建文無道，把他胞弟封在杭州，結果亦不能就國。

你何必要那個地方。」

原來太祖第五子朱棣，是成祖的同母弟，先封吳王，宗人府建議在杭州設吳王府，太祖說：「錢塘財賦之地，不可。」於是改封周王，就藩開封。及至建文帝即位，封他的胞弟允熥為吳王，未到杭州，成祖即已入京。他之不願將杭州給寧王，亦就是跟太祖有相同的顧慮：「錢塘財賦之地」，且為運河的起點，如有異謀，足以威脅國用，危及根本。

「福建的建寧、四川的重慶、湖廣的荊州、山東的東昌，都是好地方，隨便你挑。」

寧王對這四個地方，一個也看不中；成祖便逕自降旨，改封南昌，但封號不改，仍為寧王。

寧王薨於正統十三年，身歷六朝，壽逾古稀；世子盤烒先死，由嫡長孫奠培襲封，性急而多疑，因而與宗族及地方官皆不能和睦相處。景泰七年，奠培的幼弟，庶出的弋陽王奠壏，密告奠培謀反，巡撫韓雍轉奏，朝廷遣大員查辦，軍民株連被逮者，六百多人，但徹查結果，並無實據，恰好遇到奪門之變、復辟大赦，一大風波，終歸平靖。

但寧王奠培，恨透了韓雍；同時遷怒到地方官，對布政使崔恭傲岸無禮，崔恭亦不賣王府的帳，有甚麼要求，不管分內分外，一概置之不理。

在水火不容的情況下，奠培與崔恭激出一個互訐的局面，先是奠培參劾崔恭如何不法；而崔恭與按察使原傑檢舉奠培與他祖父、父親的宮女淫亂，又逼王府的太監熊璧自盡。朝廷派員查辦，奠培的行為皆有實據，皇帝以削減他的護衛，作為懲罰。

其時就正是逯杲與他的爪牙橫行不法、肆無忌憚之時；有一天逯杲突然密奏，得自江西的消息，弋陽王奠壏烝母。這是人倫巨變，皇帝不相信有這樣的事，特為派他的姊夫，常德公主的駙馬薛桓，由逯杲陪同，馳驛到江西查問。

「奠壏很不安分。不過，」奠培斬釘截鐵地說：「這是絕不會有的事，我不能冤枉他。」

既然他這麼說，薛桓認為不必再查；事涉曖昧，不可能查出實在證據。

回朝覆命以後，皇帝大為生氣，立即傳旨召見逯杲。

「這種事，你手下是從那裡打聽到的？造這種傷天害理的謠言，你居然也會聽信，你摸摸自己的良心看！」

聲色俱厲的一頓痛斥，逯杲不免害怕；好在他向來奸詐百出，頓時作出萬分委屈的神情答說：「皇上要這樣子罵臣，臣不敢申辯一個字。不過，皇上如果不派薛駙馬，派別人去，真相早就水落石出了。」

「怎麼？莫非薛駙馬受了弋陽王的關說？」

「薛駙馬根本就沒有到弋陽去。他只問了問寧王；寧王跟人說：奠壏誣告我謀反，我恨不得要他死，不過不能拿這件事作題目。因為，等皇上辦了奠壏，就要辦我了；江西八王：臨川、宜春、新昌、信豐、瑞昌、樂安、石城、弋陽，都歸我管。出了這種逆倫的罪孽，我竟不能事先防範，事後奏報，皇上問我一句：你自己還好意思住在寧王府！你說，我怎麼回奏？」

「喔！你是實話？」

「請皇上問薛駙馬，臣請他到弋陽去查，薛駙馬說：你真傻！母子亂倫，也會有證據讓你抓住嗎？」逯杲停了一下又說：「駙馬是皇親，『家醜不可外揚』；而況也要保全寧王。這件事總怪臣多事；臣知罪了。」

這番含冤莫伸的做作，使得皇帝確信薛桓為了保全寧王，奏報不實；而奠壏烝母，確有其事，降旨賜奠壏母子自盡，屍體焚化，毋令穢跡存於人間。

奠壏母子賜死之日，雷雨大作，平地水深數尺，江西的百姓都說，這是千古未有的奇冤，逯杲必遭天譴。

如今逯杲是死了，但他的那班爪牙，仍為門達所重用。門達所辦的第一件大案，是檢舉「皇舅」孫紹宗及部下六十七人，冒討曹欽之功；皇帝將孫紹宗找來，當面查問，孫紹宗承認屬實，為皇帝數落了一頓，那六十七人則下獄治罪。

於是門達一下子成為家喻戶曉的人物，都說他連孫太后的娘家人都敢惹，辦事還有甚麼忌憚？千萬小心為妙。其實這正就是門達借孫紹宗立威的手法；李賢見微知著，覺得應該找一個適當時機，提醒皇帝，勿使門達成為逯杲第二。

但李賢未發，門達的一把火已由袁彬燒到他身上了。袁彬在錦衣衛由試用百戶，一直陞到指揮使，不過官位仍在門達之下；自恃皇帝舊恩，不肯在門達面前以屬下自居，因而結怨甚深。門達自威名大立，便想扳倒袁彬，打聽到袁彬一妾之父名王欽，憑仗袁彬的名義，詐欺取財，搜集到確實的證據後，奏劾袁彬。由於事證確鑿，皇帝不便公然袒護，仍舊判了罪，不過特准輸金贖罪，官復原職，小小破財而已。

門達費了好大的勁，不過讓袁彬得了個「風流罪過」，自然於心不甘。因而又借一件小案，誣攀袁彬，再次奏請逮捕袁彬治罪。

「門達，」皇帝說道：「我看算了吧？」

這回門達是有備而來，決定犯顏力爭的，「錦衣衛之法不行，都因為袁彬這些人，恃寵不法，而又不能置之於法的緣故。」門達緊接著說：「皇上如果不願錦衣衛執法不阿則已；否則，請皇上暫置袁彬不問。」

皇帝沉吟了好一會說：「好吧！隨你去辦；只要你把活的袁彬還我。」

有此一句話，門達只要袁彬不死，便可為所欲為；在錦衣衛北鎮撫司，袁彬吃了許多苦頭，終於誣服，承認受了石亨、曹欽的賄；用官木造私第；奪人之女為妾等等，共計八款大罪。

有個軍匠叫楊塤，大為不平，決定擊「登聞鼓」為袁彬伸冤。

「登聞鼓」的制度，起於洪武元年，設在午門之外，每天派一名御史監視，非大冤枉及機密重情，不准擊鼓；准擊就必須奏聞。

後來「登聞鼓」改置於長安右門，由六科給事中及錦衣衛官員，輪流監管，擊鼓的人先加以看守，然後上奏；皇帝派校尉用駕帖將擊鼓者送到法司處理。如或蒙蔽，治以重罪。

楊塤在事先將登聞鼓的制度，打聽得很清楚，到了午門，看鼓下坐著一名白靴校尉；心想錦衣衛值日，不會將他送到都察院或刑部，自然是送錦衣衛訊問，豈非自投羅網？

其實，他如果不是這樣多想一想，直接去擊登聞鼓，反倒可以如願；這天誠然是輪到錦衣衛值日，但坐在屋子裡休息的值日官員，卻是原名哈銘的錦衣衛指揮使楊銘。他與袁彬一起隨著蒙塵的皇帝共過生死，親如手足；楊塤為袁彬伸冤，楊銘一定會照他的意願，先移送都察院或刑部，然後奏聞。錯過了這個機會，第二天管登聞鼓的工科給事中，按規矩辦事，奏報請旨，皇帝批了個「歸案訊辦」；將楊塤「歸」到了錦衣衛。

這一下羊落虎口，門達靈機一動，正好攀扯李賢；厲聲問道：「你是受誰的指使？」

「喏，」楊塤指著胸口說：「良心。」

「我把你的良心打出來叫狗吃！」

門達下令鞭背，打不到十下，楊塤便疼得受不了；大聲喊道：「我說，我說。」

「你說！」

楊塤只是為了企求停刑，信口而言；此時支吾著說：「是有人指使，不過我不便說。」

「是不是李閣老，李賢？」

楊塤雖是個軍營中的漆匠，卻頗有見識，心裡在想，牽涉到當朝宰相，案子就鬧大了；不是錦衣衛處置得了的。這是個機會！案子越鬧得大越妙，最好皇帝親鞫，那就甚麼冤枉都能昭雪了。

「是。是李閣老指使的。」

門達大喜，「你畫供！」他說，「我不虧待你。」

楊塤在錦衣衛待了三天，每天有酒有肉，毫不覺苦；到了第四天提審，但不是在錦衣衛大堂，而是在午門。

原來門達具奏，說李賢指使軍匠楊塤擊登聞鼓為袁彬頌冤，不知李賢與袁彬如何勾結？請由三法司在午門會審楊塤，以明真相。皇帝准奏，並派裴當監視。等將楊塤及袁彬提到，與三法司一起高坐堂皇的門達，認為應將李賢傳來對質，裴當立即表示反對。

「大臣不可辱。」

刑部尚書陸瑜為李賢所引薦；門達還曾誣奏李賢受了陸瑜的賄，所以此時避嫌疑，不便附和；不過左都御史李賓，同意裴當的意見，門達亦就無可如何了。

「楊塤，」李賓問道：「是不是李閣老指使你來擊登聞鼓？」

「小人一個軍匠，那裡去見李閣老？」

此言一出，門達大驚，「你要翻供？」他戟指厲聲：「你敢！」

「門公請稍安毋躁。」李賓搖搖手攔住他；然後向堂下問道：「你的意思是，李閣老並沒有指使你擊登聞鼓？」

「是。」

「那麼，你怎麼在鎮撫司招供，說是李閣老所指使？」

「鎮撫司那個地方，要你說甚麼，你就得說甚麼！喏，」楊塤將手一指：「門錦衣要我這麼說的。」

從來就沒有一個人敢如此當面揭穿門達逼供；一時方寸大亂，不知如何辯解，氣餒色沮，無異默認。這時即令想出辯解之詞，也已失去時機了。

「裴公公，」李賓低聲問裴當：「不必問了吧？」

「李閣老的事不必問了，袁彬呢，須有個了斷。」

「我看，」李賓以目示意，「改日再問好了。」

這是因為有門達在，裴當會得此意，點點頭說：「我先進宮覆命。不過皇上對袁彬很關心，請早結案。」

午門會審，就此草草終場；袁彬及楊塤由於交三法司會審，得以改歸刑部監獄收押。第二天李賓會同大理寺卿到刑部提出袁彬，照門達所控，逐款審問，王欽詐財之事不虛；動用官木修私宅，亦有實據，此外皆為門達誣控。

但是，李賓與羅瑜都畏懼門達的勢力，不敢據實奏聞，只定了袁彬的罪為一年徒刑；楊塤亦然。總算還了皇帝一個活的袁彬。徒刑可以論贖，繳納了贖金以後，官復原職。皇帝特為召見；袁彬就像孩子在外面受了委屈，回家見到父母那樣，眼淚流個不住。

「袁彬，」皇帝說道：「門達跟你不和，將來還有是非，我很不放心。可是我不能為你，把門達調開；你知道的，我少不得門達做耳目。」

「門達跟臣不和，要害臣；臣不怕，臣有皇上作主。」

「不錯，我會替你作主。可是能不生是非，能想個一勞永逸的辦法，免得我操心，不更好嗎？」

「是。」

「我在想，你不妨帶俸到南京去閒住。南京離你家鄉也近；你老家是江西新昌？」

「是。」

「我准你隨時回新昌，不必事先請假。」

「是。」袁彬跪下來謝恩：「臣實在捨不得離開皇上身邊；請皇上准臣每年來給皇上請安。」

「好，好！你先去，過幾個月陪我來過年。」

於是皇帝賜金以壯行色；賜宴藉以話別。宴罷，袁彬到孫太后宮中拜別；孫太后這一年來，體弱多病，經常臥床，這天風和日暖，是中秋以來難得的一個好天氣，特意起床，坐著椅轎，要到御花園逛逛，恰好袁彬來辭行，很高興地在清望閣傳見。

磕頭問安以後，袁彬說道：「臣奉旨到南京帶俸閒住。臣本來捨不得走的，只為門達找臣的麻煩，怕皇上為臣操心，不能不走。」

「南京是國家根本之地。」孫太后說，「你是皇帝看重的人，叫你到那裡，也是要你凡事留意，地方官作威作福，百姓太苦，你要密密寫奏章來；不算閒住。」

「是。皇上賜臣銀印一枚，作為密奏的憑信。皇上又許臣回京過年，」袁彬又磕個頭說：「到時候，太后如果記得，請太后跟皇上提一聲：別忘了叫袁彬來！」

「好。我如果記得，一定跟皇帝提。不過，我不知道是不是還等得到年下？」說著，孫太后咳嗽起來，臉漲得通紅，大咳特咳，好一會才能止住。

「太后請安心靜養——。」

一語未畢，外面傳呼：「太子來請安！」

接著，閣中出現了十五歲的太子，身材長得很高大；跟著他身後的一個極妖嬈的宮女，雖梳著辮子，但豐容盛鬋，已有徐娘風味，袁彬細辨一下，才想起她就是阿菊，回憶上一次見到她，是在南宮，那是十年前的事了。

等太子見過了祖母，袁彬向太子下跪問安；孫太后便說：「袁彬要到南京去了。你要記住這個人，沒有他，你父親跟你都不會有今天。」

「是……，是。」

太子有個口吃的毛病，說這個「是」字，舌尖會抵住上顎，張不開口；袁彬是初次發現，不免暗暗為太子擔心，因為皇帝認可臣下的陳奏，亦是說一個「是」，將來太子即位臨朝，期期艾艾地說不俐落，豈不有傷天威？

「袁彬，」太子說得很慢，「你，那裡人？」

「江西新昌。」

「離南京很近嘛！」

「是。皇上許臣隨時可以回家。」

「好！」

太子沒有再說下去；袁彬覺得是告退的時候了，當即向太后磕頭，也向太子跪辭。出了清望閣走不多遠；只聽後面有人在喊：「袁彬！袁彬！」

回頭一看，正是阿菊；袁彬便站住了腳，等她走近來問道：「萬姑娘有話要跟我說？」

「不是，是太子要我告訴你；你要常常奏請回京，來給皇上請安。皇上只有你在旁邊陪著，興致才會好。」

「是！皇上許了我，年下進京來過年。」

說完，袁彬忽然雙淚交流；阿菊只以為他傷別，便安慰他說：「再過兩三個月，你又能見皇上了，有甚麼好傷心的？」

「我傷心的是皇上恩德如天，可是我仍舊免不了要受人的氣。」

「你受了誰的氣？」阿菊問說：「門達？」

袁彬不答，「我走了。」他掉轉身去，忽又轉過腳來說：「萬姑娘，太子說那個『是』字，很吃力，何不改一改呢？」

「怎麼改？」

袁彬想了一下說：「現在還不能改，到太子將來登了大寶，群臣奏事，如果認可，不必說『是』，改成『依議』，意思是一樣的。」

「那兩個字，你寫給我看。」

說著，阿菊伸出皓腕、翻開手掌，她是一雙硃砂手，手掌手背，紅白分明。袁彬深知禁中的規矩，不敢在她手掌中寫字，只在口中說道：「依順的依，建議的議。」

「喔，依議、依議。」她唸了兩遍，很高興地稱讚：「改得好，張口就是。」

阿菊停了一下又說：「等太子有一天可以改口說這兩個字，就是你回來接替門達的時候。」

由於這天逛御花園受了寒，孫太后一回寢宮，便即寒熱大作，病勢日重一日。皇帝很孝順祈天禱神，乞延陽壽；又恭上徽號為「聖烈慈壽皇太后」，算是「沖喜」。但這一切都毫無效驗；太后自己亦知道危在旦夕，特召皇帝至病榻前，有所叮囑。

「你記不記得老娘娘駕崩之前的故事？」

皇帝想了一下明白了，老娘娘指仁宗誠孝皇后，在宣示賓天，當今皇帝即位後，尊為太皇太后，正統七年十月大漸時，雖然皇帝已經十六歲，親裁大政，亦已多時，太皇太后仍舊召楊士奇、楊溥，命太監傳問：「國家還有甚麼大事未辦？」

楊士奇、楊溥回奏，尚有三件大事未辦，第一件是建文帝雖廢為庶人，仍舊應當修實錄，以補國史之不足。第二件是成祖有詔，凡有收藏方孝孺、齊泰、黃子澄等人遺書者死；這條禁令，請予撤銷。二楊說一件，太監轉奏一件，太皇太后都點頭同意。第三件事未及詢問，太皇太后便嚥氣了。

「娘娘是說當年老娘娘特召楊士奇、楊溥來問未辦的大事？」

「是的。我也想問一問一班老臣，當時第三件大事是甚麼？我快要跟老娘娘見面了，娘娘如果問到我，好有個交代。」

「這也不必費事，兒子去問李賢好了。」

「不！我另外還有話要說。」

於是皇帝宣召李賢及吏部尚書王翱至仁壽宮，因為王翱是四朝老臣，年已八十，怕慈壽太后如果問到永樂年間的往事，只有他能回答。

「當年太皇太后召楊士奇、楊溥，垂詢國家可還有未辦的大事，第三件來不及問，太皇太后就崩逝了。」皇帝看著李賢問：「你知道不知道，那第三件是甚麼事？」

「臣彼時年尚淺，未有所聞。」

「王先生呢？你跟楊士奇很熟，總聽他說過吧？」

「是。這件大事，皇上已經秉承懿旨辦過了。」王翱答說：「那就是釋放『建庶人』文圭。」

「喔，原來是這件事。」皇帝很欣慰地，親自入寢殿告訴了慈壽太后，接著又問：「娘娘還有甚麼話要問他們？」

其時后妃都在寢殿中伺候湯藥，太后示意迴避；只留皇帝在病榻前，然後說道：「皇后沒有兒子，將來你百年以後，我怕有人會欺侮她。」

這所謂「有人」，自然是指太子的生母周貴妃；皇帝立即答說：「娘娘請放心，兒子不會虧待她的。」

「我本來想交代李賢，將來要保護皇后；既然你說不會虧待她，那麼，你自己去交代他們。」

「是。」

問。

答應是答應了，皇帝不免困惑，不知道周貴妃將來會如何欺侮未生子的皇后？因而先找了裴當來

「老奴不敢瞎說。」裴當非常謹慎，「怕生是非。」

「不要緊，你儘管告訴我，我放在心裡就是。」

「萬歲爺不會生氣，老奴才敢說。」

「我不生氣；絕不生氣。」

有這麼堅決的表示，裴當才敢透露，但仍舊是有保留的，「有人私下在說：萬歲爺萬年以後，那時的太后，應該只有一位。」

「誰說這話。」

裴當不答，只是磕頭；皇帝明白了，他不肯說，就是怕生是非。心想已經許了他甚麼事「放在心裡」以及「不生氣」，那就不必追問了，只是在想，「母以子貴」，所謂「那時的太后，應該只有一位」，自然是周貴妃；這也就是說；太子即位後，不認嫡母。此為必無之事；即令嗣君有此悖逆之行，群臣亦會力爭，無足為憂。但此外呢？

皇帝思索了好一會，認為只有一件事可慮，宜乎預先交代，當即召喚在廊上待命的李賢與王翱入殿。

「皇后賢德，外臣不會明瞭，大家只知道皇后為我哭瞎了眼睛；風寒入骨，壞了一條腿。你們不知道皇后謙德過人，我幾次要封皇后之父，她都不肯。皇后兩兄，都在土木堡殉了難；幸而錢鍾有個遺腹子。」

皇后之父，照例封伯爵；后父錢貴，官至中軍都督同知，何以未封，外臣都不解其故，如今聽皇帝所說，才知道是皇后不願。於是李賢、王翱齊聲稱頌皇后賢德。

「可惜皇后無子；然而亦並不減我對皇后敬重之心。我跟皇后可以說是患難夫妻；我在沙漠的時候，皇后罄中宮所有，賞賜也先，為的是希望我能早早回京。復位以後，我叫人開珍寶庫，要皇后自己選擇飾物，以為補償，皇后一無所取。」皇帝說到這裡，正色喊一聲：「李賢！」

「臣在。」

「我有一段話，你回內閣要記檔！」

「是。」李賢側身屏息，仔細聽著。

「如果皇后走在我前面，那不用說，我自會處置；倘或皇后後我而崩，千秋萬世，與我同穴。」

原來皇帝想到，周貴妃將來可能會欺侮皇后之一事，便是不許皇后合葬；因而特意作此叮囑，李賢莊容答奏：「臣謹遵旨，退而書之於冊，以後有閣臣新入，當格外交代，以免日久遺忘。」

「好！這樣處置很妥當。」

「臣尚有一言陳奏，東宮已行冠體，宜乎早擇賢配。」

「說得是！太后亦早有這話，派人私下探訪，已訪到幾個人，我的意思是想多問幾家，擇賢而定。」皇帝又說：「東宮婚禮，不妨先由禮部預備起來。」

為東宮擇配，原是慈壽太后心目中的一件大事；如今由於李賢的陳奏，越發加緊進行，仁壽宮及周貴妃宮中管事的太監牢牛玉、夏時，加上裴當，一齊出動。半個月的忙碌，選定了十二家的淑女，由慈壽太后親自挑選，中選的三家，姓王、姓柏、姓吳，年齡恰好都是十四歲。一經選中，即不再回母家，養在別宮待年。

「娘娘看，」皇帝私下叩問太后：「這三個女孩子，那一個最好？」

「王家的女孩子穩重。」

「是！兒子看，也是如此。」皇帝作了決定，王氏是未來的中宮；柏氏、吳氏為副。

慈壽太后駕崩了，尊謚為孝恭懿憲慈仁莊烈齊天配聖章皇后，合葬宣宗景陵，神主入祔太廟。喪儀隆重非凡，皇后看在眼裡，不免感觸。

「皇上，有件事，不知道該不該說？」

「你說，你說，怕甚麼？」

「皇上別忘了，還有一位太后。」

「喔！」皇帝沉吟著；想起他的嫡母——宣宗皇后胡氏，名善祥，山東濟寧人。早在永樂十五年，就被選為皇太孫妃；仁宗即位，成為皇太子妃；宣宗即位，立為皇后。其時慈壽皇后——當年的孫貴妃得寵，胡皇后多病又無子，宣宗想廢后而立孫貴妃，但廢之無名，便逼迫胡皇后自己上表辭位，退居長安宮，賜號「靜慈仙師」。當時的大臣張輔、蹇義、夏原吉、楊士奇、楊榮等，或則口諫，或則上奏，紛紛力爭，而宣宗只說：「是她自己辭位的。」外臣既不能請出胡皇后來跟皇帝對質，只好不了了之；聽從宣宗立孫貴妃為后。

不過，張太后卻仍舊當「靜慈仙師」為宣宗的元后，內廷筵宴，命胡皇后居於孫皇后之上。為此，孫皇后常怏怏不樂。

到了當今皇帝即位，張太后成為太皇太后，胡皇后便是太后，而「靜慈仙師」的稱號如舊。正統七年十月，太皇太后駕崩，靜慈仙師痛哭不已，一年以後，鬱鬱以終，以嬪御禮下葬。

「胡太后賢而無罪，廢為仙師，宮中人人為她傷心。當時大家都畏懼慈壽太后，所以胡皇后草草成殮下葬，一切的禮節都很簡略。」皇后又說：「曾聽宮中老人談過，先帝後來亦很懊悔這件事做得孟浪了些，自己解嘲：『這是我年輕時候的事。』如今皇上似乎該為先帝補過。」

皇帝深以為然，第二天召見李賢，轉述皇后的意思，問他是否可以恢復胡皇后的位號。

「皇上此心，天地鬼神照鑒。」李賢又說：「然臣以為不僅恢復位號，陵寢、享殿、神主都應該照規定的制度，庶幾顯示皇上的明孝。」

於是重修胡皇后的陵寢，上尊謚為「恭讓誠順康穆靜慈章皇后」，不過神主不祔太廟。

4

宮中又有一場大風暴在暗中醞釀了。

興風作浪的是萬宸妃宮中的管事趙慶。萬宸妃近年得寵，有過於周貴妃之勢；而且皇子九人，萬宸妃所出的有四，除了皇三子早殤之外，皇二子德王見潾，比太子只小一歲，而容貌才智勝於太子；尤其是太子有個口吃的毛病，相形之下，更顯得德王英挺秀發，趙慶便攛掇萬宸妃，設法讓皇帝廢東宮，改立德王為太子。

此一想取而代之的野心，存在已非一日。但立儲為國本所寄，東宮既立，倘無重大失德，斷無輕廢之理，趙慶頗工於心計，他向萬宸妃獻議：「太子還小得很，不能說他將來絕不會成材；再過個七、八年，到血氣方剛，膽子大了，甚麼下流的事情都幹得出來，那時別人不說，萬歲爺也會把他廢了。」

然而怎麼樣才會使得太子下流呢？對這一點，萬宸妃很清楚，找幾個狼心狗肺，壞到了家的太監擺在太子身邊，用不了一年半載的工夫，就會把太子教成不可救藥的惡少；只是其中有一層難處，阿菊將太子管得很緊，而太子對「姊媽」亦是百依百順，很難下手。

太子本管阿菊叫姊姊；改成「姊媽」這個怪稱呼，還是出於「欽定」。當皇帝由沙漠歸來，住在南宮時，阿菊經常抱了太子去問安。太子正在牙牙學語之時，由於天生口吃，「姊姊」二字發音格外困難，皇帝便說：「天子有八母；阿菊是保母，第二個字改成『媽』，就容易出口了。」

實際上阿菊是姊代母職，太子自從略有知識開始，便經歷了一連串的榮辱升沉，除了阿菊及東宮近侍，始終管他叫「小爺」以外，此外的人，一會兒叫他「太子」、一會兒叫他「沂王」；他記得最清楚的，十一年那年正月裡，玩過龍燈不久，一天半夜裡聽得外面人聲鼎沸，他從夢中驚醒，只見阿菊緊緊摟著他，兩眼瞪得好大地，側耳靜聽，他剛問得一聲：「姊媽，外面幹甚麼？」阿菊便喝住他，不讓他出聲。到窗紙發白時，聽見撞鐘擂鼓，阿菊頓時笑逐顏開。

「成功了！萬歲爺回宮了！你又是太子了！」接著阿菊摟住他又親又笑；笑完了，卻又放聲大哭——她那時的心情，直到三、四年以後，他才能體會得到。

太子離不開阿菊，所以趙慶設計，先要將阿菊驅離東宮，那一來不但易於安排太子的左右，而且太子沒有阿菊，必然鬱鬱寡歡，亦就更容易為了排遣太子的愁懷，而入於邪惡。

於是有一天萬宸妃侍飲閒談時，她提到太子的口吃，說都是阿菊從小沒有教好；又說太子性情柔弱，帶點「娘娘腔」，擔心將來不如皇帝那樣英斷，然後很婉轉地建議，應該將阿菊放出宮去，或者為她擇一良配，亦算是酬謝她保護太子之功。

「她是太后宮裡的人；這件事先要回奏太后。」太后的回答，出乎皇帝與萬宸妃的意料，「這件事我早就想到了，我也問過阿菊自己；袁彬沒有娶親以前，我還想到要把她許配給袁彬。可是，阿菊說她『捨不得小爺』。」太后接著又加了一句：「人各有志，慢慢兒再說吧！」

這一來，皇帝就說不下去。可是在慈壽太后駕崩以後，發現了一種新的情況，亦是一大祕密：太子初經人道，對手就是他叫做「姊媽」的阿菊。

這個祕密，經由趙慶當作笑話來散布，自下而上，越傳越盛；傳入裴當耳中，大吃一驚，因為皇帝最近煩躁不寐，容易動怒，如果知道太子畸戀比他大十九歲的保母，一定會大動肝火，於病體非常不利。

於是他一面嚴厲告誡乾清宮及皇帝的近侍，不准將這些流言上聞；一面追查流言來源，最後找到了趙慶。

「你怎麼大造謠言，說太子跟阿菊如何如何。」裴當厲聲詰責：「莫非你不想活了？」

「不是謠言！」趙慶很鎮靜地說：「問一問王綸就知道了。」

王綸是東宮管事的太監；裴當將他找來一問，確有其事。王綸還建議，最好請周貴妃親自向阿菊詰問；裴當密陳周貴妃，決定接受王綸的建議。

「阿菊，」周貴妃面凝嚴霜地問：「你跟太子是怎麼回事？」

阿菊看一看侍立在旁的裴當，抿著嘴一言不發。

周貴妃明白她的意思，「你們都出去。」她揮一揮手，「也不准在窗外偷聽，都躲遠一點兒。」

等裴當及其他宮女都出去了，阿菊往地上一跪，低著頭說：「太子十七歲了！」

這句話意味深長，周貴妃的神色緩和了，「你說下去！」她問：「十七歲怎麼樣？」

「太子早就發育了，知識也開了，常想溜出去找那些浪貨。奴才心想，太子是萬金之體，如果像景泰爺那樣，年紀輕輕自己把身子糟蹋了，且不說對不起老娘娘跟娘娘的付託；奴才自己這些年的辛苦也白吃了，所以管得他很緊。」

「嗯，嗯。」周貴妃連連點頭，「萬歲爺當年，也是王振管得緊，身子結實；不然也不能在國外那樣子折騰，還能無病無痛地回來。你再往下說。」

「去年夏天，記得是七月初七那天半夜裡——。」阿菊說到「半夜裡」三字，聲音突然低了下來，以至於無。

等了一會見她還不開口，便又催問：「半夜裡怎麼樣？」

「半夜裡，奴才正睡得沉，讓太子推醒了，他說：『我熬不住了，你得給我找個人。』奴才楞住了。」阿菊回憶著去年七夕夜半之事說：「當時——。」

當阿菊答說：「半夜三更，那兒去找人？」

「你不肯而已；你要肯，不怕找不到。算了，我自己想法子。」太子期期艾艾地說完，掉頭就走，腳步匆匆，是迫不及待的模樣。

阿菊突然將那顆鎖錮了多年的心放開，「小爺，」她喊，「你回來！」

「怎樣？」太子回到她床前問：「你願意去找了？」

「你想找誰？」

「誰都行。」

「那好，你找我好了。」

「姊媽——。」太子驚喜交集地，雙眼閃得好亮。

「光叫我姊姊！」

「姊——。」太子拖著這個字的餘音，撲倒在阿菊身上。

「當時奴才心想，若是一口回絕了太子，就會逼得他自己私下去找；只要跨出那麼一步，就甭想再管得住他了。奴才心一橫，只有自己不顧廉恥——。」

語聲戛然而止，但周貴妃亦不必再往下問；心裡在回想這一年多來的太子，容光煥發，步履矯健，顯然的，阿菊之「不顧廉恥」，有功無過。

「我知道你的苦心，外面有些難聽的話，你不必理會；你只照往常一樣，把太子招呼得好好的，將來的事，有我作主。」

阿菊心懷一暢，知道將來封妃是穩的了；可是眼前不能無憂，「奴才也知道有些難聽的話，奴才沒法兒辯，也不想辯，只要自己覺得對得起良心就行了。如今娘娘知道奴才的苦心，更是奴才的安慰；就怕萬歲爺跟娘娘的想法不一樣。」

「不要緊，萬歲爺問起來，有我呢。」周貴妃拔下頭上一支鑲金翠玉釵說：「來，我給你插上！」

「多謝娘娘！」阿菊磕頭謝賞；然後膝行兩步，低下了頭，好讓周貴妃為她插戴。

宮眷曾經臨幸的梳髻，否則梳辮，但屬於東宮的宮女，一律都是辮子；周貴妃將那支釵為她插戴好了，說一聲：「你回去吧！」

「是。」

阿菊復又行了禮，出殿走到台階上，先昂起胸來，看一看站在遠處的裴當與宮女，然後大搖大擺地下階而行，立即便有一群宮女圍了上來，卻都在她身後，阿菊知道她們在看甚麼？得意地轉一轉頭，好讓大家都看清楚。

「怎麼，」有個宮女問：「周娘娘把她最心愛的這支釵賞給你了？」

「是啊。」

「為甚麼？」

「我不知道。」阿菊答說：「你自己去問周娘娘。」

「不用問；八成兒是你要給周娘娘生孫子了。」

阿菊臉一紅，平時她口舌犀利；此刻卻想不出一句話來反擊對方的戲謔——戲謔又不止於重話，有的來探她的小腹，有的伸手到她胸前亂摸，嘻嘻哈哈地將阿菊作弄了一個夠，才放她走。

「娘娘找你幹甚麼？」太子剛說了這一句，發現她頭上的玉釵，驚喜地問：「你做了甚麼讓娘娘高興的事？」

阿菊不答他的話，只問：「好看不好看？」

「你來！」

太子牽著她的手，讓她坐到梳妝台前，另取一面磨得極亮的銅鏡，在她腦後照著；阿菊從鏡中看到束辮的紅絲繩上插著小指般大、碧綠的一支茄形玉釵，紅綠相映，十分奪目；左看右看，越看越愛。

「看夠了沒有？」太子問說：「這面鏡子好沉，我快端不動了。」

「好了。」阿菊一伸手將玉釵拔了下來，復又細細把玩。

「你還沒有答我的話呢！」太子端張凳子坐在她旁邊問。

「咱們的事，過了明路了。」

「呃，」太子惴惴然地問：「你告訴娘娘了？」

「怎麼，不能告訴娘娘？」

「能、能，誰說不能？」太子好奇地問：「我只不知道你是怎麼說出口的？」

「我說，你不要臉，硬賴在我床上不肯下來。」

「你敢？你敢這麼說？」

「為甚麼不敢？」阿菊忽然落入沉思之中，好一會才抬眼問道：「如果我有了怎麼辦？」

「有了？」太子想了一下才明白，是說有孕；「我還沒有想到這上頭；你是有了？」

「現在還沒有，不過遲早會有的；得早點想好，是留還是不留？」

「怎麼？」太子一驚，「如果有了，你要把他拿掉？」

「是的。」

「為甚麼？」

「我不願意我生下來的孩子，沒有名分。」

「怎麼會沒有名分？」太子結結巴巴地說，「是皇太孫的名號。」

「你別一廂情願了，東宮沒有冊妃，那裡來的皇太孫？」

太子默然，好半晌嘆口氣說：「可惜，你不能入主東宮。」

看他鬱鬱不樂，阿菊便解勸著說：「好了，好了，你別煩！等我有了再跟你商量，總聽你的就是了。」

皇帝終於也知道太子跟阿菊的事了。

「不成話！」皇帝很生氣地對周貴妃說：「你的兒子真沒出息，怎麼會迷上比他大十九歲的女人？」

「這也沒有甚麼不好！像我們家鄉，六、七歲的孩子，娶個比他大十來歲的媳婦；平時都是媳婦照料，到孩子成年了再圓房。阿菊在東宮的情形，跟這也差不多。」

周貴妃是昌平州人。其實「小丈夫」的風俗，亦不僅昌平州為然，不過流行於貧家小戶之間；世家大族沒有這種不相配的婚姻，何況是天潢貴胄？

皇帝正想駁她時，周貴妃卻又接著她自己的話說：「我想，萬歲爺當年也虧得王太監管得緊；倘或像郕王那樣，沒有人管，由著性兒胡來，廿幾歲就把身子淘空了，那時萬歲爺才知道阿菊的好處。」

王太監是指王振。皇帝至今還念著他的好處；一聽周貴妃將阿菊比做王振，他不再生氣了。

「不過，也該給他立妃了。」皇帝問說：「你看誰好？」

這是指為東宮擇配，在宮中待年的三女子；周貴妃答說：「我看倒是吳家的那個，比較能幹。」

「他自己的意思呢？」

「我還沒有問他。」

「你倒問問他看，挑定了，就在明年春天，替他們辦喜事。」

「是。」

「裴當！」皇帝交代：「你到內閣宣旨，讓禮部挑日子！」

「遵旨。」

「還有件事，你到貢院去看一看，號舍修得好不好？不能再出事了。」

原來定制逢辰戌丑未之年會試，這年癸未，二月初九起會試，三天一場，共計三場，至十七畢事；第一場、第二場都安然無事，到得第三場，有那半夜裡交了卷，等候天明出闈的舉人，看月色甚佳，在號舍中飲酒作詩，不道樂極生悲，發生火災，恰逢風起，火勢一發不可收拾，燒死了九十多人，試卷亦皆焚燬。

被難的舉人，贈給進士；僥倖逃生的卻須重試，而貢院重建需時，原定明年再舉，但舉子功名心切，紛紛上書，願留京歇夏，等候新貢院落成再試。新任禮部尚書姚夔，奏准改在八月間，補行會試，估計那時工部可以將貢院修好了。

可是殿試呢？會試發榜需時一月；殿試雖只數日即可完竣，但金榜題名，接下來便是任官。明朝任官，進士、舉貢、吏員三途並用，新進士除選入翰林院以外，內用則六部主事，及所謂「中行評博」——內閣中書、行人司行人、大理寺評事、國子監博士；外用則知州、推官、知縣，那時已在十月間；北地早寒，十月裡已經見雪，則領憑赴任時，天寒地凍，道路艱難，因此，會試發榜後，殿試改在明年，仍照向例於三月初一，由天子臨軒發策。

裴當到內閣宣旨後，又到工部會同營建司的官員去察看新建的號舍，修得工料堅實，令人滿意，回宮覆命以後，皇帝為了體恤舉子，復又傳旨，加賞每名舉人盤費銀十兩。同時命兵部預備驛馬，會試發榜以後，不論錄取與否，皆准馳驛回籍。

由於皇帝對補行會試，十分重視，而且一再告誡，絕不容再生災禍，所以禮部亦格外謹慎將事。三場試畢，重九那天發榜，會元名叫羅倫；知道其人的，都說：「老天有眼，果然積了陰功有報應。」

原來這羅倫字彝正，江西吉安人，出身貧家，以樵牧為生，而隨身總帶著書，閒暇便讀；終於以苦學而中了舉人。

從中了舉人以後，改以教讀維生，勉強積夠了盤纏，這年正月裡進京會試，主僕二人，由陸路北上，先到山東德州地方投宿逆旅，要水洗臉；端水來的是旅舍主人家的兒媳婦，水盆中遺落了一枚金戒指，羅倫的僕人羅明，悄悄撿了出來，落了腰包。

第二天動身趕路，羅倫對羅明說：「到京還有段路，盤費恐怕也不夠；我有個鄉榜同年，在南皮當縣丞，我們繞道到他那裡去告個幫。」

「何必告幫，盤纏夠了。」說完，羅明從腰包裡掏出那枚金戒指一揚，「撿來的。」

羅倫問知經過，勃然作色，「這怎麼可以？趕緊去還人家。」說完，掉頭就走。

回到德州旅舍，那裡已鬧得天翻地覆了，失落戒指的兒媳婦為婆婆、丈夫揍得要跳井。問起來倒還不是因為破財，而是她的婆婆與丈夫，疑心她不守婦道，將金戒指私下送了情夫了。

等羅倫說明經過，一件要出人命的風波，頓時平息。旅舍主人一定要留他住幾天，羅倫要趕路，堅持不肯，那知「天留客」，一時風雪大作；他們主僕一路不是搭便車，就是步行。這樣的大雪天，就是有錢雇車亦雇不到，只好勉強留了下來。

及至雪霽趕路，到得南皮，已是「龍抬頭」的二月二了；七天工夫，無論如何趕不到京城，就算能趕到，還有至禮部辦理投文報考的手續，二月初九第一場，怎麼樣也趕不上。

誰知就是這樣一耽誤，逃過了一場災難。當時便有人說，是拾金不昧，救了人家一命，冥冥中得獲福報；如今中了會元，報應之說，益覺靈驗。

羅倫雖中了會元，處境卻是進退維谷。還鄉雖准馳驛，但開春上京，仍須一筆盤纏，力所不及；留在京裡讀書過年，倒是上策，可是日常澆裹，從何而出？有人就勸他說，照道理既成進士，便須授官，如今不能授官，無以為生，大可具呈禮部，請求資助。羅倫恥於求人，搖首不答。

正在坐困愁城，去住兩難之際，忽有意外機緣；他所賃考寓的房東，是太醫院的一個小官，一天從院中回家，興匆匆地來看羅倫，「羅先生，你不必發愁了。」他說：「你到我們院使那裡去坐館好了；可不是教書，是請你去做書。」

「做書？」羅倫愕然，不知怎麼回答他了。

「不錯，做醫書。」房東問道：「我們院使盛幼東這個人，你知道不知道？」

「沒有聽說過。」

「盛啟東呢？」

「喔，知道、知道。」羅倫也讀過醫書，所以對近代名醫並不陌生，「他不是金華戴原禮的再傳弟子嗎？」

「也可以這麼說；不過戴先生如果還在世，是不會承認他的。」

原來浙江金華的戴原禮，曾為太祖徵為御醫，名滿天下，永樂初年告老還鄉，有個江蘇吳江的醫士王賓特地到金華來拜訪，討教醫術，但一無表示；戴原禮笑道：「我倒不惜金鍼度與人，不過足下莫非就不能稍微委屈一些？」

王賓答說：「戴先生快八十歲了，我亦望七之年，不能復居弟子之列。」

人各有志，不能勉強，戴原禮從這天起，雖仍以客禮相待，但絕口不談醫道；王賓亦覺得住不下去了，便乘居停有事出門時，偷去了戴原禮視為秘笈的許多醫書。不過有秘笈而不能讀，因為望七之年，精力衰頹，無法再用功了。

王賓無子，只有幾個門生，他最看重的是盛啟東，臨死將那些秘笈傳給盛啟東，盡得原禮之學，可是並未懸壺行醫，因為他家道豐厚，不必靠行醫維生。

其時有個陳太監，奉旨到蘇州一帶去採辦花鳥，經人介紹，賃了盛啟東家的花園住，不多幾時，陳太監得了臌脹病，是盛啟東為他醫好的。等陳太監回京交差，盛啟東亦被徵入京在太醫院供職，為同事所累，罰在天壽山陵寢作苦工。

有一天遇到陳太監，歡然道故；陳太監在御用監張順門下，而張順亦正苦於臌脹，請盛啟東診視，一劑而癒。

於是張順銷假回宮，照舊當差；成祖一見，大為驚異，「說你已經死了。」他問：「怎麼還好好活在這裡？」

等張順說明緣故，成祖立即將盛啟東自天壽山工地宣召到宮，亦不說有何病痛，只命盛啟東診脈；診斷脈有風溼病。果然，成祖這幾日正為風濕所苦；盛啟東處方投藥，成祖痠痛得難以舉起的左臂，很快地活動自如了。盛啟東亦即成為隨侍左右的御醫。

成祖對盛啟東頗為優遇，視如清客，常召至便殿閒話，盛啟東賦性率直，不肯隨口附和，一向嚴厲的成祖，居然亦能容忍；一天大雪無事，成祖跟盛啟東談親征漠北，在白溝河大勝的戰況，詞色之間極為得意，而盛啟東並不恭維，只說：「這大概是天命。」

成祖聽了很不高興，起身到殿外去看紛飛的大雪，口中自語：「好一場瑞雪。」

盛啟東應聲吟了兩句唐詩：「『長安有貧者，宜瑞不宜多。』」成祖色變，左右太監亦無不為盛啟東捏一把汗，然而終告無事。

由於盛啟東性好直言，常為當時還是東宮太子的仁宗找來些麻煩，所以很討厭他；有一次太子妃張氏數月經期不至，召御醫垂詢，大家都說是有喜了，向太子道賀，只有盛啟東不以為然，說是經閉，指出病徵，在屏風後面的太子妃，遣宮女將太子請了進去說：「此人說得不錯；有這樣好的醫生，為何不早叫他來看我？」

於是召盛啟東入內診脈。醫生看病，講究「望、聞、問、切」，但為后妃宮眷治病，隔帳把脈，「望」之一字落空；宮禁嚴肅，亦聽不到病榻左右有人在談論病情，「聞」之一字又落空；「問」則有些話不便出口，即能出口，回答亦非知無不言，言無不盡，所以全靠一個「切」字，但如為年輕后妃，則又必守「男女授受不親」之戒，用一根紅絲線，縛緊手腕，從絲線極輕微的振動中去辨脈，既談不到七種診脈的指法；亦難辨二十七種主病的脈形，這樣就只能約略判斷，謹慎處方，用的藥中正平和，能癒小病，不能治險症。

但盛啟東藝高人膽大，索性連脈都不診，只隔著重帷問了太子妃幾句話，隨即處方，用的藥都是大黃之類的攻下之劑，其中有一味通經藥叫「王不留行」，向來為孕婦所忌服。太子始終認為太子妃是孕非病這個方子當然不用。

但是其他御醫所開的安胎藥，並無助於太子妃胸腹脹滿、腰脾作痛等等病症的減輕，只好再召盛啟東，而處方如舊。太子問道：「這副藥下去，如果把胎兒打了下來，怎麼說？」

「臣領罪。」

太子派人將盛啟東鎖在室屋中，怕他闖了禍會畏罪自殺，還上了手銬。盛啟東家人惶惶不可終日，都說：「只怕要凌遲處死。」

那知十天以後，以東宮護衛前導，鐘鼓司的鼓吹，細吹細打將盛啟東送了回來，而且賞賜甚厚。但盛啟東戒心未消，想法子調到南京去當院使；直至宣宗即位，復又召回，歿於正統六年。南北兩京的太醫院、都供有盛啟東的牌位、歲時祭祀，頗為虔敬。

這盛幼東便是盛啟東的獨子，能繼父業；兩年前由院副升為院使。不過盛幼東醫術雖精，文字不佳；他父親留下來好些脈案論說，想整理成書，卻苦於力不從心。羅倫的房東跟盛幼東是好朋友，一天談起此事，託他來問，肯不肯幫忙，助他完成心願？

羅倫欣然許諾，「我也略知岐黃，正好向幼東先生請教。」他說：「不過，到殿試只有三個多月的工夫，怕半途而廢，有負付託，就不大妥當了。」

「等我先跟他商量看。」

房東出門不久，陪著盛幼東來拜訪羅倫；彼此互道仰慕，寒暄既畢，話入正題，「聽說這一科要選庶吉士，羅先生是會元，一定選上的。」盛幼東說：「既然在翰林院，只要羅先生肯幫忙，就不怕半途而廢，好在這也不是太急的事，那怕一年半載，隨羅先生的便，慢慢兒來；至於束脩，我自然照送。」

「承幼東先生厚愛，如果殿試以後，在京供職，自然始終其事；否則，只好做到那裡算那裡。這一層，我得聲明在先。」

「是，是，謹遵台命。」

於是第二天，盛幼東送了關書來，另外是五十兩銀子，算是第一季的束脩；羅倫跟房東結算了帳目，帶著羅明移寓盛家。

盛幼東很尊敬羅倫，每天從太醫院回來，一定要到書房裡來問候閒談；一天他向羅倫說：「羅先生，從明天起，我要在宮裡值宿，舍間有甚麼事，拜託你照應。」

「當然，當然。」羅倫問說：「在宮裡值宿是——？」

盛幼東向窗外看了一下，低聲說道：「皇上的病勢可憂，隨時要奉召請脈；這話，請羅先生不要說出去。」

「我明白，這會搖動人心，我識得輕重。」羅倫也放低了聲音：「皇上是甚麼病？」

「先是黃疸，連眼睛都黃了；現在又加上了臌脹，更難措手。」

「尊公是治臌聖手；前兩天我看遺稿，說臌脹有水臌、氣臌、血臌、食臌、蟲臌之分；不知道皇上是那種臌？」

「底子是氣臌，由肝氣鬱結而起；加上脾虛不運，腹中有水，就麻煩了。」盛幼東接下來又說：「如果是平常病家，我用疏肝理脾之方，有把握可以治好，只是不能急。無奈是皇上，一定要用通利藥放尿，取快於一時，而脹滿更甚。唉！」他沒有再說甚麼，搖搖頭起身走了。

宮中又充滿了愁雲慘霧，尤其是曾為皇帝臨幸過，而位號甚低的宮眷——包括六局二十四司的女官在內；有些只是一領雨露，皇帝並沒有甚麼深刻的印象，但一旦龍馭上賓，隨侍於地宮中的，往往是她們。

袁彬進京了，本期待著來陪皇帝高高興興過一個新年，但瞻視天顏，面黃似金、腹隆如鼓，心裡難過得像刀割一樣，可是他不敢哭。

「袁彬，」皇帝有氣無力地說：「我的日子不多了。」

「皇上聖壽正長，別說這——。」袁彬終於忍不住哽咽；喉頭吸進一大口氣，堵住了他的話。

「你別哭！我有話交代你。」

「是。」

「將來不管是誰繼位，你都要像對我一樣。」

袁彬口中答應，心裡驚疑不定，退出宮來，立即到內閣去找李賢，「怎說『將來不管是誰繼位』，」他低聲問說：「是不是皇上要廢太子？」

「聽說有人進了東宮的讒言。如今聽你這一說，足證傳聞不虛。」

「李閣老，請你保護東宮。」

「當然，皇上問到我，我自會諫勸。」

「事不宜遲，李閣老，你得趕緊想法子。等皇上下了手詔，就難以挽回了。」

「不要緊！這樣的大事，皇上一定會跟閣臣商量。」李賢又說：「如果臣子先進言，倒像皇上已決定廢立似地，反會引起猜疑。」

袁彬想了一會，拱拱手說：「我明白李閣老弭鉅變於無形的苦心。這才是謀國之忠，拜服之至。」

天順七年正月初一，原應舉行的「正旦大朝儀」，特詔免行，卻未說明緣故，但京城中家家都知道，皇帝朝不保夕，不知崩在何時？

太祖之崩，只知道建文帝曾有行三年之喪的詔令，但即位未幾，便有燕王起兵這件大事，朝廷忙於征討，如何行三年之喪的制度，並未建立。

如今的大喪儀制，定於成祖崩於榆木川之後，凡婚嫁，官停百日；軍民停一月。怕挑定的好日子，正在大喪期內，不得不延；但自大喪之日起，禁屠宰四十九日，停音樂百日，所以百姓即令一月之後，可以婚嫁，但喜宴只能備素筵，亦不能舉樂，辦喜事冷冷清清，豈不掃興？所以都將喜期提前，大年初一的街上，亦不時可以看到咪哩嗚啦吹打著抬過花轎的景象。

但大朝儀雖然取消，一班大臣，依舊日日進宮問安。年初二那天，李賢一到左順門，便有等在那裡的小太監上前說道：「裴公公交代，李閣老一到，請到文華殿等候召見。」

等得文華殿，裴當告訴他說：「皇上不能起床了。」

「御醫怎麼說？」

「過不了正月。」

「神智可清明？」

「清明。」

「神明未衰，猶有可為。」

李賢又問：「皇上今天召見，會有甚麼交代？」

「還不是——」裴當蹙眉說道：「為東宮心煩。」

正在談著，小太監來傳旨召見；李賢進入文華殿東暖閣，只見黃幔低垂；他在幔外磕頭報名：「恭請聖安。」

「把帳子揭起來！」

皇帝在黃幔內吩咐，聲音倒還有力；李賢心為之一寬，但一揭起黃幔，看到仰面平臥，錦衾中間鼓得老高的情狀，不由得暗暗心驚。

「除裴當以外，都出去。」等太監都退了出去，皇帝方又說道：「李賢，東宮不像有為之君，你看如何？」

「這是國家根本所託的大事。」李賢跪下來說：「請皇上三思。」

「你是說一定得要傳位給太子？」

「宗社之幸、國家之福。」李賢又磕了一個頭。

皇帝沉吟了一回才開口：「裴當！」

「老奴在。」

「召太子。」

太子就在別室等候，進得殿來，伏地垂淚；皇帝喚裴當將他扶了起來，伏在橫置於御榻中間的條几上喘了好一會的氣。

「萬歲爺這麼坐，會把肚子壓到，很不舒服。」裴當半跪著說：「老奴扶萬歲爺下床來坐？」

「也好。」

於是，裴當召喚小太監，將皇帝扶下床來，另設一張靠背軟榻，讓他上身後靠，腫得如象腿似地一隻腳，擱在繡墩上。這樣安置好了，裴當又進一盞蔘湯，然後努一努嘴，小太監都跟著他出殿迴避。

「你們都過來！」

「是。」太子與李賢同聲答應；李賢站起身來，跪在皇帝側面；太子膝行而前，正對御榻。

「從來皇位傳授，不外立長立賢。」皇帝喝了一口葠湯，拿絲巾抹一抹嘴又說：「太祖高皇帝決心立長，是錯了沒有錯，我們做子孫的不能說；自有後世史家來評論。不過，你太爺爺的事，不知道你知道不知道？」皇帝停了下來，等待太子回答。

「兒子略有所聞。」

皇帝口中的「太爺爺」，是指太子曾祖父仁宗；軀體肥碩，行動不便，當然亦不能騎射。居東宮時，他的兩個同母胞弟，漢王高煦、趙王高燧，總是有意無意，在成祖面前笑他哥哥；成祖非常懊惱，甚至下令節減東宮膳食，想迫使他減肥。但誠如有人所說：天生胖的人，那怕喝水都會長胖。這種不合常理的話，居然在仁宗身上證實了。因此，成祖幾次考慮，改立東宮；但因太子妃賢慧，善於調護，而還有一個極重要的原因是，成祖曾密詢袁珙之子、相術不遜於父的袁忠徹及盛啟東，東宮籌算如何？皆言不永。成祖因而想到，永樂九年所立的皇太孫——亦即後來的宣宗，氣度端凝，文武兼資，將來必是英明的太平天子；為子存父，不宜廢立。

「從太祖、成祖兩朝以來，我大明朝立長就成了家法了。你的資質不如你幾個弟弟，我守家法，仍舊讓你繼位。」

感激涕零的太子，抱著皇帝的一雙腳，泣不可仰；皇帝亦頗為感傷，李賢便問太子說：「請殿下收淚，聖躬宜乎靜攝。」

這一來，太子不敢再哭，淚眼婆娑地望著皇帝：「前朝帝皇為子孫著想，總是留賢相為之輔弼，我把李賢留給你！」皇帝緊接著說：「你要用尊稱，待之以師禮。」

「是。」太子站起身來，向李賢作個揖，口中叫一聲：「李先生。」

「不敢當，不敢當。」李賢磕頭還禮。

「你先退下去！」皇帝對太子說：「我們君臣還有話說。」

「是！」太子先向皇帝叩辭，起身又向李賢拱一拱手，方始倒行數步，轉身出殿。

「李賢，我有幾件事交代你。」

「是！」李賢面對皇帝，跪受遺命。

「第一，后妃的名分，絕不可變易。」皇帝問道：「你明白我的意思嗎？」

李賢知道，這是為了保護無子的錢皇后，便即莊容答道：「聖意謹已默喻。」

「第二，太子即位百日後，行大婚禮；待選的三女子，各有長處，我無成見，將來由他們母子自己去商量。」

所謂「他們母子」，當然是指周貴妃跟太子；此事非由宰輔所能置喙，李賢只答一聲：「是。」

「第三，殉葬這件事，太無謂了！從我開始，永遠廢止。」

聽得這一句，李賢對皇帝從心底泛起敬意，站起身來，捧著牙笏，塵揚舞蹈地，重新下拜，說道：「皇上聖德如天，臣不勝欽服歡忭之至。」

「上天有好生之德」，皇帝一轉念間，許多無辜的宮眷，得慶重生，所以李賢頌以「聖德如天」。皇帝自己也覺得這件事做得很痛快，胸懷一暢；加以蔘湯的力量，精神復振；拿起御榻旁邊的金鐘搖了幾下，裴當隨即又出現了。

「你端張小凳子來給李閣老坐。」

李賢謝過了恩，站起身來；一見裴當，有了計較，「裴太監，」他說：「皇上交代，萬年以後，不用妃嬪宮女、內侍殉葬；這件好事現在還不能發明詔，你不妨先宣示聖德，讓大家領受皇上天高地厚之恩。」

裴當目瞪口呆，楞了一會，突然笑逐顏開，跪下來說了兩個字：「請旨。」

「不錯！」皇帝答說：「你去傳旨好了。」

「是。」裴當響亮地答應一聲；興匆匆地出殿去傳播喜訊。

李賢原來是怕皇帝會改變心意，故意出此一著，將生米變成熟飯，便難更改。但後世呢？如果出一個昏君，難免倒行逆施，不顧祖宗成憲，還得再下一番工夫，將它做成一個鐵案。

於是他說：「臣尚有所言。」

「好，好！你說。今天我精神好得多了。我們好好兒談談。」

「臣以為聖子神孫，謹守家法，自可無虞；但後世如有不肖之臣，蠱惑君上，更改成憲，有負皇上如天之德，不可不慮。」

這是很婉轉的說法，其實李賢所憂慮的是，後世天子自己不遵成憲，而且那還不是日久年深，數典忘祖；宦官干政，就是最顯著的例子——太祖在日，曾為此發過一篇正論，他說他讀「周禮」，周朝的內侍，不及百人；到了漢朝，用至數千，因而生出變亂。此輩只可司灑掃、供奔走，不可別有委任。又說：「太監良善的，千百中無一、二；奸惡的不計其數。用他們為耳目，必受蒙蔽；用他們為心腹，即成心腹之患。駕馭之道，在使他們畏法而不可使之有功。畏法則言行自必檢束；有功則必逐漸驕恣難制。」因而訂下一個制度，太監不許識字；洪武十七年且在宮門口立一塊鐵牌，上鑄十一字：「內臣不得干預政事，犯者斬。」嚴敕外朝各部院，不得跟十二監、四司、八局這二十四個宦官衙門，有文書往來。

至成祖即位，亦曾公開宣示：「我恪遵太祖遺訓，如果沒有鈐用御寶文書，一軍一民，內官不得調發。」可是永樂元年即有太監李興，出使暹羅；接著是派鄭和率舟師下南洋；永樂八年，派太監監軍、巡視邊防。仁宗洪熙設置各行省鎮守太監。充耳目、寄心腹，太祖遺訓，早丟在腦後了；及至宣德四年設「內書堂」，命大學士陳山教小太監讀書，更是公然違背成憲。

皇帝亦明白李賢的言外之意，認為顧慮得有理；點點頭說：「你看呢？該怎麼預為防範？」

「臣請皇上頒一道親筆硃諭，供奉內閣，永著為令。」

「這道硃諭怎麼寫法，」皇帝說道：「你替我擬個稿子！」

「是。」李賢起身說道：「容臣至裴太監直房擬就再呈。」

裴當正要到後宮去傳旨，李賢將他攔住，說明緣故，借他的直房，擬好手諭稿，一起入殿。

於是裴當指揮小太監，在御榻前擺設書案，皇帝照李賢的稿子，用硃筆寫了下來：「殉葬之制，自朕而止，永以為令。後世有議恢復者，閣臣應及時諫阻，不則即為失職，准言官嚴劾治罪。」原稿到此為止，下面應該是「天順七年正月初二日御筆特諭，交內閣敬謹收藏，永永遵行。」但皇帝沉吟了一下，自己在「治罪」之下，加上一句：「倘有中旨，恢復殉葬之制，不奉召，不為罪。」

發下來一看，李賢便又磕頭說道：「聖慮深遠，非臣所及。」

「起來，起來，坐著談。」皇帝又問：「你還有甚麼話？」

「商輅為皇上手拔的三元及第，人才閒置可惜。」李賢從容進言：「岳正前蒙皇上憐他母老，准從肅州釋歸田里，年力正強，似可復召，量材器使。」

「嗯，嗯！」皇帝沉吟了一下說：「我的日子不多了，不必多此一舉；留待東宮繼位以後，你不妨建言。」

「是。」

「徐有貞近況如何？」

「臣無所知。」

「我倒知道。他在蘇州，還是常常爬到屋頂上夜觀星象，說將星在吳，應在他身上；隨身帶一根鐵鞭，興致來了，不管甚麼地方，甚麼時候，拿出鐵鞭來舞一陣，看樣子還想出山。」

「徐有貞是懂韜略的。」

「可是不能用他；他是想四方盜賊作亂，才有立功的機會。這種唯恐天下不亂的用心，可誅！」

李賢頗為詫異，皇帝何以有此成見？他認為徐有貞是個人材，備位宰輔，薦賢有責，不過皇帝已經表明，進用人材，留待嗣君，此時就不必多說了。

「徐有貞的言行不符。他的門客馬士權受他的累，下獄後，馬士權始終沒有一句不利於徐有貞的話。出獄以後，他拍拍馬士權的背說：『你是義士，他日我有一女相託。』到得從金齒衛回蘇州，馬士權去看他，絕口不提婚事。」皇帝略停一下問道：「你知道不知道，我為甚麼告訴你這件事？」

「臣愚。請皇上開示。」

「『糟糠之妻不下堂，貧賤之交不可忘。』徐有貞跟馬士權是患難之交，親口許了婚，淡然而忘。對朋友無信義，何能期望他忠君愛國。將來嗣君如果要召用徐有貞，你記在我今天的話。」

「皇上觀人於微，臣當謹記。」李賢看皇帝已有倦意，便即起身說道：「請聖躬千萬珍攝。」說罷，磕頭退出。

從年初三起，皇帝的病情，日惡一日；裴當到內閣宣旨；命太子攝事於文華殿，應有何儀節，著內閣具奏。

「不須別定儀節，照東宮監國的成例，略加變通辦理好了。」

東宮監國，一切內外軍機、國家大政，悉由東宮裁決，同時奏聞行在。皇帝如今在文華殿暖閣養病，太子又在文華殿攝事，近在咫尺，有難以裁決的大事，不妨就近在病榻前請旨。這就是變通之處。

御榻前面，雁行般跪著四個皇子，領頭的自然是太子，接下來是僅小太子一歲的皇二子德王見潾；生在南宮，十三歲的皇五子秀王見澍；太子的同母弟，十二歲的皇六子崇王見澤，其餘三皇子，年紀太小，未曾宣召。

宣召這四個皇子，是來聆聽遺囑，主要的當然是對太子，「見深，」皇帝的聲音微弱，「我可要把天下交給你了。」

一語未終，太子失聲長號，俯伏在地，痛哭不止。這一半是父子天性；一半也是阿菊所教導：「你要儘量想傷心的事，到時候就會有眼淚出來；越想越傷心，眼淚就會越流越多。」太子此時想皇帝在沙漠所受的苦楚；南宮所受的委屈，也想他自己幼年所經歷的種種遭遇，真個淚如泉湧了。

「別哭！這不是傷心的時候。」

由於語聲太低，又因太子一哭，他的弟弟們受了感染，亦無不大哭；而在別室侍疾的皇后與周貴妃，亦復嗚咽不止，因此，皇帝的話，太子全然不能理會。

「太子，太子！」裴當半跪著為太子拭淚：「萬歲爺有要緊話要交代。」

等太子漸漸收了淚，皇帝便又說道：「大明江山是列祖列宗傳下來的。創業維艱，到你手裡，大概可以守成了；可是守成亦不容易，你不可掉以輕心。」

「是。」太子很吃力地答了一個字。

「國家大事，有宰相，我把李賢留給你了；彭時亦是好的。」皇帝喘息了一會又說：「陳文早年在我身邊，去年入閣以後，聽說跟李賢不甚和睦，你要留意。」

「是。」太子期期艾艾地說道：「兒子要替他們調和；如果調和不成，兒子自然聽李先生的話。」

「不錯。」皇帝點點頭，「你很明白。照這樣子，我走了也可以放心了。」

一聽這種訣別的話，太子復又泫然欲涕；裴當輕輕喝一聲：「太子！」警告他勿哭。

「過來！」皇帝眼望著太子說。

語聲過低，太子沒有聽清楚；裴當便加了一句：「太子請到萬歲爺身邊來。」

等太子膝行而前，皇帝舉起一直按在腹部的右手，想握拳握不攏，因為手指浮腫得連關節都不分明了；最後他將手擱在太子肩上，用極低的聲音說：「我最後交代你兩句話，一定要記住。」

「是。」

「第一，權柄不能下移，一定要在自己手裡抓緊。」

「是。」

「第二，觀人於微，尤其是在你左右的人。」皇帝接著又說：「看人不可只看表面。」

「是。」太子將皇帝的話，在心裡默唸了兩遍。

「權柄一定要抓緊！萬歲爺的話，可真是金玉良言。」阿菊說道：「不過，你還得要讓人家知道，權柄是在你手裡，人家才不會生妄想。」

「那，那該怎麼樣才能讓人知道呢？」

「法子多得很，最要緊的是說一不二，就算錯了，也要錯到底；如果你錯了，別人一說，你馬上改過來，那樣子就不是你自己作主。久而久之，人家認為你錯了，連說都懶得跟你說，照他自己認為對的去做，豈不是無形之中權柄就下移了？」

「嗯，嗯！」太子將她的話想了一會，頗有體會，決定要試一試，「你叫王綸來！」

「王綸看他的錢老師去了。」

王綸的「錢老師」，指侍讀學士錢溥；他亦是許多掌權的太監的老師；因為他早年在內書堂掌教，循循善誘，深得那些小太監的敬愛。當年的小太監，如今大多出頭了，經常來看老師；有疑難大事，亦每每來向老師請教。王綸這天來看他，就不是尋常的問候。

「皇上快要壽終了；從明天起由太子攝事。」

「我知道，內閣已經發了上諭。」錢溥又說：「恭喜你啊！太子一接了位，司禮監當然是你。」

「那也是靠老師當年的教導。」王綸問道：「皇上駕崩了，照喪禮：『宮中，自皇太子以下及諸王、公主，成服日為始，斬衰三年，二十七月除。』三年之喪，自然不能婚娶；太子納妃怎麼辦？」

錢溥想了一下答說：「皇上一定會想到，遺詔必有交代，當奉遺詔行事。」

「是。」王綸問道：「能不能請老師擬個遺詔的稿子？」

錢溥一楞，「這是內閣首輔的職司。」他說：「他人何得擅草？」

「我是請老師替我擬個稿子，或許用得著。」王綸又說：「司禮監本來亦可擬詔旨的。」

「李閣老肯嗎？」

「他不肯也得肯。如果我預先備得有稿，搶在他前面進呈，太子會用我們的稿子。」

這是王綸準備奪李賢的權。錢溥估量著，此事成敗各一半；既為老師，沒有不助門生之理，但亦必須估計自己的得失，倘或事敗，追究原稿執筆之人，禍將及己。

「擅草遺詔，是個不輕的罪名。」

「老師請放心。」王綸答說：「我如今在東宮管事，凡事都要替太子先預備妥當，預擬遺詔，也是我分內之事，至多不用這個稿子，那裡談得到擅草遺詔的罪名。」

錢溥想想不錯，點頭許諾：「好，我幫你的忙。」

「老師幫我的忙，我也要報答老師。」王綸忽然很興奮了，「老師，如果太子用了我們的稿子，李閣老面子上掛不住，一定會告老，那時候我薦老師『入閣辦事』。」

原來閣臣雖為相位，但必須加「掌文淵閣事」，才是當權用事的宰輔；通稱「入閣辦事」。

錢溥是侍讀學士，已夠入閣的資格；如再能「掌文淵閣事」，便是所謂「位極人臣」了。轉念到此，錢溥不能不動心。

「好！我馬上動筆。」

「也不必急在一時，老師晚上閒下來再命筆，我明天上午派人來取。」王綸又問：「老師，你看馬尚書如何？」

他是指兵部尚書馬昂，「我對其人不深知。」錢溥答說：「一般的輿論，認為他很稱職；才具似乎人所難及。」

「誰說？韓侍郎的才具，就比他高明。」

「韓永照是好的。」錢溥深深點頭，「不過資望還淺。」

「也不淺了，他是少年得意，看上去年紀好像輕，其實是正統七年的進士，比『商三元』還早一科。」

王綸緊接著說：「老師等你『入閣辦事』以後，請你薦韓侍郎代馬尚書。吏、兵兩部，一定要握在手裡。吏部王尚書一時動不得，好在他已經八十歲了，幾次告老，皇帝都留他；將來太子接位，就算留他，也不過一兩年的事，如今我們先拉韓侍郎。」

「好。我知道了。」

「老師，我要走了。」王綸起身說道：「今天我們談的事，只有我們兩人知道。」

隔牆有耳，已有第三個人知道了。此人便是與李賢不睦的陳文，他跟錢溥比鄰而居，兩家有一扇便門可通，經常往來，熟到深夜相訪亦不必家人通報的地步。錢溥在徒弟拜訪，留客小酌時，一定會邀陳文作陪；這天聽說王綸來了，心知必有大事相商，悄悄走了來聽壁腳，盡得秘聞。此時看王綸要走了，趕緊退後數步，然後大聲咳了一下。

「原來是陳閣老。」王綸作了一個揖：「好久不見了。」

「是啊！」陳文一面還禮，一面答說：「我記得上次見面，是去年八月裡，你老師生日的那一天。」

「是的。」王綸讓開一步，「陳閣老請寬坐，我失陪了。」

等王綸一走，陳文跟著錢溥進了書房，閒閒說道：「太子明天攝事了！喜事。原來有傳說，皇上要廢東宮；如今看來，無非流言。」

李賢為人縝密，入宮獨對，回到內閣以後，有些事轉告同僚；有些事只藏在心中。力救東宮一事，絕不能洩漏，所以陳文以為只是流言。

但錢溥知道不是。因為他已從王綸口中得知其事。不過，陳文的話，倒是提醒了錢溥，心想李賢有德於太子，王綸要薦他「入閣辦事」代替李賢，絕不可能，自己息了這個妄想吧。

「王綸來談了些甚麼？」

錢溥為人坦率，心想彼此知交，似乎不必瞞他；但薦他代李賢，以兵部侍郎韓雍——韓永照代馬昂為尚書，這些事出入太大，絕不能說，為王綸代草遺詔稿，不妨告知。料想他跟李賢不和，絕不會洩漏的。

「太子接了位，王綸大概會接司禮監，他想預備一個遺詔的稿子在那裡，以備緩急。」

「何以謂之以備緩急？」

「擬遺詔本來是首輔之責，但如稿子不合用，司禮監另進一稿，亦無不可。」

「嗯！嗯！」陳文因為錢溥的話有所保留，微感不滿；他的氣量狹隘，即時便要發作：「這種例子，似乎不多，亦可說是匪夷所思。」

「大喪幾十年才遇到一次，那裡會有好多例子？何況例亦總有首創。」

一聽錢溥相駁，陳文倒又讓步了，「是，是。例有首創。」他問：「王綸是來求你代草遺詔？」

「備而不用。」

「是。寧可備而不用，不可用而不備。遺詔中說些甚麼？」

「無非照例的恩款。」錢溥答說：「頂要緊的一件事是，遺詔中要交代，太子服喪百日後，應立中宮。」

「此外呢？」陳文試探地說：「你難得有此機會，很可能做幾件好事。」

這話倒是讓錢溥聽進去了，本來一朝秕政，原可在遺詔中革除，表示先帝施恩；他想了一下說：「有件事，我想在遺詔中一定要交代，錦衣衛在南城起造新獄；一旦落成，白靴校尉少不得又要多抓些無辜來試試新。此非停工不可。」

「是啊！你列上這一款，就積了大陰功了。」

接著，又談論了一些應興應革事項，錢溥置酒小飲，夜深各散。

到得第二天上朝，陳文在左順門遇見門達，心裡想起一件事，當即將門達拉到一邊，有私話說。

「門錦衣，」他說：「王綸要當司禮監了。」

「是。這是勢所必然的。」

「如果他接了司禮監，可能對錦衣衛的公事，有一項大大的不便。」

「喔！」門達很注意地問：「倒要跟陳閣老請教。」

「遺詔中會特飭停造錦衣衛新獄，您應該及早疏通。」

「是，是！多承指點；我馬上去找王太監。」

陳文心想，錢溥所擬的遺詔稿，可能還沒有到王綸手中，門達貿然一談，王綸不明所以，會仔細追問，自己洩漏祕密的真相，就會拆穿，所以急急搖手說道：「不、不，此刻不行。最好過一兩天跟他去談；而且最要緊的是，你不能提到我的名字。」

「那當然，承你關照，我不能不懂事。」

「還有件事。」陳文放低了聲音說：「工部營造壽陵舞弊一案，其中有個姓劉的主事，請你高抬貴手。」

「陳閣老交代，自當從命。不過這一案的主事，有兩個姓劉的，不知你指的是那一個？」

「劉世先。」

「劉世先的情節比較重。」門達沉吟了一會，慨然許諾：「我盡快讓他出來就是。」

王綸喜好美食華服，門達投其所好，送了他一件「草上霜」的彩繡蟒袍。

這本是文官在慶典期間所著的吉服，俗稱「花衣」，宦官中只有司禮監得蒙特賜。門達致贈這件名貴的華服，含有預賀他擢升司禮監的意味在內。

王綸非常高興，特意親自來致謝，門達正好留住他，備了一個紫蟹銀魚火鍋，請他喝酒。王綸意氣風發，自覺大權已經在握，雖還不敢期望有如當年的王振，但金英、興安那樣的地位，一定是達得到的；門達當然亦是他要籠絡而可共機密的對象，所以毫無保留地將託錢溥草遺詔，以及將來打算薦錢溥代李賢的事告訴了他。

李賢去位是門達樂見之事，但他認為在當今皇帝手中不能逐去李賢，到太子接任，更不可能，因為侍東宮講讀的少詹事孔公恂，與李賢的淵源很深，而太子是極尊敬師傅的；僅僅孔公恂為李賢講一句話，太子就怎麼樣也不會讓他出內閣。

原來孔公恂字宗文，是孔子第五十八世孫，景泰五年會試中式以後，得到家信，老母有病，因而不應殿試，匆匆摒擋行李，打算回曲阜省親。

殿試之日，景泰帝親自點名，點到孔公恂不見其人，問知緣故，特遣太監急召，時已中午，不及另備試卷，命翰林院給以筆札，及第以後，老母病故，丁憂回籍。

其時正逢衍聖公孔彥縉之喪，只有一個未成年的孫子孔弘緒，景泰帝命禮部為孔彥縉治喪，又命孔公恂代理衍聖公府的家務。天順初年，孔弘緒襲封，且做了李賢的女婿。孔公恂回京任職，授為禮科給事中。由於孔弘緒的關係，孔公恂得以上交李賢。有一回，皇帝跟李賢商量，為太子擇師，李賢舉薦了兩個人，一個是孔公恂；另一個名字也有個恂字，叫司馬恂。

「孔公恂為大聖人之後，贊善司馬恂，是宋朝大賢溫國公司馬光之後，宜乎輔導太子。」皇帝大喜，即日超擢為詹事府少詹事；回到後宮，皇帝對周貴妃說：「我今天找到聖賢的子孫，來做你兒子的師傅。」

孔公恂輔導東宮，頗為盡心，太子對他亦很尊敬，說話是有力量的。這一層，王綸當然深知，而且他還有門達所不知道的事，即是李賢實際上已等於顧命之臣，太子即位，李賢的地位穩如磐石；唯一能使他去位的辦法是，讓他自己覺得幹不下去了！

「如果遺詔不是出於首輔的手筆，大失面子，我想他或許會覺得沒有臉再待在內閣。」王綸又說：「即或不然，我先拿錢學士弄了進去，慢慢再設法取而代之。」

門達沉吟了一會，點點頭說：「不錯！不讓他擬遺詔是個關鍵；那時候我叫人放話出去，就說他已經失寵了，連遺詔都不叫他擬。」

「對！就這麼辦。」

「還有件事，要仰仗王公公的大力，錦衣衛新獄不能半途而廢。」門達問道：「不知道遺詔中可有這一款？」

「有！」王綸答說：「那是錢學士自己加上去的，我請他刪掉就是。」

王綸當天就將遺詔草稿送還錢溥，另外附了一封信，請他刪除停造錦衣衛新獄這一款。錢溥不以為然，便懶得動筆，暫且擱在那裡再說；到得第二天上午起身，聽得滿城撞鐘，賡續不斷，知道龍馭上賓了——大喪儀禮中規定，自皇帝駕崩之日起，京城寺觀撞鐘三萬杵。

這天是正月十七，欽天監具奏，大殮以當日亥時最恰當，毫無衝犯；即位吉期則以正月廿二為最佳。裴當認為大殮時刻過於匆促，不如改在十九；但王綸極力主張，以從欽天監所奏為宜。「一朝天子一朝臣」，如今是王綸得勢，犯不著跟他爭，裴當不再多說甚麼了。

大行皇帝得病已久，一切後事，都早有準備；遺體自文華殿用「吉祥板」抬至乾清宮正殿，晚飯以前，便已小殮；皇后妃嬪、王子公主、宦官、女官、宮女，均已成服，男的麻衣麻冠；女的除去首飾、麻布大袖長衫，麻布蓋頭，輪番入殿，瞻仰遺體；搶天呼地，號哭不絕。

殿內由已於天順五年下嫁周景的大行皇帝長女重慶公主親自照料；這天是滴水成冰的天氣，殿內生起燒「紅羅炭」的四個大火盆，火苗竄得老高，重慶公主很不放心，所以一直留在殿內，不時巡視察看。

到得「刻漏房」的掌房太監，進殿來換上「戌時牌」後，只見王綸意氣軒昂地進入乾清宮正殿，趨前向重慶公主施禮說道：「大公主，你不息會兒？」

「馬上就到亥時了，還息甚麼？」

「大殮是亥正二刻，還早。」

「凡事豫則立。」重慶公主說：「你早點去請太子來，看看還有甚麼不妥當的地方，趁早可以改過來。」

「都檢點過了，妥當得很。」

「甚麼叫『親視含殮』？」重慶公主大聲叱斥：「你懂甚麼？去！」

一看重慶公主發怒，王綸不敢再多說，喏、喏連聲地退了出去。不久，將太子請了來，他當然也是先到重慶公主面前招呼。

「你留意到了沒有？」重慶公主悄悄說道：「王綸穿的甚麼？」

原來王綸在麻布袍裡面，穿了一件藍紬的紫貂皮袍；別人都是黑布面子的老羊皮袍，只有他與眾不同，但非細看，不能發覺。

「可、可、可惡！」太子頓時不悅。

「你可別把王綸寵成個王振第二。」

「不會。」

大殮的第二天，文武百官「哭臨」，在午門外五拜三叩，住在衙門裡，不得飲酒食肉；如是朝夕哭臨三天，至第四天起，改為一早哭臨一次，一共十天。麻衣二十七天；素服二十七個月，方始除服。

百官各歸本衙門，只有閣臣宿在東朝房。李賢坐定下來，叫人將火盆移到座位旁邊，等熱氣將硯台所結的冰烘得融化了，方始取一張白紙，拈毫在手，沉吟構思。

就在此時，只見原在聖熙太后宮中管事，如今在周貴妃面前很紅的太監牛玉走了來，先向上拱一拱手，作為他向閣臣致禮；然後站到上首，大聲說一句：「宣令旨！」

於是李賢、彭時、陳文三閣臣，一齊走到下方，垂手肅立，靜聆東宮的「令旨」。

「東宮局丞王綸，服飾逾制，應如何處分之處，交內閣辦理。」

是這樣的一道令旨！三閣臣相顧愕然：「牛太監，」李賢問道：「是如何『服飾逾制』？」

「昨晚上乾清宮辦大事，王綸外穿麻布袍，裡面穿的甚麼？三位老先生倒猜上一猜？」

「沒法兒猜，請明示吧。」

「穿的是簇簇新的一件寶藍紬面子的紫貂皮袍。」

「那太過分了。」

「皇太子非常生氣，拿哭喪棒揍了他一頓，交代我請三位老先生商量，該怎麼辦他？」

「這可是難事。」李賢答說：「如果令旨責備他大不敬，我們就按大不敬的罪名來辦；只說服飾逾制，可重可輕，如何斟酌允當，得找刑部來商量。牛太監先請回，等商量好了，立即上覆太子。」

等牛玉一走，李賢將這件事交給彭時處理；自己又坐下來拈毫構思，陳文走來問道：「李公想寫甚麼？」

「擬遺詔。」

「不必！」陳文將李賢手中的筆拿了下來，「已經有人擬好了。」

原來陳文看王綸未曾得勢，已先失勢，態度大變；將王綸夜訪錢溥，打算薦錢溥以代李賢；薦韓雍以代馬昂的密謀，和盤托出。他倒不是想見好於李賢；只為素來與韓雍作對，這一來，可能會使對頭遭殃。

果然，李賢大怒；立即進宮，請見太子，揭發王綸與錢溥的計畫；而恰好王綸將錢溥改過的遺詔稿子送了上來，「真贓實犯」，毫無辯解的餘地。

這一下，兩罪併發，王綸栽了一個大跟頭，但因太子尚未即位，不便遽興刑獄；太子接納李賢的建議，暫交錦衣衛監禁，及至李賢既退，牛玉進言，說門達與王綸狼狽為奸，不如交「東廠」審辦，太子同意了。

東廠是宦官十二監、四司、八局以外，另一個有權勢的衙門。最初是成祖為了偵察外事，而又怕錦衣衛中多的是外戚勛臣，不易保密，所以特別派幾名心腹太監掌理其事，平時聚集之處，在皇城之東的一座空屋，即名之為「東廠」；後來漸漸變成宦官中的一個正式衙門，設「提廠東廠掌印太監」一員，下有掌班、領班、司房各官；專掌刺探、緝捕、刑獄的官員，名為貼刑，由錦衣衛中調千戶或百戶充任。東廠現任的掌印太監廖本，是牛玉的表兄；王綸一交到東廠，廖本親自審問，他平時與門達爭權，本有嫌隙，所以雖說是審王綸，其實等於在審問門達。

先頒遺詔，後頒即位恩詔，定明年為成化元年，大赦天下，免成化元年田租三分之一。浙江、江西、福建、陝西、山東臨清各地，在景泰、天順兩朝所派的鎮守太監悉數召回；錦衣衛新獄停工。宮內放出二十五歲以上的宮女兩千多人，這是因為新君即位以後，接連一個月沒有出過太陽，李賢認為陰氣太重，是由於過去十幾年所選宮女太多，所以有此一舉。

接下來便要辦王綸這一案了，王綸被發到鳳陽去看守祖陵；錢溥貶官，由侍讀學士變為廣東順德知縣，韓雍亦降調為浙江左參政；門達發到貴州都勻「帶俸閒住」，他知道冤家甚多，早走為妙；但還是逃不過，半途中，由於言官交章彈劾而被追了回來，在錦衣衛「昔為堂上官，今作階下囚」；而「昔作階下囚，今為堂上官」的是袁彬。

但袁彬並沒有藉機報復，雖然公事公辦，門達抄家論斬，他的兒子鴻臚寺序班門升、姪子錦衣衛千戶門清、女婿錦衣衛楊觀，亦都治了罪，但繫獄的門達絲毫不曾受苦；最後門達被赦，改為充軍廣西南丹衛，袁彬還設宴為他餞行，饋贈旅費。

門達如此下場，並不能大快人心；但有件事卻使得京師朝野，無不稱頌，那就是將于謙的兒子于冕赦回京師；于謙官復原職，抄沒入官的財產發還——財產並沒有多少，最珍貴的也不過一條玉帶；而在于冕眼中，珍貴的是一幅文天祥的畫像，是于謙生前常懸在臥室中，上有他親筆所題的像贊：「嗚呼文山，遭宋之際，殉國忘身，舍生取義，氣吞寰宇，誠感天地。陵谷變遷，世殊事異，坐臥小閣，困於羈縶，正色直辭，久而愈厲，難欺者心，可畏者天，寧正而死，弗苟而全，南向再拜，含笑九泉，孤忠大節，萬古攸傳，我瞻遺像，清風凜然。」

這幅文天祥的遺像，隨著于謙的靈柩，一起到了杭州，靈柩下葬在西湖三台山；文天祥的遺像懸在于謙的故居，清河坊南新街；從于謙死後，杭州人將他的舊宅改為一座享堂，供奉靈位，逢年過節，以及他的生日四月二十七日、蒙難的正月二十二日，皆有祭祀。不久，京中傳來消息，皇帝特遣行人司行人馬璇來致祭，祭文是：「卿以俊偉之器，經濟之才，歷事先朝，茂著勞績，當國家之多難，保社稷以無虞。惟公道而自持，為權姦之所害，在先帝已知其枉；而朕心實憐其忠，故復卿子官，遣行人諭祭。嗚呼！哀其死而表其生，一順乎天理；扼於前而伸於後，尤愜乎人心，用昭百世之名，式慰九泉之意，靈爽如在，尚其鑒之！」

由於有「朕心實憐其忠」一語，便可正式將于謙的故居，改為祠堂；並奏准題名為「憐忠祠」；南新街亦就此改名為「祠堂巷」——于謙在南昌入祀「名宦祠」；在開封入祀「庇民祠」；山西、河南則民間往往畫于謙的像，高供堂上，出入每每祝拜；如今在他的故里，畢竟也有一座專祠了。

西苑遺恨

1

十六歲的皇帝即位以後，宮闈風波不斷。首先是兩宮太后之爭，當內閣奉旨召集廷議，議上兩宮徽號時，新任御用監掌印太監，正在極力巴結周貴妃的夏時，突然出現在內閣大堂，大聲說道：「奉諭：皇上為貴妃所出，應獨尊貴妃為皇太后。」

此言一出，滿座皆驚；李賢問道：「是奉上諭，還是貴妃之諭。」

夏時一楞，遲疑了一會答說：「是貴妃之諭，亦是皇上之諭。」

顯而易見的，這是「假傳聖旨」；李賢搖搖頭說：「雖上諭不能遵。」

「李閣老，」夏時厲聲問說：「你打算抗旨？」

「夏太監，」彭時插進來問道：「今上之諭與先帝之諭，何者為重？」

「那還用說？」

「你是說，應以先帝之諭為重！那麼請你覆奏：先帝遺命：『錢皇后千秋萬歲後，與朕同葬。』內閣敬謹書之於冊；如果皇后不能遵為太后，千秋萬歲後，何得與先帝合葬？」

這一問，將夏時問倒了，「那麼，」他問：「你們說該怎麼辦呢？」

「兩宮並尊。」

周貴妃亦知這是爭不過的事，只好同意；內閣又議，兩宮太后，應有所區分，才便於稱謂，於是議上稱錢皇后為慈懿皇太后；單稱皇太后，即指母以子貴的周貴妃。

這是三月初一的事，隔了一個月，風波又起了，先帝定於五月初八下葬，陵寢定名為「裕陵」。四月初，李賢、彭時面奏，裕陵應修造三壙，居中葬先帝；東西兩生壙留待兩宮太后之用。皇帝復下廷議；而夏時後又傳諭不得營三壙，但亦沒有說，只能修造兩壙。

「兩宮太后千秋萬歲以後的大事，還早得很。」李賢說道：「不如暫從緩議。」

下葬以後，籌備大婚；由於牛玉極力勸說，說動了周太后，立吳氏為皇后。皇帝心不以為然，但天性至孝，不敢違命，七月廿一日，行了合巹大禮。

剛剛過了滿月，八月廿二日那一天，又起風波；這回的風波可大了。原來阿菊干預皇帝、皇后的房幃之事，不過言詞很正大，不可貪戀燕好，致誤朝政。皇后知道了心裡很不舒服；跟牛玉談起，牛玉勸她立中宮之威。皇后年輕不識輕重；在坤寧宮陞皇后寶座，傳召宮正司女官，將阿菊找了來，訓斥了一頓，下令責罰，用紫檀戒尺重責五十，阿菊的手掌腫起半寸高。

阿菊很厲害，疼得淚珠在眼眶內打轉，就是不哭出聲來，回到她所住的長寧宮，叫人取來一塊大冰，將手掌覆在上面，藉以減輕痛楚。

「萬歲爺駕到。」

一聽傳宣之聲，阿菊迅即移步床前，和衣倒下，迴面向裡。皇帝一進來，首先觸及眼簾的，便是那塊大冰。

「這是幹甚麼？」

宮女面面相覷，無人作聲；禁不住皇帝連連喝問，便有個年長些的宮女回答：「請萬歲爺自己問阿菊好了。」

從皇帝即位以後，對她改了稱呼，逕呼其名，但只是一個字：「菊！」他問：「你怎麼啦？」

阿菊不作聲，推她的身子，依舊不理；不過皇帝倒是有所發現了，拉起她的右手來看。

「怎麼腫得這樣子？是讓馬蜂螫了？」

「不錯！」阿菊倏地坐了起來，下床又用冰去鎮痛。

「在那裡？」

「坤寧宮。」

「坤寧宮？」皇帝越看越可疑，指著年長的那個宮女說：「到底怎麼回事？快說！」

「是——，」那宮女跪下來說：「中宮娘娘傳了阿菊去問話，回來就成了這樣子了。」

皇帝恍然大悟，大聲說一句：「傳牛玉！」

這就不是一場風波，而是震動宮闈的大風暴了！怒不可遏的皇帝，要以其人之道還治其人之身，照樣用紫檀戒尺打皇后的手心；特召司禮監掌印太監懷恩來執行責罰。

懷恩不願奉詔。原來太監多出身寒微，而懷恩卻是世家子弟，他是山東高密人，原任兵部侍郎戴綸的姪子；宣德年間戴綸獲罪抄家，懷恩方幼，被閹割為小黃門，賜了現在的名字。賦性鯁直，「帝后敵體，皇后失德，充其量廢立，豈有施以體罰之理。」他說：「萬歲爺不可鬧這個傳之後世的笑話。」

皇帝打皇后的手心，確是個天大的笑話，皇帝總算忍住了，「好！」他說：「就廢立。」

「這得先奏請兩宮皇太后允許。」

「我去。」

皇帝只面奏了周太后，她也覺得皇后未免過分，但結褵剛剛滿月，劇爾廢立，似乎駭人聽聞；便說：「你倒跟李先生商量商量，看他怎麼說。」

「這是家務，不必找他們；再說，並非無故廢立，兒子只聽娘一句話好了。」

「你能不能等一等？」

「不能。」皇帝率直說道：「他不是不知道阿菊的功勞，打阿菊等於打我。」

「好吧！」周太后又問：「廢了吳氏你打算立誰呢？」

「這——，兒子也是聽娘一句話。」

「立王氏好了。」

「是。」

於是皇后即日移出坤寧宮，改送到俗稱為「冷宮」的西苑安樂堂；隨即由懷恩擬了一道詔書：「先帝為朕簡求賢淑，已定王氏，育於別宮待期。太監牛玉竟敢蒙蔽皇太后，請複選吳氏。冊立禮成之後，朕見其舉動輕佻，禮度率略，德不稱位，因察其實，始知非預立者，用是不得已請命皇太后，廢吳氏於別宮。」

至於牛玉，責打一百大板以後，謫發南京孝陵衛去種菜，同時他的親族亦大受連累，姪子太常少卿牛綸、外甥吏部員外郎楊琮，並皆革職；最倒楣的是，平曹石之亂，論功第一的懷寧侯孫鏜，因為與牛玉是姻親，亦被革爵除名。

廢立的詔書送到內閣，李賢見生米已煮成熟飯，不必再有所言；但對孫鏜革爵除名，認為孫鏜功大，得官亦並非靠牛玉的援引，請懷恩轉奏，予以寬宥，得旨：「停祿閒住。」解除了掌理左軍都督的職務。

接下來便是冊立王氏為皇后；並封同時待年的柏氏為賢妃。皇后之父王鎮，本為金吾左衛指揮使，因女而貴，陞為中軍都督同知。

「阿菊，」皇帝問說：「你喜歡甚麼封號？」

皇帝想封阿菊為妃，而諸妃位號，只用「賢、淑、莊、敬、惠、順、康、寧」八字，除柏氏已封賢妃，阿菊還有七個字可選。她懂皇帝的意思，卻故意裝糊塗，「我喜歡的封號，你不會給我。」她說：「我想封貴妃。」

貴妃僅次於皇后，位在眾妃之上；皇帝面有難色，期期艾艾地不知道怎麼回答她了。

「你不要急！我也知道你現在辦不到；你剛剛即位，不能做讓人批評的事。就算你不顧一切要封我做貴妃，我也不要，因為那一來人家會疑心，吳氏打入安樂堂，倒像是我搗的鬼。」

阿菊停了一下又說：「你知道的，我的出身低，志氣高；當皇后不夠格，可是只要我肚子爭氣，將來你萬年以後，我會當太后。」

「好啊！」皇帝很高興地說：「只要你生子，我立刻封你為貴妃；你的兒子立為東宮。不過，你可真是要肚子爭氣，如果皇后比你先得子，你的兒子就只能封王了。」

「生兒育女，不是女人家一個人的事。」

阿菊心計極深，這是暗示皇帝疏遠皇后，勿使有孕。當然，皇帝是否懂得並願意照她的暗示行事，並不可必；在她盡其在我，唯有多求有效的種子方，因而悄悄找她的同事，平時很談得來的太監張敏商議這件事。

這張敏是福建同安縣金門人，此地設有千戶所，是海防要地，但地瘠民貧，居民多出海討生活；亦有極少數的人，自願「淨身」，充當宦官。這張敏是由一名鎮守福建的太監帶進京的，為人極其謹厚，阿菊已將他當作心腹看待。

「如今最有名的醫生，是從前太醫院院使盛啟東的胞弟，御醫盛宏，等我去找他。」

找到盛宏，他表示婦科並不擅長；引薦他的一個同事，亦是御醫，名叫孫光甫。

「這個得寵的宮女，多大年紀；身子如何？」

「三十五歲。」

「三十五歲？」孫光甫大為詫異，「皇上才十六歲，寵一個三十五歲的宮女？」

「是的。」

「身子如何？」

「長得有點胖，身子可好得很。」

「以前生育過沒有？」

「光甫，」盛宏插嘴說道：「虧你還是御醫，問出這種外行話來，宮女生子就有封號了；那裡會生育過！」

孫光甫自己也失笑了，但旋即神情肅然，「開個方子可以，不過我不敢保險。」他說：「年紀大了，又長得胖，很難受孕。再說，我也沒有親自診斷過，只能虛擬一方。」

張敏無奈，只好請孫光甫處了方再說。要送謝禮，孫光甫不受，表示「無功不受祿」，說到這話，種子方絕無效驗可知。張敏回宮，據實告訴了阿菊；安慰她說：「等我好好兒再去打聽，一定要找個管用的方子來。」

果然皇天不負苦心人，張敏打聽到御馬監掌印太監李永昌的養子李泰，現任大理寺寺正，他有個好朋友通政使參議萬安，喜歡研究「房中術」；張敏心想，通房中術，必知種子方；因而找到李永昌，請他介紹李泰。

持著李永昌的信去見李泰，他開門見山地說，實在是想找萬安有所請教。李泰心想，萬安雖是正統十三年進士出身，肚子裡並沒有甚麼貨色；要向他請教，自然是談房中術，淨了身的太監有此需要嗎？

心雖狐疑，卻不便問出口來；既是養父交代，李泰自然要盡心，「萬循吉是極熟的熟人，我請他來，你們就在舍間談好了。」循吉是萬安的號。

萬安一請就到，相貌像戲台上的曹操，一張大白臉，眉毛極濃，像用墨畫出來的，一口四川話，鄉音極重。李泰引見以後，將他們留在書齋中，自己退了出來，在外面靜聽；倒要聽聽，太監如何談房中術。

「張公公，」萬安先開口，「李大哥是自己人，你有甚麼事，儘管請說，不要緊。」

「我是宮裡頭有人託我來向萬先生請教，有沒有靈驗的種子方？」

「有啊！不過各人情形不一樣，要對症發藥才有效。」

「經期準不準？」

於是張敏告訴他，求子方的人今年三十五歲，身子健碩豐滿；除此以外，就再也不能說甚麼了。

「這，」張敏答說：「我不知道。」

「要弄清楚了來，不然我無所措手。」萬安又說：「我們明天仍舊在李大哥這裡見面好了。」

「是，是。我去問。」

原來是這麼回事！李泰從他養父口中，得知好些宮闈祕辛；等張敏辭去以後，告訴萬安說，求種子方的人，原是皇帝在東宮的保母，如今是後宮最得寵的人，名叫阿菊，姓萬。

萬安又驚又喜；他原是蓄意要走宮中的路子，年少於李泰，而口口聲聲「李大哥」，以兄相事，就因為李泰是李永昌的養子之故。如今得以巴結皇帝的寵姬；倘或因為他的種子方而得皇子，那是多大的功勞？而況又同是姓萬！只要阿菊提攜，入閣拜相亦非奢望。

於是回去看了一夜的醫書，當然也包括《隋書．經籍志》中所著錄的《素女經》之類的「祕笈」在內。第二天再晤張敏，問明情況以後，交出三張方子，第一張無效用第二張；第二張無效用第三張，一定見效。

2

正統年間以來，朝廷有兩大患，外則也先，內則猺獞——亦稱傜僮。在廣西接近廣東的潯江兩岸，萬山盤矗，綿亙數百里，一片密林，為漢人所不到；最險惡之地，名為大藤峽，不知多少年糾結盤繞而成的大藤，粗如牛腰，聯結兩山，成為傜人的通道。這裡的地勢也最高，一登其巔，數百里皆歷歷在目；官軍多次進剿，無不損兵折將，主要的就是因為有大藤峽這個指揮戰守、無不如意的兵略要地。

傜、獞是兩族，獞族人少，但善製見血封喉的毒箭；傜人族大，共藍、胡、侯、盤四姓，作亂的首腦叫侯大狗，景泰年間，嘯聚了一萬多人，攻城略地，潯州、柳州兩府各縣，皆遭蹂躪，而且蔓延到廣東高州、廉州、雷州各地。其時朝廷方全力對付北方的外患；無法兼平西南的內亂，迫不得已用招撫來羈縻。到了天順朝，侯大狗益發肆無忌憚，朝廷懸賞，能捕獲侯大狗者，賞銀千兩，並記奇功，而竟無人膺賞；兩廣的守土之臣，皆在革職留任、以觀後效的待罪情況之中。

及至英宗駕崩，侯大狗復又蠢動，地方大吏，馳章告急。這時的兵部尚書，就是當年拿牙笏痛擊馬順的王竑，他上了一道奏章說：大藤峽之賊作亂已久，壞在當初的守臣，皆以招撫為功，好比無知孺子，越是姑息，越是啼哭不止，非「撻之流血，啼不止」。浙江參政韓雍，文武雙全，才氣無雙，賦以討賊之任，可紓南顧之憂。皇帝問李賢的意思；李賢當然支持，因為王竑掌兵部，即出於李賢所薦。

但亦有人認為韓雍新近獲罪貶官，不宜大用；王竑力排眾議，但顧慮到韓雍職位較低，威望不足，因而建議，拜中軍都督府都督同知趙輔為征夷將軍，而陞韓雍為左僉都御史，參贊軍務。

這趙輔字良佐，鳳陽人，雖為武將世家，卻是個翩翩濁世的漂亮人物，言詞爽朗，喜歡結交文士，筆底下亦很來得，他既有自知之明，亦很能服善，深知王竑賞識不虛，所以受命以後，立即遣專人送信給韓雍，軍務請他主持。

由於趙輔是中軍都督府的都督同知，所以調派的部隊，亦都屬於中府所轄的各衛；而中府各衛都是太祖的江淮舊部，因此，韓雍在南京大集諸將，商議進討方略。

有個右都督和勇，原名脫脫孛羅，他的祖父即是瓦剌國受過封的和寧王阿魯台；宣德年間為也先之父脫歡所殺，他的兒子阿卜只俺逃入中國，宣宗授職左都督，賜第京師。阿卜只俺病故，脫脫孛羅襲職，天順元年並賜名和勇。

四年前，和勇奉命統帶隨同來降的部卒一千人，赴兩廣助剿土匪，以師久無功，調回京師；這一次由趙輔派到南京來參與軍務。他在座中出示一道詔書，認為應可作為進取的方略。

這道詔書是根據翰林院編修丘濬的建議而發，丘濬上書李賢，說兩廣之賊，在廣東者宜驅，在廣西者宜困；困之之道在以重兵扼守大藤峽各出入要道，蹧蹋他們的農作物，使其絕糧，不求速效，期以一年或兩年消滅賊匪。李賢很欣賞這個策略，轉奏於朝，奉詔錄示諸將。

「既有詔書，自當奉行。」參將孫震說道：「不妨請和將軍帶領他的番騎，到廣東驅賊；大軍到廣西，分兵撲滅。」

「此議甚是。」都指揮白全進一步建議：「和將軍經大庾嶺入廣東；大軍取道湖廣入廣西，賊在廣東者驅逐；賊在廣西者圍困，不怕不能收功。」

「不然。」韓雍答說：「賊勢蔓延數千里，驅不勝驅，四處逐北，勢必疲於奔命，上駟亦成駑馬。如今只有全師直搗大藤峽，攻其腹心，在外流竄之賊，不能復歸老巢，失去根據，好比釜底游魂，官軍以逸待勞，等他們來自投羅網，豈不比分兵四出去驅逐來得省事？諸公以為如何？」

「聽君一席話，勝讀十年書，」老將歐信說道：「不過，既奉有『粵驅桂困』的詔書，似乎不能不顧。」

「將在外，君命有所不受，何況只是提示注意；今天我們既然討論過了，亦就是注意到了，朝廷絕無責難。我所擔心的是師出無功，徒糜鉅餉，倘或能得諸公協力，一舉成功，庶幾無負天子。除此以外，朝廷如有譴責，我一身以當，絕不致累及諸公。」

有此擔當，無可多言，即席定議；請韓雍點將發兵，揀選前軍都督府各衛精銳共三萬人，由韓雍親自率領，浩浩蕩蕩，取道湖廣，兼程行軍，自零陵到達廣西全州，其時已是金風送爽的七月中了。

當然，侯大狗已經知道大軍進剿這回事了。韓雍何許人，他不知道，和勇的番騎，他亦沒有看在眼裡；老將歐信曾以都督同知掛征蠻將軍鎮廣西，以前既奈何他們不得，此番自亦無足為懼。總之，乘勞師遠來，立足未穩之際，給官軍來個下馬威，是個不錯的辦法。

於是侯大狗調集府江——自桂林東南流至梧州的一條大江，名為府江，夾岸嶺高林密，內有大大小小的洞穴，總稱為「陽峝」，向來是傜僮盤踞隱藏之處；侯大狗即由此處發動攻擊。

官軍先敗後勝；關鍵是韓雍將不戰而潰的四個指揮，立斬軍門，以首級傳示各營，自將官至小兵，無不相顧失色，遇到傜人，不敢再存敗逃僥倖之心，自然就打了勝仗。

其時趙輔亦已由京師到達全州，帶來一道制敕，特任韓雍為僉都御史總督兩廣軍務，制敕中說：「將士有功者得自署，三司而下不用命者，以軍法論，朕不為遙制也。」這是賦以任命武將及節制地方大吏的權力，韓雍倒有些誠惶誠恐了。

「永熙！」趙輔喚著他的別號說：「你打仗，我看家。」

「不敢，」韓雍答說：「進退大計，當然還是請都督主持全局。」

「不必客氣，我居個名，將來坐享其成。」

趙輔是真個推誠相共，第二天大會諸將，即席宣布由韓雍執掌軍令，言詞中暗示自居為副。

這一下，韓雍言出法隨，指揮就更為有力了。

九月間大軍抵達桂林，地方三司以屬下之禮參見，韓雍問道：「傜山之東、府江之西的修仁、荔浦兩縣，與大藤峽成犄角之勢；據說這兩縣山峝中的傜人，本性因地而異，可有這話？」

「是！」布政使田用中答：「有善有惡，亦有善惡雜處者。」

「請指出來！」

韓雍叫人取來一張極大的地圖，懸掛起來，讓田用中指出何地為善，何地為惡，何地善惡雜處，韓雍一一做下記號，然後召集部將會議。

「修仁、荔浦兩地，大藤峽的羽翼，欲除侯大狗，非先翦除他的羽翼不可。」他指著地圖說：「請各位看清楚，這兩縣山區各地的傜人，東面善良、西面凶悍，兩者之間，善惡雜處。如今進兵，要由中間這五個嵩下手，此五嵩控制住了，善者歸心，惡者可滅。」

指授了方略，接著調兵遣將，原來的防營，加上當地的士兵，共計十六萬人，分五道進兵；最先一路攻占了中間五嵩。東面的良傜傳檄而定，接著大舉入山，所向披靡，一直追到力山，生擒一千二百餘人，斬首七千三百餘級，韓雍親自指揮的這一役，戰果輝煌，民心士氣，並皆大振。

在傜山之東，長達五百餘里的府江，為官軍所確保，足為廣東的屏障；江上帆檣不絕，本來因為傜獞出沒不常，商旅裹足而蕭條的市面，很快地轉為興旺，地方父老約齊了來見韓雍，表達擁戴之忱。

韓雍謙謝不遑，同時也不忘推尊趙輔：「這都是趙都督統馭有方。」

「不，不！」趙輔說道：「第一是韓總督指揮若定；第二是地方父老協力。如今兵臨潯州，已在大藤峽之南，應如何進剿，還請各位指點。」

「大藤天險，重巖密箐，春夏秋三時瘴癘很重。我們雖生長在本地，但大藤峽中，到底是怎麼個情形，亦說不出一個要領。」為首的老者，鬚眉皆白，很懇切地說道：「聽說侯大狗自從得到大兵臨境的消息，將沿山的碉堡柵欄，重新整理，防備很嚴；不如屯兵包圍，且戰且守，一兩年以後，他們不戰而自斃。」

其他父老，亦多主包圍；換句話說，就是一個「困」字。趙輔頗為所動，而韓雍始終不發一言，等父老辭去，才向趙輔提出他的主張。

「大藤峽周圍六百餘里，如何包圍得住？兵分則力弱、師老則餉之，賊何時得平？如今新得府江，弟兄們勇氣百倍，一鼓作氣，攻入腹心。都督以為如何？」

趙輔動搖的信念，復又堅定，「永熙，」他說：「我聽你的。」

「我請都督留守，看守老營，都督要多少人？」

「五千人夠了。」

「我給都督留一萬人，其餘的都隨我入峽。」

「好！」

「不過都督，你如果得到前方有甚麼消息，不必詫異。」

話中有話，趙輔少不得追問：「會有甚麼令人詫異的消息？」

「此刻還很難說，但願我看錯了。」

他既不肯說，趙輔亦不便再問。當下商定，趙輔帶領和勇所部駐紮潯州府以北一百里的高振嶺，此處地勢最高，視界廣闊，宜於督戰。

部署好了老營，韓雍領兵長驅入峽，旌旗相望，軍容如火如荼；峽口兩座高峰，仰望天際，一條如浮橋般的大藤，連結兩峰，人小如蟻、蠕蠕而動。再朝裡望，雲煙蒙翳，不知路途何在？韓雍正駐馬凝視之際，有斥堠來報，峽口有土著二十餘人求見。

於是韓雍策馬來到入峽的大路，只見道旁跪著二、三十人，不是鬚眉龐然的里老，就是衣冠整齊的儒生，心裡在想：是了，蠻荒煙瘴之地，何來如許讀書人？當下將從江西帶來的一名家將韓慕信喚到馬前，附耳數語，作了一番部署，方始下馬，站定了問：「各位想來有所陳說？」

「是的。」為頭的一個中年漢子答說：「聽說大軍到此，為民除害，我們都高興得不得了。峽中路很曲折，我們應當來作嚮導，借此立一點軍功，好叨朝廷的恩賞。」

「哼！」韓雍雙目一張，精光四射，「你們敢來騙我！一個都跑不了；抓！」

「抓」字出口，韓慕信便有行動，將手中持著的旗桿，臨風一揚，展開一面紅底鑲白邊，上繡一個黑色「韓」字的金旗；預先部署好的一隊士兵，分兩翼包抄，將那些里老、儒生，全部就逮。

「搜！」

這回是韓慕信發令，首先搜那為頭的漢子，腰中別著一把尖刀；再搜儒生，一共搜出七柄白刃，有個士兵不小心，割破了手指，在行伍中這不算受傷，那知竟渾身發抖，抖了一陣倒在地上，臉色發青發黑，不言可知，白刃經過藥淬，上有劇毒。

見此光景，韓雍的主意改變了。原來他在行軍途中，經常找老兵來談兩廣的情形，得知過去守土之官，因為以招撫為功，不時受騙，深知傜獞多詐。

及至在潯州接見來慰勞的父老時，韓雍冷眼旁觀，有兩三個眼神閃爍，語言中多試探之意，便有戒心；如今到峽口一看，蠻荒之地竟有儒生，而且不少，大出常情，必有奸謀，打算逮捕以後，詳細審問，然後曉以大義，看情形或放或拘。但一經搜出帶毒的利刃，可知險惡；而白頭土著，竟亦甘為侯大狗所利用，則整個大藤峽無處非敵，亦可推想而知。既然如此，非採取非常手段，不足以言震懾。

當然，他也考慮到，其中難免有本性善良，被裹脅而來的，但用兵要講「攻心」，就顧不得那許多了，他只挑了四個喜歡多嘴的人留下來；其餘的悉皆支解，割成肉條，腸子亦切成數段，派韓慕信帶人將這些「人膾」，分掛在樹林之中。最後，提出那四個人來，割掉耳朵跟鼻子，為他們敷上金創藥，放他們回去。

這一著「先聲奪人」，傜獞喪膽；那四個倖逃一命而愛多嘴的人，到處傳播，這回來的一個姓韓的，可不好惹，千萬當心，侯大狗部下的士氣，瓦解了一半。

於是韓雍點將發令，命總兵歐信、參將孫騏、高瑞等領兵六萬，自象州、武宣分五路攻大藤峽北面；以都指揮白金、楊嶼、張剛、王屺等領兵九萬，自桂平、平南，分八路攻大藤峽南面；另派參將孫震、指揮陳文章帶領所部，自水路進發、相機支援。此外各處要隘，皆派精兵把守，以防流竄。

侯大狗見今番官兵的部署，不比往時，心生畏懼，但亦不甘投降，將婦女及多年來擄掠得來的金銀財寶，移到一個絕險的橫石塘；然後在大峽南面，伐大竹做柵門，沿崖密布，預備了大量的滾木、標槍、巨石，自然還有弓箭，箭鏃是用毒藥淬過的，決意跟官兵大幹一場。

十二月初一，韓雍下令，諸道並進。官兵是往上仰攻，形勢不利，但士氣極旺，呼嘯之聲，山鳴谷應，動人心魄；儘管飛矢如雨，滾木標槍一波一波往下落，而手持藤牌、各自為戰的官兵，預先經過多次提示，各找隱蔽之處，消耗對方的武器，勿輕還擊。看看飛矢、標槍，逐漸稀少，只聽一聲號炮，隱身岩石大樹之間的弓箭手，一齊出現，強弓硬弩，往上勁射；守柵的傜獞，為之氣奪，遠遠望去，已有逃散的模樣了。

「發神銃！」韓雍一聲令下，用火藥擊發的雙頭銅銃，威力非凡；竹柵一個個被擊毀，士兵奮勇搶登，殺聲震天，這一場硬仗打得傜僮膽戰心驚。

捷報到京，已是成化二年正月，恰逢阿菊生子，正是雙喜臨門，皇帝非常高興；召見李賢，交代兩件事，第一是封阿菊為皇貴妃；第二，趙輔、韓雍應該論功行賞。

「本朝的制度，只稱貴妃，加一皇字，亦未始不可。不過趙輔、韓雍論功行賞，為時尚早，應待大功告成再議。」

「也好。」皇帝又說：「等大功告成的捷報到了，我要冊立太子；你通知禮部預備。」

「是。」

不久，第二次捷報到京，生擒侯大狗等七百八十餘人，斬首三千二百餘級；趙輔附奏，韓雍已將大藤峽的大藤砍斷，易名為斷藤峽。

這一回可不是雙喜臨門，皇帝亦喜亦憂，喜的是即位兩年，建此武功，足可告慰於先帝；憂的是萬貴妃所生之子，不是瀉肚，就是高燒，經常鬧病。因此，只命內閣論功行賞，不談冊立太子的事了。

內閣召集吏部、兵部兩尚書議定，趙輔封武靖伯；韓雍升為左副都御史，仍舊提督兩廣軍務。其餘將士的功勞，等趙輔、韓雍班師後另議。

萬貴妃之子，終於因為驚風而夭折；但皇帝另有值得安慰的事，柏賢妃有喜了。

這就越發使得萬貴妃傷心欲絕；皇帝總是這樣勸慰：「你能生第一個，就能生第二個。」這話說得多了，萬貴妃不免動心，又想到萬安了。

萬安已經很得意了。當萬貴妃有喜時，為了酬謝他的種子方，派程敏送了他十粒南海大珍珠；萬安謙謝不受，寫了個請安帖子，自稱為「族姪」。萬貴妃出身寒微，有個進士出身的內姪，自然欣喜萬分；告訴皇帝說：「我有個姪子叫萬安，請你提拔他。」

於是皇帝查明了萬安的職銜，特旨超擢禮部侍郎，兼翰林學士入內閣參機務。及至萬貴妃冊封，她的三個弟弟，萬喜、萬通、萬達，都當了錦衣衛指揮；萬安稱之為叔，與「二叔」萬通尤其投緣。不道兩人另外還有一重關係——萬通的妻子姓王，做了官太太將她的母親接來享福；母女倆回憶從前的苦日子，悲喜交集，感慨不盡。

「妹妹不知道在那裡？當時是賣到那一家的？」

「我記得姓萬，說是甚麼萬編修。」

「那裡人？」

「四川口音。」

「四川口音？」王氏心裡在想，莫非是萬安？

她把這話告訴了丈夫，萬通便率直問萬安：「你的姨太太姓甚麼？」

「姓王。」

「那裡人？」

「山東博興人。」

「這麼說，我們是親戚。」

等萬通一說明白，萬安立即有了計較；他的妻子去世已經兩年，中饋猶虛，正好將他的妾扶正，然後正式會親，萬通跟他由「叔姪」成了聯襟；兩人的稱呼很特別，萬安叫萬通仍為「二叔」，而萬通跟著他妻子叫萬安為「妹夫」。

這一來兩家內眷亦常有往來了；萬氏三兄弟的妻子都有出入宮禁的「牙牌」；在萬貴妃想到萬安時，便著人喚萬通的妻子進宮，有話交代。

「你跟你妹夫去說，再替我弄一張種子方來。」

王氏不便直接跟萬安談，告訴她妹妹轉達。萬安不敢怠慢，又窮研醫書，參以祕笈，擬了兩張方子，由萬通之妻帶入宮內；但這回的方子，不大靈了，轉眼三、四個月過去，毫無受孕的跡象。

皇帝知道了這件事，也覺得很掃興；而掃興的事還不止這一件，廣西巡按御史端宏上了一道奏章，說大藤峽的匪徒，復又進出潯州等地，流毒四播，而趙輔以前妄言，賊已除盡。冒功而得封爵，不治趙輔、韓雍的罪，無以整肅紀綱。

皇帝不願治趙輔、韓雍的罪；但侯大狗的餘孽復起，不能不重視；因而召見兵部尚書王竑，垂詢其事。王竑回奏：「藤峽之賊，盤踞已久，一時不能完全肅清，皆由於韓雍因為軍餉支出浩繁，為了節省軍費，裁遣的士兵太多，如今只有再發兵撥餉，責成韓雍，務必克竟全功。」

皇帝准奏，而王竑為了支持韓雍，發兵撥餉，都從寬估計；同時私下又寫信給韓雍，勉勵他這一回一定要辦得徹底，要人要錢，都好商量。

韓雍其時駐節桂林，奉到朝廷的聖旨，看了王竑的私函，下定決心，非永絕後患不可。於是進駐潯州，親自指揮；總督的權威，非同小可，地方大吏進見，有所陳述，像見皇帝一樣，都是跪著講話。左右侍候供奔走的，亦都是有品級的官員。

其時繼侯大狗而起的「殘賊」，一共有五個，最奸狡的一個叫侯鄭昂，神出鬼沒，韓雍竟想不出除他的計策。

這天在吃飯時，想到這件心事，竟為之停箸不食。在旁邊伺候的一個廣東新會縣丞陶魯，冷眼旁觀，似有好笑的神色，使得韓雍心裡不大舒服。信口問一句：「你知道我在想甚麼？」

「莫非侯鄭昂？」

「不錯。」韓雍又問：「你知道他在那裡？」

「不管他在那裡，要抓他不是甚麼難事。」

韓雍大怒。「你們說得容易！」他說：「你只會吃飯；你在新會辦不了甚麼事，你的長官才把你派到我這裡來當差。你再說大話，看我不打你的軍棍。」

陶魯神色自若，「總督說我只會吃飯，在新會辦不了甚麼事，是總督不知我陶魯。」他說：「蔣琬、龐統在縣裡也是辦不了甚麼事，後來成為蜀中名臣，總督如果能用陶魯，陶魯就能把侯鄭昂生擒了來。」

蔣琬、龐統當縣令時，都很糟糕；但只有諸葛亮、魯肅等人，知道他們不是百里之才；後來果然成為蜀中名臣。韓雍聽陶魯口氣不凡，倒要試一試他。

「你去生擒侯鄭昂，要多少人？」

「三百。」

「三百？」韓雍詫異：「三百人夠了嗎？」

「我還以為太多呢！」陶魯答說：「兵貴精，不貴多，這三百人當然要千挑萬選。」

「隨你！」

韓雍手下有兵不下十萬之多；特為傳令各營，任陶魯隨意挑選。

陶魯持著總督韓雍的令箭，到得各營，會同營官，集合所有士兵，用白紙糊牌大書：「能舉二百斤、射二百步者來！」懸在演武台前。報名的倒是不少，但能舉者不能射；能射者不能舉，合於兩個條件的，一千人中不過一、二人而已。

參將孫震的部下，素以精悍見稱，他的三萬人中，入選的不到一百人。孫震為此大表不滿，面見韓雍，說陶魯的行徑，有傷他營中的士氣；言下流露出蔑視陶魯、一無是處之意。

「陶魯是陶成之子。」韓雍說道：「陶成的謀略，是我當年在江西當巡按御史的時候，親見親聞的；陶魯頗有父風，我信得過他。」

這陶成是廣西鬱林州人，永樂年間的舉人，由典史起家，經長官不斷保薦，正統四年由大理事評事超擢浙江提刑按察使司僉事。按察使名為掌一省刑名，其實掌職甚多，可以說凡是文武官員失職、不能保障地方、護衛百姓的事，都可以管，所以按察使僉事，並無一定的額數，隨事增減，分巡各道，一道管兩至三個府，又因任務而區別為提督學務、清軍、驛傳、水利等等；陶成一到浙江，被派到浙東台州、處州一帶去當清軍道。

清軍道或稱兵備道，無事整肅軍紀，便是清軍；有事備戰，指揮軍務，職任甚重，所以這是個考驗人才的職位。陶成到任不過一個多月，便遭遇了嚴重的考驗；倭人入侵。

原來自唐宋以來，日本跟中國的關係，一向不錯。及至蒙古鐵木真崛起，被尊為成吉思汗；父子祖孫三代經營，滅西夏、滅金以後，元世祖至元十六年滅宋而統一中原。在此以前，高麗已臣服於元；至元十一年忽必烈遣將與高麗合兵兩萬餘人，分乘戰船九百艘東征，前鋒已在九州的分津海岸登陸，占領了博多、箱崎等地，但以大隊戰船在海面遇風受阻，不得已班師西返。

蒙古自成吉思汗起，縱橫九萬里，三次西征，威名遠播，及於羅剎、西洋；忽必烈對至元十一年東征之役無功，耿耿於懷，因而滅宋以後，緊接著派大將范文虎，率兵十餘萬，分乘戰船兩千餘艘，再度東征。日本朝野，得報大驚，齋戒沐浴，祈求天照大神庇佑；元兵先頭部隊已抵達九州，在肥前、筑前登陸，不意海面突起大颱，元兵主力，皆葬身魚腹。日本稱這一陣颱風為「神風」；稱元朝為「元寇」，就此斷絕往來。忽必烈亦於至元二十三年明詔罷征日本。

當元朝兩次入侵後，鎌倉幕府由北條家「執權」；雖能化險為夷，但日本亦大傷元氣，因為要防備元軍第三次重來，沿海加強戒備，軍費支出浩繁；又兩次「恩賞」守禦將士，需費甚鉅，財政日漸困難，竟導致鎌倉幕府的沒落；足利家的室町幕府，繼之而起。

到明太祖起兵時，日本正分裂為南北朝，洪武三年遣使諭日本朝貢，在九州遇見南朝的懷良親王，話不投機，不歡而散。但幕府則很想與明朝修好，因為早在鎌倉幕府末期，就發現對中國的貿易，有大利可圖，得以挹注困窘的財政，所以在元朝第二次東征的四十年以後，北條家曾為了籌募建築建長寺的經費，派了一條貿易船到中國海口；足利家亦以同樣的理由，派過一條「天龍寺船」。但這都是私下貿易，就中國而言，是犯禁之事；倘能修好，以朝貢為名，大大方方做生意，豈不比偷偷摸摸好得多。

那知正當幕府在籌畫時，遇到了一個意外的挫折；事起於洪武十三年胡惟庸謀反，此人是安徽定遠人，從政以後，以小吏起家，曲謹有才，寵遇日甚，洪武三年便入參機務，六年拜相。

胡惟庸既貴以後，本性漸露，蒙蔽太祖，專擅跋扈，開國名臣徐達、劉基都曾在太祖面前揭露他的奸險，而太祖不悟；恰好劉基有病，太祖竟遣胡惟庸帶醫生去為劉基診視，結果毒死了劉基。

這一來，胡惟庸的勢焰更高張了。於是有一班小人，偽造靈異祥瑞，先是說他定遠老家井中，長出來一支石筍，出水數尺；又說他家三代祖墳，入夜火光燭天，凡此都是大發之兆。

位居一人之下，萬人之上的宰相，再大發自然是做皇帝；胡惟庸由此蓄心謀反。

要謀反，當然要多方面布置聯絡，內則結納太師李善長、右丞相汪廣洋；外則廣收羽翼，而且還聯絡蒙古與日本——寧波的衛所，叫明州衛，指揮林賢，是胡惟庸的心腹，他偽造了一個罪名，將林賢流放到化外，其實就是日本；等林賢聯絡好了，復又上奏，說林賢被誣，事已大白，召還復職。其時林賢已與日本建立了通信的途徑；胡惟庸親筆作書給足利，借兵相助。

不道太祖這時已逐漸發覺胡惟庸種種不法之事，採取了極嚴的措施，胡惟庸的兒子在鬧市馳馬，不慎墜馬，恰好一輛大車轆轆而過，將他輾死在車輪之下。胡惟庸不由分說，殺了車伕；太祖震怒，要胡惟庸為車伕償命，胡惟庸請求厚贈車伕的家屬，作為補償，太祖不允，事情成了僵局。胡惟庸大懼，決定起事造反，派遣信使，通知他的心腹；也派林賢通知了足利。

這是洪武十二年九月間的事，到得第二年正月，原曾參與密謀的御史中丞涂節，看風聲越來越緊，內心害怕，因而上書告密；太祖震怒，交廷臣公議，胡惟庸不用說，當然是死罪，但又有人說：涂節本來是胡惟庸的心腹，見事不成，方始反變，不可不誅。與涂節及胡惟庸的另一心腹御史大夫陳寧，一併正法。

其時足利義滿，已派了一個法名如瑤的和尚，帶領士兵四百餘人、詐稱入貢，由林賢陪同，到達寧波。貢品中有好些特大號的蠟燭，其實內藏火藥刀劍，以備助胡惟庸起事之用；及至到達，胡惟庸已經敗事，而進貢並無日皇的表文，只有足利義滿以「征夷大將軍」的身分，致明朝左丞相胡惟庸的一封書信，太祖以其不合禮節，拒不受貢，原船遣返，胡惟庸勾結外國的陰謀，竟未洩漏。

不意胡惟庸的案子，情節不斷擴大，至洪武十八年，竟牽連到開國元勛中文臣第一的李善長。此人之於太祖，就像趙普之於宋太祖；洪武三年大封功臣，封公者只有六個人，李善長第一，封韓國公，制敕中比之為蕭何；其次才是魏國公徐達。

李善長又是太祖的兒女親家，太祖長女臨安公主，尚李善長的獨子李祺；臨安公主很賢慧，恪守子婦之道，李善長位極人臣，富貴雙全，可惜害在他的胞弟李存義手裡。

李存義的兒子李佑是胡惟庸的姪女婿，既是定遠同鄉，又是姻親，所以成為胡惟庸的心腹。洪武十八年有人密告李存義為胡惟庸一黨；太祖認為一黨不一定同謀，他不相信李家的人會造反，所以看在臨安公主及兒女親家李善長的分上，免了李存義的死，安置在江蘇崇明島。

不過太祖的疑心越來越重，所以案子還是牽連不斷，到得洪武二十三年五月，終於又掀起萬丈波瀾。事起於有個叫丁斌的人，是李善長的親戚，因罪應該充軍，李善長代為求情，太祖不許，而李善長求之不已；太祖疑心其中別有原因，命將丁斌交錦衣衛審問，一頓拷打，丁斌供出，他原在胡惟庸家管事，有時為李存義與胡惟庸傳話，頗有不足為外人道的謀議。於是將李存義自崇明島逮捕回京；他的另一個兒子，胡惟庸的姪女婿李佑自然亦到案了。

這一審真相大白，最初是李存義受胡惟庸之託，去勸李善長謀反，李善長大吃一驚，疾言厲色地叱斥：「你在說甚麼！你想滅九族？」

胡惟庸碰了釘子不死心，過了些日子，託李善長的一個總角之交楊文裕再去作說客，許以事成之後，割淮西之地封李善長為王。據楊文裕回報，李善長雖拿他罵了一頓，但看樣子他對封「淮西王」這一點頗為心動。

於是胡惟庸親自去拜訪李善長，試探之下，果如楊文裕所言。因此，過了些日子，胡惟庸便又指使李存義再去剴切相勸。

這一回李善長嘆了口氣說：「我今年七十七，去日無多；等我死了，隨便你們怎麼去搞吧！」

這已有縱容的意思；更糟的是還有包庇的實據，兩年以前，開平王常遇春的妻弟，涼國公藍玉，奉命出塞，在捕魚兒海地方，抓到了一個以前為胡惟庸充任勾結元朝後裔的密使封績，報告到京，李善長將這件事隱匿不奏。太祖命錦衣衛逮捕封績，果有其事。這時御史台牆倒眾人推，交章嚴劾；李善長被捕審實，覆奏一上，太祖以李善長開國元勛，知道逆謀而不舉發，狐疑觀望、心懷兩端、大逆不道。全家包括妻、女、弟、姪，共七十餘口，連七十七歲的李善長，盡皆處決。惟一活命的是駙馬都尉李祺，連同臨安公主一起遷到淮西安置。為這件案子，太祖寒心極了，也傷心極了，對胡惟庸、李善長，他覺得自己相待之厚，至矣盡矣，而居然想奪他二十五歲起兵血戰經營，打了十五年才打下來的天下，人心可怕，一至於此！因此也就起了一個甚麼人都不能相信的想法，窮追大索，決意除惡務盡，先後族誅的人數，達三萬人之多，株連所及，除封侯的七家勛臣以外，連皇八子朱梓亦在其中。

朱梓於洪武三年封潭王，十八年就藩長沙，英敏好學，敬禮儒臣，實在是個賢王。只以王妃之父都督於顯；長兄寧夏指揮於琥，同為胡惟庸黨羽而被誅，潭王內心不安，太祖特為遣派使者去慰勸，但不應有召見之諭，潭王大懼，在長沙的王宮放起一把火，與王妃雙雙自焚而死。有人說：虎毒不食子，太祖即令秉性嚴厲，而潭王並無參預胡惟庸謀反的實據，太祖召見，絕無殺子之理，所以潭王之「畏罪自盡」，一定別有原因。

這原因是甚麼？傳說：潭王生母達定妃，原是陳友諒的「妃子」。元末群雄並起，太祖的第一勁敵便是國號為「漢」、年號為「大義」、自立為「皇帝」的陳友諒。他在全盛時，盡有江西、湖廣之地；太祖設計，一敗之於江寧龍灣；再敗之於安慶慈湖，陳友諒棄江州，走武昌，造樓船數百艘，大舉東下，那知鄱陽湖大戰，得風勢之助，太祖火攻大捷，陳友諒艨艟巨艦，盡付東風東流，就此一蹶不振；太祖扼守湖口，陳友諒被困突圍，中流矢而死，子女玉帛，盡歸太祖，達定妃正有孕在身，歸太祖後，生子便是皇八子潭王朱梓。

此說並不可信，因為達定妃先生皇七子齊王朱榑；如說歸太祖時有孕，生子亦不應是皇八子。因此，又有人說，朱榑、朱梓其實是張士誠的兒子。

張士誠是江蘇泰州人，兄弟四人皆為鹽梟，元順帝至正十三年起事後，僭號「大周」，建元「天祐」，但一度投降元朝，到至正二十三年，復又僭號——因為在蘇州「建都」，所以自號「吳王」。張士誠的「版圖」，南抵紹興、北達徐州、東至海濱，西與太祖的江淮相距，方廣兩千餘里，帶甲數十萬，可惜張士誠並無遠圖大志，部下文恬武嬉，失地概置不問，就此為太祖逐漸蠶食，到至正二十六年，只剩下一座蘇州城；蘇州八城門，為太祖麾下大將徐達、常遇春、郭子興、華雲龍、湯和、康茂才、耿炳文，團團圍定；另派精兵、防守水路。

圍到至正二十七年九月，徐達破葑門，常遇春破閶門，張士誠收拾殘兵巷戰於萬壽寺大街，作困獸之鬥。

當破城時，張士誠問他的妻子劉氏：「我是完了，你們怎麼樣？」

「你請放心，我們不會替你丟臉的。」

等張士誠跨馬巷戰時，劉氏將張士誠所有的姬妾，都帶入一座題名「齊雲」的高樓，積薪樓下；然後以最幼兩子交付乳媼，多給金銀，要她藏匿民間。處置了這椿後事，劉氏命她養子縱火焚樓，她自己亦自縊而死。兵敗的張士誠，亦決心自殺，在他妻子身旁上吊，頭剛套入圈套，有人破門而入，是他的舊部而為太祖降將的趙世雄，將張士誠抱了下來，勸他投降。

張士誠瞑目不語，趙世雄派人將他抬出葑門，送到金陵；一路上張士誠絕食，到了金陵，終於還是自縊而死。

他那兩個小兒子，流落民間，下落不明；有人說，即是為太祖所獲，作為自己兒子的朱榑、朱梓。此一說較為可信，因為太祖第六子朱楨，出生時正好平武昌的捷報到達，因而封之為「楚王」；而平武昌是在至正二十四年；皇九子趙王杞則生於洪武二年；齊、潭兩王，應生於至正二十四年以後，洪武元年以前，以年歲而論，正與張士誠兩幼子相合。潭王之不敢奉召，或者正因為他自己知道並非太祖之子，怕一進了京，太祖無所顧惜而被誅。不過宮闈事祕，疑莫能明，誰也不知道是怎麼回事。

當胡案株連及天下時，林賢啣胡惟庸之命東渡通倭的事，當然亦被抖了出來。林賢不用說，被滅了族；而對日本更為惱怒，決意斷絕往來，加強防海，在福建、浙江、江蘇沿海，築十六城，置千戶所二十；後來又在福建沿海置五個指揮使司，領千戶所十二，專為防倭。

到得成祖登基時，日本南北朝歸於統一，復通貢使；成祖因為生母碽妃是朝鮮人，為了照顧外家，對日本的貢使頗為優遇，以示為朝鮮而懷柔遠人，規定十年一貢，人不過兩百，船只兩艘，不得攜帶軍器，違者以入寇論，但日本夾帶的私貨，何止十倍？而且船中攜帶軍器，如果官軍未有防備，便即大肆擄掠；否則便稱朝貢，同時從事私貨貿易，這種亦商亦盜的行徑，到了宣德年間，越來越猖獗了。

當陶成奉派到浙東時，適逢倭船四十艘，剛擄掠過溫州。陶成深知必有內奸導引外寇，下令清查戶口，不是本地人而逗留不去者，詳加盤詰；結果查到兩個乞兒，一個叫周來保、一個叫鍾普福，是處州人，細問蹤跡，言語支吾，終於查明是倭船的嚮導，而且探知倭船將轉犯台州，預定在桃渚地方登陸。

桃渚是台州的一個港口，設有千戶所；陶成趕到那裡，視察海口，測定有三處地方，宜於登陸——倭船登陸，都在漲潮之時，而且往往是在午夜。陶成心想，倭船四十艘，起碼有四千人；而千戶所只得一千二百人，眾寡不敵，所以必得在倭寇搶灘時，迎頭痛擊，才能讓他們知難而退。

於是精心苦思，想好了一條計策，下令徵購一寸厚的木板數百方；同時命令所有的鐵匠鋪，日夜趕工，打造三寸長的鐵釘，材料齊備以後，親自領頭動工，將鐵釘製成縱橫間隔相距四寸的釘板，鋪在潮水所到之處，然後調集兵丁，各攜弓箭，在數十步外，悄然埋伏。

這天是五月十三，相傳為關聖帝君的生日，陶成與千戶所的兵丁，在月下會食，以關公的忠義相勉。飽餐以後，各就埋伏的位置；陶成登上望樓，午夜潮漲，驚濤拍岸聲中，倭寇的大船紛紛湧到，及至船停搶灘，倭寇才知道中計，有的足背洞穿；有的痛極而倒，陶成便在望樓上放起一響號炮，頓時飛矢如雨——這一仗打得漂亮極了，倭寇死了兩千多；官員一個不傷。

但外寇雖自此不敢輕犯浙東，而福建與浙江接壤之處的土匪，卻很難辦；因防倭之功升為按察使司副使的陶成轉戰於處州、衢州一帶，進屯金華府的武義縣，地當浙東五府的中心，為必守之處，卻無城池，陶成築了一座木城堅守，剿撫兼施，賊勢漸衰，三大頭目葉宗留、陶得二、陳鑑胡，只剩下一個陶得二了。

這陶得二亦是一個奸詐多狡計的厲害腳色，先遣同黨十餘人，假裝逃難入木城，而繳舊的行李中，裹著引火用的「油松」；及至陶得二領眾挑戰、陶成出城迎擊時，城裡火勢大起，官兵一驚而潰，陶成陣亡。這是景泰元年的事；陶魯因陶成殉難而得授為八品官。

由於韓雍的充分支持，以及陶成的智計，逐漸為大家所知，所以陶魯的計畫，終於得以順利達成；不過這只是初步，募足了三百人以後，陶魯另外找了一處營地，親自訓練，他的秘訣是沒有官兵之分，連他自己在內，一共三百零一人，有福同享，有難同當，毫無例外，一項訓練的課目，他首先示範，如果通不過，他私下苦練，直到合格為止，絕不為自己通融。

如是三個月以後，陶魯實現了他的豪語，在一次月黑風高所出動的突襲中，生擒了侯鄭昂；而韓雍盼又調到了一支長於騎射的「達軍」——由蒙古降人所組成，與陶家軍相互為用，在戰馬能到之地，由達軍以強弓硬弩，壓制傜僮的標槍短刀；崎嶇艱險之處，神出鬼沒的陶家軍，總能以奇襲建功。

大藤峽終於肅清了。韓雍建議兩事：第一兩廣地區遼闊，請分設廣東、廣西兩巡撫；第二，在大藤峽設置「武靖州」，而所派的漢官，於地方情形極其隔膜，難望有效治理，請選拔有功的土人充任巡檢等官。朝命皆如所請，並准班師回京。

大將班師，有個很隆重的「奏凱獻俘儀」，皇帝御午門頒布凱旋的露布，由內閣轉發各行省，布告天下。獻俘由刑部尚書主持，俘虜分為三種，事先由刑部審核造冊，在獻俘之日，分別處理，第一種是叛亂有據，不降被擒，明正典刑，如侯鄭昂等人；第二種是為匪徒所裹脅的良民，無罪釋放；第三種是有罪而不至於死，視情節輕重及身分專長，發交各衙門服役。

這一類人中，有一部分發到後宮，大致為幼男幼女，幼男閹割了當「小黃門」；幼女自然是充任等級最低，只供奔走的宮女，當然，凡事都有例外的。

有個姓紀的女子，才十四歲，是廣西平樂府賀縣人，自道是賀縣土官的女兒；性情非常機警，尤其長於心算，為尚服局的女官魏紫娟看中了，跟司禮監懷恩討了她去，替她起了個名字叫小娟，派她司會計，官稱則叫「女史」。

後宮女官，原有六局一司，但自永樂年間以後，女官的職權，為宦官所奪，只剩下宮正司及尚服局，局下有四司：司寶、司衣、司飾、司仗。但後宮發給妃嬪宮眷的月費，以及皇帝、皇后常有私人支出而不願在宦官二十四衙門留下帳目者，所以在尚服局特設一座銀庫；魏紫娟因為小娟長於計算，而且來自遠地，宮中並無熟人，關係單純，不易為人勾結舞弊，所以派她到這座銀庫去管理帳目。

日子久了紀小娟才知道魏紫娟的情形，她已經三十歲了，本來年過二十五可以放出宮去，但一則父母雙亡，有個胞兄很不成材，難以投靠；再則錦衣玉食慣了，自覺「由奢入儉難」，過不來布衣疏食的清苦日子，所以自願如舊供職，官位亦由正六品的「司飾」升為正五品的「尚服」，為一局之長，在女官中的地位僅次於宮正司。至於春花秋月、形單影隻，難免芳心寂寞，好在似此情形，也不止她一個，有那性情放得開的，悄悄自覓女伴，夜來同床共枕，假鳳虛凰，慰情聊勝於無；魏紫娟便有這樣一個伴侶，是錢太后的宮女，名叫阿華，花信年華，長得長身玉立，有些男子氣概，由於魏紫娟管她叫「弟弟」，所以紀小娟便稱阿華為「華叔叔」。

阿華幾乎每天都來的；突然一連四五天不見人影，紀小娟不免奇怪，「華叔叔好幾天沒有來了。」她問：「是不是病了？」

「不是她病了，是慈懿皇太后病了。」

就在說這話的第二天，聽得東六宮舉哀，尊號為「慈懿」的錢太后駕崩了。於是宮中又起風波，周太后不願錢太后合葬裕陵。

「這件事，兒子得找閣臣來商議。」

「我不管你找誰！」周太后說：「反正我的主意已經拿定了。」

皇帝非常為難，只好先派懷恩跟夏時宣召閣臣到文華殿面議。其時李賢已經下世，彭時為內閣的首輔，其餘兩人是復召的商輅及東宮舊人劉定之。

「慈懿皇太后合葬裕陵，神主祔太廟。」彭時直截了當地說：「這是一定之禮。」

「我亦知道這是一定之禮。無奈——。」皇帝搖搖頭說不下去了。

「皇上孝養兩宮，聖德彰聞，禮之所合，即是孝之歸。」

商輅接著彭時的話也說：「如果慈懿皇太后不合葬裕陵，天下後世，必有議論，恐損聖德。」

「皇上純孝，天下皆知。」劉定之亦極力諫勸：「不過孝從義，不從命。」

皇帝躊躇了一會說：「不從命，還能稱得上孝嗎？」

於是交付廷議，由吏部、禮部兩尚書會同主持，多主合葬，留下西面一壙給周太后。奏上不准，皇帝召見六部尚書說道：「你們的意見都對，無奈幾次請命於太后，沒有結果。乖禮非孝，違親亦非孝，希望你們明白我的苦心。」

言下有希望諒解之意，六部尚書誰也不曾開口，磕頭而退。於是群臣再上疏力爭；禮部尚書姚夔態度更為激切，引先帝英宗「錢皇后千秋萬歲後，與朕同葬」的遺命立論，說：「慈懿皇太后配先帝二十餘生，合葬升祔，典禮具在，一有不慎，既違先帝之心，亦損母后之德。」

但是，夏時仍舊到內閣傳旨：為慈懿皇太后另擇葬地。

三閣臣將姚夔找了來商議：「我忝居禮部，非禮之事，不敢奉詔。」他說：「三閣老如以為可行，請先奏請將姚夔解任。」

「大章，」三閣臣中，只有劉定之的科名在姚夔之前，所以喚著他的別號說：「稍安毋躁。不過，我要問，如不可行，將如何挽回。」

「已有人倡議，到文華門外哭諫。」姚夔答說：「我來發起。」

「倘或受杖呢？」

「死而無怨。」

「不至於如此，」商輅說道：「如今怕也只有這麼一個力爭的辦法了。閣臣雖不便參與，但必為諸君作後盾。」他看彭時與劉定之問：「兩公以為如何？」

「是。」彭時答說：「不過哭諫時，不宜有過當之言；皇上實在也很為難。」

就此議定，姚夔連夜發「知單」，約第二天上午齊集文華門外力諫。到時候朝官絡繹而至，一共兩百三十餘人，都在姚夔預先備好的奏章上，具了職銜姓名；然後由鴻臚寺的序班指揮，排齊了下跪，姚夔將聯名的奏章，捧在頭上，高聲喊道：「臣禮部尚書姚夔等具奏。」

其時司禮監懷恩，早就等在那裡了；接過奏章，面啟皇帝，復又到文華門外來傳旨：「奉上諭：諸臣暫退候旨。」

「不奉明詔不敢退！」姚夔答說，同時磕下頭去。

這時便有悉悉索索的哭聲，一傳十、十傳百，如喪考妣似地，都哭得很傷心。皇帝在文華殿只是嘆氣搓手，不知如何是好。

「萬歲爺，亦只好學一學他們的樣子了。」

懷恩提醒了皇帝，坐著軟轎到了周太后所住的清寧宮外，居中跪下，放聲大哭。

周太后非常生氣，「我還沒有死！他哭甚麼？」她說：「我不受挾制。」

周太后說到做到，管自己進入寢殿，而且命宮女將彩繡黃緦的大帷幕放了下來。這一下隱隱傳來的哭聲，倒是隔斷了；但六月裡的天氣，悶熱非凡，六、七個宮女輪流打扇，復又多布冰塊，方能止汗。

但皇帝鍥而不捨，由宮門外跪到帷幕之外，連聲喚「娘」；周太后只是不理。時已近午，宮女請示：在何處傳膳？周太后答說：「傳甚麼膳？氣都氣飽了！」

這一下，事情真成了僵局。皇帝只好先急召言語比較能為周太后見聽的萬貴妃來勸解；然後找了懷恩跟夏時來商量，如何打開這個僵局？

「依奴才看，只有各讓一步。」懷恩說道：「不合葬交代不過去；合葬呢，不妨有點區分。」

「怎麼叫有點區分？」

「三壙一隧。」

一帝兩后合葬，須建三壙；居中一壙由左右隧道相通，如果只有一隧，便只能通一壙；懷恩的意思是，慈懿皇太后雖葬左壙，但將相通的隧道堵塞，而留待周太后的右壙，則仍可相通。

「這個辦法好。」皇帝欣然同意，「不過，得有一個人跟太后去說。」

「那自然是萬貴妃了。」

於是派人將萬貴妃從周太后寢殿中找了來；皇帝親自將「三壙一隧」的辦法告訴了她，要她婉轉陳述，請周太后接納。

「如果太后不願意呢？」

「那、那只好另外再想辦法。」

「與其到時候另外想辦法，不如先想。」萬貴妃逕自作了決定：「懷恩，你趕快派人把重慶公主去接了來。」

重慶公主與皇帝同母；只有她敢在周太后面前辯理。懷恩即時派人去接，到得宮中，已是未正時分了。

「娘，你是跟誰生氣？」

「還不是你弟弟。」

「我只當娘跟自己生氣呢！」重慶公主笑道：「不是跟自己生氣，為甚麼不傳膳？」

周太后不作聲，重慶公主便吩咐傳膳；一面伺候周太后進食，一面將「三壙一隧」的辦法，用試探的語氣，說了出來。

「如果是這樣，要把左壙留給我。」

這是正副易位，比擇地另葬，更為悖禮，「娘！」重慶公主說：「您這不是跟弟弟生氣，是在跟弟弟為難。何苦?」

周太后又不作聲了,顯然的,意思有些活動了。重慶公主知道事情有把握了,但不宜操之過急,只悄悄地讓萬貴妃傳達信息,請皇帝不必著急。

看看日影偏西,是時候了;「娘,」重慶公主說道:「你就可憐、可憐弟弟吧!文華門外跪了幾個時辰的人,已經有兩個中了暑;弟弟急得不知道怎麼辦。娘,你就鬆一句口吧!」

周太后嘆口氣:「好吧!隨便你們。」

「奉皇太后懿旨,」重慶公主走到殿前,高聲宣布:「慈懿皇太后葬禮,由皇帝照廷議辦理。」

懿旨輾轉傳到文華門外,歡聲雷動,姚夔領頭,三呼萬歲而退;但確已有人中暑,而且不治而死了。

「梁公公來了。」

「請,請!」萬安一迭連聲吩咐聽差:「快請。」

「梁公公」是指太監梁芳,萬貴妃宮中最得寵的總管。延入書齋,盛筵款待;所談的都是宮闈祕辛。

「萬貴妃最近脾氣很大;皇上畏之如虎,得替皇上想個法子。」

「這,」萬安不解所謂,「梁公公你說,要替皇上想甚麼法子?」

「當然是要讓皇上,見了萬貴妃不再害怕。」

「那得讓萬貴妃把脾氣變好。」萬安問說:「萬貴妃的脾氣何以如此之大?」

「你問到節骨眼上來了。萬貴妃是狼虎之年,脾氣為甚麼這麼大,你細想一想就明白了。」

萬安想了一會,恍然大悟,「喔,」他說:「想來是皇上力不從心之故?」

「豈只力不從心,簡直就快使不上勁了。」

「怎麼成了這樣子了呢！」

萬安表面是驚詫的神色，其實暗暗欣喜，因為梁芳找對門路了。

「有人說，那玩意自己不能怕，越怕越糟，越糟越怕，雌老虎就是這麼養成功的。」

「說得是，只要有一回自己覺得不必怕，情形馬上就會不同。」萬安又問：「皇上在別的宮裡怎麼樣？」

「反正不會比對萬貴妃更糟。萬先生，你這些祕方很多，倒替皇上想個法子看。」

「是！皇上的事，不敢不盡忠竭力。」萬安緊急著問：「那些番僧威靈烜赫，莫非就毫不得力？」

「唉！別提那些番僧了，說得天花亂墜，不管用。」

「怎麼呢？」

「他們教皇上練氣，練甚麼『大喜樂禪定』；又是甚麼『雙修法』、『演揲兒』。皇上那裡有耐心？」

「沒有耐心，可就難怪了。」萬安說道：「梁公公，請你明天再來，我一定會有個好方子給你。」

這一夜，萬安將他的一個門生，監察御史倪進賢找了來商量。萬安年老而病痿，倪進賢送了他一瓶藥酒，洗而復起；因此，倪進賢得了個很不雅的外號，叫做「洗鳥御史」。當下師弟二人細心斟酌，在原來的配方之外，另外又加了兩味強壯藥；萬安用正楷寫好方子，後面又加一行小字：「臣萬安進。」

第二天梁芳將方子帶進宮去，交御藥房照方調製；凡是進藥，照定制必須交司禮監「記檔」，這個方子不便示人，梁芳沒有交下去。但御藥房的傳統，事必謹慎，因為仁宗在位九月而終，謠言甚多，有人說是雷打而死；有人說有個宮女在參湯中下了毒，本想謀害張皇后，而誤中仁宗，其實是服了金石藥之故；宣宗即位以後，翰林院侍讀羅汝敬上書大學士楊士奇說：「先帝嗣統，未及期年，奄棄群臣；揆厥所由，皆憸壬小人獻金石之方以致疾也。」楊士奇面奏宣宗，御藥房死了好幾個人，因此凡是御藥房的提督太監，為了自保，總是先報司禮監記檔備查，以期免禍。

司禮監懷恩知道了這件事，便向梁芳將方子要了來；一看「臣萬安進」的字樣，冷笑一聲：「這也算『燮理陰陽』？」接著嘆口氣：「他居然也是四川眉州人！坡公有這種同鄉後輩，真是氣數。」坡公指蘇東坡。

「『十步之內，必有芳草。』一樣的，十步之內，必有莠草。」梁芳笑道：「他也是一片愛君之心，說不定將來跟坡公一樣，謚『文忠』呢！」

「那麼，藥到底管用不管用？」

「據說，要半個月之後，才能見效。」

「果然見效，倒也罷了。」懷恩語重心長地說：「但願早生皇子！不過萬貴妃只怕再也不會有喜了。」

藥倒是有了效驗，萬貴妃的脾氣似乎也好了些；但另有一件事，使得她更為不快，柏賢妃有了夢熊之兆。

「氣死人！」萬貴妃向梁芳抱怨：「早知道還不如不要這副藥。」

「也許將來只生個公主。」梁芳說道：「事情還早，慢慢兒想辦法。」

這句話包藏著禍心，萬貴妃當然能夠默喻；沉吟了一會說：「你留意著！事情要越早想辦法，越容易辦。」

於是梁芳便暗暗留意找機會，想使得柏賢妃流產；但柏賢妃防備很嚴，派親信太監到外面去買安胎藥；御藥房送來的「千金保育丸」丟在一旁不敢服；腰瘦腿疼，也不敢隨便叫宮女按摩，因為這也可以用手法暗傷胎兒的。

萬貴妃的意願無法達成，心境大壞；不意又有一件拂逆之事，尚服局管庫的女史紀小娟也有喜了。據說皇帝有一天閒行後宮，經過內庫房，發覺一個年可十六、七歲的宮女，是個「黑裡俏」，尤其是一雙靈活的大眼睛，黑多白少，宛如一泓秋水，澄澈非凡，不由得停了下來，指著那女郎問道：「你叫甚麼名字。」

「婢子叫紀小娟。」

「四季的季？」

「是聖壽萬紀的紀。」

聽她吐屬雅馴，皇帝大為驚異，「你念過書？」他問：「跟你父兄念的？」

「婢子之父，是廣東西賀縣土官，略識之無，沒有念過甚麼書。」

「那麼你是跟誰念的呢？」

「是尚服魏紫娟教的。」

「喔，」皇帝又問：「你在這裡幹甚麼職司。」

「婢子受命掌理內庫房帳目。」

「現在庫房存金銀多少？」

「存金十五窖、每窖一萬二千兩，共十八萬兩；銀子約一千四百八十萬兩，細數待婢子取帳目來回奏。」

「好，我來看看帳。」皇帝聳一聳肩，「這裡好冷。」

其時魏紫娟已經趕到，跪在一旁，正待見駕，便即接口回奏：「內庫重地，不敢生火，以防祝融之災；裡間比較暖和，請萬歲爺移駕到裡間看帳。」

皇帝點點頭，「你帶路。」接著又吩咐，「快生一個火盆來。」

裡間是庋藏帳簿之處，靠牆一排大櫃子；靠窗一張書桌，雜置著筆硯、算盤、帳簿，另外有一張小床，衾枕收拾得很整齊；床前是一張半桌，上供一具宣德窯的大花瓶，瓶中一叢含苞待放的綠萼梅。

「這是你的臥房？」

「婢子每天登載帳目，夜深了，就睡在這裡。」

皇帝四面看了一下，在書桌後面坐了下來；立即有隨侍的太監送來茶湯，接著端來一個雲白鍋的大火盆，中間一個鐵架，架中矗立著尺許長，酒杯粗細的七八條「紅羅炭」，已經燒得很旺了。

安頓既定，已升任乾清宮總管太監的張敏向魏紫娟使個眼色，悄悄退了出去，順手將房門掩上；留皇帝在屋子裡看帳。

炭火更為熾烈了，梅花為暖氣薰蒸，開蕊吐香，真個「屋小於舟，春深似海」；皇帝「看帳」，足足看了一個時辰，方始啟駕。

這是成化五年臘八節前的話；到了第二年花朝以後，便傳出來紀小娟有孕的喜訊。萬貴妃這一氣非同小可，柏賢妃的位號，僅次於己，無可奈何，小小一個宮女莫非還治不倒？

於是萬貴妃派人將魏紫娟找了來，查問當時經過，魏紫娟不敢隱瞞，說問過紀小娟，確曾為皇帝臨幸，但因皇帝未曾吩咐「記檔」；所以她未便張揚，更不敢為紀小娟請求封號。

「封號？」萬貴妃冷笑一聲：「甚麼封號？」

魏紫娟不敢作聲，只是磕了一個頭，表示她說錯了話。

「聽說有孕了，是不是？」

「紫娟沒有聽說，不知道有這回事。」

「你問過她沒有？」

「沒有。」魏紫娟索性賴到底了。

「她月經是不是照常，你總知道吧？」

「不知道。」

由於回答的語氣，乾淨俐落，不像是在撒謊；所以萬貴妃對她並無懷疑，也並無責怪的意思，只說：「你先下去，回頭我派人去看。」

由於王皇后秉性恬退，對自己之為皇帝冷落，置之淡如；所以看起來倒像是萬貴妃在當皇后，凡事獨斷獨行，她要派人來察看，就等於中宮的令旨，所以魏紫娟一回去，就把小娟找了來，告訴她這件事，婉言安慰。

原來魏紫娟心裡雪亮，萬貴妃之所謂「派人去看」，就是來為小娟墮胎；不管是下藥，還是用甚麼奇奇怪怪的手法，反正她腹中的「龍種」是一定保不住了；勸她不必傷心，遲早總還有得承雨露的機會。

小娟眼淚汪汪地聽著，只是點頭；魏紫娟少不得也陪著淌眼淚，就這時阿華來了，見此光景，不免詫異，「幹麼？」她問：「兩個人都傷心得這樣子！」

「唉！」魏紫娟嘆口氣，「小娟的事，萬貴妃知道了，回頭要派人來；這一來，小娟的肚子還保得住嗎？」

阿華的臉色也轉為凝重了，沉吟了一會，抬抬手將魏紫娟邀到一邊，低聲說道：「你可別幹胡塗事！」

「怎麼說我幹胡塗事？我不懂你的話。」

「你不趁早替小娟想辦法，就是胡塗。」

「我有甚麼辦法？」魏紫娟很不服氣，「你有辦法，你來想。」

「好！只要你照我的話做；此刻你就去找懷公公，或者張總管，把這件事告訴他；看他怎麼說？」

這提醒了魏紫娟，「不錯，我得告訴他。不過，」她問，「他如果叫我別管呢？」

「我來管。」阿華說道：「萬貴妃派來的人，不是福三，就是金英；如果是金英就好辦了。」

「是啊！」魏紫娟突然泛起酸味，「你跟她在枕頭上一說，甚麼都行。」

「嘖，你這個人！」阿華一頓足，「這時候還吃甚麼醋。」接著，她的臉色變得更嚴重了，「萬歲爺還沒有兒子，柏賢妃將來生男生女，也還不知道；萬歲爺的種，當然多留一個好一個。這時候你不想法子保全，將來萬歲爺知道了，有個不痛恨你的嗎？那時——哼！」

這一聲「哼」，使得魏紫娟毛骨悚然；她可以想像得到，如果皇帝為此事遷怒到她頭上，會發生如何可怕的後果。

「咱們也別老往壞處去想，還有好的一面。」阿華又說：「倘或柏賢妃生了個小公主；小娟的孩子倒是『有把兒』的，那一下，不就成了太子？你倒想想，你保全了一位太子！」

那是多大的功勞！魏紫娟頓時又興奮了，急急忙忙去找懷恩商量。等她一走，金英接踵而至；一見阿華在，臉上便有不愉之色。

「好幾天不照面，原來是在這裡！」

阿華好笑，又有了一個醋罐子；不過臉上卻是板得一絲笑容都沒有，「你來幹甚麼？」她故意定睛看了看金英，「你的氣色很不好，印堂發暗，主有凶險，可得好好兒留神。」

金英心裡發毛，「你別嚇人！」她問：「你說有甚麼凶險？」

「輕則打到『安樂堂』，重則有殺身之禍。」

金英又是一驚，「你是多早晚學會看相的？」她說，「你別跟我開玩笑；這不是開玩笑的事。」

「甚麼叫不是開玩笑的事？我問你，你到底來幹甚麼？」阿華又加了一句：「你沒有事是從不來的。」因為金英跟魏紫娟是「情敵」。

金英沉吟了一回，低聲說道：「我告訴你吧！你可千萬別說出去。」

「哼！你的來意，人家早就清楚了；你就不怕惹殺身之禍，也得想想陰功積德。」

這一說又說中了金英的心病，她強辯著：「冤有頭，債有主，傷陰德的不是我。」

「對！萬歲爺要找上你，你也這麼說好了。」

話說得這麼露骨，金英心想，唯一的辦法，就是轉身回昭德宮，面稟萬貴妃，人家已經知道她的任務了；說不定會密奏皇帝。除非萬貴妃能加庇護，她不敢做這件事。再想一想，萬貴妃敢作敢為，一定會擔保她無事，但進一步追究，至少阿華脫不了干係！這一轉念，金英氣餒了。

「那，我該怎麼辦？」

「甚麼也別幹，回去！」

「你倒說得容易，」金英問說：「我回去了，怎麼交代？」

「你不會撒個謊，就說她肚子裡是個痞塊，不是害喜。」

「謊拆穿了呢？我還要命不要？」

阿華點點頭，「得有個人替你作主。」她說，「咱們等紫娟回來了再說。」

「她上那兒去了？」

「等一會你就知道。」

不用等，馬上就知道了；回來的不光是魏紫娟，還有懷恩，「金英，」他問：「你來幹甚麼？」

懷恩在宮中行事極正，太監、宮女無不畏憚，金英便即陪笑說道：「有點小事來辦。」

「小事？那是小事嗎？走，到屋子裡去談。」懷恩又指著阿華說：「這會兒不是串門子的時候，回去！」

「懷公公，」魏紫娟急忙說道：「剛才原是她要我來稟告懷公公的；她知道這回事，不妨讓她幫著出出主意。」

「也好。」

進了屋子，卻不見小娟，問起來才知道她回去了；於是魏紫娟將不相干的人都遣走了，又親自關上了房門，才向懷恩使個眼色，示意他可以問金英了。

但搶在前面開口的是金英，「懷公公，」她說：「我來幹甚麼，想必你老也知道了。我不想造孽，可是我也不能不要命，只要讓我回宮有交代；以後不出事，要我怎麼樣都行。」

「是這樣的，」阿華接口說道：「金英是怕回去編兩句輸兒搪塞過去了，可是有人到昭德宮去說了真話，她就吃不了兜著走了。」

「嗯，嗯，」懷恩問道：「你預備編兩句甚麼輸兒？」

「我說紀小娟是肚子裡長了痞塊，不是害喜。」

懷恩想了一會，點點頭說：「好！就這麼說。凡事有我，你別怕。」

「這，可是懷公公說的。」

「不錯，我說的。你怕我說話不算話？」

「不是、不是！」金英急忙分辯，「我是提醒懷公公，別把這件事看輕了。」

「我知道。」懷恩對魏紫娟說：「你告訴你局子裡的人，就說我說的，紀小娟是長了痞塊，誰要說他造謠言說她害喜，看我不剝了她的皮。」

「懷公公這麼說，我就放心了。」金英高高興興地說：「我回去了。」

金英回去不久，萬貴妃便派人通知魏紫娟，說紀小娟有病，打發到安樂堂去閒住。接著，懷恩也來了，跟魏紫娟商量好了接替管庫的人選，然後將紀小娟找來，有一番話交代。

懷恩要交代的是：第一、行蹤必須縝密，尤其是腹部日漸隆起以後，更要避人耳目；第二、千萬要小心保住「龍種」，別動了胎氣，他還帶了一大包安胎藥來，附著一張紙，甚麼時候、甚麼情況該吃那種藥，記得明明白白。

「懷公公，」魏紫娟說：「小娟一個人在那裡，人地生疏，得有個妥當的人照料才好。」

「我已經想到了，我把她送到吳娘娘那裡，包管妥當。」

「吳娘娘」便是廢后吳氏，宮中仍照舊時稱呼；當然，在萬貴妃面前，是從來不提她的，萬貴妃亦久已淡忘。

其實，廢后謫居西苑，地近安樂堂，日子過得並不寂寞，因為她本性明慧，巧於言語，自經大創，一改過去的驕矜，謙和親熱，頗得人緣，安樂堂中失意的宮眷，有事都要來向她求教；無事亦常來陪她閒談，一點都不覺得無聊。

柏賢妃終於生下一個皇子；太后、皇帝、皇后都喜不可言。萬貴妃表面亦是很高興的神情，向太后、皇帝申賀；但回到自己宮中，整日都難得一見笑容。

這天張敏奉皇帝之命來傳旨：新生的皇子起名祐極，將冊立為太子；國本有託，推恩六宮，普遍有所賞賜。問萬貴妃希望得到一些甚麼恩典？

「我不要！跟我毫不相干。」萬貴妃悻悻然地答說。

「萬歲爺是好意；貴妃娘娘不受，倒顯得小器了。」

「我本來就小器。將來柏賢妃當了太后，要我給她磕頭，萬萬辦不到。」

「柏娘娘身子很虛弱，只怕她未見得能等到那一天。」張敏勸說：「貴妃娘娘倒不如在太子身子下點工夫，讓他將來感恩圖報。」

萬貴妃心中一動，「張敏，」她說，「你是知道我的心事的；你總要向著我才是。」

「那還用說嗎？」張敏又勸，「萬歲爺的好意，一定要領，這就是奴才為貴妃娘娘打算。」

「好吧！」萬貴妃想了一下說：「我家老三嫌官小，你跟萬歲爺回奏，陞他一級。」

萬家的老三叫萬達，本來是錦衣衛的指揮僉事，陞一級便是指揮同知。親友得訊，登門相賀，自然少不了萬安。

「循吉，」萬達想起一件事，「現在那班番僧，神氣得不得了，尤其是那個封了『大智慧佛』的劄巴堅參；那天到黃寺去燒香，要我派『導子』，我去晚了一步，他居然板起臉來教訓我一頓。這口氣很難忍，你有甚麼法子替我出這口氣？」

「皇上很寵他們，封號都是『國師』，賞了誥命，無怪他們作威作福。要出氣只有釜底抽薪，讓皇上不再寵他們；或者至少不會像現在那樣子寵他們，再來想法子殺他們的氣燄。」

「你的話是不錯，不過該怎麼下手呢？」

萬安想了好一會，想起一個人，「有了！」他很高興地說：「我認識一個湖廣人，本來是和尚，現在還俗了，他的花樣最多；我來想法子讓他再做和尚，引薦給皇上。以他的那套本事，一定會得寵，用他來抵制番僧，一定有效。」

「好！你去辦；引薦的事，包在我身上。」萬達問道：「此人叫甚麼名字？」

「他做和尚的法名叫繼曉。」

計議停留，萬安當天便派人將繼曉找了來；此人出家以後，因為不守清規，為老和尚逐出山門，還了俗跑江湖，有時賣野藥，有時變戲法，又會扶乩，花樣極多，而且能言善道。萬安是因為合治房中藥，找上了他；這回聽說要引薦他入宮去「伺候皇上」，這一步運來得過於突兀，受寵若驚之餘，竟有些茫然不知所答了。

「你聽清楚了沒有，先要做和尚。」

「是，是！我本來就是和尚。」繼曉脫帽卸網巾，指著頭頂說：「萬閣老，你看我受戒的香洞。」

「好！那更是貨真價實了。不過，你跑江湖跑慣了，樣子不像個高僧，這一層，你千萬要當心，別露馬腳。」

「請放心，絕不會。」繼曉定定神，想一想問：「我伺候皇上幹甚麼？」

「皇上相信方術，愛問休咎；你如果能讓皇上信了你的本事，凡事都會問你，那就是伺候皇上。反正一句話，投其所好。」

繼曉沉吟了好一會問：「萬閣老，皇上相信不相信扶乩？」

「只要靈，他就會相信。」

「如果能找個好幫手，一定靈。」

萬安明白他的意思。這個好幫手要在太監之中去找；他點點頭說：「我會替你安排，你自己先好好去預備。」

於是萬安又跟萬達去商量，他對宮中的情形，已經非常熟悉，深知繼曉這套騙術得逞，一定要在宮中有內應，而這個「內應」又必須有藉助於繼曉之處，才會休戚相關，密切合作。

細心推敲一下，萬達找到柏賢妃宮中一個侍膳的太監叫高諒。此人本在昭德宮，調至柏賢妃的儲秀宮以後，遭受排擠，不甚得意；而引進方士，是當時太監為求固寵最有效的門徑，如今有此機會，自然不會錯過；恰好他也是湖廣人氏，與繼曉一拍即合，融為水乳。

於是高諒在侍膳時，常為皇帝談起扶乩的神奇；皇帝為他說動了心，信口說了一句：「幾時找個人來試一試。」

「是。待奴才去訪查。」

過了幾天，高諒來覆命，說他有個同鄉是有道高僧，法名繼曉，不但善於扶乩，而且請來的乩仙，若是那深通陰陽八卦的，更能未卜先知，益發神奇。

「扶乩要兩個人，另一個呢？」

「就是他一個。扶乩的下手，到鐘鼓司去找一個好了。」高諒又說：「柏娘娘也想問問事，不過不便讓方外人到後宮來；這幾天西苑，菊花展開，蘇州織造進貢的大螃蟹也餵肥了，請萬歲爺定個日子，讓柏娘娘陪著，在西苑賞花吃蟹，順便讓繼曉來扶乩。萬歲爺看呢？」

「好！我也很想到西苑走走。就是明天吧！」

於是，高諒傳旨，在西苑北海的廣寒殿，擺設數百盆各種菊花；預備下以螃蟹為主的酒食；另在鐘鼓司傳召一名叫孫喜祿的太監，此人會扶乩之外，還學過變戲法，是高諒為繼曉細心安排的助手。

繼曉當然早就在待命了，穿一件大紅袈裟；刮得極乾淨的腦袋上，六個蠶豆大的香疤；肥頭大耳是羅漢相。

「江夏僧繼曉，虔祝聖躬康強，國泰民安！」說著，伏身稽首。

聽他音吐清朗，從容不迫，皇帝頗有好感；「聽說你會扶乩，」皇帝問道：「這是道家的占驗之法，你一個佛子，怎麼也學過這個？」

「三教同源，釋道一體。」

「你鎮壇的乩仙，不會是呂純陽吧。」

「純陽真人跟道濟法師，遊戲人間，每每結伴，故爾有時亦會降壇。」

「這麼說，你的鎮壇乩仙就是濟顛和尚。」皇帝又問一句：「濟顛的法名，是道濟不是？」

「是。」

「高諒，」皇帝問道：「在那裡扶？」

「已備下淨室，請萬歲爺移駕。」

淨室中已設下乩壇，西向擺一張金交椅，旁邊一張茶几，上置香茗及瓜子、松仁各一；是特為皇帝所預備的。

等繼曉祝告過了，與下手孫喜祿開始扶乩。乩筆久久不動，而一動如飛，孫喜祿錄下乩語，跪呈皇帝，接過來一看，上面寫的是：「天召李氏子，別號方員叟；貧僧道濟是也。未悉大明天子，垂詢何事？」

「這位高僧，」皇帝問侍立在旁的高諒：「也能未卜先知嗎？」

「奴才想，應該能的，萬歲爺不妨抓一把瓜子，試一試，看能說對數目不能。」

皇帝點點頭說：「你抓。」

高諒抓了一把在手裡；孫喜祿便去告知繼曉；不一回錄乩回來，高諒一手接紙；另一手中的瓜子交了給孫喜祿，說一聲：「你先數了，我再回奏萬歲爺。」

孫喜祿使了個手法，將瓜子數一數說「十八粒」。

高諒將手中的乩紙展了開來，半跪著讓皇帝看，上寫四字：「三六之數。」

三六不是十八？皇帝興趣來了，「再試。」這回是他自己抓了一大把交給高諒保管。

第二回只有三個字：「如前數。」交孫喜祿一數，是三十六粒。

「奇了！」高諒自己先動手抓了一把，看著皇帝問：「再試一回？」

「好」。

第三回的乩筆，判得更奇了：「仍如前數。」

高諒伸出手來，掌中是九粒瓜子——這一次用不著孫喜祿變戲法，是高諒自己先估量好了，少抓些，然後在掌中一粒、一粒細心數了再數，確定是十粒，這好辦，多一粒悄悄漏掉一粒就是。

這位成化皇帝極易受騙——他的祖宗，太祖、成祖是力征經營的創業之主；仁宗雖在位不久，但逢成祖親征漠北，都是他監國，往來兩京，見多識廣；宣宗更是英主，世途險巇，洞若觀火；英宗蒙塵，歷盡艱難，飽識人情，只有當今皇帝，長於深宮，養於婦人女子之手，足跡不出京畿，最遠亦不過到昌平州謁陵，既不知民間苦樂，更不識人世機詐，因此繼曉、高諒、孫喜祿所玩的這套小小的戲法，頓時就將他迷惑了。

不過，他說還要親自試一試，「喜祿，」他說：「我現在要問一個人，我問繼曉，此人的將來怎麼樣。」

「萬歲爺要問誰？」

「乩仙自然知道。」

這是個難題，誰知道皇帝心裡想到了誰？高諒暗暗著急；繼曉更傷腦筋，不過他很沉著，扶著乩筆，凝神細想，皇帝所問的自然是他關切的人；宮中的情形，他聽高諒談得很詳細，這個人不會是太后，太后的將來，無非高年駕崩，與先帝合葬，沒有甚麼好問的；也不會是皇后，因為帝后感情極淡；然則不是萬貴妃，就是柏賢妃。

柏賢妃將來會成為太后；萬貴妃一定死在皇帝之前，掌握住這個要點，編出話來，絕不會牛頭不對馬嘴，可是，二者擇一，就像押寶那樣猜單對，萬一錯了呢？如何掩飾？

正在這樣盤算時，忽然聽到隔室呱呱兒啼；這一下，真是開雲霧見青天，繼曉心裡在說：「這一寶再也錯不了！」

於是乩筆大動，判下來十個字：「四紀為天子，八十太上皇。」

皇帝一看，喜逐顏開，將乩詞拿給高諒看，「真靈，」他說，「我問的是太子，將來的福命好得很。不過，唐詩中說：『可憐四紀為天子』，是說唐明皇當了四十八年皇帝；不知道這四紀是指四十八歲即位，還是做皇帝四十八年。還得再問一問乩仙。」

再問的制詞是：「歌舞昇平卅二年。」

這就說得非常明白了，太子將在四十八歲時繼承大位，「歌舞昇平卅二年」以後，禪位而退居太上皇。

「萬歲爺大喜，」高諒跪了下去，將兩張乩詞高高舉起，「太子是託萬歲爺的鴻福。」

皇帝心想，太子剛生，四十八歲才接帝位，那是四十七年以後的事；換句話說，自己還能享祚四十七年，這年成化七年，前後總算，一共五十四年。

這樣轉著念頭，不由得想起前朝的帝皇，高壽的有梁武帝蕭衍與宋高宗趙構，梁武帝在位四十七年，但最後餓死在臺城，不足比擬，但宋高宗呢？

「高諒，宋高宗在位幾年？」

「建炎四年，改元紹興、又是三十二年，一共三十六年。」高諒屈著手指說：「又當了幾年太上皇。」

提到太上皇，皇帝想到都是退居「南內」的唐玄宗與先帝；宋高宗在德壽宮的日子亦不如意，不由得就說：「我不要當甚麼太上皇。在位五十四年，超邁前朝，也夠了。」

「請萬歲爺旨下，還問甚麼事不問？」

「行了。」

於是繼曉請乩仙退壇；隨即被引至皇帝面前，問了他許多話，最後說一聲：「你先退下，我有後命。」

後命便是授官。和尚做官，只能在「僧錄司」，一共只有八個人，職名是「善世」、「闡教」、「講經」、「覺義」，俱分左右；繼曉被授為左覺義，是從八品的小官。

繼曉不免失望，高諒安慰他說：「你不必介意；要爬起來很快的，只要你肯聽我的話。」

「我當然聽高公公的。不過，扶乩這玩意，最好不要搞了，太傷腦筋；那天虧得聽到小娃兒的哭聲，不然，真不知道該怎麼辦了。」繼曉仍然不能釋懷，「番僧一封就是國師，我怎麼搞個芝麻綠豆官？」

「這有個原因，萬歲爺是怕萬貴妃不高興，所以先委屈你一點兒。你別急，不出一年，我包你也是國師。」

提到萬貴妃，繼曉又是一種想法，「我聽萬閣老說，皇上對她言聽計從；高公公，」他說：「你何不把我引見給萬貴妃？」

高諒沉吟了一會問道：「你會不會宣卷？」

「怎麼不會？那是我拿手好戲。」

「那好。」高諒欣然說道：「萬貴妃有一回跟我談起過；大概她也喜歡聽宣卷，你去預備起來，聽我的信。」

原來所謂宣卷，源於唐朝的「變文」，說唱佛教的故事，亦是宏揚佛法的一種手段。及至宋真宗迷信「天書」，崇奉道教，僧侶講唱變文，亦被禁止。但民間的善男信女，喜好此道，因而變相復活；稱為「寶卷」，演唱寶卷，即名之為「宣卷」。

於是繼曉在僧錄司訪問同道，找到幾個會宣卷的和尚，事先溫習純熟；約莫半個月以後，高諒來通知，萬貴妃願聽宣卷，而且指定要聽「目連救母出離地獄升天寶卷」。

「啊！」繼曉被提醒了，「今天七月初二，何不到中元來個蘭盆勝會？」

「蘭盆勝會」，便是「盂蘭盆會」，與目連救母有關；佛經中說：釋迦牟尼的高弟目犍連——簡稱目連，號稱神通第一，其母生餓鬼道中，有食物而無法到口；釋迦命作「盂蘭盆」，至七月十五日，具百味五果於盆中，供養十方佛，這一來，目連之母方能得食。目連因而建議：凡佛門弟子孝順者，亦應奉盂蘭盆供養。佛言「大善」，於是後世皆於七月十五日設盂蘭盆會。

「你開玩笑了！」高諒說道：「蘭盆勝會，是為了供養無主孤魂、各方餓鬼；宮中那裡來的餓鬼？」

想想也是，蘭盆勝會都設在市井鬧區，以便孤魂餓鬼，有所歸依；深宮禁苑，為孤魂餓鬼飄蕩不到，設蘭盆勝會，豈非笑話。

繼曉在光頭上拍了一巴掌，「我這個腦袋，怎麼回事？」他頗生警惕：「以後說話，真得當心。」

「對了，在宮中走錯不得一步路，說錯不得一句話！不然，馬上就會從雲端裡掉入地獄。」

宣卷之處在西苑五龍亭東北面臨太液池的「西天梵境」，依山建寺，共分三層，第一層是天王殿；第二層是大慈真如寶殿，壁上畫滿了龍神海蛇。又有三軸高一丈二尺的大畫，中間一軸畫的是二十多位菩薩，左右兩軸是文殊、普賢兩菩薩的變相，三頭六臂，頭上都長了三隻眼睛；居中兩臂合掌；另外四臂，或擎蓮花，或握金輪，或仗劍杵。裸身著虎皮裙；頸項間盤著兩條蛇，相向怒目而視。背後畫滿了奇奇怪怪的花紋，金碧錯雜，光怪陸離，把個繼曉看傻了眼。

再上一層供設觀音大士像，像前直置一張長案，上供香爐，三面五把椅子；是宣卷的座位。

繼曉緊記著高諒的話，入殿站住腳，禮過了佛，聽候招呼。

「萬娘娘快來了。」高諒向東面一間精室努一努嘴，「在那裡面聽。」

「柏娘娘呢？」

「不會來的。」高諒放得極低的聲音，「有萬無柏；有柏無萬，你說話要當心。」

正在談著，精室中已有響動；出來一名太監，服飾比高諒講究，可知地位比高諒來得高，繼曉及他帶來的四名和尚，一齊合十為禮。

「梁總管，」高諒迎上去問：「要不要召見繼曉和尚？」

「不必了。」梁芳擺一擺手，「宣卷吧！」

於是繼曉等人，分別就坐；「叮咚」一聲，繼曉擊了一下手磬，朗聲高唸「爐香讚」；接下來是「開經偈」，然後才是「白文」，講述目連入地獄尋母不見，開口唱道：「尋娘不見好心酸，受苦娘親在那邊，聲聲痛哭生身母，悽惶煩惱淚如泉。」

繼曉生具一條極瀏亮的嗓子，高唱入雲，頗為動聽，此外演唱鬼王、夜叉的，亦皆抖擻精神，配合緊湊，將這本寶卷，宣得熱鬧非凡。

十八層地獄，一層一層尋過去，尋到一處名為「鐵圍城」，但無門而入，原來這就是阿鼻地獄了。於是目連回至靈山，哀告師尊，憑仗如來佛「金錫杖」、「錦袈裟」的法力，震開地獄門，得見母親劉青提，卻是「通身猛火、遍體煙生」，只因「渴飲鎔銅燒肝膽，飢食熱鐵盪心腸」，而且「鐵枷鐵鎖，不離其身」，目連一見，頓時昏厥，「多時甦醒，扯住娘親，放聲大哭。」

這一下又得求助於如來，劉青提雖出地獄，卻又打入「餓鬼道」，食物到口，化為火燄。這般受苦，都為劉青提生前「造下無邊大罪」，不孝父母不敬佛；這是這本寶卷的題旨所在，後來終由於「世尊說法，度脫青提；目連孝道，感動天地，只見香風颯颯，瑞氣紛紛，天樂振耳，金童玉女各執幢幡迎接，青提超出苦海，昇忉利天，受諸快樂。」說到這裡，齊唱佛曲；餘音裊裊中，聽繼曉朗聲唸了一首偈：「聽盡目連卷，個個都發心，回光要返照，便得出沉淪。」

這也算是一場功德，梁芳出來道「辛苦」，設齋布施；而且還傳達了一個令繼曉驚喜的消息，明天一早，萬貴妃要召見他，有所垂詢。

「萬娘娘本來今天就要跟你談談，不過她越來越發福；天氣又熱，得要歇個午。所以定在明天一早，仍舊在這兒。」梁芳轉臉對高諒說：「老高，明兒還得勞你駕，把大和尚引領了來。」

「是。甚麼時候？」

「也不宜過早；準定辰正吧。」高諒又說：「請你陪大和尚用齋，我還有事，不能奉陪了。」

素齋自然十分精緻，分成兩席，四名下手共一桌；繼曉由高諒陪著，另是一桌，正好低聲交談。

「你的運氣來了。」高諒說道：「你能巴結上萬娘娘，不出三天，就是國師，不過，大和尚，得意了，可別過河拆橋！」

「罪過，罪過。那樣子的話，我不也要下阿鼻地獄了嗎？」

「言重，言重！」高諒連連搖手：「閒話少說，咱們倒商量商量，看萬娘娘會說些甚麼？」

「這得要請教你啊。」

「我想，」高諒沉吟著說：「總不外乎也是報娘恩吧！」

「萬娘娘的太夫人不在了？」

「早就不在了。」

「莫非萬娘娘在娘家的時候，不孝順她？」

「談不到。」高諒答說：「萬娘娘四歲就進宮了。」

「怎麼？四歲進宮？」

「是這樣的——。」

原來宣宗廢元后胡氏以後，得寵的孫貴妃，繼立為后；也就是英宗北狩，命郕王監國的孫太后，她雖經由王振的設計，私取宮人之子為己子即是以後的英宗，但卻生有一個女兒，封號為常德公主。宣宗的子嗣甚稀，而且皇子育於別宮；只有皇女才隨母而居，常德公主只有一個姊姊，便是宣宗的長女順德公主，長於常德公主十歲，年齡懸殊，宮中規制又嚴，姊妹倆難得相處在一起；孫太后要為愛女找一個玩伴——是要一個大一兩歲的「小姊姊」；孫太后是山東濟南府鄒平縣人，鄉音甚重，非山東籍的小女孩，聽不懂她的話，因此，籍隸山東諸城的阿菊——萬貴妃才能於四歲時膺選入宮，成為常德公主的遊伴。

「原來是這麼回事！」繼曉又問：「萬娘娘家裡還有甚麼人？」

「萬娘娘的老太爺名叫萬貴，原來是一名只管五個兵的『小旗』；為人很老實，他的三個兒子，亦就是萬娘娘的弟弟，就不同了——。」

高諒對萬家的情況，相當瞭解，跟繼曉講的亦很詳細，但並無助於他們猜測萬貴妃將垂詢何事？結論只有八個字：隨機應變，話要活絡。

第二天日上三竿時，繼曉在「西天梵境」的精室中，謁見萬貴妃；年過四十，但以善於養顏，看上去只像三十出頭，齊魯婦女，向來骨骼高大，萬貴妃更是又高又胖，但面目姣好，五官玲瓏，與她的身材完全不稱。

「俺——。」

萬貴妃亦仍然鄉音未改，但不用簡語，所以完全能聽得懂；她說她四歲離母，苦念不止，問繼曉能不能將她的老娘，召請來跟她見一面。

「只怕不能。」

「為甚麼呢？」

「大凡人死以後，血肉之軀，雖已埋葬；魂魄化為二氣。」繼曉從容答說：「何謂二氣？清濁是也。清氣上升，濁氣下降，上升的直到三十三天，進入仙界；下降的到了地獄，愈濁愈重，愈重愈降，一直到十八層地獄之下，就像目連尊者的親娘青提夫人那樣。這兩種亡魂，都是召請不到的。」

「那兩種？」

「一種是清氣上升，成了仙的；一種就像劉青提那樣，囚禁在『鐵圍城』裡，非得有如來佛那種大法力，不能成功。尋常召請得到的，都是人間遊魂，或者雖入地獄並不太深的。」繼曉緊接著又說：「像老夫人，自然早升仙界了！且不說繼曉道行淺薄，就修得道行高了，亦未必能請得仙人降凡。」

「那，你扶乩，不是把仙人請了來了嗎？」

「那是遊戲人間的仙人；而且也不是女仙。老夫人在瑤池陪侍西王母，仙職在身，不能夠擅離職守的。」

「果然如此，倒也罷了。」萬貴妃很興奮地問：「大和尚能不能替我查一查？」

「自當遵命，不過，要『入定』以後才行。」

「你何不現在就入定？」

繼曉笑了，「娘娘把這件事看得太容易了。」他說：「禁宮百神呵護，我就入了定，亦難以魂遊太虛，因為神道處處盤問，不免刁難。」

「這話倒也是。」萬貴妃又問：「那麼你甚麼時候可以替我查清楚呢？」

「繼曉今夜在淨室中入定，一定可以查清楚；明日一早就可以覆命。」

「好。明天一定要給我回話。」

「是。」

萬貴妃點點頭，喊一聲：「來！」

喚來宮女，萬貴妃低聲吩咐了幾句；宮女捧出來一個朱漆盤，是送繼曉的禮物，只得兩樣，一樣是被袈裟所用的赤金掛鉤；另一樣就名貴非凡了，是一百零八枚奇南香綴成的一串佛珠。

「這算不得酬謝，是送你的一份見面禮。」

「多謝萬娘娘布施！」繼曉合十俯首，徐徐說道：「不過，不敢領！朝廷的名器章服不可濫，這金鉤香珠，好比一二品大臣的玉帶；繼曉微末僧官，怎麼能用？雖說娘娘恩賜，在繼曉不能沒有分寸。」

「我還當你嫌菲薄呢！」萬貴妃轉臉問梁芳：「僧錄司最大的官是甚麼？」

「左右善世。」

「你到內閣去宣旨，把繼曉和尚升作左善世。」萬貴妃又向繼曉說：「封國師要皇上親自交代，慢慢來。」

「慚愧，慚愧！」

「如今你可以收我的見面禮了！」

「繼曉謹領恩賞。」

「明天要給我回話。」

「是。」

回話自然是一番鬼話，將〈長恨歌〉中「上窮碧落下黃泉，兩處茫茫皆不見，忽聞海上有仙山，山在虛無縹緲間」那幾句詩，變化其意；參以道藏中神仙的故事，編了一套說法來哄萬貴妃。

「凡是天上天下，三界十方女子，修仙得道的，都歸西王母管轄；繼曉一直尋到崑崙山之上的龜山，瑤池倒是望見了，不得其門而入——。」

「怎麼呢？」

「繼曉道行還淺，仙宮門禁森嚴，我是進不去的。不過，到底還是查出來了，」繼曉忽然問道：「老夫人娘家姓何？」

「是。」

「閨名是一個玉字？」

「小名叫玉子。」

「那就是了，仙冊中是不用小名的；去掉一個子字，就變單名了。」

萬貴妃又驚又喜，急急問說：「我娘真的成仙了？」

「佛門不打誑語。」繼曉神色凜然地答道：「是西王母駕前的仙官，親口跟我說的：下界山東諸城善女子何玉，名列仙籍，位居初班。」

「甚麼叫初班？」

「仙籍共分三班，百年以內成仙的，在初班；五百年以上為中班；要千年以上，才到上班。」

「喔！我懂了。」萬貴妃又問：「你既然不能入仙宮，怎麼能見到仙官？」

「說來很巧，也是託娘娘的鴻福。」繼曉換了副很興奮地神情說：「當時我正在瑤池前面徘徊，進既不可，退又不甘心的時候，只見東面風馳電掣般，來了一輛八匹馬拉的七寶香車，原來是穆天子來赴西王母的宴會；到了瑤池前面停車，八駿從轅上卸了下來，各有一名馬伕牽了去溜馬，八駿之中的第六匹叫『超光』，照料這匹馬的馬伕我認識，問我來幹甚麼？我說：我是受當今萬娘娘的委託，來查訪老夫人的仙蹤，苦於沒有門路，不知如何是好？他說：那容易，我請一位仙官出來問一問好了。」

「真是巧！」萬貴妃想了想說：「大和尚，你能不能去見一見我娘？」

「只怕不能。不過，娘娘如果有甚麼話要問，我可以再去見葉仙官，請他轉達，討個回話。」

「仙官姓葉？」

「仙官很多，這個葉仙官叫葉子高，春秋時候的楚國人，我同他算是同鄉；談得很投機的，我去託他，他一定肯幫忙。」

「那好！就辛苦大和尚再走一趟崑崙山，請葉仙官問我娘，能不能託夢讓我見一見？再問我娘，她生前有甚麼未了的心願，我來替她了掉。」

「遵令旨。」

「仍舊明天要給我回話。」

「是。」

答是答應了，第二天也有了回話，但萬貴妃失望了；因為葉仙官出仙差到三十三天去了，不知何時才能回瑤池。

原來這是欲擒故縱的手法，同時繼曉跟高諒商量，為了取信於萬貴妃起見，必須託詞「老夫人」親口交代的，不足為外人道的陰私，所以找了個很能幹的山東人，專程到諸城去打聽萬家微賤之時的情況，一來一往一個半月，頗有所獲。

其間萬貴妃催問了好幾次，繼曉毫不著急，因為飾詞搪塞是件非常容易的事，說葉仙官出仙差到三十三天回瑤池以後，緊接著奉派視察天下七十二洞天福地，行程甚長，往返總得一個月。及至派到諸城的人回京，也就是葉仙官回瑤池之時，繼曉說是已轉託葉仙官代為詢問，約定兩天可有回話。

第三天上午，萬貴妃仍在西天梵境召見繼曉，他說：「葉仙官告訴繼曉：老夫人非常高興；娘娘想念她，她也知道，不過老夫人現在是在初班，身不自由，要娘娘不必惦記。老夫人修持的工夫下得很勤，不久可望提前升入中班，那時會跟娘娘在夢中相會。」

「不久，是多久呢？」

「山中方七日，世上已千年，仙家歲月，不比人世，不過，三、五十年是要的。」

「三、五十年？」萬貴妃說：「不知道我等得及、等不及？」

「一定等得及。」繼曉答說：「老夫人既然這麼說，她當然知道娘娘壽算很長。」

「喔，」萬貴妃問：「我娘有沒有未了的心願，要我替她了的？」

「有！」繼曉答說：「老夫人說，跟後鄰張家有一筆債務未了，請娘娘問阿通。我問阿通是誰？葉仙官說：『你我都不必問，萬貴妃自然知道。』」

阿通是誰，萬貴妃當然知道；但是何債務，她就不知道了。當天便派人將萬通之妻王氏宣召入宮，詢問其事。王氏一聽，臉就變色了。

原來萬貴妃之母，曾跟後鄰張四娘借過二十兩銀子，張家本很殷實，這筆債務，根本沒有放在心上；但張家後來敗落了，張四娘跟他兒子說：萬家現在很得意了，你不妨進京去看看；念在舊情，或許有些好處。張家的兒子不會做人，見了萬通，不提當年的交情，直截了當地提到有筆債務。光提債務也還罷了，又談當年萬家如何困苦，不承望有此飛黃騰達的一天，必是祖塋上的風水好等等，似恭維、似譏嘲，只看聽的人如何感受。

這萬通是小人得志——好漢不提當年勇，小人最恨「挖瘡疤」，惹惱了萬通，翻臉不認舊帳，派人將他押解到諸城，在城門中丟了五兩銀子給他，而且下了警告：再來嚕嗦訛詐，可就不能這麼便宜了。

「娘娘，」王氏悄悄敘述了經過，復又問道：「老太太不知道還說了甚麼沒有？」

「怎麼？應該還有話？」

王氏遲疑了好一回，才很吃力地說：「也不知道真假，聽說張四娘恨兒子不會辦事，一索子吊死了。」

萬貴妃大吃一驚，這筆債務不是二十兩銀子的事，竟是命債；「這阿通，」她憤憤地說：「也太不懂事了！」

當下將王氏訓斥了一頓，罵她不賢，才會惹出這樣的命債。遣走了王氏，萬貴妃隨即又命高諒去通知繼曉，還有話要問。

高諒原是昭德宮出來的，所以在宮女、太監中也安下了耳目，王氏與萬貴妃私下所談的一切，高諒很快地也知道了。心知召見繼曉，必是查問此事，須有個得體的回答。

「原來還有這麼一樁冤孽，派去的人竟未打聽到；不經一事，不長一智，以後要找真正能幹的人。」繼曉又說：「不過知道了就不要緊了，我自有話回對。」

回對是別無所聞。這就少不得又要繼曉入定，神遊太虛，到瑤池問個明白；萬貴妃叮囑：「你最好能跟葉仙官說說好話，能讓你跟我娘見個面，有話當面談，就省事得多了。」

「是。」繼曉問道：「倘或能見到老夫人，繼曉該怎麼說？」

萬貴妃沉吟了好一會說：「你只問我娘，張家還有甚麼債務，該怎麼還？」

「老夫人說：娘娘不必多問，只做一場大功德，不但張家的債務可了，一切冤孽亦盡皆消除了。」

言者無意，聽者有心，最能打動心事；如果是針對聽者的心事，裝做言者無意，震撼的力量更大。萬貴妃心想，自己造的孽很不少，大概都瞞不過成了仙的老娘，故而有此指點。能做一場大功德，消除一切冤孽，從此求得個午夜夢迴，不必受良心的譴責，真是再妙不過的一件事了。

因此，她很興奮地問：「大和尚，你看做一場甚麼大功德？」

「功德之大，莫如建造伽藍。從前南天竺有一大國，號舍衛城，有一個賢相須達多——。」

繼曉將須達多建造伽藍，以牡象百頭，馱著紫磨黃金鋪地的佛經故事，大大渲染了一番。萬貴妃笑道：「黃金鋪地，只怕不行；不過造一座大寺，工程儘量講究，不能輸給大興隆寺。」

大興隆寺在西長安街、鄰近西單牌樓，本來是金章宗所建的大慶壽寺；助成祖得天下的道衍和尚姚廣孝，初到燕京時，便駐錫在大慶壽寺。正統十三年二月，王振重修，役使軍民一萬餘人，糜費數十萬，壯麗為京師所有伽藍之冠，號稱「第一叢林」；可惜到落成時，王振卻看不到了，因為是在「土木之變」以後。

這一下，繼曉可真是闊了，為了承攬工程、採辦物料，工部的官員帶領皇木廠的掌櫃，天天到僧錄司來伺候顏色，跟萬安及萬貴妃的娘家人，當然也走得很近了，輾轉牽引，結識了好些勛臣貴戚，每天都有三四家備了極精緻的素齋，請他去講經說法，一個出家人的應酬，遠比在家人多得多。

萬貴妃那隻右手，厚如熊掌；手指上又戴滿了戒指，這劈面使勁一掌，幾乎將金英打得昏了過去。

「你這個死賤人！你說紀小娟長的是痞塊？」

金英知道壞了！從十天前紀小娟產子以後，她就日夜提心吊膽，天天去找懷恩，深怕東窗事發；這可怕的一刻，終於到了。

但很奇怪地，紙裡包不住火，真的燒了起來，她心裡反倒踏實了；定定神想起懷恩教她推在他身上的話，便即答說：「娘娘千萬不要動氣，氣壞了身子——。」

「住嘴！」萬貴妃大喝一聲：「你別想支吾得過去，你辦的好事！看我不治得你死去活來。」

「娘娘，奴才不敢推責任；不過，這件事也不全是奴才的錯；娘娘肯消消氣，聽奴才的話，奴才就說，不然，奴才只有領罪，只求娘娘別動氣。」金英一面說，一面用手撫一撫左頰——其實是忍著痛，再揿一下，好讓牙縫中的血，多淌下來些。

見此光景，萬貴妃的氣消了些，「你說！還有誰跟你串通了來欺我？」她問：「魏紫娟？」

「跟她一點都不相干。是懷太監。」

「懷恩？」

「是。那天奴才去的時候懷太監恰好也在，問奴才來幹甚麼？奴才答說：奉萬娘娘之命，來看看紀小娟是不是有喜了？他問奴才：有了沒有呢？奴才說：像是痞塊。不過，我到底不是醫生；最好請懷公公找一位太醫來診一診脈。懷太監搖一搖手：不用找！看紀小娟面黃肌瘦的樣兒，就知道是長了痞塊。他說：你回昭德宮上覆萬娘娘，是痞塊沒有錯。奴才問：萬一錯了呢？他說：錯了就錯了。多一位皇子有甚麼不好？」

這幾句話將萬貴妃堵得開不出口，想了想說：「這些情形，你當時為甚麼不跟我說？」

「奴才怕娘娘聽了懷太監的話，會生氣。」金英又說：「這是奴才的錯。」

「你錯到極點了！滾！」

金英是被赦免了，但事情還得辦；盤算了好一會，派人將乾清宮總管太監張敏找了來有話說。

「萬歲爺看上紀小娟那個騷貨，是你拉的馬不是？」

張敏急忙跪了下來說：「奴才從不敢做這種事。」

「那個騷貨在安樂堂生了個男孩，你知道不？」

「奴才聽說了。」

「你當然得跟萬歲爺報喜信！」萬貴妃斜睨著他問：「是嗎？」

「不是！」張敏答得非常爽脆：「這種事，奴才怎麼敢多嘴？」

「好！你還算有良心。我就把這件事交給你了，你到安樂堂傳旨，說萬歲爺要看看這個孩子；以後，」萬貴妃停了一下說：「以後就看你是怎麼方便，是捏死，還是扔在荷花池裡。」

聽到最後兩句，張敏內心震動，但仍力持鎮靜，「是，」他用平常的聲音說：「奴才去想個妥當的辦法。」

「還有，如果萬歲爺知道了這件事，你可想想你是甚麼罪名？」

張敏意會到這是萬貴妃借刀殺人，而又拖人下水；如果皇帝知道了，追究其事，他得擔負謀害皇子的責任，那是族誅的罪名。

轉念到此，不寒而慄，出了昭德宮，便去找懷恩商議。

懷恩靜靜聽完，先問一句：「你打算怎麼辦呢？」

「萬歲爺只有柏賢妃生的一個兒子，三天兩頭發燒拉稀；難得小娟也生了一個，自然得想法子留下來。」

「一點不錯。」懷恩撫著他的背說：「你去看吳娘娘，就說我說的，務必請吳娘娘保護；越隱祕越好。」

「是。」

「還有，」懷恩問道：「你知道不知道，是誰到萬貴妃面前多的嘴？」

「這得問金英。」

「金英說是楊林有。」懷恩又說：「你到了西苑，順便打聽；如果真是他，可容不得他在那裡了。」

原來楊林有專管安樂堂，職稱叫「提督安樂堂」；張敏回去盤算了一下，如果真的是楊林有告的密，吳廢后怎麼樣也保護不了紀小娟母子；這一層須先澄清了，方好辦事。

於是他先找到金英，細問經過，證實了確是楊林有告的密，那就不必再到西苑去打聽了。

聽完張敏的報告，懷恩決定直接找楊林有來問；此人自恃有萬貴妃為奧援，直認不諱。那知懷恩胸有成算，採取了非常明快的手段。

「你提督安樂堂，幹麼到昭德宮？你懂規矩嗎？」

規矩是不得胡打亂走；楊林有只好認錯，「是我不對。」他說：「下回不敢了。」

「沒有下回了，你到南海子去『蹲鎖』。」

太監宮女犯了輕微的過失，處罰的辦法是，宮女「提鈴」；太監「蹲鎖」。提鈴在宮內，每晚隔一個更次，提著銅鈴，前前後後走一遍，等於報更；蹲鎖是將手腕用一根鐵鍊繫在數十斤重的石鎖上，鍊子甚短，站不直身子，又不能提著石鎖行動，只好蹲在那裡，實即變相的囚禁。

蹲鎖不要緊，短則三月，長則半年，便可恢復自由，但一聽說發到南海子去蹲鎖，楊林有頓時臉色大變。

南海子在京城以南，元朝名為「飛放泊」，又名南苑；原是皇帝狩獵騎射的所在，有時也在這裡檢閱禁軍，地方甚大，設有「提督南海子」太監一員，專責管理。楊林有所以色變，是因為提督南海子的太監周能，是他的死對頭，如果發到那裡去蹲鎖，不但不能活命，而且先得飽受凌虐。

「懷公公，你老不能開恩？」

「不能！」懷恩答說：「你犯的過錯，太大了！小皇子的命要斷在你手裡，你自己去想吧！」

懷恩言出必行，絕無例外；楊林有發覺自己這一趟昭德宮之行，無意間踏上了死路，狠一狠心，慨然說道：「懷公公，你不必借刀殺人了！你給我一包藥，我到西山廟裡去死。」

「好！我成全你。」懷恩問道：「你有甚麼話交代？」

「我在肅寧的老娘、弟弟——。」

「你不必說了！」懷恩搖搖手打斷他的話：「你娘，我養她的老；你弟弟，我給他娶媳婦，生下來第一個兒子是你的。」

「那，」楊林有流著眼淚說：「我得給懷公公磕頭。」

「不必，不必！」懷恩攔著他說：「你放心去吧。」

他取出來一包秘製的毒藥；楊林有當著他的面，服下肚去。然後，懷恩派人將他送到西山一處太監醵資修建養老待死的兜率寺；當天晚上，楊林有毒發身死，就葬在兜率寺後面的「義園」中。

3

一向死氣沉沉的安樂堂，即令是豔陽三月，每一個人看出去都是灰黯天氣；自從紀小娟生了皇子，經由耳語傳布以後，情況不然一變，每個人都有了一件感興趣的事，私下聚晤，有了談不完的話題；一個人獨處，也有可轉念頭，總之，日子不是那麼難以打發；黃昏也不是那麼可怕了。

幾乎每一個人都認為保護小皇子及他的母親，是神聖的天職；而能夠瞞住萬貴妃，讓小皇子長大成人，是一件非凡的成就。尤其是在楊林有服毒死在兜率寺以後，好些平時嘴快的人，亦都不時自我警惕，口舌不謹，便難活命——本來倒不怕死；反正這種日子，生死並無分別，但一想到小皇子，頓覺生之可戀；有一個謎，永遠維繫著她們的興趣於不滅：皇帝知道自已有這麼一個兒子，會作何處置？萬貴妃又會是怎麼樣的態度？

到了年底，有個意外的變化，使得大家更興奮，也更謹慎了——柏賢妃所生、命名為祐極，並且已立為太子的皇二子夭折了。死因不明，但萬貴妃卻脫不得干係，有的說她買通了御醫，為太子診治痲疹時，故意下錯藥，轉為驚風而不治；有的說，根本是萬貴妃派人在暗中下了毒手，太子是活生生地被悶死的。

於是，吳廢后將平時幫同照料、老成可靠的幾個年齡較長的宮眷找了來，提醒她們說：「大明朝的家法是立長；小娟的兒子，是將來的皇上。萬胖子是絕不會再生了；就算鐵樹開花，她能再生一個兒子，也爭不到皇位。萬歲爺如果不顧家法，朝中大臣都會力爭。」

這樣，保護小皇子的意義又不同了，大家是在保護太子；太子即位成為皇帝，當然要酬恩。

一轉念間，眼前頓時閃現一片光明。

「拿我來說，」吳廢后毫不掩飾她的心境，「總以為這一生就此完了，淒淒涼涼一直在安樂堂磨到死。現在我的想法不同了，我一定有熬出頭的一天；你們也一樣。」

「吳娘娘，」有個也是曾為皇帝所幸，而由於萬貴妃妒嫉，被貶到安樂堂的女官王福祥說：「我看是該打開天窗說亮話的時候了。」

「還早，還早！」吳廢后連連搖手，「你們千萬要記住，一著錯，滿盤輸；一定要萬無一失，才能把這件事說出去。」

大家平心靜氣地商議，認為此時「打開天窗說亮話」有一最不利之處是：小皇子尚在襁褓，不能離母，但如經奏聞皇帝，立為太子，出居東宮，乳保再多，不抵生母的抱持呵護，即令沒有萬貴妃的暗算，亦有夭折之憂。所以非小皇子斷奶以後，而且長得結實，不能讓他離母。

話雖有理，但王福祥始終認為，先爭到太子的名分，是當務之急，至於如何防備萬貴妃的侵害，以及如何撫育小皇子，那都不是太難之事。因此，在得知三閣臣有一道「望均恩愛」的奏疏以後，復又重申前議。

這時候的閣臣，李賢、陳文業經下世；首輔是太子太保兼文淵閣大學士的彭時；其次是「三元及第」的商輅，於成化三年復召，以兵部尚書兼學士而入閣；末了一個就是禮部左侍郎兼學士的萬安。三閣臣合疏，出自彭時的手筆，他認為皇帝對「外廷大政，固所當先，而宮中根本，尤為至急」。所謂「宮中根本」，即是「國本」，也就是東宮儲位。

彭時說：「諺云『子出多母』，今嬪嬙眾多，維熊無兆。必陛下愛有所專，而專寵者已過生育之期故也。」這話非常露骨，顯然是指萬貴妃而言；接下來的建議，便是針對「專寵」而作的，「望均恩愛，為宗社大計。」

這道奏疏為皇帝惹來意外的煩惱。因為萬安居閣臣之末，首輔主稿，商輅亦毫不遲疑地署了名，但指責的是他的「姑母」萬貴妃，署了名得罪「姑母」；不署呢，這樣一道關乎國本，而且愛君之情溢於言表的奏疏，不肯署名，實無理由，尤其是司禮監懷恩，一見他便是滿臉鄙夷之色，即令勉強找出理由，譬如外臣不宜過問宮闈而推託，但懷恩要刷他下去，容易得很，只要說一句：三人不能同心，國家之憂，萬安不宜再與彭時、商輅共事。馬上就會將他逐出內閣。

當然，這雖是個難題，卻還難不倒言行不一的小人；他泰然地署了名，但另外抄了一份底稿，託梁芳轉達萬貴妃，並表達了身不由己的苦衷，請萬貴妃諒宥之意。

皇帝原以此奏過於率直，怕萬貴妃知道了不高興，所以只命懷恩到內閣降了一道手敕：「覽諸卿所奏，具見忠愛之忱，朕實欣然嘉納。惟後宮之事，朕自有主見，諸卿之意，朕既已明，嗣後可勿再言。」同時叮囑，此事不可傳入昭德宮。

本來內閣章奏，只有司禮監中少數當權的太監，方能寓目；懷恩處事又一向細密，必能瞞過萬貴妃。那知第二天，皇帝駕臨昭德宮時，萬貴妃就發作了。

「聽說外面有人罵我會吃醋，不讓萬歲爺到別的宮裡去。有這話嗎？」

「沒有這話。」

「要不要我拿證據出來？」

「好呀！我看看是甚麼證據？」

皇帝這話便露了馬腳，等於承認了有這回事，而且證據不是一件。萬貴妃心思也很快，如果將底稿拿了出來，可能會從筆跡上去追索來源，豈不是害了「當宰相的姪子」？

因此，她只將她覺得最刺心而牢牢記住的那句話唸了出來：「『必陛下愛有所專，而專寵者已過生育期故也。』」

皇帝默然；息了好一會說：「那也是實話。」

「好，好！」萬貴妃推著皇帝說：「好，好！『望均恩愛，為宗社大計』。你請趕緊去找會生兒子的吧！」

這樣無理取鬧，皇帝自然氣惱，但卻不能不好言撫慰。萬貴妃一時鬧不出花樣，不了了之，但從此以後，對皇帝的行動卻更注意了，耳目廣布，只要聽說皇帝在後宮何處逗留時間較長，常會突然趕了去，攪散好事。

但皇帝無後，確是件值得憂慮的事，繼三閣臣以後，又有人建言廣愛，皇帝經常向懷恩、陳敏嘆著氣說：「莫非都是不會生育的石女？」

於是不但王福祥，另有個謫廢的蕭妃向吳廢后說：「萬歲爺想兒子，都快想瘋了，何必讓他煩惱？把實話說出去吧！」

「不行！時機未到。」

「我倒有個主意，」王福祥說：「這件事，不妨悄悄兒面奏太后；看她老人家怎麼說？」

吳廢后沉吟了好一會，還是搖搖頭，「老太后向來是大而化之的脾氣。」她說：「她知道了，當然高興，也會替小娟作主；就算立為太子，老太后也未見得能保護得了這個孫子。」

「那也不然。」蕭妃說道：「東宮到底有東宮的體制，要甚麼有甚麼；不比如今小娟母子見不得天日。」

原來紀小娟一直被安置在吳廢后居處的一個地窖中；雖然冬暖夏涼，但一切不便，而且小皇子因為從未見過陽光，生得瘦小纖弱，長此以往，亦是大可憂慮之事。

「現在，小皇子已經會走路了；那麼一小塊地方限制不住他了，萬一不小心，讓他溜了出去，一現了形，會惹起大風波。到那時候再來解釋，只怕很難。」

「還有一層，」王福祥緊接著說：「倘或皇帝倒另外有了兒子，立為東宮；居長的不反倒落了後了嗎？」

這層卻是不可不慮，吳廢后想了好一會說：「話是不錯，可是十月懷胎，事先總有消息，等聽到誰有喜了，總能搶在人家前頭。」

「與其到時候爭東宮之位，何不現在就名正言順地拿到手？」王福祥又說：「要爭要搶，總不是一件好事；如果萬胖子幫著那面，咱們這面一定會落空。」

茲事體大，吳廢后覺得不宜再堅執己見；決定找懷恩來商議。

其時提督安樂堂的太監，名叫李弘，是懷恩特別挑選了來的，妥慎可靠；啣了吳廢后之命，當天就把懷恩找了來，細談此事。

「懷太監，」吳廢后說：「這件事如果私下面奏太后；外面有你維持，我想有人想下毒手也很難。」

「當然，只要立為東宮，我一定會好好安排。不過，奶娃兒離不得娘，不知道紀小娟本人的意思怎麼樣？」懷恩又加了一句：「兒子到底是她的。」

「這話不錯。」

「那就請吳娘娘勞駕，去問一問她。」

「你也去。」吳廢后說：「有些情形我不清楚，她有話要問，只有你能答她。」

於是由吳廢后親自引路，進入後房，打開一扇櫥門，熒然一燈，照出是個地道入口；原來成祖居藩時，與建文帝叔姪之間，相互猜疑，成祖固有取而久之的異謀；建文帝亦想翦除而後快，因此成祖特在西苑蓋了一幢房子，名為避囂，其實潛隱，造了一座極深的地窖，有時為防建文帝派人行刺，晚上即宿在地窖之中；倘有南京來的有關係的人物，不便公然露面的亦在此處接見密談。

曲曲折折，一共下了三層梯階，豁然開朗——實在亦只是相對偪仄的土階而言；那間地窖，亦不過兩丈方圓，但開的一個天窗，非常巧妙，比較明亮，所以顯得開朗了。

吳廢后擺一擺手，示意住腳；懷恩定睛一看，才知道紀小娟正抱著小皇子，一路搖晃著走，一路哼著催眠的兒歌，便靜等紀小娟將熟睡的小皇子輕輕置放在土炕上，蓋嚴了被子，方與吳廢后一同入了土室。

「娘娘！」紀小娟斂衽為禮；抬眼一看，又驚訝地說：「原來懷公公也來了。」說著，便走過去掀茶壺套。

「你別張羅，」吳廢后說：「今天懷太監來，有件大事跟你商議，看你的意思如何？」

「是。」

「我跟懷太監都覺得這樣躲著，也不是回事，想把你生了皇子的事，悄悄回奏太后；請太后作主。」

「是！」紀小娟問：「請太后怎麼樣作主？」

「自然是立為太子。名分一定，大家都安心了。」

「阿孝成了太子，」阿孝是吳廢后替小皇子取的乳名；紀小娟又問：「自然要入東宮。」

「是啊！」吳廢后問：「你的意見呢？」

「我們母子兩條命，都是娘娘給的；娘娘怎麼說，怎麼好，小娟沒有意見。」

「話不是這麼說，兒子到底是你的。」

紀小娟欲言又止，彷彿難以啟齒似地，懷恩便鼓勵她說：「這裡沒有外人，更沒有甚麼忌諱，你有話儘管說。」

「懷公公，你知道的，萬娘娘饒不過我們母子；我倒不在乎，自從阿孝下地，我就知道我這條命遲早不保。為阿孝，我死而無怨；可是，我死了，阿孝仍舊不能保命，那樣子，我是死不瞑目。」紀小娟停了一下說：「娘娘一定要我說，我就說；我把阿孝交給娘娘，請娘娘看顧他成人。」

「喔，」吳廢后吸了口氣，「這副重擔我負不起。你想想，我現在不還是跟你一樣；你將來封妃還能回大內，我是一輩子沒指望的人，怎麼能看顧得了阿孝？」

「我那裡還會做封妃的夢？」紀小娟說：「我也知道，我剛剛的話，求娘娘是太過分了。」

「不過分！換了我，也一定這麼說；無奈做不到。不過，這樣下去，也不是個了局，你自己總想過吧？」

「是。」紀小娟的神態語氣，非常平靜：「我天天在想，夜夜在想，從最好想到最壞，我們母子有五種結局，最好的是，阿孝將來接皇位，我也還能活著，那是夢想；我只轉過一次念頭，就不再去想了。」

「那也看運氣，暫且不提。」吳廢后問：「第二好呢？」

「第二好是母子都活，不過阿孝不會做皇帝。」紀小娟雙眼睜得很大，顯得很鄭重地，「如果真的發生了像我心裡所想的那種情形，那時要請吳娘娘跟懷公公作主成全。」

「喔，是怎麼一種情形？」

「是皇上另外有了兒子，立為東宮；那時候看情形，請吳娘娘、懷公公奏明還有阿孝這麼一個皇子。如果說萬歲爺要改立阿孝為東宮，請吳娘娘、懷公公務必勸萬歲爺，一動不如一靜；太子換來換去，朝中大臣一定會起爭議，不是國家之福。」紀小娟突然露出興奮的神色，「只要阿孝不做皇帝，萬娘娘或許肯高高手，饒過我們母子。阿孝是皇子，當然會封王；最好封在廣西，我們傜僮看在他是外甥的分上，不會再造反作亂。這一來，我們母子能夠在一起，阿孝為朝廷守住大明江山的邊疆，也可以對得起祖宗了。」

「你這個想法好有趣；也不是做不到的。不過，真的有這樣的情形，我是說不上話的，」吳廢后看著懷恩說道：「那時候只有靠你。懷太監，你得把小娟的話，緊記在心裡。」

「是。」

談到這裡，其實已經有了結論，應該要研究的是，怎麼樣能讓她們母子平平安安地在這地窖中活下去，撐持到皇帝另生一個皇子，立為東宮；那就是小娟母子出頭之日了。但吳廢后談這件事，談出濃厚的興趣，所以復又問道：「你還有甚麼想法？」

「就如我剛才所說的，只怕也是空想；我自己以為，阿孝能繼承皇位，我就不容於萬娘娘，我死了還是高興的。至於談到最壞，當然母子都死——。」

「不，不！」吳廢后急忙安慰她，「有我在，絕不會壞到那個地步。」

「是！我想想也不會，不然辜負了娘娘跟眾位的苦心，老天爺也未免太無情了。」

這時，紀小娟停了下來，臉上浮起一層憂慮，「我想得很透徹，怎麼樣來說也只有我死了，阿孝才能活命。只要他將來還記得有我這個苦命的娘，我死也閉眼睛了；只有一件事，我死不瞑目，將來人家跟阿孝提到我，他連我甚麼樣子都記不起，那才是冤沉海底了。」

吳廢后默然，心裡在想，這還不算「冤沉海底」；最冤的猶有其人，那就是先帝——英宗的生母，只知道是個宮女，連姓名都不知道。

這時，始終未曾表示過任何意見的懷恩開口了，「吳娘娘，」他說：「不管將來好也罷、壞也罷，總要等小皇子開了知識，能記得生母親娘是怎麼個模樣，才談得到其他。」

「是。」紀小娟緊接著他的話說：「我正是這麼個意思。不過，」她急忙又將話拉了回來：「一切都要請吳娘娘作主。」

吳廢后陡然地自我激起一番雄心壯志，「我可不相信邪！偏要鬥一鬥萬胖子。」她嘴角露出信心十足，並彷彿是那種對仇人予以致命一擊以後才有的，微帶獰厲的笑容。

「是，人定尚且可以勝天。」懷恩深深點頭，「吳娘娘心思細密，請吳娘娘主持全局。」

「我主內，你主外。」吳廢后說：「你我把責任分一分。」

「是，請吳娘娘吩咐。」

「第一、是要瞞住萬胖子，這是你的事。」

「是。如果是太監洩漏，唯我是問。不過——。」

「你不必說了！」吳廢后搖搖手，「如果是安樂堂的人洩漏消息，你問我。」

「不敢！」懷恩又說：「不過，真的出了事，追究是誰的過失，於事無補；另外也還得籌畫個應變之道。」

「一點不錯。」吳廢后深深點頭：「我有時在想，倘或萬胖子知道了，突然之間，派人來搜，總要有個地方可躲。」

「是。」懷恩問：「吳娘娘有甚麼想法？」

「俗話說：狡兔三窟。這裡雖然隱密，可是沒有退路；一堵住了甕中捉鱉，沒有地方逃。」

「是。」懷恩答應了這一聲，只是不斷眨眼沉思，好久好久都不開口。

吳廢后忍不住催問：「怎麼樣？」

「我在想，」懷恩慢吞吞地答說：「吳娘娘能想到這一層；雄才大略的永樂爺，一定也會想到。既然想到，就一定會有預防的辦法；也許這裡另外有出路，亦未可知。」

「在那裡呢？」

「這就不知道了。」懷恩答說：「這條出路，一定極其隱密，當時就沒有幾個人知道；以後用不著了，就更沒有人去留意了。我想去查一查老檔，能有圖樣留下來就好了。」

「如果沒有呢？」

懷恩又沉吟了一會，毅然決然地說：「那就另闢一條出路。」

「好！」吳廢后問：「你這條出路怎麼闢？」

「我想開條地道，一直通到吳娘娘臥房裡。」

「這好，這好！」吳廢后一迭連聲說：「反正萬胖子要來搜，事先總有信息；小娟抱了阿孝到我那裡來，躲在我床上。萬胖子敢進來，我跟她拚命！」

「也不至於到那個地步。」懷恩問道：「吳娘娘倒再想一想，作個長久之計，還應該有甚麼安排？」

「就怕有病痛。」吳廢后說：「出痘、出痧子；說不定會驚風，到時候沒有一個郎中在旁邊，怎麼辦？」

這是一大難題。安樂堂倒是有個太醫院派來的醫生，但都是醫道不高的，而且以婦科為主，不擅兒科；懷恩想了一下說：「只有找太醫院改調一個來，要兼長兒科；不過這個人很難找，既要醫道好，又要守口如瓶，安樂堂這個冷地方，不知道人家肯不肯來？」

「只要跟人家說明白；反正這件事對郎中是瞞不住的。」吳廢后說：「只要阿孝能夠出頭，他就一定會有好處。」

「是。」懷恩答說：「我倒想到一個人，或者比太醫院的人更合適。」

「誰？」

「是——。」

是尚寶司的一個女官，名叫林寶珊；她家三代儒醫，林寶珊家學淵源，而且很用功，尚寶司清閒無事，她整日一卷在手的，就是醫書。

聽懷恩講完，吳廢后很興奮地說：「林寶珊如果肯來，可以跟小娟一起住，日夜都有照應，那就再好不過了。可是，她怎麼能來呢？」

「只要她肯來，就告病好了。這容易。」

「好！就這麼說了。」

第二天上午，懷恩特別到尚寶司去訪林寶珊，說些閒話，不及正題。林寶珊不免奇怪，「懷公公！」她說：「你不是閒得無聊吧？」

「怎麼？」

「不是閒得無聊，怎麼會找我來聊天？」

懷恩笑一笑說：「我倒是有事，不敢說。」

一聽這話，林寶珊趕緊去將房門關上，「懷公公，」她說：「你如果不便說，最好不說，我也不來問您。如果是不敢說，那，請你放心，出你口，入我耳，不會洩漏的。」

「好，好，我先問你，你對你自己的醫道，有沒有把握？」

「這要看那一科？外科我可是一竅不通。」林寶珊說：「內科、婦科，總有六、七分把握。」

「小兒科呢？」

聽這一問，林寶珊笑了，「懷公公，」她問：「你問我這話，總有緣故吧？」

「當然。你如果沒有把握，我就不必往下談了。」

「懷公公，你看！」林寶珊拿起本書一揚，題簽是「保赤新書」四字，「我近來專攻兒科，自覺有個八、九分把握；可惜——。」她搖搖頭，作個無奈的表情。

「可惜甚麼？」懷恩問說：「是可惜沒有用武之地不是？」

「正是。」林寶珊很起勁地說：「太子出痧子，太醫院的藥方，有一味石斛；我說痧子不可用石斛，甘涼之劑拿病毒壓了下去，會出大毛病。有人——」她向外看了一下，壓低了聲音說：「有人警告我，少談太子的病，萬貴妃知道了，會不高興。後來果然轉為驚風。」

「府上三代儒醫，你又肯潛心鑽研，我知道你是高手。不過，我不知道你對兒科，這麼有把握。」

懷恩問道：「你要不要試試你的手段？」

林寶珊大為困惑，「宮裡那裡有孩子要我來看？」她問：「莫非不是在宮裡？那我可無能為力。」

「怎麼呢？」

「我不能出宮啊！」

「雖不能出宮，可是能到西苑啊！」

「西苑？」

「安樂堂。」

林寶珊大吃一驚，「安樂堂怎麼會有孩子？懷公公，」她張口結舌地，「你可別害我！」

「何出此言？」

「西苑有了孩子，一定是私孩子；那是誰的種？這件事鬧出來，我怎麼得了？」

「你不得了，我更不得了；那不是害你，是害我自己。」

一句話提醒了林寶珊，沉住氣說：「其中別有原因，懷公公請你明明白白說吧！」

等懷恩將整個情形說明白，林寶珊內心大為震盪，一方面是無比的興奮，她沒有想到她精研兒科，自覺深有心得以後，第一個「病號」，竟是將來會登大寶的皇子；一方面卻又擔心照料不周，責任太重，不如就在此刻辭謝。心情倏而高昂、倏而低沉以至於面紅氣喘，神色顯得焦躁不安。

懷恩由她的臉上看到心裡，便即說道：「我知道你很難拿主意，這樣吧，你先去看一看，如果覺得沒有把握，咱們今天所談的，作為罷論；你不說，我也不說，就像沒有這回事。你看如何？」

「好！好！這樣最好。」林寶珊問：「甚麼時候去？」

「隨便你。」

「就是明天好了。」

到了第二天，懷恩親自領著林寶珊來見吳廢后，然後一起入地窖。二月初的天氣，春寒猶勁，但地窖中春氣融和，跟外面似乎相差了一個月。滿床在爬的小皇子，聽得媽媽一聲：「阿孝！」隨即安靜了下來，坐在媽媽懷中，吮著手指，雙目灼灼地只望著林寶珊，而無視於吳廢后與懷恩，顯然地，他已能分辨得出誰是陌生人。

林寶珊抓住他的小手，捏一捏腕臂，發覺他雖生得比一般的嬰兒來得纖瘦，但筋骨卻很結實。然後一面觀察，一面詢問；紀小娟都是老老實實地回答，毫無隱飾。

「種過痘沒有？」

聽得林寶珊這一問，大家都楞住了，最後是吳廢后說了心裡的話：「我們都沒有想到過這件事。」

「要趕快種。小兒出天花是一大難關；碰到不巧，將來弄成個麻臉，觀瞻不雅。」

吳廢后笑了，「我沒法兒想像，麻子皇上坐朝，是怎麼個樣子？」說完，又笑；引得大家都笑了。不笑的只有懷恩，他心裡想到一件事，宋哲宗駕崩無子，只有在神宗的庶子中，擇一而立；當時中王趙佖居長，倫序當立。但申王瞎了一隻眼，望之不似人君，太后不許；改立其次的端王趙佶，就是導致宋室南渡以避金兵的徽宗。

他心裡在想，小皇子如果出天花照料不周，弄成個麻臉，即令皇帝能容忍，萬貴妃一定會大肆譏嘲，那就根本不可能立為東宮了。

轉念到此，他毫不遲疑地說：「寶珊，你來替小皇子種痘；痘苗我去找。」

聽得這一說，林寶珊即時有畏縮的神色，「種痘的法子我懂。」她說：「不過，我從未動過手；這不是紙上談兵的事。」

原來種痘之法，是宋朝發明的，原理是以痘引痘，將嬰兒的「胎毒」發洩出來，從此終身可免染患天花。

「痘苗有四種，最好的是水苗，找出種痘發到好的痘痂，研碎了，夾在新棉花中，加水弄濕，捲成一個小捲，塞在鼻孔裡面，一兩天就會發熱，三天就會發點，照樣像出痘那樣，起蕾灌漿，不過，辰光短、症候輕，不會出危險。可是，分量多少、濕到甚麼程度，在在都有講究，沒有經驗必欠圓滿。」林寶珊又說：「只要發出來了，我有把握，一定痊癒；但種痘，我可是敬謝不敏。」

「你何妨試一試。」吳廢后說：「或者先找人請教請教。」

「這不是能輕試的事。」

「這樣，」懷恩接口，「我到外頭去請教善於種痘的好兒科，把水苗預備好，帶回來塞到少皇子的鼻孔裡面，這應該是輕而易舉的事吧？」

林寶珊想了一下說：「這倒可以。不過，請懷公公一定要問清楚——。」

「你乾脆把要問的事，」懷恩打斷她的話說：「一條一條寫下來。」

「喏，」吳廢后站起身來，指著一張設在曲折透光之處的桌子說：「就在這裡寫吧！」

桌上有個文房四寶盤，吳廢后親自為她注水研墨；林寶珊連聲說道：「磕頭，磕頭！罪過，罪過！吳娘娘我自己來。」

等林寶珊凝神細想，將應該詢問的事項，一條一條列舉寫完，懷恩便說：「寶珊，現成的紙筆，你順手再寫一張呈子？」

「呈子？」林寶珊詫異，「寫甚麼？呈給誰？」

「寫一張告病、請撥至安樂堂休養的呈子。」

「喔！」林寶珊點點頭，毫不遲疑地寫了下來，一併交給懷恩。

「是這麼回事，」懷恩為吳廢后解釋，「寶珊怕照料小皇子的責任太大，頂不下來；我說先來看了再說。如今，寶珊當然是有把握，願意來了。」

「懷公公這話說對了一半，」林寶珊接口，「願意來是真的；有把握可不敢說。」

「只要你願意來就好了，有把握的話，誰也不能說。將來真的有個三長兩短，也是命該如此。」

吳廢后又說：「阿孝很聰明、很乖；往後會越來越好玩。你儘快搬來，也給我作個伴。」

「是。」

林寶珊此行，皆大歡喜。懷恩以司禮監的身分，批准了她的呈文；第二天就派人送了她來，與吳廢后同住。

懷恩另外要辦的一件大事，便是探索紀小娟所住的地窨有無祕密通路？宮廷營造歸內府十二監中，僅次於司禮監的內宮監掌管，專有一間檔房，收藏各宮各殿的圖樣；圖與樣是兩回事，樣或名為「燙樣」，用數層厚紙裱成的紙版，用烙鐵燙出摺痕，按照房屋的規制、比例縮小，以丈準尺、以尺準分，製成模型；製貯模型的場所，名為「樣子房」，管理的太監名叫范通，自大內至西苑，沒有一處建築是他不熟悉的。

「吳娘娘現在所住的玉熙宮，是永樂爺登基以前就有的；現在檔案中的圖樣，都是永樂十五年，泰寧侯陳珪奉旨營造北京以後才有的。永熙宮後來翻造，也只是地面上的事；地面以下，有沒有祕密地道，圖樣上是找不出來的。不過，有一個也許知道，不妨問一問他看。」

「誰？」

「阮光。」

「阮光？」懷恩敲敲額頭說：「好像聽見過這個名字。」

「就是阮安的姪子。」

「啊、啊，是他！」

原來永樂九年，英國公張輔受命征交趾，歷時三年而大功告成，獻俘時帶來一批交趾幼童，挑了十來個聰明伶俐的，閹割為小黃門，其中有個阮安，在營造上特具天才，有一項絕技是，房屋多高多寬，伸出手指來比量一會，便能報出尺寸，實測的誤差極微，因而為泰寧侯陳珪所重用，三大殿即出於阮安所規劃。

阮光是阮安的胞姪，追隨叔父，亦頗諳此道。三十年前因雙目失明，退居西山一座佛寺中，懷恩曾見過此人，但久已淡忘；如今聽范通提起，方始想了起來。

「他如今有八十了吧？」

「八十二。」范通答說：「不過神智還很清楚。當年阮安從大內到三海，沒有一處不曾踏勘過；阮光一直跟在他身邊，或許也知道玉熙宮的情形。如果他不知道，那就不必再白費工夫去查訪了。」

「好！咱們到西山去走一趟。」

第二天起個早，帶上四色水禮，專程到西山去訪阮光；三十年前的懷恩是個小太監，原以為阮光對他，一定不會有印象，那知不然。

「懷司禮，」阮光問道：「你本姓是戴吧？」

「是。」

「眉心長了一顆硃砂痣，是不是？」

「是。」懷恩驚喜地說：「阮公公還記得我？」

「怎麼不記得？令叔戴侍郎，死得冤枉。」阮公又說：「那時大家都說：新來的小把戲是大臣的子弟，都要想看一看你。那是四十年前的話了。懷司禮今年貴庚？」

「虛度五十。」

「不錯，那時的懷司禮，不過十歲上下。」阮光問道：「懷司禮怎麼想到了我這個廢人，老遠上山來看我？」

「是有件事，專誠來請教阮公公。」范通代為回答。

「喔，你老范陪了來，想必是營造方面的事？」

「是。」懷恩答說，「想當年，你阮公公襄助令叔，大興土木，不知道玉熙宮改建過沒有？」

「玉熙宮？」阮光略想一想說道：「那時不叫玉熙宮，叫集賢齋。」

「這就是說，是永樂爺居藩的時候，會客的所在？」

「也沒有多少客，聽說只有道衍法師常去。」

懷恩心裡明白，原來是成祖與姚廣孝商議機密大事之處，便即說道：「怪不得有一座地窨！想來阮公公也曾到過？」

「到過。」

「請問地窨中，有幾條出路？」

「聽說有兩條。」

懷恩大為興奮，說有「兩條」，自然是一明一暗，這暗的一條在何處？懷恩想了一下問道：「阮公公是聽誰所說？」

「三保太監。」

「三保太監」即是七下西洋的鄭和，為成祖除姚廣孝以外，最大的心腹，他說的話，絕對可靠，「我想請教阮公公，現在玉熙宮的地窨的出路，只有一條，」他問：「另外一條在那裡？」

「我不知道。」這四個字令懷恩失望，但接下來那句話，復又使他興奮；阮光的轉語是：「不過，我想是有的。」

「喔，阮公公是那裡看出來的？」

「從情理上來看。地窨如果要住人，非有退路不可。且不說有人暗算，好比甕中捉鱉；即是意外之災，譬如附近房子失火，入口讓火燄封住，那裡去逃？何況，永樂爺——。」

他沒有再說下去，但意思很明白；那正就是懷恩最初的想法，成祖既以其地為密謀大事之處，不能不顧到倉卒變起而得以自保的措施。當然這應該是一條極隱密而不易惹人注意的出路。

這樣轉著念頭，不由得就問：「照阮公公看，這條退路應該在那裡？」

「這要到那裡看了才能找出來。玉熙宮那一帶我比較少去，而且事隔三十多年，我不大記得起來了；只記得那裡有個牲口房，養了好些珍禽異獸。」

「是。」范通答說：「牲口房仍舊在羊房夾道。」

「羊房夾道？」阮光抬頭道：「從前沒有這個地名。」

「喔，」范通解釋：「十幾年前才有的。牲口房擴大了，專門造了一座圈禁老虎的虎城、一座養羊的羊房。」

「既名為城，地方應該很大？」

「虎城不大，不過堅固而已。羊房很大。」

阮光沉吟久久，方始開口，「懷司禮，你今天真個叫做問道於盲了，害你白跑一趟，我心裡很過意不去。」他略停一下又說：「我想退路一定是有的，你不妨讓老范陪了你，前後左右，仔細看一看；照我的想法，出口或者會在牲口房；還有陰溝涵洞，也不妨留意。」

「是！是！多謝阮公公的指點。」

「瞎指點，不作數。」阮光接著又問：「不過，我們有點好奇，不知道懷司禮忽然來打聽這件事，是何緣故？能不能見告？」

這個緣故，懷恩何能相告？想一想答說：「阮公公，我不能告訴你；不過我也不欺你，是有個緣故在內。」

「好，好！你這樣說，我很高興；你沒有欺我。」阮光又問：「老范，你帶了食盒來沒有？我可是吃長素，沒有酒食款待；如果願意吃齋，我叫他們預備。」

「多謝，多謝。」懷恩說道：「我還得趕回宮去；改日再來奉擾。」

作別下山，懷恩一路尋思，默無一語；這樣的態度，頗引起范通的注意，不由得也像阮光一樣，想打聽打聽，何以懷恩要探索玉熙宮另外有無通路，而且顯得非常關切；但轉念想到他回答阮光的話，看來問也是白問。

不過，有件事卻不妨談談，「懷司禮，」他說：「你要找那條祕密出路，在外找不如在裡找。找到了裡面的進口，自然就會找到外面的出口。」

「是啊！」懷恩深以為然，「我得從裡面去找。」

「要不要我派人來供差遣？」

這一問其實是試探。懷恩心想，如說不必，便意味著不願外人參與，顯然有不可告人之處，范通因為掌管營造，常為萬貴妃所召見，與繼曉等人亦很接近，如果他起了疑心，是件很不妥當的事。倘或據實相告，又怕他會到昭德宮報密邀功，因而躊躇久久，無法作答。

但默不作答，更易壞事。懷恩轉念又想，將來找到祕密通路，要另外興工通到吳廢后寢室，這件事非找范通協力不可。既然如此，就應該爭取他的合作。

於是，他想了一下說：「老范，我有件大事要告訴你，你如果對萬歲爺忠貞不二，一定會保守祕密。」

「是。一定會。」

「老范，不是我不信任你，實在茲事體大，你必得時時刻刻有所警惕才好；我是怕你偶爾失言，會搞成一個無法收場的結局。」

范通看他是如此茹而不吐的語氣，不免困惑；但仔細一想明白了。

「懷司禮，你要我怎麼樣，你才能放心？是不是要我在菩薩面前罰咒起誓？」

「我們一起罰咒起誓。」懷恩說道：「你不出賣我，我不出賣你。」

「好！」范通拿手一指：「我同懷司禮前面下車。」

他所指之處名為證果寺，本名盧師寺——「盧師是隋朝的高僧，隋文帝仁壽年間，在此結茅修行，有一天來了兩個童子，自稱名叫「大青」、「小青」，願意侍奉盧師，其年大旱，官府祈雨，盧師亦為蒼生憂心忡忡；大青、小青願為盧師解憂，於是行雲興風，大雨傾盆，旱象頓甦，方知大青、小青為青龍的化身。

因為有此靈異，京師的地方官，每每到此求雨，這年冬旱，順天巡撫正要到此拈香祈禱，車馬紛紛，山門如市。見此光景，懷恩便不願進寺。

「我們到祕魔崖去吧！當著盧師的像起誓也一樣。」

祕魔崖就在證果寺旁邊，山腰中突出一塊兩三丈方圓的大石，下臨絕壑，石上長一株三、四尺高的松柏，相傳是盧師手植，已歷千年之久。崖上刻著盧師的坐像，左右兩童子侍立，自然是大青、小青了。

范通命隨行的小太監，取來一條馬褥子作為拜墊，跪下來起了絕不洩漏機密，否則天打雷劈、不得善終的重誓。接著懷恩也起了誓，絕不出賣范通；如果范通因為參與此事而獲咎，他願拚死相救。

「我們就在這裡談談吧！」懷恩指著那株矮松說。

於是范通命小太監在松下鋪好坐具，送來茶湯；接著吩咐：「你們守住路口，別讓閒人闖進來。」

兩人促膝深談；范通驚喜交集，好久都說不出話來，「老范，」懷恩提到最要緊的一句話：「如果要另開一條通到吳娘娘臥房的地道，那就全靠你了。」

「這是我義不容辭的事。」

「可是要做得隱密才行。」

「這當然。」范通沉吟了好一會說：「得等到明年二月裡。」

「這有講究嗎？」

「二月裡不是開溝嗎？」

開溝又名淘溝。原來京師大小人家，都是一切垃圾滓穢，傾倒在門前，逐漸落入陰溝，每年照例在二月裡，掘開溝石、淘清汙物，開了左溝開右溝，歷時兩月，方始竣事，恰當會試之年、舉人進京到金殿臚唱這一段期間，所以有兩句諺語：「臭溝開，舉子來；臭溝塞，狀元出。」名之為「臭溝」，一點都不過分；每至開溝，車馬不通，臭氣四溢，行人經過，都是身佩香囊，手握花椒，掩鼻而過。

宮中與民間一樣，亦是二月開溝；正好作為開掘地道的掩護，第一，開溝時，大家都繞道而行，不會發現另有工程；第二、掘地道的泥土，混入溝中汙物，一起運出宮外，無人會去分辨，是那裡掘出來的。

「妙極，妙極！」懷恩不由得翹起大拇指稱讚：「老范，你真能幹。」

范通在裡外兩間的地窖中，幾乎是一寸一寸地搜索，沒有任何跡象，顯示另有一處地道出口，不由得廢然興嘆。

「奇怪！」他說：「照情理來推測，一定應該有出口，會在那裡呢？」

「找不到就算了。」懷恩說道：「你只研究、研究，新開一條，應該從那兒下手？」

「是。」范通將他手繪的一張玉熙宮關係位置圖，鋪在桌上，仔細看了一會；復又四面打量，最後視線落在壁角一個四尺見方高約二尺許的石台上。

「這地台幹甚麼用的？」

他突然站了起來，從隨身攜帶的工具袋中，找出一把釘錘，在石台上下四周，輕輕敲擊，終於露出了笑容。

「是了，懷司禮，你聽！」

一面說，一面敲石台旁邊的泥地，由近而遠，再由遠而近，懷恩也聽清了，遠近的聲音不一樣，一實一虛。

「聽聲音倒象是個出口，可是，」懷恩困惑地說，「這石台怎麼移開？」

范通不答，先提著明角風燈，仔細察看了一會，然後找到紀小娟的一張床單，鋪在地上，伏身下去，用一把鑿子挖去石台與地面相接之處的泥土，形成一條小溝，探手到石台下面，即時面現喜色。

「怎麼？」懷恩問說：「摸到甚麼？」

「似乎是個鋼圈。」

「鋼圈？」

懷恩不解所云；范通亦無暇細說，向守在地道口的心腹小太監喊一聲：「張旺兒，你來！」等張旺兒進來了，范通要他一起協力，將石台四周的泥土都挖鬆，招招手示意懷恩來探測。

「摸到了甚麼？」

「圓圓的，倒像個平擺的車輪。」

「那就是了。」范通很有把握地說，「是個鋼製的底盤；上面的石台之下，也有一個鋼圈。底盤有缺口；鋼圈有齒輪，兩下接在一起，齒輪落入缺口，往左或者往右一轉，自然就能咬住。」

舉一反三，懷恩恍然大悟，「照這麼說，」他比著手勢：「只要往回一推，齒輪轉到了缺口，石台就能脫離底盤了？」

「一點不錯。不過年深月久，恐怕鐵鏽封死了，不容易推得開。」范通旋又寬慰地說：「反正只要找到了門徑，總有辦法打開。」

將石台與地面接合之處的泥土，都清除出來，三個人合力去推轉石台，卻是文風不動。范通揮揮手示意停止，用手臂抹一抹汗、坐下來想了想說：「懷司禮，今天不行了，明天我找人來，一定可以把它打開；咱們稍微歇一歇，回去吧！」

「吳娘娘還等著我回話呢？」

「請你把實在情形告訴她就是了。」

「咱們一起去見吳娘娘，如何？」

「方便嗎？」范通反問。

「是吳娘娘不方便呢？還是你不方便？」懷恩又反問。

「別說了！」范通扯住懷恩的袖子，「咱們走。」

到了吳廢后的冷宮，真個冰清鬼冷——殿庭高敞，全靠擺設充填，才能顯出天家富貴，如果連民間殷實之家應有的家具都不具備，那種殿庭愈廣大、愈淒涼。

一個無鬚白髮、兩頰凹進、說話灌風的老太監，傳話進去，吳廢后很快地出臨接見。

「給吳娘娘請安。」等范通隨同他行禮以後，懷恩指著他說道：「這就是我跟吳娘娘稟告過的范通。」

「呃！」吳廢后沉吟了一下，問出一句懷恩跟范通都未曾意料到的話：「范通你今天來見我，有沒有想過，如果萬貴妃知道了，你會有怎樣的結局？」

范通自知已在局中，身不由己，當下老實答說，「想是想過，想得不深。」

「此話怎麼說？」

「我曾經想過，萬娘娘知道我在幹的甚麼事，她會怎麼樣整我？不過，我只是有這麼一個念頭，馬上就拋開了。」

「此話又怎麼說？」

「我有把握，有吳娘娘跟懷司禮在，萬娘娘不會知道我在這裡幹甚麼？既然如此，下面就不必再想了。」

「好！」懷恩讚了一個字，方欲再言，吳廢后搖搖手攔住了他。

「你什麼都不必再說了。現在要聽范太監的了。」

范通想了一下說：「我打算清理了原來的地道；緊接著就照懷司禮告訴我的話，怎麼樣能把地道通到吳娘娘的臥處。這至少得兩個月的工夫，那裡根本無法住人。」

「我明白你的意思了。」吳廢后問：「你有沒有把握，能在兩個月之內完工？」

「有。不過這得一切順利。」

「怎麼叫一切順利？」

「就是按部就班施工，不出意外。」

「哼！」吳廢后笑了一下，是真的覺得他的話可笑的神氣，「幾十年沒有開過的地道，裡面甚麼東西都有，你說能不出意外？」

真是「一語驚醒夢中人」，范通望著懷恩好半天說不出話。

「吳娘娘的心思比咱們細。」懷恩點點頭說，「出意外就會鬧新聞，關係不小，這件事咱們還得好好商量。」

回去細細盤算，閉塞了幾十年的地道，少不得有蛇虺五毒盤踞；而空氣必然惡濁，又可想而知，說不定只在初步探測時，就會出現意外。

「這得找內行先籌畫；不能操切從事。」

「內行莫如皇木廠，可是——」范通皺著眉頭，沒有再說下去。

原來西域有座皇木廠，是民間的富商、專門承辦內府工程，包括修建陵寢在內，對於開挖地道，自然內行。范通跟他們不但很熟，而且頗有勾結，只要他一句話，皇木廠就會派最好的工匠來候命，可是，那一來誰敢保證機密不致外洩？

「我找個人來問問。」

這個人是范通得力的助手，常被派出去監工的太監劉朝久，當然也是可共機密的心腹。等他仔細聽完了經過，沉吟了好一會才開口。

「打開這條地道，跟新開地道不同。新開地道，乾乾淨淨，進來的空氣是新鮮的；像這樣幾十年閉塞的地道，一開，馬上有股毒氣撲出來，這不是鬧著玩的。不過，」劉朝久的轉語很有力量，「也不是沒有辦法好想。」

「好，好，你趕快說！」

「先把入口打開，別忙進入；上面打個洞，用風箱往裡灌風，等毒氣洩乾淨了再進去。就怕有水，那就比較麻煩了；先得把水抽乾。」

「抽乾以後呢？」

「那就得驅五毒了！」劉朝久想了一下說：「我想應該一面往裡找，一面鋪石灰；還得結一條極長的艾索，把地道裡薰一薰才好。」

艾索是用苦艾葉子結紮而成；夏夜納涼，少不得此物，方能免於為蚊蚋所擾；懷恩問道：「艾索對蛇不管用吧？」

「怎麼不管用？蛇、耗子，都能把它薰出來；派人守在口子上，見蛇打蛇，見耗子打耗子，一定能把地道裡弄乾淨。」

「好！」懷恩作了決定：「咱們先辦這件事；到明年開溝的時候動工。」

「動甚麼工？」劉朝久急急問說。

范通只講了前半段打開地道；這時才講後半段動工將地道打通到吳廢后寢室的緣故，順便就商議興工的計畫了。

「那得先測量，用羅盤校準了方位，量好距離，畫出圖來，才能從地面上看出離吳娘娘那裡多遠，規劃出路線來。」

「這，全得仰仗你了。」

「懷公公言重了。」劉朝久受寵若驚地說：「我一定辦妥當。」

「不但妥當。」范通接口說道：「還得機密。」

「當然。」劉朝久問道：「那個石台有多大？」

「喏！」范通比畫著，「這麼高、這麼寬，大概四尺見方。」

「我知道了。」

劉朝久說：「下面一定是個鐵的底盤，年深月久鏽住了，光用手推推不動；得拿極粗的麻繩縛住，從左面或者右面，一齊著力往外拉，只要一鬆動就好辦了。」

「那得多少人拉？」

「這可說不定，得看情形再說；尤其是地方太小，看能擺布得開不？我帶十個人去。」劉朝久又問：「要挑日子不？」

宮中忌諱甚多，這種「破土」的大事，當然要挑黃道吉日；取來黃曆一看，第二天就是大吉大利的好日子。

不但挑日子，還要挑時辰，第二天是甲子日「東方甲乙木」，而木剋土，特意挑定正午動工，因為午為火；這一來，木生火，火生土，相生有情，可保順利。

第二天上午，范通及劉朝久，帶了經過嚴格揀選的十名工匠，到了玉熙宮，提督安樂堂的太監李弘亦早早到場，幫同照料，事先要做的準備工作，皆已竣事，只待時辰一到，便可動手。

近午時分，懷恩趕到；范通帶他入地窖視察，只見石台四周，已用極粗的麻繩細縛，繩子由石台後面延伸出來，用八個人拖曳；另有兩個人持飯碗粗細的一條木槓，伸入石台與土壁之間，借力外扳，這樣雙管齊下，一定可以將石台轉動。

「很好！」懷恩對李弘說，「你派人在四面路口守著，別讓人闖進來！」

「是。」李弘答應著，自去部署。

到得陽光直射的正午，由劉朝久指揮，拉的拉，扳的扳，一齊著力，試了數次，終於看到石台鬆動了，證明范通的判斷正確。等石台由左而右，劉朝久招呼暫停，仔細觀察了一會，命人將石台解縛，合力推動，一次一次地指揮木槓伸入石台與地面之間，向上扳撬，一次不行，向右推動一兩寸再試；如是試到第三次，成功了。

「懷公公，你請到外面去；石台一掀開來，氣味惡濁，中了邪不是玩的。」

「好，好！我幫不上忙，徒然礙事。」

於是懷恩到了地窖外面，由李弘陪著喝茶休息；不一會范通來報告，一如事先所研判的，入口之處是鐵製的轉盤，子午方向兩個缺口；石台之下是鐵齒輪，落入缺口往左或往右推平正了，便即封住，如將石台推轉四分之一，直角相對，便能開啟。

「地道裡有水沒有？」

「水倒沒有，不過很潮溼；有蛇、有耗子，四處亂竄。氣味壞得很，還不能進去。現在正在打洞，往裡撒石灰。」范通又說：「我想也不必等到明天；等大家吃了飯，照舊動手。」

「你是說，進人用艾索去薰？」

「是。已派人去取艾索了。」

及至停工午餐，眾人吃得一飽；一條現結的十來丈長的艾索，亦已送到，但問到誰願首先下地道時，卻都面有難色。

「要兩個人下去，彼此有個照應。」懷恩說道：「誰願下去，各賞銀五十兩。」

真個重賞之下，必有勇夫，即時有一半的人應徵。

「也罷，」懷恩說道：「五個人都下去，都賞五十兩。第二批下去的，各賞二十兩。」

「我也得下去。」劉朝久笑道：「不過，我可不領賞。」

「只要把這件事辦妥，不愁沒有你的好處。不過，千萬小心不能出事；一出事就出新聞，壞了大事。」

「我明白。」

於是劉朝久分派任務，兩個人持風燈、前後照明；兩個人持木棒、專門對付五毒；還有一個人牽引艾索殿尾。劉朝久也是左手持燈、右手執棒，走在前面。

約莫一餐飯的辰光，都出來了，「地道長得很，不知盡頭在那裡？」劉朝久說：「先薰吧！」

艾索是用極乾燥的艾葉所編結，一點燃了，很快地往裡延燒；冒出芳烈的香味與層層白煙。這樣薰了約莫半個時辰；忽然陣陣虎嘯。李弘頓時臉色大變，「不好！」他說：「虎城只怕出事了。」

正待親自去察看時，只見有個小太監氣急敗壞地奔了來報告：「虎城不知那裡來的煙子，三條老虎都被薰得亂走亂叫；你老趕快去看看。」

「好！」李弘拔腳就走。

「啊！」劉朝久突然說道：「那不就是地道的出口嗎？」

可不是嗎？如果不是地道出口，即不可能從縫隙中冒出煙來。懷恩與范通這一喜非同小可；艾索當然亦不能再焚了。

「想當初地道出口是在牲口房。」范通推斷：「以後改建虎城羊房，恰好堵住。如今，一切都好辦，先將老虎移走，由這面出口開進去，清理乾淨，再開一條通路到吳娘娘臥室，工程輕便得多。」

「那麼，是不是能提早動工呢？」

「這，我看還是到明年開溝的時候動工為宜。」

「好！就這麼說了。」懷恩很高興地說：「犒賞照舊；另外從我名下撥五十兩銀子，請大夥兒好好吃一頓。」

有件事使得懷恩很煩，虎城地縫冒煙一事，瞞不住人，傳入大內，各宮都在傳說。他深知「防民之口，甚於防川」。不能禁止，越禁越壞，只有聽其自然，讓它慢慢冷下來。

不道萬貴妃也知道了，將懷恩找了去問道：「今天聽說虎城出了事，老虎差點逃出來傷人，是怎麼回事？」

懷恩笑一笑答說：「就像說曾參殺人那樣，這個謠言，倘或再遲幾天傳到萬娘娘這裡，一定說老虎吃了幾個人。」

「那麼到底是怎麼回事呢？說地底下冒煙，這煙是那裡來的呢？」

「不知道。」

「你怎麼不查一查？」

「不查的好。見怪不怪，其怪自敗。」

「我看，」萬貴妃微微冷笑，「只怕有人在作怪。」

「萬娘娘如果真的想知道是怎麼回事，奴才去查。」

「對！你查明了來告訴我。」

這給懷恩帶來了難題，不知道該怎麼編一段故事，才能掩飾過去，只有暫且拖著，希望萬貴妃忘掉此事，不了而了。

但他失望了；隔不到十天，萬貴妃又派人來催問了。怎麼辦呢？他只有找范通來商量。

「乾脆就說清理地道好了。反正玉熙宮有地窖，是許多人都知道的。」

「對！」

於是懷恩到昭德宮去覆命，說玉熙宮的地窖因為久無人住，常有毒蛇、老鼠出沒，特意煙薰火攻，不意擾及虎城，以致虎嘯。現在正在探查，地道是否另有出口，恰好通到虎城？

這一來，不但瞞過了萬貴妃，而且反可以清理地窖為掩護，修築一條通往吳廢后臥室的地道，出口之處擺一具大櫥，內置複壁、機關做得精巧嚴密。從此，吳廢后也方便了，幾於無一日不與紀小娟、林寶珊在一起盤桓；當然，重心都在小皇子阿孝身上，一切的希望，亦都寄託在他茁壯成人，有一天能入居東宮。

「昨天懷恩有事來見我，我留他喝茶閒談，他講到一段故事，倒提醒了我，」吳廢后說：「我想也應該替阿孝早早預備。」

「預備甚麼？」

「這就要先講那段出在宋朝的故事了——。」

北宋元豐八年正月，神宗不豫，病勢日甚一日，到了二月裡，宰相請見神宗，建議立皇太子，並請宣仁太后垂簾聽政，神宗同意了；於是三月初立延安郡王趙傭為皇太子，更名為煦。

太子只有十歲，而「國賴長君」，是宋太祖的杜太后留下來的遺訓，兄終弟及更是有宋開國以來便有的傳統，因而有人想成擁立之功，密謀在神宗兩弟岐王宋顥，或嘉王宋頵二人中，擇一為帝。宣仁太后防到有此一著，一面誡飭兩王，不得常常進宮，以防生變；一面在暗中預備下一件十歲小兒所著的黃袍。及至神宗駕崩，十歲的太子柩前即位，是為哲宗；宣仁太后以迅雷不及掩耳的手段，杜絕了親藩覬覦大位的野心。

吳廢后的意思是，亦應為小皇子阿孝預備下一件皇子的常服；有朝一日阿孝得見皇上，著此常服出現，自然而然就確定了他的皇子的身分，萬貴妃就無從作梗了。

這是件很有趣的事，不但紀小娟與林寶珊興致勃勃；謫廢的蕭妃與女官王福祥亦自告奮勇，蕭妃工於女紅，這件事便由她來指揮提調。

皇子的華服，不論太子還是親王，都是相同的，盤領窄袖的紅袍、前後及兩肩金線繡龍；玉帶皮靴；此外，還要製一頂「翼善冠」，以金絲作胎，上蒙烏紗、兩翅上翹，亦名「烏紗折角向上巾」。

此事當然要跟懷恩商量，他也同意了，於是採辦材料就是他的事了。紅袖、金線、烏紗以及針線都悄悄地送到玉熙宮；每天聚集在紀小娟的地窖中，分工合作。一針一線一希望，都想像著小皇子在皇帝懷抱中時，是如何可愛？

花了兩個月的工夫，冠服靴帶，全部完工，將阿孝打扮起來，花團錦簇，有如仙童，都目不轉睛地看傻了。

但半年以後，就嫌小了；於是重拾刀尺，另製新衣。一件又一件，製到第七件，已是成化十一年；成化六月七月出生的小皇子阿孝，已經六歲，長得非常清秀，從未剃過的胎髮，長及垂地，看上去更像個女孩子。

六歲應該讀書了，開蒙老師是吳廢后，念的課本是《千字文》，不過第一句第一字就遭遇了難題。

「天地玄黃，喏，」吳廢后向上一指，「上面是天——。」

「天在那裡？」阿孝打斷她的話問。

「天在外面。」吳廢后向下一指：「下面是地；你站在那裡的地方，就叫地。」

「我知道。」阿孝又問：「天呢？」

「天在外面。」

「我要看。娘娘，我要看天。」

阿孝管吳廢后叫「娘娘」；親娘是「媽媽」；林寶珊便是「姑姑」。吳廢后不知道怎麼辦了？

「我要看天！」阿孝帶著哭音不斷地說：「我要看天！」

「就讓他看一看好了。」

「不行！」吳廢后斷然拒絕了林寶珊的意見，「一看，心就野了！不知道甚麼時候會溜了出去，讓人看見了，不得了。」

「乖！」紀小娟哄著他說：「先跟娘娘念書，念完了書再說。」

念完了書，仍舊是個不了之局，說好說歹，哄嚇詐騙，三個人費了好大的勁，才把他安撫下來。

這件事傳到了懷恩與張敏耳中，都認為應該是揭破真相的時候了；但不知如何開口？祕密商議了好一會，只得到一個結論：要找機會。但如何才是機會，卻又無從懸想；只是張敏心裡卻已有了宗旨，必須有懷恩在，方能揭開這一大祕密。

機會終於在無意中發現了，這天一早，張敏為皇帝櫛髮，無意中梳落一根白頭髮，恰好落在皇帝衣襟上。

「唉！」皇帝拈起白髮嘆口氣：「頭髮都要白了，兒子還沒有。」

張敏心中一動，轉眼望去，懷恩正捧著一個內盛奏章的黃匣子要來請旨。他的膽就大了。

於是，張敏走到皇帝側面，俯伏在地，高聲說道：「奴才死罪，萬歲爺已經有兒子了。」

皇帝楞住了，問一句：「你說甚麼？」

「萬歲爺已經有兒子了。」

這一回確定沒有聽錯，皇帝不暇思索地問：「在那裡？」

「奴才一說破，奴才就死定了；不過奴才死不足惜，只要萬歲爺為小皇子作主，奴才雖死亦是心甘情願的。」

這時懷恩也跪下來了，「張敏的話不錯。」他說：「小皇子暗底下養在玉熙宮，已經六歲了，奴才等，一直不敢上奏。」

「喔，」皇帝不必追問不敢上奏的原因，只問：「是誰生的？」

「尚服局管庫的女官紀小娟。」

這一下，將六年前梅花初放的季節，巡行後宮，發現紀小娟那雙大眼睛，以及「屋小於舟，春深似海」的繾綣光景，都記了起來；也只有喚起了這一番的回憶，他才有無意中發現了寶藏的、無可言喻的驚喜。

「走！」皇帝站起身來，只說了兩個字：「西苑。」

懷恩知道小皇子確定可以出頭了，但昭德宮方面，不可不防；當機立斷將乾清宮的太監、宮女都集中在一起，不准外出，以防走漏消息，然後親自護駕，用軟轎將皇帝抬到玉熙宮以西的「大藏經廠」——這個專門貯藏上用書籍、御製詩文集刻板、製造上用箋紙，以及番漢經典的大藏經廠，專歸司禮監管理；懷恩以此為御駕暫駐之地，可以徹底保持關防嚴密。

當然，先要派遣一名親信去通知玉熙宮；吳廢后與紀小娟喜極而泣，一面流著眼淚，一面急忙將小皇子裝扮了起來。

「欽使來了！」

奉迎小皇子的欽使，就是懷恩，不知那裡弄來一乘小軟轎；見了吳廢后說：「這一刻要看小皇子的造化；但願他不致失儀。」

「不會。」吳廢后說：「阿孝天性極厚，見了萬歲爺一定不會害怕得不敢上前。你等一等！」

等吳廢后進入地窖，只見紀小娟正擁著愛子，一面流淚，一面說道：「你去了，娘也活不成了。你見了穿黃袍，有鬍鬚的就是你爹爹！」

「媽媽，媽媽，你別哭。」小皇子阿孝問道：「媽媽，你告訴我，甚麼叫鬍鬚？」

他見過的男子，都是太監；而太監是無鬚的，所以他不懂，「你見了就知道了。喏，」吳廢后攬著阿孝，比一比嘴唇，「這上面有毛，就是鬍鬚。走吧！」

吳廢后、紀小娟、林寶珊簇擁著阿孝出了地窖；從玉熙宮正殿下了台階，只見黑壓壓一大群人，安樂堂的老老少少，傾室而出，來看這場熱鬧。

「娘娘！」阿孝緊閉雙眼：「眼痛！」

原來這天豔陽高照，而阿孝初見天日、光線刺眼，吳廢后趕緊用手遮住他的眼睛，然後徐徐放開，等他能適應了，才抽手說道：「阿孝，你到底見天了！」

「天、天！」阿孝抬頭望著，「這就是天？」

「對！這就是天。」吳廢后轉眼喊一聲：「懷恩！」

「懷恩在。」

「我可是把真命天子交給你了！」

「是。」懷恩正色答道：「懷恩捨死護駕。」

說完，將小皇子扶上小軟轎；兩具提爐導引，懷恩扶著轎槓，冉冉前行。

「媽媽、媽媽！」小皇子回頭不斷在喊。

到得大藏經廠下轎，懷恩攙著小皇子走上台階，指著坐在正屋中的皇帝說道：「別怕！記住，要叫爹爹！」

長髮垂地的小皇子，一點都不怕生，半奔著到了皇帝面前，撲身入懷，親熱地喊道：「爹爹！」

皇帝流著眼淚笑，一把抱起小皇子，緊緊攬住，不斷地親著，親過了看，看過了又親，同時不斷地用杏黃綾子的手捐拭淚。

「真是我的兒子。」他對懷恩說：「像我。」

「萬歲爺大喜！」懷恩向後面揮一揮手，領導在場的太監，向皇帝磕頭賀喜。

「你趕緊到內閣去報喜。」皇帝吩咐：「讓內閣為皇子擬名。」

「是。」

「他小名叫甚麼？」

「請萬歲爺自己問小皇子。」

小皇子應聲說道：「我叫阿孝。」

「好！好！阿孝。」皇帝笑著又去親兒子。

內閣的首輔是商輅——彭時已經在上個月病故了，再有一個就是萬安。聽得懷恩細說根由以後，表情不同，商輅既驚且喜；萬安錯愕莫名。

「國本有託，蒼生之福，理當頒詔。」商輅說道：「懷司禮，你請等一等；我來替小皇子擬個嘉名。」

依照輩分來排，應該是「祐」字輩；下一字依五行相生之理，應該用木旁。這就很有講究了，既要吉祥、又要冷僻，因為將來會成為御名，如果是常用的字，避諱不便。

取來一本《集韻》，商輅細細斟酌，用梅紅箋正楷寫了「祐樘」二字，萬安與懷恩問說：「如何？」

「這個樘字，」萬安問道：「作何解釋？」

「就是柱子。」懷恩讚道：「好！一柱擎天，能把大明江山撐住。聲音也響亮。」

於是一起進宮，商輅叩賀以後，呈上紅箋所書的皇子姓名，皇帝頗為嘉許；商輅便說：「英宗睿皇帝誕生四個月，立為皇太子；皇上三歲，建立東宮；如今皇子已經六歲，臣請建儲，以固國本。」

「說得是。不過建儲大事，不可草率；不妨先頒詔天下，好讓百姓安心。」

「是。臣已通知禮部辦理。」商輅又問：「皇子之母，應有封號。」

「當然。」皇帝沉吟了一下說：「封為淑妃。」

封妃便得移居大內，這與禮部擬封妃的儀制無關，是司禮監的事。其時東西十二宮，只剩下東六宮的永安宮，此宮之西，即是萬貴妃所住的昭德宮；如果將紀淑妃安置在那裡，只怕有不測之禍。因此，懷恩另作安排，跟王皇后去商量，將坤寧宮以西、王皇后用來召見命婦的壽昌宮騰了出來讓紀淑妃住。王皇后同意了。

宮中一片喜氣，只有昭德宮的萬貴妃終日垂淚，提起張敏、金英、魏紫絹便罵，脾氣也變得非常暴躁，連皇帝都怕見她了。

兩個月過去，立太子的事，竟無下文；紀淑妃當然關心，但不敢問，反而是有一天王皇后閒閒地跟她提了起來。

「聽說萬歲爺昨晚上在寢宮召見你了？」

「是。」

「一晚上總說了好些話吧？談點兒甚麼？」

「問我家鄉的情形。」

「沒有談到你兒子立太子的事？」

「沒有。」

王皇后不作聲，息了好一會，突然問道：「你知道內閣把立太子的禮節奏報上來，萬歲爺為甚麼沒有交代？」

「我不知道，也不敢去打聽。」

「我告訴你吧，是萬胖子作梗。怕有一天她要給你磕頭。」

紀淑妃如夢方醒，回到壽昌宮想了一夜；她有一天母以子貴，會成為太后，萬貴妃當然要對她行朝見的大禮。這是萬貴妃絕不甘心的事。建儲一事，目前雖還拖著，但文武大臣會不斷催促，皇帝拖不過去，不能不辦。那一來名分已定，萬貴妃如果怕她成為太后，只有用釜底抽薪的手段，暗中下毒手謀害東宮。

轉念到此，她知道如何自處了，母子不能並存，母死則子有可生之望。於是到得天明，宮女發現她已經自縊在一丈一尺高的紅木牙床的床欄上；留下了一通遺書。

壽昌宮的總管名叫史經，是懷恩特為派來保護紀淑妃，他跟經過挑選的宮女，都經懷恩叮囑過，遇到任何意外情況，都不可張皇。所以宮女悄悄走報史經，一看紀淑妃氣絕多時，遺體已經僵冷了，便命宮女將屍體解了下來，平放在牙床上，然後去向懷恩報告。

「莫非你們事前就一無所知？」懷恩微顯怒容，「坐更的女子，在幹甚麼？」

史經不作聲，坐更的宮女也要睡覺；總不能終夜不閉眼，盯著紀淑妃看。懷恩也發覺自己責備得不大在理，就沒有再追究了。

「前一兩天有甚麼話留下來。」

「沒有。」史經答說：「倒是有一封遺書。封好了的，我不敢拆來看。」

接過遺書，只見上寫六字：「字傳阿孝吾兒。」懷恩沉吟了一回，取熱手巾在封口上熨燙了一回，用象牙裁紙刀，細心剔開封緘之處，抽出信紙來看，寫的是：「母因痼疾厭世，不及見兒之成長。萬娘娘待母極好，兒將來須視之如母，盡人子尊親之禮。切切。」

懷恩看完，淒然下淚，嘆口氣說：「唉，天下父母心。」

「紀娘娘自己上吊死了。」懷恩毫無表情地回奏。

「怎，怎，」皇帝口吃的毛病又犯了，「怎麼會？」

「留下來一封遺書。萬歲爺看了就知道了。」

看完紀淑妃的遺書，皇帝愣住了，「她，」他問，「她是甚麼意思呢？」

「紀娘娘切切叮囑小皇子，視萬娘娘如母；當然也是盼望萬娘娘對小皇子視如己出。」

皇帝點點頭說：「可憐！下這番苦心。你把信收好，先不必跟萬娘娘提起。」

「奴才豈敢多嘴。不過，」懷恩平靜地說：「內閣請建儲的奏章，擱得太久了。」

「現在皇子有喪服，總還不是行禮的時候。」皇帝交代：「你去擬一道手詔的稿子來。」

「是。」

懷恩擬的手詔，合兩事為一事：「皇子祐樘生母，淑妃紀氏，遽得暴疾而薨。應如何治喪之處，著內閣交禮部，參照前朝成例，具擬以聞。內閣前請立皇子祐樘為皇太子，應如所請，著於淑妃紀氏喪滿百日後，擇期舉行，其冊立之儀，先行奏聞。」

皇帝看完，押了一個御名中的「深」字，表示認可，然後由懷恩捧著手詔到內閣中去接頭。

及至內閣遵奉手詔，分別上奏，一是淑妃諡「莊恪恭僖」，喪禮照天順七年敬妃劉氏的成例辦理，輟朝五日，皇帝服淺淡黃袍於奉天門視事；百官服淺淡色衣朝參。賜祭九壇、皇子行三獻禮；下葬之日，皇子、皇親、百官、命婦送葬。

二是冊立皇立子的典禮，如皇帝在英宗復辟後，仍立為太子的成例；日期由欽天監選定十一月初八，同時頒詔大赦。

這兩道奏章，皇帝只批了一道：「淑妃葬儀從厚。」而且召見懷恩交代：「太后說淑妃死得可憐，而且生了皇子，是對大明朝有大功的人，所以太后要親自去祭一祭。」

「這是前朝所沒有的故事。」懷恩想了一下說：「太后致祭，后妃公主，亦都要祭了。」

「這當然。」

「可是——。」懷恩遲疑不語。

「你怎麼不說下去？」

「奴才是怕——，」懷恩躊躇了一會，終於說了出來：「怕萬貴妃或者有意見。」

如果太后致祭，萬貴妃不願向紀淑妃行禮，這樣不但會引起群臣的議論，更怕太后不悅；皇帝沉吟了好一會，斷然決然地說：「不要緊，我來跟她說。」

「是。」懷恩看皇帝別無表示，便提醒他說：「另外一道奏章，萬歲爺還沒有批呢！」

「還早，不忙。」

其實是皇帝顧慮著萬貴妃會有異議，想先作一番疏通；這就用得著紀淑妃那一通遺書了。

「你知道紀小娟為甚麼要上吊？」

「我哪知道？」萬貴妃說：「好端端地，活得不耐煩了，誰知道她心裡是怎麼想來的？」

「你想不想知道她心裡想的甚麼？」

「她想的甚麼？」萬貴妃鄙夷地說：「反正疑神疑鬼，都是些下賤小人的想法。」

「不然。我給你看她寫給她兒子的遺書。」

這封遺書中，萬貴妃只有「痼」字不認識；但無礙於了解全文。看完以後，久久不語。

「你有甚麼感想？」

「只要她的兒子尊敬我，我心裡當然知道。」

「是啊！母慈子孝，一定之理。」皇帝緊接又說：「還有件事，我要告訴你，太后要親自祭一祭她。」

「喔！」萬貴妃似乎大出意外，「太后這麼看重她？」

「既然太后看重她，你也要體諒太后的意思；盡你的道理。」

「好了！」萬貴妃這一回倒很乾脆，「我跟著太后一起行禮好了。」

皇帝原來的意思是，太后致祭以後，皇后祭；然後萬貴妃率同其他妃嬪合祭；如今聽她的意思，不想單獨致祭，也就只好算了。

「再是立太子——。」

「這不干我的事。」萬貴妃搶著說道：「你別問我。」

這是不受商量的態度，皇帝頗為不悅；同時也有些擔心，怕她始終對淑妃之子存著敵意，將來風波不斷。

因為如此，一向優柔寡斷的皇帝，將建儲一事又延了下來。到得紀淑妃的喪禮告一段落，商輅將懷恩請到內閣，探問皇帝的意向。

「實在說不上來。」懷恩蹙眉答說：「皇上為來為去為萬貴妃，總希望她高高興興贊成這件事，免得將來跟東宮有隔閡。可是萬貴妃始終表示立儲是皇上的事，跟她無關。」

「那麼，萬貴妃——，」商輅想了一下問：「她心裡到底有甚麼難解的結呢？紀淑妃之死，去了她的心病；而且隱然有託孤之意，如此用心，莫非還不能讓她感動？」

「是啊，大家也都這麼說；偏就不知道她到底還有甚麼芥蒂。啊，」懷恩突然想到，「這件事要託萬閣老。」

託萬安的事，是請他轉託萬貴妃的弟婦王氏進宮，打聽打聽萬貴妃心中那個難解的結。萬安欣然允諾；十天以後有了回話，萬貴妃一直致憾於「群小紿我」，尤其切齒於張敏。

這話輾轉傳到張敏耳中，憂懼莫名，終於作了一個很勇敢的決定，吞金自盡；臨死以前說了一句話：「萬貴妃不肯饒我，如今她應該消氣了。」

果然，萬貴妃算是消了氣，到得皇帝再一次跟她談立儲時，她終於說了兩個字：「好啊！」

舉行冊立皇太子典禮的前一天，太后召見皇帝問道：「你預備把阿孝交給誰去撫養？」

「皇后。」

「皇后這麼忠厚老實，能保護得了阿孝嗎？」太后又說：「從明天起，阿孝的身分不一樣了，出了事會動搖人心，你不能不謹慎。」

「是。」皇帝也起了警惕之心，「等兒子來籌畫個妥當辦法。」

「這樣吧，」太后斷然決然地說：「你把阿孝交給我。」

於是仁壽宮兼作東宮，太后將太子置於她的寢殿之後，親自教養，選了一個名叫覃吉的老太監教太子讀書。

太后交代：「除了坤寧宮，太子哪裡都不准去。」有一回皇帝想看看愛子，宣召到乾清宮；太后斷然拒絕：「要看，到這裡來看。」

又有一回，萬貴妃派人來面奏太后，說她娘家送來許多精緻點心，要接太子去嘗嘗。太后心想，許太子到坤寧宮，不許到昭德宮，厚此薄彼，會生誤會。因而決定讓太子去一趟；但祕密告誡：去一去，請個安就回來；在那裡甚麼東西都不要吃。

太子雖只七歲，已經非常懂事，平時也常聽宮女私下囑咐，要防備萬貴妃。所以到了昭德宮，看宮女捧出一盤熱騰騰的百果蜜糕出來，他搖搖頭說：「吃不下。」

萬貴妃信以為真，「現在吃不下，帶回去慢慢吃。」她又關照：「有紅棗蓮子羹，舀一碗來。」

蓮子羹來了，太子仍舊搖頭，端然而坐，並不動手。

「這蓮子羹，吃飽了也能吃，你怎麼不嘗一嘗？」

「我不想吃。」

「為甚麼？」

到底只是七歲的孩子，想不出如何飾詞搪塞；逼問之下說了老實話：「疑心裡頭有毒。」

這一下將萬貴妃的臉都氣白了，立即派人將太子送回仁壽宮；當天就氣得病倒了，「你們看看，七歲的孩子就這樣了。」她說：「等他做了皇上，我們萬家的人還有命活嗎？」

病勢不輕，經常暈眩，手足發麻；御醫連番奉召診治，卻都說不出病根何在？恰好宮中發現不知名的小蟲為患，螫人肌膚，要癢個半天，十分討厭；已封為「通元翊教廣善國師」，在西市建「大永昌寺」，逼迫居民數百家遷移的江夏奸僧繼曉，說宮中的惹厭的小蟲，是由「黑眚」所引起；萬貴妃的病，亦是「黑眚」作祟。如果不想辦法，還有災禍。

所想的辦法，無非禳解，繼曉在大永昌寺，作了七天七夜的水陸道場，但效驗不彰。而宮中倒又出事了。

事起於西苑三海中的北海，有一座瓊華島，島上有一座萬歲山，自遼金至元朝，一直為帝后遊宴之地，上有一座廣寒殿，還有遼后的梳妝樓，地勢極高，登臨一望，整個大內，皆在指顧之下。

但入明以後，因為永樂年間成祖曾告誡皇太孫，亦就是後來的宣宗，說這裡就等於宋徽宗的「艮嶽」，北宋南渡，皆由艮嶽的花石綱騷擾天下而起，後世當垂以為戒。因此，宣宗雖曾重修過廣寒殿，但極少登臨，英宗、景泰帝，一直到當今皇帝，亦復如此，所以萬歲山上的宮殿廟宇，逐漸荒廢了。

不意一個多月來，常發現有太監在萬歲山上徘徊，指指點點，不知談些甚麼，而有一天還居然發現一個仗劍作法的道士。懷恩得報大為驚駭，查明太監一共三個人，名字是鄭忠、鮑石、敬信之；道士就不知道是甚麼人了。

於是懷恩通知錦衣衛都指揮使，獨掌大權的袁彬，經過細查，查出那個道士名叫李子龍，設壇賣符，妖言惑眾，已有數月之久，據他說：明朝氣數已盡，當今皇帝雖有一子，遲早不保。他是夢中得神道指點，來此訪尋真命天子。鄭忠、鮑石、敬信之，都受了他的蠱惑，才帶領他到萬歲山去觀察大內形勢。

「來吧，」懷恩拉著他說：「咱們一起去見萬歲爺，當面回奏，免得我話說不清楚。」

及至見了駕，袁彬的話很簡單，只說妖道李子龍，勾引鄭、鮑等人，圖謀不軌，請旨將此數人交付錦衣衛處決。

「是怎麼個圖謀不軌呢？」

「請皇上不必問了。」袁彬答說：「反正大明天下萬萬年，誰也別想造反會成功。」

「你說他們想造反，已經起意了好幾個月了，你事先知道不知道？」

「不知道。」袁彬老實答說：「是懷司禮通知了我，才著手去查的。」

「這麼一件大事，何以你的手下，竟一無所聞？」

話中已有責備之意，但袁彬不以為意，「臣奉先帝面諭，執掌錦衣衛，務以安靜為主。」他說：「門達、逯杲的前車可鑒，所以臣約束部下，嚴禁騷擾。李子龍尚未成氣候，到有成氣候的模樣，臣自然會杜亂於機先。」

這番話近於強辯，皇帝頗為不悅，但袁彬是先帝的恩人，皇帝怎麼樣也得容忍。當下准如所請，將李子龍等人，交錦衣衛全權處置，別的都不追究了。

但皇帝認為袁彬這樣子會出大禍的念頭，卻一直耿耿於心；有一天去探望萬貴妃的病情，閒談及此，萬貴妃替他出一個主意。

「萬歲爺何不自己派人出去探事?」

這下倒提醒了皇帝。成祖起兵靖難,得正大位以後,建文朝的忠臣,紛紛反對;成祖曾設立「東廠」,派親信太監四出探事,所有逆謀,無不畢聞,如今大可仿照行事。

「你的話不錯。」皇帝點點頭說:「不過,很難得有靠得住的人。」

「我保薦一個人。」

「誰?」

「御馬監汪直。」

「汪直?」皇帝不大有印象,想了一會問道:「就是韓雍帶回來的那個傜人嗎?」

「正是。」

原來汪直是大藤峽的傜僮,當年是與紀小娟等,一併被俘至京師的。汪直被閹割為小黃門,派在昭德宮差遣。汪直生得機警異常,深得萬貴妃的寵信,逐步提拔,得以執掌御馬監。皇帝想起其人,記憶逐漸明晰,覺得以汪直的能幹,可當其任。

於是即日召見,下了密命;准汪直揀選年輕得力的太監,亦可選用錦衣衛的人,單獨聚居一處,探得大小奸宄的動向,可以不經懷恩,直接奏聞。

於是汪直在西城靈濟宮前,買了一所極寬敞的房子,號為「西廠」,在錦衣衛中選了一批年輕幹練但品行大多不端的校尉,還蓄養了一些地痞無賴,換穿了便衣,大街小巷、白天黑夜,潛行探訪。汪直奉到的手敕是:「大政、小事、方言、巷語,悉探以聞」,因此,某某官員妻妾爭夕,半夜大打出手,驚動四鄰;某某富商「扒灰」,其子憤而削髮,遁入空門等等新聞,往往成了皇帝午睡醒來,消閒遣悶的好法子。在文華殿西的集義殿中,汪直幾乎是無日不奉召的。

汪直的爪牙,遠及山東、河南;有個南京鎮守太監覃力明,進貢事畢,由運河南歸,帶了一百船私鹽，浩浩蕩蕩經山東德州到了武城縣；再往前走便是南北貨運最大的一個稅關臨清關。武城縣有個典史，兼任臨清關的差使，職司巡察，看到這種連檣結隊，充塞河面的鹽船，自然要上前盤問，可有准予運銷的憑證？不道惱了覃力明，一掌將這個典史的牙齒都打掉了；他的手下還揮刀殺了武城縣的一個差役。

汪直得報，即時面奏；皇帝對覃力明的印象本不甚佳，隨即降旨逮捕覃力明到京審問，果如所奏，皇帝認為汪直很能幹，自己設西廠刺事的措施，完全正確，因而對汪直亦更寵信了。

不久，汪直掀起一件震驚朝野的大案。事起於「三楊」之一楊榮的曾孫楊曄，世襲福建建寧衛指揮，居鄉難免不法，且有與海盜勾結走私的情事，為仇家上告於福州鎮守太監。

楊曄懼罪，與他的本生父親楊泰逃到京城，匿居在他的姊夫內閣中書董璵家中，密商如何脫罪。「如今勢力最大的是提督西廠的太監汪直，有他一句話，福州的鎮守太監一定會賣帳。」董璵又說：「我同汪太監說不上話；不過他的心腹韋百戶，我是熟人，我來託他。」

這韋瑛原是京師的一名無賴，三年前三邊總制王越在河南平亂，韋瑛由一個同姓的太監關說，隨定西侯蔣琬走了一趟延綏，以戰功升為錦衣衛百戶。此人狡詐百出，與汪直臭味相投，視作心腹；董璵去託他，滿口答應，那知到了汪直那裡，全不是這回事。

「這楊曄是有名的豪富。他的錢都是做海盜弄來的，最近招納亡命，預備出海，到日本勾結倭寇，攻打福建。如今父子兩人，逃在他姊夫董璵家。」韋瑛慫恿著說：「汪公公，抓住了楊曄這個叛逆，是真正的大功一件。」

汪直大喜，即時在錦衣衛調了人馬，到董璵家搜捕，父子翁婿，一網打盡。西廠自己設有刑獄，各種苛刑，非常人所能想像；有一種叫做「琶」刑，是將一個人骨頭的關節，用特殊手法，寸寸解開；楊曄曾經三上琶刑，絕而復甦；逼問他攜帶到京的金銀財寶，匿藏何處？楊曄熬刑不過，隨意供了一個人；這下，他的叔父兵部主事楊士偉便大遭其殃了。

楊士偉全家被捕，飽受酷刑，財產當然絲毫不存了。到得結案時，楊曄已死在獄中，楊泰論斬、楊士偉貶官；韋瑛為汪直派到福建去抄楊曄的家，其中一部分來自海外的奇珍異寶，未入「贓罰庫」，轉到昭德宮去了。

由於楊士偉被捕，並未請旨，因而開下一個惡例，從南京留守的大臣，到鎮守大同、宣化的將帥，汪直要抓就抓，肆無忌憚。這一來，商輅認為閣臣不能不說話了，邀集同僚密議。

這時的大學士又添了兩位，都是皇帝在東宮的舊人。亦都姓劉，一個叫劉珝，皇帝稱之為「東劉先生」；一個叫劉吉，與劉珝同年，都是正統十三年的進士。

二劉的性情不同，劉珝伉直，劉吉陰刻，所以劉珝看不起萬安，曾當面斥之為「無恥負國」；而劉吉則私下與萬安交好，而且透過萬安的關係，結納了萬貴妃的兩個弟弟。但談到對付汪直，二劉甚至萬安的態度是一致的，因為汪直在朝中，只賣由三邊總制內調為左都御史、兼督京營的王越一個人的帳，劉吉與萬安亦不免自危，所以都願力助商輅。

奏稿由商輅親自起草，數汪直十一大罪。結論中說：「陛下委聽斷於汪直，直又寄耳目於群小，如韋瑛等輩，皆自言承密旨，得專刑殺，擅作威福，殘虐善良。陛下若謂摘奸禁亂，法不得已，則前此數年，何以帖然無事？且曹欽之變，由逯杲激成，可為殷鑒。自汪直用事，士大夫不安其職；商賈不安於途；庶民不安於業，若不亟去，天下安危未可知也。」

此奏上達御前，皇帝大為不悅，「也不過重用了一個太監，又何至於一下子就危及天下？」他對懷恩說：「你到內閣去問，這道奏章是誰主的稿？話說重一點！」

原來汪直因為有直接面奏之權，所以他的所作所為，懷恩不大知道；同時汪直有一道嚴格的禁令，凡在西廠服役的，絕對不許洩密，所以連懷恩亦被瞞過了。到得內閣本乎「話說得重一點」的面諭，詰責的措詞跟語氣，都很嚴厲。

四閣臣的表情是：劉珝氣憤；劉吉陰沉；萬安皺眉，而只有商輅，平靜如常。

「懷司禮，」他指著一疊卷宗說道：「汪直所為的不法之事，都有案可稽。朝臣無大小，有罪皆須先請旨奉准，方能逮捕審問，汪直擅自逮捕太醫院院判蔣宗武、禮部郎中樂章、行人張廷綱、刑部郎中武清、清軍御史黃本。左通政方賢四品、浙江布政使劉福三品，亦且不免。南京，祖宗根本重地，留守大臣，汪直亦擅自逮捕；宣府、大同，北門鎖鑰，守備不可一日或缺，汪直一天之中，拿問了五員武將，械繫至京。請問，汪直不去，國家如何不危？」

「昔日王振用事，尚且不至如此跋扈！」性情激烈的劉珝，接著發言，「土木堡之變，至今不過三十年，皇上莫非就忘記了先帝蒙塵之苦？」劉珝越說越激動，搥胸頓足地哭道：「皇上如果不罷西廠，天下就會大亂；外患可禦，內亂難平，那時有十個于少保亦難以為力。懷司禮，請你在皇上面前力爭，倘或皇上還要用汪直，請先罷免閣臣！」

懷恩一直沒有作聲，只是將左手食指咬得格格作響，不知他是切齒於汪直呢，還是想到汪直如此罪大惡極，竟無所聞，有愧職守，誤責賢良而自悔自恨？

「是了！」他終於拱拱手說：「四位閣老，朝廷柱石，懷恩盡知。明日必有以報命。」

懷恩回宮覆命，皇帝一見，先就詫異地問：「懷恩，你的手指怎麼啦？」

這一下懷恩自己才發覺，左手食指，嚙咬過重，皮骨已破，血正涔涔下滴；當即答說：「奴才聽四閣臣所言，實有嚙指之痛。奴才據實回奏，不敢迴護，更不敢欺罔；據謹身殿大學士商輅說——。」他將商輅的話，幾乎一字不遺地覆述了一遍。

皇帝大為驚訝，「汪直真是這麼過分嗎？」他還是不太相信的語氣。

「內閣，」懷恩用手比了一下，「有這麼厚一疊卷宗，都是告汪直的。」

「你看了沒有?」

「沒有。」

「那,真假就不可知了。」

「可是,『東劉先生』的眼淚是不會假的。」懷恩這才轉述劉珝要求他在御前力爭的話。

皇帝聽完,沉吟了好一會說:「原奏中只請『罷汪直以全其身』;你去傳旨訓飭,西廠撤銷,東廠照舊。」

「是。」懷恩問道:「韋瑛呢?」

原奏中在「罷汪直以全其身」之下,還有一句話,「誅韋瑛以正其罪」,懷恩此問,原意想殺韋瑛,但皇帝不允。

「把他攆出去,也就算了。」

於是懷恩將汪直召至司禮監,狠狠訓飭了一頓,西廠立罷,韋瑛遣發到宣化府充當苦差。消息一傳,朝野歡聲雷動,甚至還有人放鞭炮稱慶。

但是,亦有人頗為汪直講話,如左都御史王越,在朝房中見了二劉便說:「汪直行事,亦有很公平的。商、萬兩閣老在事甚久,是非甚多,對汪直有所忌憚,欲去之而後快;兩公入閣才多少日子,何苦如此?」

「我輩所言,非為己謀。」劉珝答說:「而況不公之事要靠汪直來糾正,試問朝廷置公卿是幹甚麼的?」

王越無言以對,但內心卻期望汪直能夠復起,原來此人是徐有貞一路的人物,才大志亦大,博涉書史,多力善射,所以雖是進士出身,卻期望立邊功來封侯。事實上邊功已至,封侯之願卻猶渺茫。原來這三十年來,朝廷的外患,已有變化;也先早就去世,韃靼內部,殺伐相循,其中較強的酋長為毛里孩、阿羅出、孛魯乃、滿都魯、孛羅忽，入寇之處，不外遼東、宣化、大同、寧夏、甘肅，去來不常，為患不久，這種情形，到了天順初年，起了個很大的變化。

變化之起，是由於阿羅出發現河套是個好地方——黃河自青海流入甘肅境，至蘭州附近，折而往北，經寧夏入綏遠，復又東流，至接近山西處，屈曲向南，直下潼關，成為陝西與山西的界河。西起蘭州、東至山西偏頭關，這個由東、北、西三面黃河所包圍的區域，名為「河套」，土地肥沃，水草豐盛，但自唐朝在黃河以北築東、中、西三受降城後，河套雖有蒙古部落，仍視作內地；明朝初年，阻河為守，沿長城築高台碉堡，防範甚密。永樂初年，看韃靼漸漸北移，守將始撤至長城以內的榆林堡。

及至阿羅出潛入河套，發現可以久居，便盤踞不去了；接著毛里孩、孛羅忽也來了，但三部互爭水草，無法大舉入寇，一面遣使通貢，一面相機騷擾，朝廷以安撫為主，邊將則玩忽不戒，以致河套日漸多事。

到得成化二年，韃靼各部取得協議，入延綏聯合南侵，朝廷拜撫寧侯朱永為靖虜將軍，而以大同巡撫王越參贊軍務，雖然打了兩個勝仗，但並不能將毛里孩等部落逐出河套，因為官軍能作戰的只得萬把人，而韃靼人數則有數倍之多，而且備多力分，更覺不敵。

於是朱永與王越會銜上奏，條陳戰、守兩策，戰則須調兵十五萬，兵部尚書白圭無從調遣，只好採取守勢，朱永召回，王越亦奉命回京議事。

但廷議仍主進剿，先前之不能成功，是因為將權不一，宜專遣大將調度。於是拜武靖侯趙輔為平虜將軍，陝西、寧夏、延綏三鎮總兵，皆歸節制。王越其時已加了總督銜，仍舊參贊軍務。不久，趙輔因病召回，改由寧晉伯劉聚代替，參贊則仍是王越。

王越在榆林堡前後七年，經常親自領兵出擊；韃靼部落又是一番滄桑，毛里孩勢力漸衰，最強的兩個酋長是滿都魯、孛羅忽，成化九年九月，滿孛二人將老弱婦孺安置在靈武以東、靠近寧夏、出鹽的花馬池地方，然後長驅南下，一直蹂躪到秦州、安定，快接近渭水了。

在榆林堡的王越得報，率領延綏總兵官許寧、游擊將軍周玉各領五千騎，由榆林往西，過紅兒山、白鹽池，兩晝夜行了八百里路，打算抄韃靼的後路，直搗花馬池。其時秋風大起，黃塵眯目，向西北前進的官兵頗以為苦，王越只好暫時駐馬，等風勢過去再說。

不道有個頭髮已白的老兵，在他馬前拜了下去，「恭喜王大人，」他說：「這一去一定大勝。」

「何以見得？」

「去的時候有風，黃沙把我們的影子都遮沒了；韃子不會發現。」老兵又說：「等我們搗了他的老巢；韃子擄掠回來，是在下風，趁風勢之助，迎頭痛揍，那有個不勝的？」

王越大喜，下馬扶著老兵的手臂問道；「你叫甚麼名字？」

「沐恩叫馬成功。」

「好個馬到成功。」王越說道：「我升你為千戶。」

於是王越重新部署，將一萬人分為十隊，自率中路，許寧、周玉為左右翼，偃旗息鼓，十道並進，大破韃靼的老營，殺的殺、降的降，俘獲駝馬器械無算。所有的蒙古包，當然燒得光光。

不過，王越並未守候在上風迎擊滿都魯、孛魯忽，因為已經夠了。

果然滿、孛二人飽掠而還，只見血流遍野，一片灰燼，妻兒都不知道那裡去了。相顧痛哭，出長城北去，不敢再住河套了。

論功行賞，王越只得了一個「太子少保」的虛銜，增俸一級。不過官位權柄倒是加重了，廷議設「三邊總制」符——明朝的邊防，東起山海關、西迄玉門關，沿長城共有九處重鎮：遼東、薊州、宣府、大同、山西、延綏、寧夏、固原、甘肅，稱為「九邊」。而西面自延綏至甘肅，則稱為「三邊」，其實連固原共有四鎮；三邊的延綏、寧夏、甘肅，文至巡撫、武至總兵，悉聽提督軍務、三邊總制的王越指揮。

不道言官彈劾寧晉伯劉聚濫殺冒功，而且牽連到王越，說滿都魯、孛羅忽不戰自退，王越亦不無冒功之嫌。朝廷以韃靼絕跡於河套確是事實，所以置而不問；但王越自以為王功大而賞薄，一直快快不快，復有言官此一彈，心裡更不舒服，所以稱疾還朝，內調為左都御史、兼督京營。

但他依舊很熱中，想尋求奧援，再立邊功，庶幾封侯有望；打聽到汪直的心腹韋瑛，正是他在延綏所提拔過的小校，於是折節下交，由韋瑛引見給汪直，談得頗為投機。汪直在朝中，部院大臣都敬鬼神而遠之，除了吏部尚書尹旻以外，幾乎沒有人願意理他；難得王越有心趨附，自然一拍即合。

汪直的西廠雖已撤銷，但仍舊受皇帝密命偵察外事；有一個說來不可思議的原因是，皇帝愛聽汪直來談市井之間，離奇古怪的新聞。因為寵眷未衰，便有人想投機，能使汪直復掌西廠，則以此擁護之功，自不愁無進身之階。

有個御史叫戴縉，九年不調，未進一階，看準了這一點，上奏說道：「近年災變頻仍，未聞國家大臣進何賢，退何不肖。惟太監汪直，釐奸剔弊，允合公論，而只以校尉韋瑛，張皇行事，遂革西廠。伏望推陳任人，命兩京大臣，自陳去留，斷自聖衷。」

「命兩京大臣，自陳去留」這一著很厲害，因為凡是正人君子，都怕招致尸位素餐、駑馬戀棧之譏，「自陳去留」時，總以求去者多。果然，第一個是首輔商輅；早先汪直就說他曾納楊曄之賄，事出有因，商輅是楊榮的「小門生」，楊曄至京見老世叔，以福建土產餽贈，亦是人情之常，不道成了話柄，商輅內心原有些不安，如今戴縉稱頌汪直，而皇帝並無表示，無異默認戴縉之言為是。這一來，商輅還有甚麼臉面立於朝班？因而上奏「乞骸骨」，語氣非常堅決；皇帝准了他的奏請，不過特加恩遇，進位少保，賜敕稱功，賞賜珍物，派兵部官員護送，馳驛榮歸。

此外左都御史李賓、刑部尚書董方、南京吏部尚書薛遠這一班正色立朝的大臣，亦都不安於位，紛紛求去。皇帝估量不會再有人反對汪直，遂即降旨，復設西廠；距詔罷西廠只得兩個月。

汪直恢復勢力後，第一個受益的就是戴縉，由九年不遷的七品御史，一躍而為從五品的尚寶司少卿。有些不識廉恥為何物的言官，驚喜地發現戴縉為他們開了一條終南捷徑，專挑汪直看不順眼的九卿，摘舉細故，嚴詞彈劾，一時京官落職的，不下四、五十人之多。其中最倒楣的是兵部尚書項忠。

此人籍隸浙江嘉興，與韓雍同年，都是正統七年的進士，才幹政績亦與韓雍相仿，土木之變，他以刑部員外郎隨扈，被俘後派他養馬，找個機會盜走兩匹好馬，騎一匹、牽一匹，交替著向南疾馳，得以脫險。後來派到陝西當按察使，吏治軍務，兩皆出色；成化八年由湖廣總督內調，歷都察院、刑部而調為兵部尚書。他是最看不起汪直的，所以西廠復開，汪直必欲去之而後快。

真是冤家路窄，汪直復起後，由於韋瑛不在身邊，另外重用了一個錦衣百戶吳綬；這個人詭計多端，但頗工文筆，原先就為汪直掌密奏，此時自然而然地成了汪直的心腹。

吳綬與項忠結怨，是因為吳綬在陝西從軍時，唆使他的長官養寇自重，為項忠嚴劾，以致降官為副百戶。項忠一看吳綬得意，見機而作，上奏告病辭官，已經奉准，但吳綬仍舊放不過他，唆使東廠校尉找出一件項忠服官江西，偶爾失察，事過境遷的舊案，誣控他受賄。復有附汪直的給事中郭鏜、御史馮瓘交章論劾，以致下獄。問官知道冤屈，但畏懼汪直的勢力，不敢為他昭雪，只能從輕發落，削籍為民。

項忠留下來的兵部尚書職位，本來該由王越調補，但皇帝很欣賞陝西巡撫余子俊對三邊的防務，處置得法而且節省了大筆軍費，所以特旨升調為兵部尚書，王越大感不平，請解除督練京營的職務。皇帝不許，溫旨慰諭，並加了太子太保的官銜，但王越仍舊怏怏不樂。

「王公，」汪直安慰他說：「我同你總有機會立邊功的，你先忍耐一點。」

機會很快地來了，韃靼有個部落，酋長叫伏當加，侵犯遼東，但汪直保薦撫寧侯朱永為總兵官，以遼東巡撫陳鉞督理軍務，當然，汪直是監軍。

「王公，」汪直又有說詞：「遼東你不熟悉，所以我用陳鉞；等西面有動靜，我一定請你費心。」伏當加不等官兵到達，便已退去，而陳鉞張大其詞，虛報戰功；論功行賞，朱永進封為保國公；汪直加了祿米；陳鉞升為右都御史，地位與王越一樣了。

「王公，這一回你的機會來了。」汪直說道：「延綏守臣飛奏，韃子犯邊，保國公掛『平虜將軍』印，我監軍；請你提督軍務。」

「喔，」王越問道：「不知犯邊的是哪個部落？」

「叫亦思馬。」

「原來是亦思馬。」王越沉吟了一會，獻上一計：「汪公公，請你通知保國公，我們分兩路進兵，在榆林會師，保國公領京營走南路；我同汪公公出西路，人不必多帶，才走得快。」

「不多帶人，怎麼打仗呢？」

「大同、宣化有兵，就地取材。」

「好！甚麼時候啟程。」

「讓保國公先走。」

原來這是王越爭功的計策，南路迂道而行，即令保國公朱永大軍先行，仍會落後；他同汪直只帶五百輕騎，由西路巡趨大同。先召守將探問軍情，據說亦思馬犯延綏的只是一部分；主力屯守在口外察哈爾與綏遠交界的威寧海子。

於是就大同、宣化府兩處的駐軍中，選取精銳，總計兩萬人之多，王越跟汪直說：「汪公公，請你安坐老營，不必衝鋒冒險；託你的鴻福，一定馬到成功。」

「辛苦、辛苦！」汪直很高興地說：「只要打了勝仗，你封爵包在我身上。」

王越對這一帶形勢相當熟悉，帶同宣、大兩鎮守將，由大同東出的孤店關出口，到得府北一百二十里的貓兒關，天氣突變，大風大雨，搖山震岳，王越想起當年直搗花馬池的往事，不由得興奮地說道：「真是天助我成功。」

當下召集部將宣布，急行軍奇襲威寧海子；同時宣布士兵一律「關恩餉」兩個月。重賞之下，必有勇夫；星夜直撲威寧海子——蒙古人稱湖泊為「海子」，所以威寧海子又稱威寧湖，亦思馬的主力屯駐在威寧湖東岸，官軍由西南向東北行進，王越派一萬五千人沿西岸繞越北面掩襲，其餘五千人，在南岸虛張聲勢。其時正當黎明，但以風雨之故，天色晦冥如墨；正當敵人自蒙古包中驚起，倉皇迎敵時，北面的官軍從後殺到；南面的官軍，由王越親自率領，自虛張聲勢一變而為奮勇直前，前後夾擊，敵人落水的落水、逃竄的逃竄，及至風雨既定，清點戰果，計斬首四百餘級；俘獲駝馬牛羊六千餘。此時保國公朱永的大軍，還未到達榆林。

班師還朝，汪直實踐了他的諾言，奏保王越封伯爵世襲，稱號有現成的「威寧」可用，歲祿一千兩百石。

這一仗打出來的好處不少，但卻遇到了一個難題，文官既因武功封爵，便當歸入「文東武西」的西班，不能再掌理都察院了。王越卻萬分不願，因為一歸西班、清閒無事；遇到征伐，掛將軍印出師，上有監軍及掌理軍務的總督，一切聽命而行，是王越無論如何不能忍受的。

幸好有先例在，天順年間王驥以靖遠伯為兵部尚書；奪門之變，楊善封興濟伯，仍為禮部尚書。王越託御史幫忙，聯名頌功，並引王驥、楊善事例，請准王越領都察院、兼督團營；由於內有汪直相援，終得如願以償。

王越很得意，陳鉞的官運亦不壞，由於汪直的提攜，內召回京，接替因丁憂回籍的余子俊，一躍而為權力僅次於「吏部天官」的兵部尚書。成化十七年二月，王越又立了一次邊功。這回是韃靼另一個部落顏猛可入寇大同，仍舊是朱永、汪直、王越原班人馬迎敵。得勝班師，王越進位太子太傅，增歲祿四百石。

「王公，」余子俊登門道賀時說：「我有話奉勸，不知道你嫌不嫌忌諱？」

「彼此至好，何忌諱之有？」

「伯爵的歲祿，自八百石至一千二百石；你現在增祿四百石，應該進爵為侯了。不知道你是願意生前封侯，還是身後追封？」

原來是談到身後之事的忌諱；王越便問：「生前如何，身後又如何？」

「從前靖遠伯王驥，歲祿一千二百石，以後增祿三百石，應該進爵了，但有人說，文臣封爵，已是特例，不宜再封公侯，否則武臣之中誰願意效力疆場？到得天順年間，王驥去世，追封為侯，謚忠毅。」余子俊問道：「王公，你如果生前就願意封侯，我叫武選司的司官辦公事出奏。」

王越沉吟了一會，拱拱手說：「多謝美意，一切拜託。」

於是兵部出奏，請將王越改從勛臣之例，解除左都御史的文職，掌前軍都督府，督理所有的京營。命下之日，宣府告警，亦思馬擔土重來，聲勢更勝於前。

「王公，你封侯的機會來了。」陳鉞說道：「我跟汪公公談過了，你掛將軍印，仍舊是他監軍。不知意下如何？」

「行！」王越答說：「不過，你不能另外派人總督軍務。」

「當然，當然！你的官銜就是大都督，誰還能督你？」陳鉞又問：「你想用個甚麼名義？」

「這無所謂。」

「過去都用平虜、征虜、靖虜的字樣。『生獲為虜』，彷彿敵寇都是老弱殘兵，只等著官兵去俘虜似地，顯不出你的武功。這回我想鑄一顆『平胡將軍』的印。」

王越以平胡將軍充總兵官，與汪直帶領京軍一萬人，趕到宣府；那知由於王越的威名，亦思馬望風而遁，但如班師，又怕亦思馬回撲，因而決定暫時屯駐在宣大。

這樣到了冬天，傳來了一個很壞的消息，汪直失寵了。

原來汪直在與王越出師以前，東廠提督太監尚銘破了一起盜案，獲得重賞。汪直認為尚銘未將此事告知，顯然目中無人；及至獲賞，更懷妒意，揚言班師回京後，要尚銘好看。尚銘大懼，在汪直離京後，四處偵察，得知許多汪直所洩漏的禁中祕聞，同時將與王越勾結的情形，一古腦兒造膝密奏，皇帝開始對汪直起疑心了。

但皇帝對汪直並無行動，而且彷彿優容如昔，尚銘眼看汪直即將回朝，心裡不免著急，與門下商議，判斷皇帝對汪直將信將疑，如果另外有人進言，讓皇帝知道汪直的勢燄薰天，不加裁抑便有尾大不掉之虞，那時皇帝的反應就不同了。在皇帝面前說得上話的，只有一個懷恩，但皇帝對他的信任，亦已大不如前了，主要的原因是，萬貴妃不斷在皇帝面前進讒，想廢太子，而懷恩極力保護東宮，與皇帝的意向不符。

因此便有人獻上一計，說鐘鼓司有個小太監，名叫阿丑，是皇帝的一個「弄臣」，經常在皇帝飲酒時，奉召到御前說笑話、演滑稽戲，為皇帝解煩破悶，如果他能相機「譎諫」，必能收效。

原來這滑稽戲在唐朝便已盛行於宮廷，名為「參軍戲」，出場的至少有兩個人，一個名為「參軍」，一個名為「蒼鶻」，前者癡愚、後者機智，相對戲謔、博人主解頤。到了宋朝稱之為滑稽戲，角色亦不止兩個人，有些有情節而足資警惕的滑稽戲，保存了下來，在明朝宮中亦常搬演，當今皇帝更好此道。

經過細心設計，有一天為皇帝演出一齣王安石配享孔廟的故事。首先是扮了宋朝太監的人宣詔：

「大宋崇寧三年六月壬寅朔，皇帝詔曰：荊國公王安石，孟軻以來一人而已，其以配享孔廟，位次孔子。欽此。」這太監進去以後，復又出而再次宣詔：「大宋崇寧三年七月初二日癸酉，皇帝詔曰：荊國公王安石著追封為舒王。欽此。」

接下來設四張椅子，孔子居中而坐；旁侍的是孟子、顏回，另外一個宋朝貴官的服飾，便是王安石。孔子指著他旁邊的座位，命王安石落座，王安石謙讓孟子居上。孟子說道：「天下達尊，爵居其一，我僅是公爵；相公貴為真王，何必謙光如此？」

於是王安石又遜讓顏子，顏回拱拱手說：「我是陋巷匹夫，平生無分毫事業，相公是名世真儒，位號身分，有雲泥之判，謙辭得太過分了。」

王安石不得已坐在孔子身旁，那知孔子亦大感不安，起而讓位；王安石自然惶懼不勝，拉拉扯扯不得開交之間，只見阿丑扮成子路，大踏步出來，厲聲問道：「公治長何在？」

一臉惶恐的公治長奔了出來，低聲問道：「大師兄，何事動怒？」

「你也不救一救你老丈人！你看看人家的女婿！」子路用手一指，不知何時出現了一個也是宋朝的大官——此人便是徽宗朝權相蔡京的弟弟蔡卞，官拜樞密使；他是王安石的女婿，力尊婦翁，王安石配享及追封舒王，都是蔡卞所促成。

這段故事，在以前搬演時，到此結束；但這回拖了一個尾巴，子路將相傳為孔子女婿的同門公治長，罵了個狗血噴頭，越罵越起勁，公治長終於忍不住了。

「皇上快要駕到了，你這麼鬧下去，甚麼意思？」

「甚麼意思？我就是要罵你。」

「你罵！好，你罵，看汪太監來了，饒得了你？」

「汪太監！」子路即時做出退縮畏懼的神情，連連問道：「在那裡？在那裡？」一面遁走，一面回顧。由於表情逼真，惹得皇帝哈哈一笑，但心裡對汪直的看法不同了。

這些情形，王越與汪直都不大了解；急於想回京去瞭解何以失寵的原因，所以會銜出奏，請求班師。

皇帝不許，而陳鉞不知趣，請求召見，力奏應召回汪直、王越；皇帝冷笑一聲，指著陳列在殿前的儀仗、兩把金鉞說道：「有人說汪直帶兵，就靠你跟王越。如今看來，果不其然。我倒問你，汪直、王越一離了宣大，韃子接踵而至，怎麼辦？」

陳鉞不敢再作聲了。第二天，皇帝召見閣臣，以大同總兵出缺，打算由王越接替；汪直總鎮宣大，並將京營兵悉數調回。這是皇帝與懷恩商量好的部署，三閣臣遵旨奉行，但萬安卻另有看法。

「王威寧的才具，大家都知道的。如今在汪太監身邊，實在不大妥當。」

何以不妥呢？萬安認為有足智多謀的王越在好大喜功的汪直身邊，可能會出邊擊敵，敗了不過損兵折將，為禍還輕；倘或一勝，必定鋪敘戰功，請調京營到宣大，大舉出擊，一敗則韃靼乘勝追擊，危及京師。

因此萬安上奏，請將王越調為延綏總兵官，表面上的理由是，延綏關乎河套的安危，須調威望素著的王越鎮守；與宣大成犄角之勢、互相呼應，三邊始保無虞。皇帝認為言之有理，向懷恩徵詢時，他揭穿了萬安的本意。

「首輔之意，無非想拿威寧伯王越跟汪直隔離開來。萬歲爺知道的，汪直監軍靠『兩鉞』，如果王越不在他身邊，奴才就不知道他該怎麼辦了？」

「那麼，你說該怎麼辦呢？」

「奴才看閣臣的意思，是怕王越替汪直出主意，急於立邊功自見，或許輕舉妄動，反而召禍。萬歲爺如果亦有此顧慮，不妨召回汪直；宣大仍以王越鎮守為宜。」

這話一半是試探，皇帝如果同意召回汪直，他接著就會建議將汪直調到南京；但皇帝對汪直印象大變，並無此意，想了一下說：「交廷議吧！」

廷議除內閣大學士以外，有發言地位的是合稱為「七卿」的六部尚書與左都御史。其時朝中南北兩派對峙之勢，已隱然形成，四川眉州籍的萬安，以首輔之尊，加以內有萬貴妃的奧援，自然而然成為南派的領袖。北派則一直以吏部尚書尹旻與王越為首；尹旻之得有今日，多少亦靠汪直的力量，因此，當他瞭解了萬安的真意後，自然持反對的態度。

「汪太監不知兵而善駕馭，他有王威寧輔佐，是很好的合作。三邊一體，宣大更為重鎮；宣大安定，延綏自然無事。所以調王威寧鎮守延綏，不僅多此一舉，而且宣大沒有王威寧，反容易啟韃子輕敵之心，傾師叩關，自召戰禍。」

「不然。汪太監有王威寧在，只怕會成為王振第二。」

「這是臆測之詞。」

「雖是臆測之詞，可也是前車之鑒。」萬安看著兵部尚書陳鉞問道：「陳公意下如何？」陳鉞心想，計之善者，莫如將汪直召回京師，專管西廠；三邊交給王越。但為此事，也碰過大釘子，不敢再提，同時他亦不敢為汪直、王越說話，所以苦笑著答說：「萬閣老知道的，在這件事上頭，我以不開口為妙。」

「那麼翁公呢？」

這是指戶部尚書翁世資，此人是經濟長才，善於調度，對軍需供應，常有通權達變，不至於過於擾民的好辦法。此時見萬安問到，笑笑答說：「我不知兵。但邊防總以安靜為第一；打仗是天下第一花錢的事。」

「我之奏請以王威寧鎮延綏，著眼也就是在安靜。諸公倒想王汪兩位，是肯坐享俸祿，不求有所表現的人嗎？倘或舉兵出擊有功，請兵請餉，大舉增援，請問翁公，戶部是不是毫無困難？」

「困難總是有的，只看大小而已。」

「如何謂之大，如何謂之小？」

「小者，人不逾三萬，時不逾一載，糧餉都是隨時可以支給；如果人在五萬以上，用兵又三、五年不定，那就得好好籌劃了；軍糧支應，又要看地方而定，當年征傜僮，我奏准發庫帑，就地採購，國家省費，民亦不擾，但那是因為湖廣、江西都是產米的地方，得以因地制宜；倘為三邊征討，這個辦法就用不上了。」

「這就是說，有很大的困難。」萬安緊接著翁世資的話說：「以王威寧的威望，雖在延綏，仍足以鎮撫宣大。汪太監雖不知兵，但只要守將得力，不妨優遊坐鎮，萬一有警，由延綏馳援，亦不致有誤戎機。」

由於萬安的堅持，延議結果請如原奏，將王越調鎮延綏；汪直一失勢，便有言官覺得再次撤銷西廠的時機成熟了。

其時西廠的「當家」，是汪直的心腹，官拜錦衣衛鎮撫司的吳綬，但汪直仍能遙控，京師、大同之間，特設專差，三天一次，星馳往返，吳綬將西廠大小事務，悉皆陳報，稟承汪直的意旨辦理。因此，言官指責西廠的橫行不法，這筆帳仍舊算在汪直頭上。

這些奏章，皇帝都找袁彬、尚銘來查證，罪狀什九皆實。而就在此時，大同巡撫郭鏜上奏，說汪直與大同總兵許寧不和，一旦有事，不能和衷共濟，大同恐有失守之虞。見此光景，皇帝終於下了決斷，裁撤西廠，將汪直調為南京的御馬監，當然兵部尚書陳鉞及吳綬亦都倒楣了，一個革職、一個下獄。

在延綏的王越，得到消息，大為不安；尤其是因為凡有彈劾汪直的奏章，提到陳鉞的不過十之二三，但攻擊他的卻居八、九，陳鉞革職，他的罪名必然更重。

在惴惴不安之中，得到報告，皇帝特派尚銘到延綏來宣旨，王越知道事態嚴重了，跟他的隨侍在延綏的次子王勛說：「尚銘是來抓我的，檻車上道，惹人笑罵，我不能受此羞辱。到時候，你把尚銘敷衍好了，給我留下一頓飯的辰光。」

「爹，」王勛問道：「你老人家別尋短見；凡事好商量。」

「有甚麼好商量的？你別管我的事，只照我的話做，否則就是不孝。」

王越的家規很嚴，王勛不敢作聲，只暗暗關照老僕寸步不離老父，防他自裁。

第三天尚銘到了，大堂上擺設香案，王越父子跪聽宣詔，幸而還好，王越革爵，謫居安陸；三子以功蔭得官，並皆削職為民。

謝過了恩，款待欽使，主人心中一塊石頭落地；客人則以汪直垮台，西廠裁撤、東廠獨專刺事之權，因而意氣風發，酒到杯乾，賓主盡歡。

到得第二天，王越預留了一筆豐厚的程儀相送，同時有一封給懷恩的信，託尚銘轉致。不用說，給懷恩的信，不是辨冤、就是謀求復起；尚銘少不得有一番安慰。

「王公請稍安勿躁！皇上很知道你的勛績，請暫時休養一陣，將來朝廷必還有借重才力的時候。」

「李廣不侯，命也運也。」王越答說：「不過論保全河套，驅逐韃子，說老實話，環顧當代，舍我其誰？」

「是、是！」尚銘拍胸擔保，「我一到了京，一定會將王公的委屈，跟懷司禮詳詳細細說一說。」

那知他回京以後，竟未能見著懷恩！就這短短二十天以內，宮中起了一陣大風波，懷恩被謫發到鳳陽去守皇陵了。

事起於有一天皇帝帶著繼張敏為乾清宮太監的韋興及萬妃的心腹梁芳，巡視後宮庫藏，發現歷朝蓄積的黃金七窖，盡皆空空如也，不由得大吃一驚。

「金子都到哪裡去了呢？」

韋興不敢作聲，梁芳硬著頭皮答說：「建大永昌寺、顯露宮，還有許多祠廟，為萬歲爺祈求萬年之福；都是奉萬娘娘之命取用的。」

皇帝好半天作聲不得，最後嘆口氣說：「我不來責備你們，只怕後人不會像我這麼好說話。」

「後人」是誰？自然是指年已十六的太子。一旦接位，清算老帳，必死無疑。

於是梁芳密訴於萬貴妃，那一番危言聳聽，連萬貴妃亦不免悚然心驚。

「為今之計，只有請萬歲爺廢了太子，才能永絕後患。」

「改立誰呢？」

「自然是皇四子。」

原來從柏賢妃所生的悼榮太子夭折後，皇嗣久虛，當時的大學士彭時與同僚合詞上奏，說俗諺謂「子出多母」，如今後宮嬪嬙眾多，而維熊無兆，一定是皇帝愛有所專，而專寵者已過生育之期的緣故。

這明明是針對萬貴妃而發，她為了洗刷善妒的名聲，下令選取民間美女，充實後宮。

結果訪到杭州鎮守太監，帶回一個十五歲的小姑娘，姓邵，浙江杭州府昌化縣人，昌化是個斗大山城，荒僻小縣，但卻如苧蘿村出西施一樣，這姓邵的小姑娘天生麗質、姿容絕世。以家貧之故，為她的父親邵林，賣了給杭州鎮守太監；本意獻給貴人，不道竟得入宮。

皇帝一見心醉，封為宸妃，住在西六宮的未央宮，十分得寵；成化十二年，也就是太子自安樂堂現身的第二年，生下一子，起名祐杬，排名第四，這年恰好十歲，聰明知禮，深得皇帝的鍾愛。

計議已定，萬貴妃又跟皇帝談廢立之事。過去談論，她總是形容太子的短處；這回直截了當地談她的心事。

「他十歲不到，就疑心我會毒死他，對我有不解之仇，有一天他接了位，我一定會遭毒手。萬歲爺如果不廢了他，乾脆給我一包毒藥。其實，」萬貴妃從鏡箱中取出一包紅砒：「我已經預備下了。」

皇帝繼承先帝重感情的天性，但遠不如先帝的英明果斷，而況兩歲相伴到今，又以死相脅，所以皇帝辨亦不辨，便將懷恩找了來，命他草擬廢太子的手詔。

「奴才不敢奉詔。」

皇帝勃然大怒，拍著桌子說：「你就是處處要跟我作對。」

「奴才死罪。」懷恩跪下來說：「太子十六歲了，溫良恭儉，毫無失德；萬歲爺輕言廢立，必將動搖國本。請萬歲爺想一想景泰年間的事，就知道了。」

「此一時也，彼一時也。」

「彼一時也，猶有可說，景泰爺想將大位傳子，人之常情。如今都是萬歲爺的骨血，俗語道得是『手心也是肉，手背也是肉』，萬歲爺不能偏心。」

皇帝又發怒了，戟指說道：「就算我偏心，怎麼樣？」

「只恐朝臣不允。」

「萬安、劉吉他們敢怎麼樣？」

「是，如今外面有兩句口號：『紙糊三閣老，泥塑六尚書』，大臣或者不敢講話，不過，不怕死的言官還是多得很。」

這使得皇帝想到景泰六年八月，御史鍾同，為當時改封沂王的他，力爭恢復儲位，而活活被打死在巨杖之下的往事。天下是你們朱家的天下，誰當皇帝，誰當太子，是你們朱家的家務，外人談論，進而力爭，管閒事管得奮不顧身，未免太傻；但言官中就有這種不怕死的傻子，又奈其何？

轉念到此，不由得嘆了口無聲的氣，「好吧！」皇帝揮揮手命懷恩退下，「再說吧！」

這是暫時擱置，並不表示皇帝的心意已經改變；而且不斷接到報告，萬貴妃成天哭鬧，皇帝感受到的壓力甚重，懷恩在想、只要他掌司禮監，拚死也要保護太子。但如皇帝使出釜底抽薪的手段，先撤換他的差使，另外派人掌司禮監，那時有力使不上，這就滿盤皆輸了。連朝苦思，計無所出，忽然想到吳廢后，這是個為這件事可以談心腹話的人；他決定到玉熙宮走一趟。

他跟吳廢后有七八年未見面了，但容顏如昔，不由得就說了句：「吳娘娘一點都不顯老。」

「沒有心事嘛！吃飽了睡，睡足了愛幹甚麼幹甚麼，瀟瀟灑灑過日子，真正是不知老之將至。」

「吳娘娘，你只怕要上心事了。」

「這話，」吳廢后一驚，「你今天突然來看我，我就猜到必有大事；是不是萬胖子又搗甚麼鬼？」

「正是。」

等懷恩細細談完經過，吳廢后問道：「那末你打算怎麼辦呢？」

「我是束手無策，專誠來向吳娘娘求教。」

「這件事很難。等我好好想一想。」吳廢后又說：「你也出去走一走，作為來視察西苑，回頭再到我這裡來，這樣就不著痕跡了。」

「是，是！吳娘娘的心思細。」

於是懷恩出了玉熙宮，巡行各處，召當地執事太監，詢問管理情況；將專訪吳廢后的行跡，掩飾得毫無破綻。

及至再回玉熙宮時，吳廢后說道：「我已經仔細想過了，你怕人家用釜底抽薪的手段；你何不也釜底抽薪呢？」

「請吳娘娘明示。」

於是吳廢后要言不煩地，只指點了幾句話，懷恩便已心領神會，欣然告辭回大內。

他仔細籌畫了一下，決定了幾個步驟，第一步是將未央宮的總管太監孫大中弄走，此人是邵宸妃的心腹，也是梁芳一黨，以皇四子取代太子的計畫，雖由梁芳策動，而穿針引線的關鍵人物卻是孫大中，他能言善道，將邵宸妃鼓舞得異常熱中，此人不去，懷恩無法施展吳廢后所教的那條釜底抽薪之計。

「大中，」懷恩將他找了來說：「濟南鎮守太監出缺，來求我的人很多；不過我打算讓你去。」

太監都講「家門」，孫大中的師父跟懷恩同門，所以孫大中管他叫「大叔」，他驚喜而困惑地，「你怎麼想到了我呢？」

「我們是叔姪，我當然要照應你。」懷恩又說：「你先到濟南待幾年，我再想法子替我調南京。那時候你再回來接我的位置，資格就夠了。」

孫大中恍然大悟，懷恩是看到皇四子將成太子；一旦接位，意料孫大中必會調回來執掌司禮監，預先培養他的資望。這是懷恩為他自己找接班人的一番苦心，不能不感激，更不能不領受。

「大叔，我答應過邵娘娘，如果東宮有變化，我要跟了去照料。」孫大中略顯躊躇地，「這件事，是不是要跟邵娘娘先稟報一下。」

懷恩想了想，答非所問地說：「你想不想去？」

鎮守太監予取予求，威風十足，如何不想去？孫大中毫不遲疑地答了一個字：「想。」

「既然想，你就不必管了；你跟邵娘娘提一個字，她要留你，你為面子拘著，就去不成了。邵娘娘問起來，我自有話答覆。至於東宮，你更不必擔心，我自會派妥當的人照應。」

「可是，我總得跟邵娘娘辭行，到時候怎麼說？」

「你都推在我身上好了。」

孫大中是山東人，這回到濟南去鎮守，真是衣錦還鄉，越想越興奮，深怕為邵宸妃留住，所以回到未央宮瞞得滴水不漏；直到公事下來，方跟邵宸妃去磕頭辭行。

「怎麼！」邵宸妃大為詫異，「事先我一點都不知道。」

「是懷司禮的意思，他讓奴才到外面去歷練幾年，再回來伺候娘娘。」孫大中又說：「懷司禮另有一番深意，請娘娘找他來問一問就知道了。」

「好！」邵宸妃忿忿然地說：「我要找他來問個明白。」

派人去找懷恩，他拖延著不肯去，三番兩次催召，直到孫大中啟程出京了，懷恩才到了未央宮。

「懷恩！」邵宸妃一見就大發雷霆，「你太目中無人了，孫大中是我的人，你把他派出去，也得先問一問我；在未央宮到底是你作主，還是我作主？你在別的宮裡也能這樣子肆無忌憚嗎？我不相信你能擅自作主調動梁芳，你欺人太甚了——。」

邵宸妃的口齒尖利，這一頓排揎，足足有一盞茶的工夫，此原在懷恩意料之中，不但早有承受的準備，甚至還是帶著欣賞的心情來對待，原來邵宸妃生一隻圓眼，一發了怒，雙眼睜得更圓，並不露凶光；而且她的皮膚生得太白，怒氣上升，雙頰如抹上一層胭脂，更添豔眼。

所以她罵的甚麼，他根本不去細聽；心裡在想的是，皇帝要廢立，一半是萬貴妃的逼迫，一半是由於寵愛邵宸妃之故。

「邵娘娘請息怒！」等她罵得口渴，停下來喝茶時，懷恩從容勸說：「奴才絕不敢藐視邵娘娘，實在是別有緣故——。」

「對了！」邵宸妃搶著問道：「孫大中說另有一番深意，是甚麼，你說給我聽聽。」

「是！」懷恩左右看了一下，輕聲說道：「請娘娘交代左右迴避。」

一聽這話，邵宸妃的怒氣消了一大半，吩咐隨侍左右，寸步不離的心腹宮女黃英：「你把大家都帶出去，別亂走。」

「是。」

等黃英帶頭迴避了，邵宸妃指著另一張前面的腳踏說道：「你搬一個來坐。」

「謝謝邵娘娘。」懷恩搬了個腳踏坐在邵宸妃身旁，用僅僅能讓她聽得見的聲音說：「奴才把孫大中調出去，是為了保護邵娘娘——。」

「怎麼，」邵宸妃急急問說：「孫大中要害我？」

「娘娘小聲！」懷恩停了一下說：「說孫大中要害娘娘，絕無此意；但有句成語『愛之適足以害之』，倒恰好用得上。孫大中願意皇四子將來繼承大位；邵娘娘母以子貴，成為皇太后，這沒有錯。可是，他沒有想到——。」

這一回是懷恩自己頓住了，反由邵宸妃催問：「他沒有想到怎麼？」

「他沒有想到，邵娘娘自己應該想到，」懷恩俯身向前，瞪出雙眼，顯得異常鄭重地問：「到了那一天，萬娘娘肯給你老磕頭，叫一聲皇太后嗎？」

一聽這話，邵宸妃頓時愣住了，臉上的表情，一層層地變化，由茫然而迷惘，而若有所思，而若有所得，而最後是將信將疑的神氣。

「邵娘娘是見過紀娘娘的。」懷恩又說：「紀娘娘是怎麼死的，邵娘娘總也聽說過；不過有件事，只怕邵娘娘還不知道，紀娘娘從太子去見萬歲爺那一刻起，就沒有打算再能活著。所以邵娘娘如果希望皇四子將來能繼承大位，就得跟紀娘娘有一樣的決心，捨命來成全兒子。所可慮的是，即令捨了命，也未見得能成全兒子。」

「這又是甚麼講究？」

「萬娘娘的氣量小得厲害，一句話得罪了她，會記恨一輩子，像如今的太子，小時候不識輕重，說了句怕羹湯中有毒的話，她一直就想廢了他。倘或皇四子真的代立，除非對她百依百順，否則難保不受暗算。」懷恩突然問道：「不知道柏娘娘跟邵娘娘談過悼恭太子沒有？」

「談過一回。」

「柏娘娘怎麼說？」

「說是御醫用錯了藥。」

「不是。御醫怎麼會用錯藥？有方子在那裡，如果用錯了藥，御醫那裡會有命活？」

「那麼，」邵宸妃很注意地問：「到底悼恭太子是怎麼死的呢？」

「是柏娘娘的一個宮女，在煎藥的時候，多加了一味藥。」懷恩回憶著說：「萬歲爺聽說有這麼一回事，打算追究；那知第二天一早發現那個宮女掉在井裡淹死了，就此不了了之。」

「井有井圈，怎麼會掉下去的呢？」

「就是這話囉。」

邵宸妃不作聲，面色凝重地沉思了好一會說：「人心可怕。懷恩，我想通了，不過我不知道我該怎麼辦？」

「邵娘娘是怎麼想通了？」

「我不存甚麼非分之想了。無事是福，但如果萬歲爺一定要那麼辦，我可是身不由己。」

懷恩點點頭，追問一句：「邵娘娘真的想通了？」

「真的。」邵宸妃說：「想我一個窮人家的女孩子，得有今天，也不知是祖上幾世陰功積德才修來的；如果再不知足，天亦不容。不過現在看起來，似乎躲不過這一場大禍，懷恩，你說怎麼辦？」

「只要邵娘娘真的是這樣想通了，自有避禍之道。等——。」

等了三天等到了，乾清宮的總管太監韋興來傳旨：「萬歲爺今晚上到未央宮來擺膳。」

向例：皇帝在那位妃嬪宮中傳晚膳，這一夜便留宿在那裡。此為進言最好的機會，但邵宸妃卻不知道如何開口，因為易儲這件大事，在計畫未成熟以前，必是諱莫如深；皇帝在邵宸妃面前，既從未提過，她就應該裝糊塗，否則皇帝只要問一句：「你是聽誰說的？」這一追究，可能會引起一場絕大的風暴。

因此，邵宸妃一直在思索的是，如何設法讓皇帝先提了起來，她才好因話搭話，吐露心曲。就因為有這麼件事，縈繞心頭不去，所以顯得神思不屬似地，不像平時侍膳，全副心思都貫注皇帝身上的樣子。

皇帝早就發覺了，原以為她自己會說出來，大概是為母家乞恩，或者別的陳請，看她說了，再作道理。及至飯罷，看她仍是心不在焉的神情，就忍不住要問了。

「你是有甚麼心事不是？」

「沒有。」邵宸妃毫不考慮地否認，但話一出口，隨即覺得自己是錯了；事到如今，如箭在弦，不必遲疑，因而又加了一句：「心事倒有，也不知真假，不敢跟萬歲爺說。」

「甚麼事不敢？」

邵宸妃跪了下來，「萬歲爺，」她說：「除非萬歲爺先許了我，不追究我是從甚麼地方聽來的這件事，我才敢說。」

「好！我不追究。」

「我聽說萬歲爺打算改立元元為太子；有這件事沒有？」元元便是皇四子祐杬的小名。

「是誰告訴你的？」

用到「告訴」二字，無異表示確有其事；邵宸妃手撫著皇帝的膝蓋說：「萬歲爺剛才已許了我不追究的；天子無戲言。」

「喔，」皇帝笑了一下，「你倒會拿話堵我。」

「我不敢，只為這件事關係太大，我不能不上心事。我先請萬歲爺跟我說一句。」

「說甚麼？」

「有這回事沒有？」

「有。」皇帝用安撫的口氣說：「慢慢兒來，我一定會把這件事辦成。」

邵宸妃知道皇帝誤會了，以為她是急於想早日得見獨子居於儲位；因而磕了個頭，莊容說道：「萬歲爺的抬舉，我不知道怎麼說才好，不過這件事萬萬不可行，如果萬歲爺真的是為我著想，我請萬歲爺打消了這個念頭。」

皇帝大為詫異，「怎麼？」他問：「你不願意？」

「不是不願意，是承受不起。人貴知足，不然必受災殃。」邵宸妃話鋒一轉：「萬貴妃從小保護萬歲爺，是有大功勞的人；如說有一天我會越過萬貴妃，那是天也不容的事。萬歲爺如果想我多活幾年，千萬不要來折煞我。」

皇帝深深點頭，是表示嘉許的神色，「你很知道分寸。不過——」皇帝本想說：易儲原是萬貴妃的意思，但話到口邊噤住了。

「還有一層，也是我一點私意。」邵宸妃說：「如果那樣辦了，阿元就不能天天在我身邊了。到底才十歲，單獨住在東宮，我實在放心不下。」

皇帝不作聲；凝視著空中，沉吟了好久，才問了一句：「這都是你心裡的話？」

「我怎麼敢欺萬歲爺？」

「嗯，」皇帝又問：「到底是誰跟你來談了這件事的呢？」

「沒有人。」

旨。

「沒有人，你怎麼會知道的呢？」

邵宸妃不作聲，她怕說下去會蹈言多必失之禍。反正皇帝已經許了她不作追究，她不答亦不算忤旨。

但皇帝卻不死心，派韋興多方查問，終於查出來，懷恩在不久以前，到未央宮去過，跟邵宸妃說了好一會的話。

於是皇帝將懷恩找了來問道：「你最近去見過邵娘娘？」

「是。」

「你去幹甚麼？」

「是邵娘娘為了孫大中派到濟南，找奴才去問話；奴才才去的。」

「她跟你說些甚麼？」

「邵娘娘說：把孫大中派出去，何以不預先跟她說一聲。奴才回說：邵娘娘有一回關照，孫大中當差很謹慎，人也能幹，有機會你提拔提拔他。孫大中山東人，派到濟南鎮守，人地相宜。既然如此，奴才就不必先跟邵娘娘回明了。」

「那麼，你有沒有跟邵娘娘談過，我打算改立太子的事？」

「奴才有幾個腦袋，敢透露萬歲爺在心裡琢磨的事？」

「喔，」皇帝覺得他話中並無破綻，便揮揮手說：「你下去吧！」

易儲之議，就此作為罷論。皇帝對萬貴妃說：「未央宮不願意，人家是一番好意，完全為了尊重你；我想想也不錯，中宮名分已定，亦沒有失德，只好讓你委屈，但如將來還有一個人，位分在你之上，我亦覺得是對不起你了。好在太子本性平和，也聽話；我將來會留下一道手詔，不准他翻他母親的老帳。你放心好了。」

「我沒有甚麼不放心，他母親去世，與我何干？不過——。」

「不過」甚麼呢？萬貴妃說不下去了；她自己覺得吃的是個啞巴虧；千方百計，籌畫出這麼一條計策，不道忽然變卦，邵宸妃心裡究竟是怎麼個想法呢？

「你不是說她千肯萬肯，而且要想法子報答我嗎？」萬貴妃詰責梁芳：「怎麼忽然改口，說了這麼一套漂亮話呢？當初她到底是怎麼說的？你去問她。」

「是孫大中告訴奴才的，如今孫大中外放，線斷了；奴才要去問邵娘娘，她一定不會承認的。」

「廢物！」萬貴妃罵道：「從前一個張敏，現在一個你，都是結了幫來哄我。」

梁芳大懼，覺得這件事必須有個交代，否則地位不保，因而下工夫結交未央宮的太監宮女，終於打聽到在事情變卦之前幾天，懷恩曾經跟邵宸妃有一番密談。他花了二百兩銀子，買了一隻翠玉鐲子送邵宸妃的心腹宮女黃英，要求她在萬貴妃面前作證；黃英考慮了一夜，答應了。

「你說說，當時是怎麼個情形？」

「回萬娘娘的話，」黃英答說：「孫大中調到濟南，邵娘娘事先絲毫不知，心裡很不高興，派人去找懷司禮，他一直等孫大中動身出京以後才來。邵娘娘罵了他一頓，他不作聲，只說他有話，要大家迴避了才能說，邵娘娘就交代奴才，把大家帶走，不知道他跟邵娘娘說了些甚麼？」

「你一句都沒有聽見？」

「沒有。」

「真的。」

「奴才不敢撒謊。」

「談了有多少時候？」

「很久，總有一頓飯的工夫。」

「喔，你下去吧！你到我這裡來，邵娘娘知道不知道？」

「不知道。」

「好，你回去也不必提。」

萬貴妃賞了黃英一副耳環將她遣走了，現梁芳推測，確定是懷恩搗鬼；而且可以想像得到，一定是拿紀淑妃的往事，來勸她謙退。因此，她又在皇帝面前告了懷恩一狀，說他捏造謠言，搬弄是非，要皇帝治懷恩的罪。

「沒有證據。」皇帝想了一下說：「好吧，我把他打發到鳳陽去。」

不過懷恩亦並不算貶斥，是派到鳳陽去當鎮守太監，等於是為皇帝去管老家；所以出京時亦很風光，除了皇帝優厚的賞賜以外，有頭臉的大太監排日設宴餞行，甚至妃嬪亦特召賜食，東宮亦然。

「小爺，」為太子呼作「老伴」的覃吉說道：「懷恩保護小爺，赤膽忠心，這回發到鳳陽，亦是為了小爺的緣故，今天找他來吃飯話別，小爺應該謝謝他。」

「我知道；沒有懷恩，我沒有今天。」

「還有件事，老奴實在不忍言，而又不得不言，」覃吉停了一下說：「聖躬可慮，萬一出事，小爺立刻就要擔當大任，心裡該有個預備。」

聽得這話，天性純孝的太子頓時憂容滿面——四十歲的皇帝方當盛年，但因誤於「房中藥」，斲喪過度，早有未老先衰的跡象，這半年來更形頹唐，且又不能清心寡慾，享祚的日子，似乎已看得到了。

「回想先帝駕崩時，有李賢、彭時、劉定之這班忠正良臣留下來；當今萬歲爺只起用了一個商輅，從商三元一辭官，朝中就只剩下『紙糊三閣老、泥塑六尚書』了，幸而還有一個懷恩掌司禮監。朝中誰是正人君子，只有他肚子裡最清楚，小爺不妨問問他，一旦接任，就不愁沒有輔弼了。」

「好！我來請教他。」

太子對懷恩十分禮遇，賜食時，分設兩席，東西相對，處以賓位。懷恩再三辭謝，改設了席位，太子居中，懷恩在側，不過由西面改到東面，特命覃吉陪坐。

「懷司禮，」太子舉杯說道：「我實在捨不得你走。等萬娘娘的氣消一消，我來求萬歲爺，讓你回來。」

「多謝太子，此事不必強求。老奴此去，心繫東宮，但願太子進德修業，好好保養身子，遠摒聲色。」

太子深深點著頭說：「我一定記住你的話。」

「老奴聽說，太子好讀佛書？」

「現在拋開了。」覃吉搶著代答。

「懷司禮，」太子談入正題，「朝中大臣，性行各別，誰該親近，誰該疏遠，我想跟你討教。」

「太子言重了。」懷恩從從容容地答說：「第一位當然要談萬閣老，只談一件小事，大約是成化七年——。」成化七年發生星變，言官上奏，說皇帝久未召見大臣，君臣否隔，天象示警。大學士彭時、商輅亦力請召見，皇帝同意了。

「兩位閣老，」懷恩說道：「皇上亦不是不願意召見大臣，只為說話很吃力，所以今天召見，請你們要言不繁，別說得太多，要讓皇上為難的事，亦最好不提，等多見幾次面，沒有甚麼隔閡了，那時跟皇上從容討論，他亦會侃侃而談的。」

到得在文華殿召見的那一天，懷恩又重申前約；這回聽到他的話的，除了彭時、商輅，還有萬安。彭、商二人唯唯而已，萬安卻緊記在心了。

行禮既畢，彭時說道：「天變可怕，請皇上修省。」

「我知道了。」皇帝答說：「不光是我，你們身為大臣，亦當盡心盡力。」

「謹遵聖諭。」彭時略停一下說：「如今內閣有幾件大事，要面奏取旨。」

「好！你一件一件說。」

「第一件，昨天有言官上疏，請減京官俸祿，武臣家中養的人多，家累很重，不免有怨言，臣等以為不宜更張，照舊為便。」

皇帝略想一想，簡簡單單地答了一個字：「可！」

彭時正要說第二件，不道在他身後，突然發聲，是萬安高呼一聲：「萬歲！」捧著朝笏、塵揚舞蹈地拜了下去。

這是辭出殿廷的禮節，閣臣一體，彭時、商輅無奈，亦只好磕頭辭退。一時在宮中傳為笑柄；太監常常挖苦朝士：「你們總說皇上不召見，見了面，無非喊一聲『萬歲』罷了。」因此，萬安得了個外號，叫做「萬歲閣老」。

「老奴當時的意思，是請閣臣，稍知抑制，並非箝制大臣發言。」懷恩又說：「這件事，後來到了萬閣老嘴裡，又變了說法——。」

這是半年前的話，大學士劉珝奉旨休致回籍，戶部侍郎兼翰林學士、江西泰和人的尹直入閣，此人頗有才具，但功名心極熱，急於想有所表現，自入閣後，一直沒有見過皇帝，便跟萬安商議，奏請召見。

「不必、不必！」萬安搖著手說：「從前彭公請召見，一語不合，磕頭喊萬歲，貽笑中外，我輩有話，跟司禮監說，擇要奏聞，上頭沒有不許可的，勝於面對多多。」

太子大為詫異地問：「那不是當面撒謊嗎？」

「雖是當面撒謊，但彭、商兩閣老不在，事隔多年，無可究詰。」

太子深深點頭道：「原來此人不但不識大體，而且喜歡歸過於人。」

「請太子默識於心。」

「我明白。」太子又問：「他真是萬娘娘的姪子嗎？」

「萬娘娘山東諸城，萬閣老四川眉州，風馬牛不相及。」

「怎麼？」太子好奇地問：「萬安跟『三蘇』同鄉？」

「十室之內既有芳草，亦必有莠草。」

「說的是。」太子又說：「『紙糊三閣老，泥塑六尚書』之外，總也有正色立朝的大臣吧？」

「太子之所謂『正色立朝』不知作何解說？」懷恩答說：「倘謂道貌儼然，隨班進退，不做壞事，但亦無所建白，那樣的人，可是很多。」

「不，我是說，遇事持正，不屈於勢力之下，但亦不為過當之舉的大臣。」

懷恩想一想答說：「『兩京十二部，唯有一王恕。』」

這王恕是陝西三原人，由進士外放後，一直做外官。自永樂以來，凡是能幹而有作為的豪傑之士，為了避免掣肘而能暢行其志，多少都會敷衍有權勢的太監，而唯一的例外是王恕，遇到鎮守太監肯為地方做事的，他傾誠相待；否則不管勢力多大，他都有辦法加以制裁。

成化十二年，王恕以南京戶部侍郎，調為雲南巡撫；大學士商輅的用意是，雲南西控諸夷，南接交趾，而雲南鎮守太監錢能貪恣橫暴，激出變故，將成不可收拾之勢，用王恕就是要他去對付錢能。

果然，王恕一到，明查暗訪，得知錢能重用一個指揮同知郭景，承錢能之命，勾結安南國王黎灝，頗有引狼入室之危。因而突然發兵，逮捕郭景，將治以重罪；郭景畏罪自殺，王恕後嚴劾錢能，私通外國，其罪當死。朝廷派刑部郎中潘蕃到雲南查辦；錢能大懼，急急派人攜帶鉅資到京師，走萬貴妃娘家的路子，而又正逢商輅、項忠為汪直排擠而落職，因而得以取中旨調王恕為南京都察院掌院，參贊守備機務。

正是冤家路狹，不久錢能調為南京鎮守太監；不過錢能領教過王恕，居然一改素行，「王公是天人，」他說，「我唯有敬重。」王恕亦不存絲毫成見，樂與為善，頗能感化錢能。

聽懷恩講了王恕的生平，太子大為傾倒，不由得問說：「他現在還在南京嗎？不知甚麼時候北上述職，我要見一見此公。」

「唉！」懷恩嘆口氣，「如今回家吃米飯去了。」

「怎麼？」太子驚問：「他得了甚麼罪？」

原來王恕好直言，皇帝有失德，朝廷有秕政，他毫無例外地會上奏諫阻。有時一件事鬧得不成話了，便有很多人會問：「王公怎麼不說話？」沒有幾天，王恕的奏章遞到了，沒有辜負大家的期待；「兩京十二部，獨有一王恕」的口號便是由此而來的。

為此，皇帝頗為厭苦，而一直隱忍未發，有一回南京兵部侍郎馬顯辭官，皇帝心血來潮，加批了一句：「該部尚書王恕，著一併解任」，就這樣不明不白地丟了官。

太子聽完這段經過，嗟嘆不絕，接下來又向懷恩訪賢，他提了兩個人，一個是接替王恕為南京兵部尚書的馬文升，山西人，深諳韜略，代替王越總制三邊時，戰功卓著，但為汪直所抑制，功大而賞薄，馬文升恬然自甘，他只要做事，不望有功，曾經三次巡撫遼東，那裡的百姓及守卒，一聽說他來了，民心士氣立刻都會鼓舞。

另一個叫劉大夏，陝西華容人，天順八年中進士後，點了庶吉士，三年散館，考列上等，照例得以留館任編修，明朝的宰相十九為翰林出身，這個職位，清華之選，前程遠大：但劉大夏亦是想做事的人，自請改為部曹，分到兵部職方司當主事，不久升為郎中。兵部的職方司掌管用兵的方略，是個很重要的職位，劉大夏在任時，剔除積弊，深為尚書余子俊所倚重。

有一年安南國王黎灝稱兵內犯，為英國公張輔、黔國公沐晟敗於老撾，汪直又起了建邊功的侈心，已經奏准皇帝準備頒兵討略安南，行文向兵部索取永樂年間討伐安南的一切檔案，劉大夏答覆他說：「年深月久，找不到了。」

不是找不到，是不宜輕易開釁，劉大夏將利害關係為余子俊分析得非常透徹，他引述宣德初年，西南罷兵的往事，說太祖皇帝曾有遺訓：「四方諸夷及南蠻小國，限山隔海，僻處一隅，得其力不足供給；得其民不足使令；勝亦無謂，我子孫不得自恃富強，貪取邊功。」而況如今國力，遠不及永樂、宣德之時，所以汪直的狂妄計畫，絕不可行。余子俊恍然大悟，多方阻撓，始得打消其事。

「現在呢？」太子問說：「劉大夏在那裡？」

「亦在家鄉，他是丁憂回籍守制。」

「年紀還輕吧？」

「正在壯年。」

「他應該好好替國家做一番事。」

太子等懷恩辭去後，將王恕、馬文升、劉大夏這三個名字，用張紙寫了下來貼在屏風上。

那知道這麼一個動作，又惹起一場風波，萬貴妃冷言冷語地說：「太子已經在作接位的打算了。」

「我還沒有死，他接甚麼位？」

「哼！」萬貴妃冷笑一聲：「你自己小心點兒好了！」

「我不明白你的意思。」

「我是怕你有一天會搬到南宮去住。」

皇帝先是愕然，繼而意會「搬到南宮去住」，便是退位為太上皇；萬貴妃的意思是，太子會逼他遜位。這是絕不會有的事，皇帝覺得她這種攻擊，對太子來說，太不公平，當下沉著臉說：「你也太過分了！」

說完，一捽袍袖，氣沖沖地坐上軟轎回乾清宮，一路上在想，萬貴妃的話，莫非有因而發？自唐朝至今，出過三位太上皇帝，唐玄宗幸蜀，中途有馬嵬之變；肅宗即位於靈武，不免篡竊之嫌，但亦是為了平亂，後世史家，多有怨詞。宋高宗無子，立太祖裔孫孝宗為後，高年遜位，退居德壽宮，頤養天年，亦是人情之常；再就是先帝的遭遇，景泰帝奉太后懿旨，登極禦侮，使得社稷蒼生，轉危為安，即令有過失，亦有安邦定國之功可抵。

但不論是唐、是宋、是本朝，出現太上皇都由於有人擁立嗣君，太子尚未與聞國政，與大臣從不接近，或者東宮官屬中有人在策動異謀。

轉到這個念頭，中途吩咐，不回乾清宮，駕臨文華殿，隨即宣召三個人進見，都是東宮講官。

皇帝不大過問太子的學業，因此這三名講官，都是初次召見；不過明朝的皇帝守著太祖馬皇后尊禮「西席」宋濂的家法，對東宮的師傅，皆以禮相待，而且照馬皇后對宋濂的稱呼，謂之「先生」。

這三位「先生」同時奉召，是個頗不尋常的舉動，因而都很緊張，猜測著廢立一事，將見諸事實，所以私下作了一番商議，如果皇帝是宣布廢立，必當據理力爭，但他們沒有想到，皇帝在賜座賜茶以後，居然先說了一番客氣話。

「早想約三位先生好好談一談，老沒有機會。今天我下了決心，恰好三位也都在，機會很好。我想三位不妨先各敘生平。」皇帝又說：「按科名先後，順序發言。」

於是陝西洛陽人，天順四年進士，官居詹事府少詹事的劉健站起身來，捧著牙笏陳奏：「臣劉健，臣父亮，曾任三原教諭，從河東薛瑄受業——。」

「喔，」皇帝打斷他的話問：「你父親是河東『薛夫子』的門生？」

「是。」劉健接著又說：「臣舉天順四年進士，改庶吉士，授編修：皇上登極第二年，臣丁憂回籍，奉旨纂修先帝實錄，臣在憂中，三疏請辭，未蒙俞允。書成進職修撰，授為東宮講官，輔導重任，不敢以私誤公；父母三年之喪，守制不及一年，烏私之情，耿耿於懷，幸而太子德業並進，臣或可稍卸仔肩，請准將臣解職，放歸田里，以便修理先塋，容臣守制期滿，再效馳驅。」

皇帝心裡一動，這時候忽然要告假回河南去守制，難道是聯絡疆臣，有所圖謀？

「我准假，你在京守制好了。」皇帝又說：「至於你的祖墳，寫封信託河南巡撫替你料理好了。」

「臣與地方大吏，素無交往，且備位宮僚，言行更當檢點；臣實不願如此。」

聽這一說，皇帝的疑惑，煥然冰釋：「好！好！」他一迭連聲地說：「你寫個奏來，我准你的假。」

「臣劉健謝恩。」

等他磕頭起身，皇帝注目第二人，此人是翰林院侍講學士李東陽，音吐宏亮，但一口濃重的湖南鄉音，皇帝要側起耳朵，才能聽得明白。

「李學士是神童。」韋興在皇帝耳際輕聲提醒，「四歲能寫大字。」

這一下陡然觸動了皇帝的塵封已久的記憶，是七歲那年萬貴妃為他啟蒙認字號；有一天心繫著設在後院中一個誘捕麻雀的機關，心不在焉，教過即忘，萬貴妃刮著臉羞他：「人家四歲的孩子，會寫栲栳大的大字，看看你。」後來聽說有個四歲大的大臣之子，穎異非常，景泰帝特為召見，抱置膝上，撫愛備至，並在御前磚地上鋪下一張大紙，那神童五指緊握，捏住一枝斗筆，寫下「天下太平」四個一尺見方的四個大字，想來就是他了。

於是皇帝打量了他一眼問道：「你今年三十七歲吧？」

「是，臣少聖壽三歲。」

「那就是了。」皇帝說道：「你年力正壯，輔導東宮之日正長，好自為之。」

「臣敢不盡心？」

「你呢？」皇帝望著位在第三的謝遷說：「我記得你是狀元？」

「是。」謝遷自報履歷：「臣謝遷，浙江餘姚人，成化十年鄉試，忝居榜首；十一年赴春闈榮應殿試，辱蒙硃筆欽點為第一，授職修撰，現任左春坊左庶子，侍讀東宮，已歷八年。」

「好，好！」皇帝很高興地說：「本朝的狀元，都是有真材實學的；你的儀表出眾，將來一定會大用。」

天語褒獎，本應有一番謙謝，但謝遷默無一語，只磕了個頭而已。

「三位先生輔導東宮，不知道心目中希望造就何等樣的天子？」聽得這一問，三個人相互看了一眼，自然仍由劉健首先發言，「太子仁厚好學，不喜聲色。」他說：「臣等惟導以聖賢之學，修齊治平，上繩祖武。」

這樣的話太空泛了，皇帝想了一會說道：「人生修短有數，一旦我撒手長遊，三位先生輔佐嗣君，我倒要問，為政當以何者為先？」

「臣等不敢計及皇上萬年以後的事。」

「不要緊，毋須忌諱。」

「當力請奉遺詔行事。」

「本朝的故事，前朝的秕政，皆由嗣君借遺詔以革除。」皇帝問道：「照你們看，遺詔中應該指出那些秕政？」

問話越來越尖銳了，但劉健將身分掌握得很有分寸，便即答奏：「宋儒朱子有言：『一日立乎其位，則一日業乎其官；一日不得乎其官，則不敢一日立乎其位。』臣為東宮僚屬，除輔導太子進德修業以外，不敢過問職外之事。」

「你是說草遺詔是閣臣之事？」皇帝緊接著說：「不過你是東宮講官，亦有進諫之責，如果你覺得甚麼是秕政，現在就可以說，這不也是『一日立乎其位，則一日業乎其官』嗎？」

「是。皇上責臣以講官言責，臣不敢畏避。今日要政，莫重乎裁汰『傳奉官』；國家何能以萬民脂膏，填此輩游手好閒之徒的貪壑？側聞內廷歷朝藏金，七窖俱盡。臣恐一旦有事，軍需不繼，危及根本。」

原來傳奉官之設，是成化朝最大的秕政，先是人有一技之長，雖無功名，經內監引進後，取中旨派為傳奉官，算是為皇帝個人服役。但此倖門一開，冒濫至不可勝數，而此輩又多不學無術的小人，坐支俸祿、飽食終日，還屬於其中的賢者，至於招搖生事、借壓欺民者，比比皆是。十幾年來，言官紛紛奏諫，皇帝亦覺得應該革除，但下不了決心，如今聽東宮講官，論秕政首及於此，心知一旦太子接位第一件新政，必是汰除傳奉官。一項秕政倘或本意不壞，只以奉行未善，猶有可說，而傳奉官根本在制度上就說不過去，遺詔中要想替他迴護，亦找不出甚麼好聽的話來說，與其將來為人罵作昏庸，倒不如自己趁早收科。

因此，皇帝對於此奏，不但不以為忤，反而鼓勵著說：「你們合詞寫個奏章來，我立刻批。」

「臣等為東宮講官，非御前侍直者可比。東宮講官，合詞言事，恐易滋太子干政之譏，非臣等保護東宮之道。」

劉健的穩健，立即獲得謝遷、李東陽的共識，相繼附和。「可是，」皇帝說道：「事情總要有個發端；看言路上可有人講話？」

這回是李東陽越次發言，「皇上欲彰納諫之德；言路豈無諤諤之士？臣深信必有其人。」

這意思是他可以找出言官來出面，皇帝點點頭表示同意，接著又問：「你們看，還有那些亟宜興革的的事項。」

「京城土木繁興，皆發官軍充匠役。」謝遷說道：「勛臣貴戚，不為國家恤民力，且不為國家恤軍力，臣恐一旦有事，難期軍士效死，請皇上留意。」

「勢家豪族，田連郡縣，猶以為不足，每每巧取豪奪，小民怨憤難伸。至如皇親國戚，公然乞請官田，皇上每予優遇。臣愚，以為此為國用所寄，請派都御史會同戶兵兩部，核實清查，凡非法侵奪，或所請官田與其爵位不稱者，一律追繳。」

這件事首先就牽涉到萬貴妃娘家，皇帝無法作明確的裁決；「再說吧！」說了這一句，他打個呵欠，暗示三臣可以告退了。

退出殿來，且行且談，劉健喚著李東陽的號說：「賓之，難得皇上有此承諾，這是個天賜良機，千萬不可錯失，你在言路上的朋友很多，你去找一位。」

「是。我正在想，該找誰？」

「你得留意兩點：第一、此人立身端方、與人無爭，居官居家既無任何劣跡，亦沒有甚麼冤家，庶幾可防小人報復。」

「說得是。」

「其次，奏疏的措詞要婉轉和平，切忌劍拔弩張，否則好好一件事，只為一句話不中聽，惱了皇上，那關係可就太大了。」

「啊！聽劉公這麼一說，我倒想起一個人來了！」

「誰？」

「吏科給事中李俊。」

李俊是陝西鳳翔府岐山縣人，劉健跟他同鄉，深知其人，連連稱好；謝遷也說：「他的職位吏科給事中，論整頓吏治，亦正合適。」

及至李東陽夜訪李俊，得知始末，欣然同意，連夜起草，一直到第二天日中，方始殺青，吃過飯，將疏稿鎖了在枕箱中，補睡了一大覺，黃昏起身，挑燈繕正。李太太在窗外催他吃晚飯，他口中不斷地說：「就來，就來！」身子卻不動，於是李太太便闖進書房了。

李俊一見，急忙將疏稿遮住。其實這是多餘的，因為李太太根本就是個不識字的婦人，但這一來，反倒引起她的疑慮了。

「你在寫甚麼？」

「你不懂，別問。」

「不錯，我不識字，我不懂。不過人情世故，我比你懂得多。常言道：千里為官只為財；只有你們都老爺好出鋒頭，求的是名，甚麼『直聲震天下』、『得大名以』——」李太太頓了一下又說：「我也學不來，反正儘幹傻事。昨天晚上李老師來，你們鬼鬼祟祟談了好半天，回頭你就不睡了。李老師是『湖南騾子』，做事向來顧前不顧後的，你別上他的當。」

「太太，」李俊平靜地問道：「你說完了沒有？」

「說完了，怎麼樣？」

「你說完了該我說了。李老師不但沒有害我，而且送了我一個成名的好機會。」

「甚麼好機會？」

「我不能告訴你。」

「哼！」李太太冷笑一聲，「不能告訴人的事，就絕不是好事，你聽說過殺人放火、去偷去搶，有個先告訴人的嗎？」

蠻不講理，而且擬於不倫，性情平和的李俊也不免光火，「我跟你說了吧！」他憤憤地說：「皇上交代的事，你說是好事不是？」

「皇上交代，」李太太驚愕莫名，「交代你辦甚麼？」

「那就更不能告訴你了！」李俊停了一下又說：「你放心，絕不會害你做寡婦。」

聽得這話，李太太略為寬慰了些，但始終不能放心，這一夜只祕密觀察動靜。到得五更天，等李俊上朝去遞封奏以後，喚醒了她的十五歲的長子：「起來，起來，快起來！」

「幹甚麼？天都沒有亮。」

李太太不答，將一件棉袍披在他身上，硬拽而起，到了李俊的臥室，將「防小人不防君子」，一扭就開的枕箱打開，伸手到裡面取出李俊的疏稿，遞到兒子手裡。

「你看看，你爹寫的甚麼？」

李俊的兒子很聰明，書也念得不壞，雖只十五歲做文章已能「完篇」了，當下細心看了一遍答說：「是一篇奏章，請皇上裁汰傳奉官——。」

傳奉官無人不知，李太太不懂的是「甚麼叫裁汰？」

「就是革職。」

「你爹爹請皇上革傳奉官的職？」

「是啊，『盡數裁汰』，全部都要革職。」她的兒子又說：「爹這篇文章做得好極了！」

「好你個頭！」李太太一巴掌打得她兒子發楞。

「媽，你這是幹甚麼？」

「幹甚麼？大禍臨頭了！去！快穿衣服吃了早飯，你陪我到李老師那裡去。」

「李老師」便是李東陽。李俊是成化五年的進士；那年李東陽以編修的身分，奉派為房考官。李俊雖不是他那一房所薦，但新進士對所有的考官都稱老師，李東陽看重李俊的人品、學問、性情，師生之間走得很近的。

她兒子看她一臉要找人吵架的神氣，便即問說：「媽，找太老師幹甚麼？」

「自然有事，你別多問。」

「媽，我不去吧？」他兒子軟語商量：「今天要做文章，老師發題目，還要講解，我不去聽，文章就會做得很辛苦。」

「好吧！」李太太想了想說：「家裡也不能沒有人。我去一去就回來，你等我回來了再走。」

說完，她帶著一個丫頭，匆匆來到李家；門上告訴她：「老爺去拜客了。」

「甚麼時候回來？」

「很快！」

「那好！我在客廳等。」

「何不到上房裡去看看我家太太？」

「不，不！」李太太搖著手說：「本來要給師母去請安，今天空手上門，不好意思，我在客廳裡等一等，見著你家老爺，說幾句話就走。你也不必驚動上房。」

「是了！那，李太太，你就請吧！」

門上將李太太領入李東陽平時會客的花廳，關照一個小廝，好好伺候，然後告個罪，管自己走了。

等人心焦，不過只等了一盞茶的工夫，李太太便已有度日如年之感。一顆心當然繫在丈夫身上，言官獲罪的故事，她聽過許多，有的廷杖、有的下獄、有的貶官；李俊將所有的傳奉官都得罪，只怕此刻人已在錦衣衛的鎮撫司了。

轉念到此，一陣陣冒汗，坐立不安；幸好終於靴聲橐橐，望見李東陽的高大的身影。

李太太趕緊迎了出去，「老師、老師，」她氣急敗壞地說：「你看看你門生寫的東西！老師你要害死他了！」

「嫂子，」李東陽搖搖手說：「莫急，莫急！請坐了，有話慢慢說。」又指著她的手問：「這是子英寫的奏稿嗎？」子英是李俊的別號。

「一早就進宮去遞奏章了。」

「我來看看。」看完了，李東陽翹起拇指贊了一個字：「好！」

「越好越糟糕。這回怕已經在錦衣衛吃苦頭了。」

「那裡會有這種事？」

「老師，請你趕緊去打聽一下——。」

一語未終，李太太發現她的兒子正由門上領了進來，便先起身向門口走去；她兒子一見，隨即便喊：「媽、媽！錦衣衛來了人，你趕緊回去吧。」

李太太頓時臉色大變，渾身發抖，「錦衣衛來人，」她問：「是來抄家？」

「抄甚麼家？」

「那，他們來幹甚麼？」

「皇上有東西賞爹，派他們送來的。媽，你趕回家去打發他們。」

李太太不能相信有這樣的事實。正在目瞪口呆、五中茫然之際，她身後有人說話了。

「嫂子，你趕快請回去，打發賞號吧！子英此奏稱旨，得蒙恩賞，並不意外。」

李太太這才想起，此來過於魯莽，而且言語莽撞；當下不好意思地說道：「老師，門生媳婦太荒唐；你老量大福大，別記在心裡。」說著，雙手扶在腰際，盈盈下拜。

「不必，不必，這算不了甚麼。」李東陽一面避不受禮，一面說道：「子英回來了，請他到我這裡來一趟。」

「是，是！門生媳婦改天再來跟師母請安；今天失禮，請老師替我好言。」

「我知道，我知道。也怪不得的。」

李太太歸時心情迴異來時，高高興興地帶著兒子回家。到得午後，李俊來見老師，一見了面，先請安道謝。

「老師指點成全，我真不知道說甚麼才好。」

接著打開隨身帶來的一個大包裹——原來李俊受賜的是大紅紵紬四匹、端硯兩方、御用羊毫四十支、白金五十兩。除了銀子以外，其餘各物，他分了一半來獻贈老師。

李東陽不受，「不是我跟你客氣。」他說，「君恩不可假借。你得蒙御賜舉家之榮，外人不得分享，不然便是貪冒竊祿。而且你把御賜物，隨意送人，彷彿看得不甚值錢似地，此又非人臣事君之禮；倘或有人因此進讒，於你的前程，大有妨礙。這些東西，你不能送我，也不能送任何至親好友。你明白這個道理嗎？」

李俊再想一想，莊容答道：「門生謹受教。御賜之物，唯當敬謹收貯永誌聖恩。」

「這才是。」李東陽問道：「你的奏疏是怎麼批的？」

「喔，」李俊從懷中掏出一張紙來，雙手奉上：「老師請看。」

這是一個從內閣得來的上諭抄本。李俊所奏請的，雖未駁回，但亦並未全數照准。上諭中批示，傳奉官交吏部嚴加甄審裁汰，易言之，即是仍有一部分得以保留。原為贓吏，因勾結梁芳等人，而得充任上林監副的李孜省，降成為上林丞；最為士大夫所痛心疾首的妖僧繼曉，李俊說他「假術濟私，糜耗特甚，中外切齒」，所以處分特重，革去「國師」稱號而為民，繼曉現在江夏原籍，著由該處巡按御史，追繳「國師」的誥敕印信。

接下來有段話：「該給事中，心存忠愛，敷奏詳明，殊為可喜。其以人身喻天下之譬，尤為恰當，著賞文綺白金，以酬其勞。」

原來李俊見賞於皇帝的，是這樣一段文字：「夫天下譬之人身，人主，元首也；大臣，股肱也；諫官，耳目也；京師，腹心也；藩郡，軀幹也。大臣不職則股肱痿痺；諫官緘默則耳目塗塞；京師不戢則腹心受病；藩郡災荒則軀幹削弱，元首豈能晏然而安哉？」

「奏疏就要這樣深入淺出才好。」李東陽說：「開國以來，除了宣宗以外，其餘的皇上，肚子裡墨水都有限，看不懂奏疏，必得假手司禮監，結果變成太阿倒持。」

「是。」

李東陽看李俊一臉的興奮得意，不由得要提出警告：「你這件事幹得舉朝稱快，但必有人恨你刺骨。此輩小人的鬼蜮伎倆，防不勝防，唯有謹言慎行，始可免禍。」

「是！」李俊莊容答道：「老師的訓誨，我不敢稍忘。」

果如李東陽所料，那些被吏部嚴加甄審而丟了紗帽的傳奉官，無不恨得李俊想食其肉、寢其皮。同時梁芳等輩亦大為恐慌，東宮官屬所發動的攻擊，如此厲害，則一旦太子接位，就必無倖免之理。於是廢儲改立之議，又在私下談論得很熱烈了，這是釜底抽薪之計，欲求將來免禍，只有易儲才能一勞永逸。

不過，宗旨雖未變，手段卻須翻陳出新，方可望成功。太監裡頭也著實有足智多謀的，認為要讓皇帝獲得一個東宮干政，將來會盡反其作為的印象；即是再動用萬貴妃這支「哀兵」，哭哭啼啼地陳訴，方能一舉成功。

計議已定，暗中下手，分頭策動與東宮三講官而又有言責的官員，紛紛上奏。大發侃侃正論，而又能優詔褒獎，簡在帝心，天下名利雙收的好事，無過於此；加以有李俊的前例在，無不見獵心喜，所以通政司每天收到的「封奏」比平時多了一倍不止。

人主納諫的雅量，都是有限的，而況這位育於婦人之手的皇帝，本就不是個能虛衷以聽的人，突然之間，洋洋溢耳，都是些不中聽的話，唯一時翻不過臉來治他們的罪，只好來個「不報」，但內心的煩惱，卻已現於詞色。

梁芳等人看看時機成熟了，便買通了乾清宮一個侍膳的小太監，找機會為皇帝指出，凡是上奏言事的那些官員，十之八九不是東宮三講官的本家、親戚就是門生故舊。皇帝大為懷疑，此時他耳目所寄的是，東廠提督太監尚銘，當下發出一紙名單，交尚銘徹查；三天以後，名單繳回，每一個名下都註明了背景、經歷、交遊等等資料，果然，很少與東宮三講官沒有關係的。

這是太子暗中干政的有力證據；於是廢立之念復萌，就當此念將發未發之際，山東濟南鎮守太監孫大中奏報，泰安發生地震。成化年間地震最多，不足為奇，皇帝並沒有將這件事放在心上。

那知二十天以後，孫大中又上了一道緊急奏章，說三月初一壬午，泰安復震，其聲如雷，毀民居一千餘家，城垣崩壞，泰山亦為之動搖。

皇帝大吃一驚，地震震得泰山動搖，是聞所未聞之事。接著，言官爭先恐後地上奏，皆以天象示警為言。請皇帝修省；其中說得比較切實的是，在下者積怨已久，地震即為怨氣鼓盪的跡象，請皇帝下詔求直言並分遣御史，勤求民隱。但怨氣鼓盪，隨處皆有，何以獨獨要動搖泰山？這必有遠較所謂「積怨已久」更為深刻的危機在。

於是皇帝特地召見欽天監監正，及他的一個屬官，職稱叫做「五官保章正」。欽天監掌天文、定曆數以外，還有一項職司：占候推步。一切天文之變，是何吉凶禍福，都由「保章正」推算。

這個「保章正」名叫言如矢，人如其名，性好直言；當下回對：「皇上是容臣回召，細推覆奏；還是立等結果？」

「細推亦要，立等亦要。」皇帝交代：「你先大致說一說。」

「是。」言如矢緊接著說：「泰山為東嶽，泰山動搖，應在東宮。」

「是福是禍？」

「怎麼會是福？」

「那就是禍了。」皇帝問道：「是甚麼禍？」

「東宮有傾陷之虞。」

「何謂傾陷？」

「臣不敢說。」

「不要緊！」皇帝又說：「說錯了也不要緊。」

「是。」言如矢想了一下，措詞還是很謹慎，「譬如，太子違和，竟致不治，東宮缺位，便是傾陷。」

「太子雖清瘦了一點，可是身子還很好。」

「那麼……」言如矢突然頓住。

「怎不說下去。」

「臣不敢再說。」

「但說無妨。」

「臣斗膽——。」

「啟奏皇上，」欽天監正強行插嘴：「皇上之於太子，如天之覆地；有皇上保全，東宮絕不致傾陷。」

原來欽天監正已明白言如矢的意思，怕措詞不當而獲罪，所以搶在前面，表達了正面的意思，皇帝點點頭說：「你的話說得很好，我明白。不過，我還是想聽聽言如矢的話，來、來，我們從容討論。」

天子與三公坐而論道，才叫「從容討論」；皇帝對一介小臣用這樣的口吻說話，可稱異數，言如矢受寵若驚之餘，不由得磕了個頭說：「臣罔識忌諱，倘或干冒宸嚴，乞恕臣死罪。」

「罔識忌諱、干冒宸嚴」是金殿對策中的套語，皇帝笑一笑，也用一句策論中的套語回答他說：「不要緊！當著我的面，甚麼話都可以說；只不得『退有後言』！」

「是！臣謹遵。」

「如果泰山震動不止，是何徵兆？」

「東宮始終有傾陷之虞。」

「果真東宮缺位；泰山如何？莫非還會崩塌不成？」

「臣不敢說。」言如矢答道：「太古之事，渺茫難知，然而陵谷變遷，事誠有之，如說泰山一定不會崩塌，孔子不應有『泰山其頹』之嘆。」

皇帝聳然動容，「東宮安如磐石，泰山震動是不是就會停止呢？」他問。

言如矢斬釘截鐵答一聲：「是。」

「我全明白了。」皇帝交代：「此後天象示警，應於人事者何在，你應即時陳奏。」

「是。」

等言如矢隨著欽天監退出後，皇帝焚香靜坐，遍思前因後果，作了一個避免煩惱，也是自堅決心措施；下了一道手詔：「嗣後有言東宮是非者，立斬無赦。著司禮監通諭二十四衙門及京外各鎮守太監知之。」

所謂「二十四衙門」指十二監、四司、八局。手詔雖係針對太監而發，但在萬貴妃看來，無異被狠狠地摑了一掌，自此鬱鬱不樂，各種舊有的病徵，諸如頭目暈眩、心跳加劇、手足麻痺等等，紛至沓來，終於有一天中風了；來不及宣告御醫急救，便已去世。

皇帝得報，急急趕到昭德宮，撫屍大慟；下詔輟朝七日，謚為「恭肅端慎榮靖寶貴妃」，葬在天壽山茂陵。

自從皇帝知道了萬貴妃的病因，種於他的那道嚴峻的手詔以後，一直有著一種「我雖不殺伯仁；伯仁由我而死」的疚歉。四十年形影不離的伴侶，竟落得這樣一個結局，皇帝真個有痛不欲生之感。

原本虛損而有癆病跡象的皇帝，因此又添了好些病症，最以為苦的是有聲無痰的乾咳，終夜不停，無法安枕。宣召御醫會診，各執一理、聚訟紛紜，最後是折衷眾說，擬了一張方子，為了怕擔責任，用藥面面俱到，不會闖禍，但亦治不好病，不死不活，徒然耽誤而已。

其時日侍病榻的是，已由宸妃進封的邵貴妃；她倒頗有些見識，勸皇帝說道：「從來御醫會診，第一件想到的事，就是萬一出事，怎麼樣推卸責任；擬出來的方子四平八穩，只能治小病不能治大病。萬歲爺不如專挑一個人來請脈為是。」

「你的話有理。可就不知道到底是誰的醫道好？」

「聽說有個老太監蕭敬，忠心耿耿，不如找他來問一問。」

這蕭敬在英宗朝是司禮太監，當今皇帝即位時，當秉筆太監，賦性忠鯁，為汪直所排擠，閒廢無事，鼓琴自娛，皇帝曾召他來奏技，只為萬貴妃說了一聲：「甚麼彈琴，像彈棉花。」從此不曾復召。

「喔，蕭敬。」皇帝欣然同意，「找他來。」

蕭敬年已七十，但精神矍鑠，皇帝亦頗為優禮；問到誰的醫道高明？蕭敬答說：「老奴舉薦一個人，名叫吳傑，本來是江蘇的名醫，現在御藥房供職。」

「既是名醫，怎麼會在御藥房呢？」

「定制如此。」蕭敬答說：「凡是徵醫，都由禮部考試，高等派至御藥房，中等派至太醫院學習，下等遣回。」

「原來如此。你去傳旨，即刻前來請脈。」

這吳傑初接天顏，不免有些六神無主，但請脈時，三指一按到皇帝手腕上，發覺皮膚皺得打摺；脈微而澀；復又聽到皇帝乾咳，不斷索飲，即時探到了病源，頓覺精神集中，信心十足了。

「臣斗膽，可否叩問皇上？」

「醫家望聞問切，你儘管問。」

「皇上可曾服金石藥否？」

金石藥是壯陽的興奮劑，皇帝服了二十年了；但此時不免諱醫，徐徐答說：「偶一服之。」

「請皇上即日起，停服此藥。」吳傑答說：「聖恙根源，厥惟一個『燥』字，燥在外則皮膚乾皺；在內則津少煩渴；在上則咽焦鼻乾；在下則腸枯便秘；在手足則痿弱無力，皆由內熱所致。」

皇帝連連點頭，「你說的病徵都對。」他問：「光是乾咳沒有痰，是怎麼回事？」

「脾中有濕則生痰，病非由脾而起，所以沒有痰；聖恙在肺，火旺津枯，故而無痰。」

「喔，那麼應該怎麼治呢？」

「用潤燥之劑，只須四味藥，名為『瓊玉膏』。」

「好雅致的藥名。」皇帝因為吳傑講得頭頭是道，自覺沉疴可去，心情頓覺輕鬆，所以興味盎然地問：「是那四味藥？」

「地黃、茯苓、人參、白蜜。」吳傑答說：「地黃滋陰生水制火；白蜜甘涼性潤，所以去燥；人參益肺氣而瀉火；茯苓清肺熱而生津。於聖恙最宜。」

「你有把握？」

問到這話，吳傑不免躊躇；但亦不便多作考慮，怕動搖了皇帝的自信，略想一想答說：「皇上如依得臣三事，臣有把握，一月之內，乾咳可癒；然後另擬調養之方。」

「好，你說，那三件事？」

「第一，停服金石藥。」

「行。」皇帝答得很爽脆。

「第二，御膳勿進濃重之味，務以清淡為主。酒，最好勿御，倘或不能，務請節飲。」

「這，我也可以依你。還有呢？」

「還有，就是清心寡欲。」

「這欲指甚麼？」

吳傑不能直言屏絕後宮，只好含含糊糊地答說：「這與停服金石藥，為一事之兩面。」

「喔、喔，我明白了。」皇帝嘉勉著說：「你的醫道很高明，你用心治好我的病，我不虧負你。」

吳傑賦性淡泊，倒不在乎升官發財，使得他大感興奮的是，學以致用，終於有了大展身手的機會。當下謝恩辭出，回到御藥房親自動手煉製瓊玉膏。

第一步是選藥，用上好的地黃四斤熬成汁濾去渣滓，加入白蜜兩斤，文火熬煉，熬稠以後，將遼東人參六兩、四川茯苓十二兩研成細末，入蜜拌勻，封入磁罐，隔水燉四個時辰，方始完工。

凡是調製御藥，向例同樣兩份，一份由御醫及進藥時的太監先嘗，吳傑當著乾清宮的太監嘗過了瓊玉膏，復又叮嚀：「一份藥，四份白湯，沖稀了當茶喝，冷熱皆可。這是半個月的量，不必多服。」

這瓊玉膏效驗如神，當天晚上，皇帝原來時時刻刻喉頭發癢、不咳不可的感覺，便減輕得多了；後半夜好好睡了一覺，黎明起身，神清氣爽，竟想到多日未閱奏章，該找司禮監來細問一問近來的要政。

吳傑當然有賞，由御藥房司藥，一躍而為太醫院院判，而且特別交代，以後請脈，僅是吳傑一個人就行，不必院使帶領。

一劑瓊玉膏服完，皇帝乾咳的毛病痊癒；接著又進了一張調理的方子，亦頗見效。宣召吳傑的次數，亦就漸漸稀少了，由隔日一召而至半月一召。到得七月底宣召診脈時，吳傑大吃一驚，脈象顯示，真陰內涸、病根甚深。

皇帝由於酒色過度，原有腎虧的跡象，此在吳傑了解之中，預定秋涼宜於進補的季節，為皇帝好好配一服膏滋藥，可期逐漸轉弱為強。不道發生突變，必有特殊的原因，需要查問明白。

吳傑的城府很深，當時不動聲色；回家以後，寫了個柬帖，請蕭敬小酌，敬過了酒，他放低了聲音說道：「多蒙蕭公公舉薦，感激莫名；可是如今只怕我的身家性命不保。」

蕭敬大為駭異，急急問說：「吳先生，這話從何說起？」

「皇上的身子虛損已久，處處都是毛病、潛伏未發，一發即不可收拾；我只有逐步清理，首要之圖，當然是治乾咳，瓊玉膏已經見效，體氣亦逐漸豐盈，培元固本，易於著手了。那知今天進宮請脈，症象大變；皇上明明沒有照我奏請的三件事去做。」

「哪三件事？」

「第一、停服金石藥；第二、飲食務求清淡並須節飲；第三、清心寡欲。」

蕭敬很注意地聽完，嘆口氣說：「氣數！」

「怎麼呢？」

「我聽說萬閣老又進了一張春方；皇上不但不是寡欲，竟是縱欲。」

「果然！我心裡在想，除非如此，病情不會大變；只是不敢動問。如今聽蕭公公這麼說，我看——，」吳傑很吃力地說：「一發不可收拾的日子近了。」

蕭敬吐一吐舌頭說：「這麼厲害！」

「但願我的話不準。」

蕭敬想了一下說：「既然先就看到了，總應該有法子好想。」

「不錯，應該有法子好想，可是法子再好，不照著做，也是枉然。『不見可欲，其心不亂』，六宮粉黛，羊車望幸，加以有這種獻春方的宰相，蕭公公，你說，我能有甚麼把握？」吳傑緊接著又說：「從夏天以來，都是我一個人請脈，萬一出了大事，責任全在我一個人身上，那時候——唉！」吳傑說不下去了。

「那麼，你預備怎麼辦呢？」

「這就是我今天要請教蕭公公的。」

蕭敬想了好一會，自語似地說：「三十六計，走為上計，不過金蟬脫殼，怕不容易。」

「是啊！我也在想，倘說告假回鄉掃墓，一定不會准。」

「別說掃墓，那怕丁憂，也會讓你奪情。」蕭敬緊接著說：「如今只有一個法子，你也生病，病得無法進宮請脈，責任就自然而然地卸脫了。」

「啊！啊！」吳傑被提醒了，想一想說：「這還不能是一時好得了的小病。」

裝病容易，但要裝一時好不了的大病卻很難，尤其是在太醫院，都是有病無病，一望即知的內行，怎麼樣也騙不過去的。為此，吳傑焦慮不已；最後總算想通了，為了保命，說不得只好皮肉吃苦了。

這皮肉吃苦的下策是，故意墮馬；從鞍上摔下來時，有意將右臂壓在身下，一陣奇痛幾乎昏厥——當然，墮馬是墮在太醫院門前，以便同事急救；抬入院內，找外科御醫來看，說是右臂的骨頭斷了。太醫院只有一位骨科，不巧的是請假回山西去了。

「怎麼辦呢？」院使頗為著急，「只有到外面去請骨科大夫來看。」

「不必！」外科太醫說：「請教御馬監的蒙古大夫好了。」

御馬監的蒙古大夫，原是獸醫，但也給人看病，不過只限於骨折；據說習技時，先將筆套竹管弄碎，裝入一個布袋，能摸索著將碎片拼湊復原，才算技成。當下到御馬監請了位蒙古大夫來，只看他將吳傑的右臂，東摸一下、西摸一下，最後聽得「格啦」一響，骨頭接好了。

「還好，只碎了四塊。」蒙古大夫用一條五、六寸寬的白布長帶，將吳傑的右臂，纏得緊緊地，「不能震動，得兩個月的工夫才能長好。好了以後，千萬記住，這條肐膊，不能用力。」

於是院使派人將吳傑送回家，接著親自來訪，主要的當然是談皇帝的病情。吳傑將請脈的經過，自治乾咳見效，一直到脈象突變，危機潛伏，以及聽說萬安新進了一張春方，皇帝復又縱欲，致有此變的前因後果，原原本本說明白，隻字不虛。唯一隱瞞的是，他故意墮馬，以便逃避責任；而墮馬的原因，另有說法。

「景象著實可憂，我這一兩天愁得飯都吃不下；今天在馬上，也是想到了這件事，魂飛魄散，以至於摔斷了膀子。」

「『塞翁失馬、安知非福。』」院使意味深長地說了這一句，接著嘆了口氣，「現在是該我發愁了。」

吳傑不語，沉默了好久，才說了句：「但盼吉人天相。」

「老吳，」院使問道：「你看，現在應該如何著手呢？」

「自然以培補元氣為先。可是——。」

「怎麼？」

「就怕虛不受補。」吳傑緊接著說：「不必諱病，脈案上有甚麼，說甚麼。反正皇上啞子吃扁食，他的病根在那裡，他自己知道。」

院使想了一會，頗有領悟，「對！」他點點頭說：「我們要前後呼應，見得病起有因，純由皇上自誤。」

院使每次帶回御醫進宮請脈以後，都要來看吳傑，討論皇帝的病勢；恰如吳傑所診斷的，真陰內涸，由虛損引起的種種症象，諸如頭暈目眩、神昏心悸、倦怠無力、不思飲食，以及痰中帶血等等，紛至沓來，間或還因為受了外感而發冷發熱，那就更難措手了。

中秋前一天，頒發一道上諭，封了五王。皇帝共有十四子，長次及第十子夭折，東宮行三，接下來便是邵貴妃生第四子祐杬、第五子祐棆、第八子祐樘；張德妃生第六子祐檳、第七子祐樺，其餘都還在襁褓之中。這回所封的便是四、五、六、七、八等五皇子，封號是興王、岐王、益王、衡王、雍王。

宮中傳出來的消息，特封五王，是為皇帝沖喜。到了中秋後兩天，又有一道上諭，命太子攝事於文華殿，顯然的，沖喜無效，皇帝已瀕於彌留；八月十七日一早，京城各寺觀鐘聲大作，終日不止，這是龍馭上賓的訊號，在病榻中的吳傑，長長地舒了一口氣，首領可保了。

十八歲的太子，九月初六登基，大赦天下，定年號為「弘治」。享年四十一，在位二十三年的先帝，廟號「憲宗」，葬天壽山茂陵。

接下來便是尊封周太后為太皇太后；王皇后為太后。在西苑的吳廢后亦終於出頭了，為嗣皇帝迎入大內，一切禮節皆與太后相同，但以有王太后在，稱號無法恢復，太監宮女仍稱之為「吳娘娘」。

紀淑妃自然另有一番身後之榮，追謚為「孝穆純」皇后，遷葬茂陵，與先帝同穴。同時，有件必然在意料中的事，嗣皇帝會像宋仁宗一樣，訪求母家的親族，大施恩澤。

有個太監叫陸愷，廣西人，本姓李，傜僮的漢姓，紀李同音；因此陸愷在為先帝「沖喜」時便已起了邪念，認為這是一個千載難逢的良機——冒充紀太后娘家人以取富貴。於是密遣心腹，到廣西去安排；李家的族人都不敢嘗試，只有他的一個姪女婿韋父成欣然自薦。

陸愷派去的心腹，教了他一套話，去見賀縣的縣官，自道本姓紀，胞妹幼年入宮，音信全無，後來才知道她生了皇子，封為淑妃，為萬貴妃所害。他怕萬貴妃還饒不過紀淑妃的娘家人，所以改了姓韋。

賀縣知縣聽他說得頭頭是道，不敢怠慢，一面待以上賓之禮，一面飛報上司；廣西巡撫派專差將他接到桂林，聽了韋父成的那套話，認為邊省小民，能深知宮闈之秘，自然是有來歷的人，確信他是紀太后的胞兄，尊禮如「皇親」，為他找了一處住宅安頓，改名所住之地為「迎恩里」。正要馳驛飛奏時，嗣皇帝特遣訪求紀太后母家親族的專使到了。

這個專使是太監蔡用，為人精細，跟韋父成細談以後，覺得可疑之處甚多，所以一面虛與委蛇，一面仍舊派人多方查訪。

這一來便又觸發了許多人的野心，尤其是姓紀的；其中有叔姪二人，名叫紀父貴、紀祖旺，頗具心計，亦讀過幾年書，祕密商量，假造了一部紀氏家譜，提交給蔡用，照譜中記載，紀父貴應該是紀太后的叔叔，而紀祖旺則是紀太后的堂兄。

既有家譜為憑，蔡用自是深信不疑，星夜馳奏到京，嗣皇帝喜不勝言，命蔡用將紀氏叔姪護送進京，手詔改名，各去中間一字，成為紀貴、紀旺，授職錦衣衛指揮同知及僉事以外，御賜第宅、奴婢、金銀、莊田，並追贈紀太后之父為中軍部督府左都督；母為一品夫人、又降旨派工部官員到賀縣，大修紀氏先塋，設置守墳戶二十家，免除傜役、耕種祭田。

這些情形看在韋父成眼中，既羨且妒，更不甘心，去見廣西巡撫要討公道。廣西巡撫表示愛莫能助，皇帝派了專差來處理家務，地方官沒有置喙的餘地。但如韋父成願意進京去為自己的身分，有所爭辯，樂意供給盤纏，派人照料。

就這樣韋父成到了京師，經同鄉指點，寫了一個呈文送到都察院；左都御史馬文升，據情轉奏，皇帝大為困擾，只好找剛從鳳陽調回京、掌司禮監的懷恩來商量。

「太后初入宮時，老奴在外鎮守；並未聽太后談過母家的情形。掌御用監的郭鏞比較清楚。」懷恩建議：「交郭鏞查問，或許得以分辨真假。」

「說得是！」皇帝略停一下又說：「還有件事，我要跟你商量。」

這件事有關萬貴妃身後的榮辱，及萬氏家屬的禍福。先是有個御史曹璘上奏，指責萬貴妃蠱惑先帝，擅作威福，應請削去謚號，並將棺木撤出茂陵，另行改葬。皇帝認為不妥，因為說萬貴妃的過失在「蠱惑先帝」，以此削謚，無異表示先帝已受她的蠱惑，彰先人之過，非人子所忍為；至於改葬，驚動山陵，更萬萬不可。所以對曹璘之奏，留中不發——宮中名之為「淹了」。

但另一道奏章，就不同了。上奏的人是個小官，山東魚台縣的縣丞徐頊，他揭發了一件口耳相傳，但從未見諸文字的宮闈之秘，那就是紀太后致死之因，請求逮捕當年為紀太后診病的御醫；及萬氏戚屬曾出入宮禁者，嚴加審訊。

皇帝可以「淹」曹璘之奏，卻不能「淹」此奏。世間如有人指出某人的殺母之仇，而此人竟默爾以息，不加追究，這還算是人嗎？為此，皇帝將原奏發交廷議。

萬安一看此奏，驚恐萬狀，一再聲言：「我久已不跟萬家來往了」；另一閣臣劉吉與萬家是姻親，自然亦不能不起恐慌，與萬安極力活動，希望在廷議中打消其事。但萬安卑鄙、劉吉刻薄，人緣都很壞，所以廷議的結論是：「應如徐頊所請。」

這一下，本性仁厚的皇帝為難了，他本意不想來算老帳，但眾議僉同，似乎不算不可；要跟懷恩商量的，就是這件事。

「這得先問萬歲爺自己的意思。」

「萬貴妃保護先帝有功；而且萬貴妃之死，先帝一直覺得歉疚。如果我再來清算這件案子，先帝在天之靈，必不以為然。」

「是。」

「而且，我剛剛即位，有許多關乎社稷安危，蒼生禍福的大事要辦，亦不宜興起大獄。你說，是不是呢？」

「萬歲爺聖明。」懷恩磕個頭說：「先帝在天之靈，一定引以為慰。」

「可是。群情憤激，似乎亦不能不安撫。」

「這好辦。容老奴宣諭群臣，表明萬歲爺的苦心，群臣沒有一個不體諒的。」

「好！就這麼辦。」等懷恩跪安退出，走到殿門時，皇帝突然又將他喊住：「你看！」皇帝將御案抽屜中取出一個嵌螺甸的檀木盒，皺著眉說：「這成話嗎？」

懷恩接過木盒，打開來一看，滿滿一盒子的春方；下面署著三個小字：「臣安進。」

「你去問他，」皇帝交代：「這是大臣應該做的事嗎？」

懷恩有心羞辱萬安，特意挑了閣臣召集六部尚書會議之時，來到內閣，大聲說道：「奉旨詰問大學士萬安。」

聽得這一聲，除了萬安以外，其餘的人都退出內閣大堂，在窗外靜聽；萬安照規矩，面北而跪，靜候詰問。

「皇上問萬安：『這「臣安進」，安就是萬安嗎？』」說著從檀木盒中取出一張朱箋，揚了幾下。萬安一見，頓時臉色大變，很吃力地答了一聲：「是。」

「皇上交代，拿這張秘方唸給你聽。」懷恩提高了聲音唸道：「『臣近得取紅鉛丸秘方，照方煉製，服之良驗，少妾今有妊矣——。』」

窗外旁聽的人，聽到這裡，相顧愕然，「怎麼？」兵部尚書余子俊，問他身旁的左都御史馬文升：「是春方？」

馬文升示意禁聲，再聽窗內懷恩唸道：「『擇十三、四歲童女、美麗端正者；一切病患、殘疾、髮粗、聲雄者，俱不用。謹護起居，候其天癸將至，以羅帛盛之，入磁盆內，俟澄如硃砂色，用烏梅水、井水、河水各一份，入盆攪拌，俟澄後，傾去浮面之水，入乳粉、辰砂、乳香、秋石等藥，曬乾研末，名紅鉛丸，每服一錢，與雞子同食，專治腎虧陽痿。』」

這時的萬安已經汗流浹背、面無人色，但懷恩還饒不過他，接下來又唸第二張。

「『臣萬安謹奏：奉旨，著問萬安，何謂秋石？竊按，秋石之名，見於淮南子。惟近人製煉秋石，別有祕訣，法以秋月取童子溺，每缸入石膏末七錢，以桑條攪之，俟澄定，傾去清液，如是兩三次，乃入秋露水一桶，攪後澄定，數次以後，滓穢鹹味減除，以桑皮紙數重，置於灰上，濾去汁液，曬乾，輕清在上者為秋石；重濁在下者不可用。臣費數年之功，煉有秋石數兩，謹附奏呈進，以備御用。』」

唸完，懷恩又說：「皇上問萬安：『進這些方子，是大臣應該做的事嗎？』」

萬安連連磕頭，一面磕一面連聲說道：「臣死罪。」

「你還有甚麼話，要我回奏？」

「皇上，」萬安結結巴巴地說：「責臣奉事先帝無狀，臣實出於忠愛之誠。」

「哼！」懷恩冷笑一聲：「好個『忠愛之誠』！」說完捧起檀木盒走了。

「如何？」吏部尚書王恕問新入閣的文淵閣大學士徐溥：「還議不議事？」

徐溥朝裡望了一下，不見萬安的人影，料知他已躲入別室；便點點頭說：「萬閣老大概不好意思再見人了。」

大家都以為萬安受此羞辱，一定會告病辭官；那知他在家休息了兩天，第三天復又入閣，照常辦事。這一下士論大譁，都罵他是「無恥之尤」。當然不僅止於口頭指責，還有彈章；十天之內，醜詆萬安，無不認為他應革職治罪的奏疏，不下二、三十道之多。

「你去唸給他聽，」皇帝將所有的彈章都交了給懷恩：「問他何以自處？」

於是懷恩再一次到內閣，原以為只要唸一道萬安就會求去，怎知他毫無此意，只是不斷地磕著頭說：「請皇上容臣改過自新。」

懷恩真的忍不住了，「坡公會有你這種同鄉後輩，真是氣數！」說著，踏前兩步，一伸手從萬安的衣襟上，將作為身分憑證，准許出入宮禁的牙牌摘了下來，「可以走了！」

堂堂宰相，硬是被攆出內閣，這一下不告老也不行了；皇帝忠厚，仍准馳驛回鄉，但七十四歲的萬安，還不死心，在路上不斷地夜觀星象。

他觀察的是三台星——北斗七星的第一星為魁星；其下有六星，兩兩相對，就是三台星，下應人間三公；萬安原為首輔，自是三公之位，在他去職的時候，三台星黯淡無光，他希冀著有一天晚上突然發亮，那就是復起的徵兆，不必再往西走，暫住下來，等待恩命好了。無奈自京師到湖廣，三台星始終不明，只好怏怏入川，回到眉州。

「你說紀太后是你的胞妹，」郭鏞問道：「有甚麼憑據？」

「沒有。」已改姓為紀父成的韋父成反詰：「請問郭公公要怎麼樣的證據？」

「家譜啊！紀氏家譜裡面就沒有你的名字。」

「紀貴、紀旺的那部家譜是假造的。」

「你憑甚麼說人家的家譜是假造的？再說，人家的家譜是假的，那麼真的又在那裡呢？」

「根本就沒有甚麼紀氏家譜。」韋父成答說：「郭公公倒想，蠻荒地方，識字的人沒有幾個，那裡來的家譜？」

郭鏞想想也不錯，中原詩書禮樂之家，才重譜系；蠻荒部落而有家譜似乎沒有聽說過。

「那麼，你倒自己敘敘你的先世看。」

「我的父親是土官，名叫紀先成——。」

「慢著。」郭鏞打斷他的話問：「土官多得很，職位大小分好幾等，你父親是怎麼樣的土官？」

「他是個小官，大概從九品。」

「職稱叫甚麼？」

「吏目。」

「好！你再說下去。」

「大概二十年前，大藤峽的侯大狗造反，我父親身不由己，跟著他去打官兵，死在亂軍當中，一家逃散；我妹妹讓官軍帶回京城，後來聽說入宮封了妃子，還生了皇子。」

「那時你妹妹幾歲？」

「十三歲。」

「你呢？」

「十七歲。」

「你怎麼知道你妹妹封了妃子？」

「聽人說的。」

「聽誰說的？」郭鏞鍥而不捨地追問。

「也是一位公公，姓陸，回廣西來上墳，跟我們談起來才知道。」

「你妹妹封了妃子，你倒不想來認親？」

「怎麼不想？陸公公勸我不要惹禍；他說萬貴妃凶得很，你一進京，親沒有認成，性命先送掉了。為此，我才改了姓韋。」

聽他說得合情合理，郭鏞也有些將信將疑了，想了一下說：「那是那一年的話？」

「起碼有十年了。」

「到底是那一年？」郭鏞復又釘緊了問：「你好好想一想。」

韋父成為難了，屈著手指計算了好一會才回答：「十三年前。」

「今年是成化二十三年，十年前就是成化十三年，是不是？」

「是。」

「那麼，十三年前應該是成化十年，是不是？」

韋父成算了一下，答說：「不錯。」

「不錯？」郭鏞戟指大喝：「你大錯特錯！紀太后封淑妃是在成化十一年；你怎麼說成化十年就有人告訴你，你妹妹封了妃子？」

韋父成目瞪口呆，結結巴巴地分辯：「也許我記錯一年。」

「記錯一年也不對！」郭鏞說道：「成化十一年，紀太后封妃，不到一個月就死了。封妃跟去世是連著一起的事，不能光告訴你封妃，不告訴你去世。我再問你，你所說的那個陸公公叫甚麼名字？」

韋父成不敢提陸愷的名字，只說：「我記不得了。」

「你記不得，我也查得到。」郭鏞丟下一句話：「你收拾你的行李吧！」

郭鏞回去一查，又找到一個韋父成說假話的證據，土官中只有安撫司、招討司、長官司才有吏目的編制；廣西賀縣不駐此三司，那裡的土官應該是巡檢司，而不是甚麼吏目。

奉旨按問的案子有了結果，可以覆命了。不過郭鏞處事很老練，先要跟懷恩商量一下；第一是牽涉到陸愷，要不要追究？第二是如何處置韋父成？

「先不談這兩點。」懷恩答說：「我看紀貴、紀旺只怕也是『西貝貨』。」

「何以見得？」

「你看！」

懷恩拿出一道廣西巡撫的公文，說自從派工部官員到賀縣修葺紀氏先塋以後，有許多人出頭自認是紀太后的族人，請求官府照應，有的要錢，有的要房子，還有要官職的，廣西巡撫不敢得罪此輩，而應付非常為難。同時查出好些姓李的冒充姓紀。請旨應該如何辦理？

「萬歲爺怎麼說呢？」

「萬歲爺說：『寧受百欺，冀獲一是。』命廣西巡撫不要難為他們。」

「既然萬歲爺寧願受欺，紀氏叔姪的真假也就不必去追究了。」

「這說得也是。」

「那麼陸愷也就不必追究了。」

「好。放過他。」懷恩問道：「這紀父成到底姓甚麼？」

「那得問陸愷。」

懷恩想了一下說：「找陸愷來問。」

陸愷在鐘鼓司當差，懷恩將他找了來，詐言「紀」父成已將實情和盤托出，問他紀太后封妃之事，當年是不是他回廣西掃墓時所說？

「我沒有說過。」陸愷答說：「我回廣西掃墓，是去年的事。」

「那就更可疑了。」懷恩冷冷地說：「只有把你送到錦衣衛，跟紀父成去對質。」

「我去對質，真是真、假是假，自有水落石出之一日。」

陸愷曾與韋父成約定，絕不可說出他的名字，所以有恃無恐。但懷恩卻提了警告。

「紀父成說紀貴、紀旺所提出來的紀氏家譜是假造的，他們叔姪在錦衣衛雖不是當權，可是官官相護，只會幫他們，不會幫你。這一層你得好好想一想。」

一聽這話，陸愷軟下來了，好半晌才說了句：「如果錦衣衛不講王法，我也沒有法子。」

「法子是有。你不開竅，我想幫你的忙也幫不上。」

「懷司禮，」陸愷急忙說道：「你說我怎麼不開竅？」

「紀父成明明是假冒的，他自己都承認了。就算你跟他沒有關係，你們是小同鄉總知道他的來歷吧？」懷恩接著又問：「他本姓甚麼？」

陸愷故意裝出搜索枯腸的神氣，然後答說：「大概姓韋。」

「魏？」

「不，韋陀的韋。」

再問下去，陸愷就甚麼都「不知道」了。懷恩心裡明白，韋父成的假冒多半是他搞的鬼，但此事既已決定從輕發落，亦就不必再深究，只鄭重告誡，切勿再妄生異心，覬覦非分的富貴。陸愷自然是說一句、應一句，如釋重負地走了。

「老奴在想，韋父成假冒懿親，罪在不赦；不過是紀老娘娘同縣的鄉親，再說，也還沒有蒙受恩典，似乎也不必難為他了。」

「我也是這麼想，你去安排處置吧！」

於是懷恩作主，命郭鏞將推紀太后的鄉誼，從寬處理的緣故，告知韋父成准他用公家的驛馬回廣西，同時賞了他一百兩銀子，勸他安分守己，做個小買賣度日。

這件事一傳了開去，越發有人怦怦動心，假冒不成，亦不至於有罪，大可一逞僥倖，因而有人自言先世為廣西紀氏；有人說在廣西賀縣經商時，與土官常打交道，自告奮勇，願赴賀縣，訪求紀太后親屬。還有人異想天開，上書都察院，自道為漢初紀信之後，與紀太后一族有極深的淵源，請求接見細陳始末。

這紀信是漢高祖劉邦的忠臣。楚漢相爭時，漢王劉邦為楚王項羽包圍在滎陽；劉邦不敵，割滎陽請和，願退居滎陽以西。「亞父」范增勸項羽不必理會，急攻滎陽。於是陳平行了一條反間計，范增為項羽所疑，一怒而去，中途病死。

但陳平只能緩一緩項羽的攻勢，滎陽之圍未解，劉邦部下的將軍紀信獻議，冒充漢王詐降，以便劉邦得以脫身。陳平贊成此事，黑夜中從東門放出兩千餘婦女，項羽的部下，四面追逐，一片混亂，紀信假扮劉邦，乘了漢王的「黃屋左纛旗」，說食盡願降。楚軍皆歡呼萬歲。

及至引至楚王大帳，項羽識得紀信，便問：「漢王呢？」

「早就走遠了。」

原來漢王劉邦乘東門外楚軍追逐婦女大亂之時，已從滎陽西門遁走；項羽大怒，將紀信活活燒死。後來漢高祖感念紀信捨身救主之功，為之之廟，賜號「忠祐」。

由於上書人自稱為紀信之後，左都御史馬文升頗為重視，特派廣西道御史滕佑接見其人。

「足下就是紀伯雲？」

上書人紀伯雲答一聲：「是。」

「哪裡人？」

「河間府。」

「你說與紀太后一族，有極深的淵源，請你仔仔細細說一說。」

紀伯雲談紀信的故事，一直到為楚王燒殺，都與《史記》、《漢書》的記載無異；但還有一段聞所未聞的下文。

據紀伯雲說，當時紀信知道冒充漢王劉邦一事，為項羽發覺以後，必無倖免之理，所以先遣跟在身邊的長次兩子，逃出滎陽；長子死於亂軍之中，次子南走百越，投身傜僮之中，這就是紀太后的祖先。

滕佑覺得這個說法不可思議，便即問說：「你這話從何而來？」

「我家世代相傳，都是這麼說的。」

「世代相傳？」滕佑細想了一會說道：「不錯，廣西在戰國為百越之地，亦稱蠻越，可是你知道不知道『吳起相楚，南併蠻越』，百越原屬楚國？」

「知道。」

「那麼項羽先人，世為楚將，你知道不知道？」

「知道。」

「既然如此，紀信的次子為了逃避楚王，南走百越，豈非自投羅網？」

「那時百越已為秦始皇所吞併，楚國早就亡了。」

滕佑問得精到，紀伯雲的答辯亦很有力，針鋒相對，滕佑幾乎詞窮；但到底是讀通了書的人，略想一想說道：「『楚雖三戶，亡秦必楚』，百越雖已為秦始皇所吞併，但民心向楚是一定的；百越的百姓豈能迴護紀信的次子與楚王作對？」

「此所以投身於傜僮。」

這一下，滕佑駁不倒他了；但他還有一個辦法，「你說得也有道理。這樣，」他放緩了語氣說：

「我把你安置在驛館，奏聞請旨。」

滕佑的辦法是將紀伯雲留置在京，派驛官看守；然後星夜趕到河間府，向紀伯雲的家屬求證——他不相信「世代相傳」這句話。

河間府二州十六縣，紀伯雲是滄州慶雲縣人，滕佑到了那裡一問，才知道紀家是長蘆鹽商，家道殷實。紀伯雲的父親叫紀乘龍，是當地的大紳士，縣官以禮相待，將紀乘龍請到縣衙門來跟滕佑見面。

紀乘龍年將望六，是個援例納粟而捐來的「例監」，可入國子監，稱為「民生」。紀乘龍不曾入監肄業過，但滕佑很客氣地稱他為「紀太學」；問他：「府上世代相傳，為漢初紀信之後。可有這話？」

紀乘龍知道是他的長子闖了禍，一臉惶恐地作了個揖說：「滕都老爺，必是小犬胡言亂語；他有痰症，請滕都老爺格外原諒。」

聽此一說，滕佑滿懷疑雲，霎時消散；當下從從容容地將經過情形說了一遍。紀乘龍是個極老實的人，一面聽，一面額上就冒汗了。

「這個畜生！居然去假冒皇親，闖下家破人亡的大禍。滕都老爺——，我不知道怎麼說了！」說著，雙膝一屈，跪了下去。

「你不必著急！」滕佑雙手扶他起身，「沒事，沒事。」

紀乘龍心頭一寬，但仍有些將信將疑的神氣；臉色青黃不定地望著滕佑。

「你說令郎有痰症，看來不像，言語犀利明白，而且書也彷彿念得不錯。」

「唉，冤孽！」

據紀乘龍說，他的長子自幼就常有些莫名其妙的怪念頭，偏偏所從的業師，又是個懷才不遇、牢騷滿腹的狂士，自負有通天徹地之能，只是未逢明主。

紀伯雲受了他的薰陶，越發多幻想、好大言，久而久之，得了個痰迷心竅的痼疾，不發作時，與常人無異；一發作了，便會有驚世駭俗的舉動。

「壞是壞在這畜生明明是發痰症，偏會把虛無縹緲的事，搞成像真的一樣，以至於有時候連辨都沒法兒辨。」紀乘龍又嘆一口氣：「我這條老命，總有一天會送在他手裡。」

「我明白了。這回虧得是遇見我，否則真有掀起大獄的可能，紀太學，」滕佑交代：「你寫個呈子，詳詳細細說明經過；再具一張切結，把令郎去領了回來，嚴加管束。」

「是，是！」紀乘龍喏喏連聲：「切結不知如何寫法。」

「這你不必麻煩滕都老爺了。」縣官插進來說：「我自會告訴你怎麼辦。」

將滕佑送到了驛館，縣官派人去問紀乘龍，這回免了他一場家破人亡的大禍，該如何謝謝人家？

「是。」紀乘龍很爽快地說：「我聽吩咐。」

來人是縣官的心腹家人，早就定規了數目來的，原來只想紀乘龍送一千兩銀子，看他口氣鬆動，樂得多要，加了一倍，說要送兩千銀子。

「應該，應該。不過兩千現銀，要幾天工夫去湊。再說滕都老爺帶了大批現銀進京，也很礙眼，妨他的官聲。」紀乘龍沉吟了一會說：「這樣吧，我送他一張鹽引的『窩單』好了。」

原來明朝的鹽政，本來是「民製官賣」，不准私銷；後來為了連年用兵，要在邊境儲糧以供軍需，由戶部招商辦糧運到沿邊州郡，按納糧多寡、道路遠近，給以鹽引，憑引支鹽，自行運銷。這種實際上等於出售鹽引的辦法，名謂「開中」。這一來，鹽就由公家專賣，變成官商並賣了。

從古以來，要講做生意，公家一定搞不過商人，官鹽成本高，不敵商鹽；鹽場管理不善、私鹽盛行，加以所賣的鹽引過多，以至於無鹽可以支商。於是辦法又一變，公家只收稅，既不產鹽，亦不賣鹽，讓鹽商跟製鹽的鹽戶，自己去打交道，官商並賣再一變為鹽商專賣。

只是引多鹽少，仍有所謂「積引」的困擾，因而修正了原有的辦法，減斤加價；原來每一引准銷鹽五百七十斤，改為四百三十斤，應納的稅，則由每引五兩六錢增為六兩。為了彌補鹽商的損失，許其永占「引窩」，亦就是賦予某一地區不可變更的專賣權，鹽價便可由商人隨意操縱了。

能永占「引窩」的憑證，就叫「窩單」；擁有一紙「窩單」，子子孫孫可以坐享暴利，所以轉讓「窩單」，要花大把銀子。紀乘龍送滕佑的窩單，可以年銷一百引，時值兩千五百兩銀子。

滕佑素有清操，堅辭不受，飄然回京覆命，左都御史馬文升與懷恩商量，秉承皇帝「寧受百欺」的本心，同意滕佑的建議，命紀乘龍領回長子，嚴加管束。

不久，就是改元弘治的第一個新年。皇帝自接位以來，斥逐奸佞不法之徒，諸如李孜省、梁芳、萬喜；裁汰大批冗員；罷黜萬安；進用「兩京十二部、惟有一王恕」為吏部尚書。東宮講官立身正己率下，行事光明俊偉的少詹事劉健，進禮部右侍郎兼翰林學士，入閣預機務，朝堂中氣象一新；加以內有懷恩主持，凡是興利除弊，嘉惠百姓的善政，無不竭力推行，因此民間充滿一股喜氣，都認為太平盛世已經到了。

更有一樁喜事，便是皇帝大婚。皇后姓張，河間府興濟縣人，后母姓金，生皇后時，夢月入懷，術士推皇后的命造，說是貴不可言；如今是應驗了，后父張巒，以一名秀才被封為壽寧伯。皇帝與皇后伉儷之情極深，而皇帝又以思母的孝心推寄於岳母，所以金夫人及皇后的兩個弟弟張鶴齡、張延齡，都有宮門的「門籍」，出入不禁。

但是，每當金夫人攜同兩子，進宮與皇后樂敘天倫時，總使得皇帝興起感觸，更令人傷心的是，派到賀縣去興修紀氏先塋的官員，回京奏報，凡是自稱紀太后親屬的人，盡屬偽冒，連紀貴、紀旺也是。

這似乎成了一個大笑話，而且紀貴、紀旺叔姪，受賜甚厚，且都授予高官，如果無所處置，則「寧受百欺」的不僅是皇帝，而是整個朝廷。

因此，閣臣劉健及吏部尚書王恕、禮部尚書耿裕、刑部尚書何喬新、左都御史馬文升等，都主張逮捕紀貴、紀旺，交三法司嚴加審訊。

這就要牽涉到太監郭鏞了。當初韋父成假冒紀太后族人時，曾指出紀家叔姪所提供的紀氏家譜出於偽造，何以郭鏞未加深究？

皇帝命懷恩去問郭鏞，他的口氣就不似以前那麼肯定不移了，「萬歲爺原說過『寧受百欺，冀獲一是』，冀者希冀也！」他咬文嚼字地說：「原就是抱著希望的意思。韋父成不姓紀，姓韋；紀貴、紀旺不姓紀，那麼姓甚麼呢？如果送交三法司去審，一定動刑，萬一一頓板子打死了！而到頭來水落石出，居然是真的；人死不能復生，萬歲爺心裡受得了嗎？」

「你說得也有理。」懷恩問道：「那麼你說，現在該怎麼辦？」

「應該覆查，派人深入大藤峽，細細查訪。」

懷恩點點頭，據實回奏，皇帝認為這樣辦很妥當，便交代懷恩，傳旨內閣，照此辦理。類此事務，是交都察院處理，馬文升派出兩個人，一個廣西人，給事中孫珪；另一個就是滕佑。

奏報奉准，滕佑正在檢點行裝，準備啟程時，忽然平地起風波；戶部移文都察院，說現有一案，須滕佑到案說明，請轉飭暫緩出京。

「你看，」馬文升將戶部的公文拿給滕佑看，「這是怎麼回事？」

滕佑如墮五里霧中，細想了一會答說：「大概是真定虧蝕軍糧的案子。此案我查得很清楚了，何以又要到案說明？」

原來十三道御史，都有兼管的事務；查察真定府、真定衛倉儲軍糧，便是廣西道御史兼管事務之一，上年真定衛的軍儲庫短少軍糧二十萬石，衛所說是真定府為了賑災所借，而真定府說只借了十五萬石，真定衛侵蝕虛報。滕佑親赴真定考查，發現是真定府胥吏，真定衛中管軍儲的百戶互相勾結，盜賣了其中的五萬石，應由真定知府及衛所指揮分賠。但兩方面都不願意，大概此案鬧到戶部，糾纏不清，所以要滕佑到案說明。

「那你就到戶部去一趟；緩個三、五日猶可，長了可不行，皇上交代，半月之內，必須啟程，誤了欽限，你我都不便。」

「是。」

及至滕佑到戶部一問，才知道不是這麼回事。戶部的司官說：有個姓劉的人，拿了一張原屬紀乘龍所有的鹽引窩單，到戶部要求改註窩單所有人姓名，亦就是過戶。這個姓劉的自道是奉他主人所命；主人是誰呢？「滕都老爺。」

滕佑一聽明白了，「好，」他說：「我到山東司去談好了。」

戶部十三司除掌管本省的戶口田賦之外，亦有兼管的事務，鹽政歸山東司兼管；他有一個同年趙士深，正是山東司的郎中。

「你好闊啊！」趙士深一見面就說：「這張窩單，原值二千多銀子，現在因為壽寧伯家想經營鹽業，長蘆的窩單漲價了，要值四千銀子。」

「好！你替我居間介紹，交易成了，我分你一半。」

說罷，兩人哈哈大笑，原來趙士深與滕佑相知有素，知道其中一定別有緣故，所以故意開個玩笑，而滕佑亦故意如此相戲。

笑完了，趙士深問道：「何以會有人冒你的名義？」

「沒有第二個人——，」滕佑沉吟了一會說：「不過，似乎不至於此。」

「吞吞吐吐，到底是怎麼回事？」

「只怕是慶雲的縣官，幹的好事。」

滕佑將在慶雲查案，紀乘龍贈送窩單而不受的經過說了一遍。這就很清楚了，滕、紀之間有慶雲縣官從中一手安排，滕佑辭謝這筆厚餽，而中間人恰好乘機乾沒。這是順理成章的推斷。

「我疑問的是，慶雲縣官名聲不錯，似乎不至於有此行徑。年兄，請你將該管的書辦找來，等我問問他。」

山東司管此案的書辦，姓尤，奉召前來，分別行了禮，站著等候訊問，「剛才我跟滕都老爺談過了，案情大致已經明瞭。」趙士深說：「現在滕都老爺有幾句話問你。」

「是。請滕都老爺吩咐。」

「我想請問，」滕佑問道：「來人姓甚麼？」

「姓朱。」

慶雲縣官的家人叫吳升，若是姓朱，應是另一個人，不過跟官的家人，都隨主人改姓，朱是他的本姓，亦未可知。滕佑擱下這一層，另提一問。

「窩單上原來的名字是誰？」

「紀乘龍。」

「要改註誰呢？」滕佑問道：「是我的名字嗎？」

「不是。」尤書辦慢吞吞地答說：「要改姓滕的，名字我記不得了，要去查筆錄。我問他姓滕的甚麼身分，他說是滕都老爺的姪子；我覺得事有可疑，所以回明司官，請滕都老爺屈駕來說一說明。」

「我沒有姪子。」滕佑轉臉向趙士深說道：「能不能把那姓朱的找來，我當面問一問他。」

「行！」趙士深交代尤書辦：「你傳姓朱的到案候訊。」

「是。」

等尤書辦退了出去，趙士深對滕佑說：「那姓朱的必是慶雲縣官的家人，否則不會提到你。明天你再請過來一趟，認準了人，這件事就水落石出了。」

「趙老爺，」尤書辦說：「姓朱的沒有找到。」

「到哪裡去了？」

「不是出京就是躲在別處；客棧的人說：他已經結清了房飯帳。」

「照這麼說，是不敢出面，其中大有文章。」

趙士深又問：「窩單呢？」

「當然帶走了。」

正在談著，滕佑來訪，得知經過，不由得愣住了。趙士深不知他何以有此神態，將尤書辦打發了以後問道：「甚麼事為難？」

「今天『台夏』問我，那一天可以動身？我說必不誤欽限。如今看來一時走不成了。」

「怎麼會走不成？事情已經很清楚，與你毫不相干，你走你的好了。」

「話是不錯，可是我這一走，眾口悠悠，說我受了紀乘龍的賄，豈非不白之冤？」滕佑又說：「何況又是你分內的職掌；一定會有人說你包庇我，於你亦不大好。」

這下是趙士深發楞了：「我原以為既然人也走了，視同自己撤銷這一案，我們可以不管；現在可非辦個結果出來不可了。」他又想了一會說：「這樣吧，你欽命在身，公事要緊，還是照常動身，你的名譽我一定替你洗刷得清清白白。」

「好，承情之至。」滕佑拱一拱手，又問：「你預備怎麼辦？」

「我行文到慶雲縣，讓縣官把那吳升送來，看是不是就是來申請改註窩單的那個傢伙？還有一著，是傳紀乘龍到案來說明。這樣雙管齊下，真相一定可以大白。」

「妥當得很。」滕佑再一次道謝：「種種費心，謝謝，謝謝！」

正要告辭時，趙士深拉住他說：「我剛才想到，此案內幕，或許相當複雜，牽涉到慶雲知縣，亦未可知。我想請你留一封信給我。」

「是。」滕佑問道：「怎麼寫法？是拜託你為我洗刷？」

「不是寫給我，是寫給巡按。」

「喔，我明白了。那一帶是歸楊儀管。他，你不是認識的嗎？」

「可是沒有交情，還是得你出面。」

所謂「巡按」是指巡按御史，十三省每省一員，另外北直隸派兩員，南直隸派三員，宣大、遼東、甘肅各一員。巡按御史號稱「代天子巡狩」，權威極重，巡按之地，甚麼事都能管，大事奏裁，小事立斷，並奉頒尚方寶劍，倘有必要，可以先斬後奏，趙士深是怕此案牽涉到慶雲知縣，體制所關，必須由戶部行文吏部或刑部辦理，未免周折，如果由該管的巡按御史出面干預，那就省事得多了。

北直隸巡按御史兩員，以京城為界，分巡東西，慶雲縣歸楊儀管轄，滕佑切切實實寫了一封拜託的信，交了給趙士深以後，隨即就跟給事中孫珪出京，往廣西公幹。

這封信在趙士深備而不用，先直接派人傳喚紀乘龍到案，開門見山地問道：「你是不是有一張窩單送了給滕佑老爺？」

「是。」紀乘龍說：「滕都老爺救了我一家，感激不盡，我覺得謝禮送得薄了。」

「是你直接送給滕都老爺的？」

「不是。託人送去的。」

「託誰？」

「託我們縣裡吳大老爺的家人吳升。」

「怎麼會託到他呢？」

「因為吳大老爺派吳升來跟我說——。」

聽紀乘龍說明了送窩單的來龍去脈，趙士深覺得慶雲吳知縣不免藉故索賄之嫌；但整肅官常，不是他的權責，不想多事，只要吳升能夠到案，滕佑的嫌疑能夠洗刷，窩單改註的案子有了結果，他在公事私情上便都有了交代。

「我再問你，你送滕都老爺的窩單，滕都老爺都不肯收，你知道不知道？」

一聽這話，紀乘龍大為訝異，「滕都老爺不肯收？」他搖搖頭，「我一點都不知道。吳升只告訴我說：滕都老爺託他代為道謝。」

這就顯見得有意侵吞了，只不知道是否吳知縣的指使？趙士深想了一下問道：「你們吳大老爺的官聲怎麼樣？」

「很能幹的。」紀乘龍又加了一句：「做事很有分寸。」

「怎麼叫做事很有分寸？你舉個例看。」

「譬如——。」

看他遲疑的神色，可知有所顧忌；趙士深便鼓勵他說：「不要緊，我們只作為私下閒談，你說的話，我不會隨便告訴人家的。」

「我不是說吳大老爺的壞話。吳大老爺也算是清官，能拿的錢拿；不能拿的錢他絕不拿。下手自有分寸。」

「好！我明白了。」趙士深又說：「本來可以放你回去了，不過還有點手續沒有了。你能不能在京裡住半個月？」

「趙老爺吩咐，我當然照辦。不過，我想請問，是甚麼手續？」

「有人拿你送的窩單，改註過戶；原單要你照一照。慎重點的好。」

「是。」紀乘龍說：「我耽擱在打磨廠三義客棧，隨時聽信。」

接下來，趙士深的第二步行動，便是由山東司出公事，通知慶雲吳知縣，轉飭他的家人吳升到案候訊；說明與司法無關，只是部裡有件案子需要從吳升口中了解真相，請吳知縣代為墊發川資，由部歸還。

他在公文中極力將案情沖淡，為的是祛除吳知縣的疑慮。半個月以後，吳升未到，卻有吳知縣的一道覆文，說吳升突然失蹤，現正四處尋訪，等找到了，立即命他到部候訊。

這一下，趙士深疑雲大起，事情似乎擺明了，吳知縣心知東窗事發，故意縱放吳升潛逃，庶幾真相可以隱沒，考慮下來，他覺得不能不用到滕佑留下來的那封信了。

打聽到了楊儀方自京東出巡回京，趙士深便寫了一封信，說明案情，等於檢舉慶雲知縣貪瀆，當然也附了滕佑的信在內。照他的想法，楊儀應該很快地有答覆，誰知竟是音信杳然，正待再一次去信催促時，來了個人求見。

這個人便是慶雲知縣吳石安，見了趙士深以屬下之禮參謁，看他三綹長鬚，面目清癯，不像個風塵俗吏，趙士深便也很客氣地接待，互道仰慕，略事寒暄，隨即談入正題。

「楊巡按關照，讓我親自來見，說明一切；不過我覺得好像我的嫌疑亦很重，實在沒有甚麼好說的。我已經向巡按面陳，自願解職聽勘；楊巡按說：先到部聽了司官的意思再說。」

「不，不！」趙士深急忙說道：「戶部不涉司法，談不到解職聽勘。不過，吳升如果不能到案，不特老兄處於嫌疑之地；滕御史的清譽亦受傷害。所以無論如何，要把吳升找到。」

「是。這是全案關鍵所在，我已經派人到他的家鄉江蘇揚州去查訪了。」

「揚州是淮鹽聚散之地，怪不得他知道窩單有大利可圖。」趙士深又問：「當初滕御史不肯收窩單，是老兄叫他退回去的？」

「不！他回來說，滕御史已經收下了。」

「喔！」趙士深頗感意外：「照此說來，吳升是早就蓄意想侵吞了？」

「是的。」吳石安痛心地說：「此人跟我多年，平時還算誠實可靠，不想這回做出這樣荒唐的事來！」說到這裡，臉上出現了疑惑的神色，彷彿不相信吳升會幹出這等荒唐事來似地。

趙士深心中一動，順口問了一句：「真的誠實可靠？」

「是。」

「那，俗語說的『無鬼不死人』，或許吳升背後另有指使的人，不妨細查一查。」

「見教得極是。」吳石安答說：「一有結果，即當專函奉陳。」

趙士深的見解很高明，吳升背後確有指使的人——當吳石安回到慶雲不久，派到揚州的人，已將吳升找到，押了回來。吳升一見主人的面，俯伏在地，痛哭流涕，自責糊塗。吳石安倒是好言相慰，說只要他不隱瞞片言隻語，據實直陳，自會替他擔待一切。

原來當滕佑到慶雲查案之時，吳升正交了個損友，同嫖共賭、性情在變。他那損友得知滕佑拒收窩單，便即勸吳升侵吞入己。隨後陪著他到戶部去過戶，改註的姓名，是吳升的本名朱廣生。

經手承辦的尤書辦，看他不像持有價時值二、三千銀子的鹽引窩單的人，便另有想法了。窩單改註，本來要送陋規，總在五十兩至一百兩之間，由於疑心吳升的窩單來路不明，獅子大開口要五百兩，分文不能少；明言如果不願，要暫扣窩單，讓吳升將原主紀乘龍邀了來辦理過戶。

這明明是有意刁難，因為紀乘龍的窩單，附有出讓的筆據，而且吳石安很周到，預先蓋了慶雲縣的大印，等於立了案的「紅契」，就沒有再邀原主到案的理由了。

吳升情急之下，脫口說了一句：「是滕都老爺叫我來辦的；你何必故意為難。」

這一下，恰好為尤書辦抓住把柄，當即表示，要問「滕都老爺」查證了再說；同時聲明，三天以後才會行文都察院，這是暗示，三天之內，能湊足五百兩銀子送來，這張窩單仍舊會屬於「朱廣生」。

三天以後，又是三天，吳升和他的損友，始終湊不齊五百兩銀子。尤書辦也就只好公事公辦了；其實他已另有打算，決意借滕佑來驅逐吳升，來個黑吃黑，截留那張窩單，找個機會過戶到自己名下。

果然，等趙士深命他去傳喚吳升時，他先是出言恐嚇，然後加以撫慰，勸他趕緊先回慶雲，為替他把事情壓下來，不加追究；同時表示，會替他把窩單賣掉，除去回佣以外，他另提五百兩銀子，與戶部的書辦俵分，其餘的仍歸吳升。

明知他的話靠不住，但吳升方寸已亂，眼前只求免禍，餘非所問。白賠盤纏，回到慶雲以後，日夜提心吊膽；到得他主人奉巡按御史楊儀之命，進京到戶部去見趙士深時，吳升心知不妙，託病不肯隨行，同時悄悄安排，溜之大吉。

真相既明，吳石安除了軟禁吳升並逮捕他那損友以外，將經過情形詳詳細細寫了一封信，派專差送到京中。趙士深一看，當然要找尤書辦。

「絕沒有這回事！慶雲吳知縣血口噴人。」尤書辦面不改色地說：「請趙老爺通知吳知縣，把吳升解了來，我跟他對質。」

「我看亦非對質不可了。」

隔了三天，尤書辦來跟趙士深說：「趙老爺，紀乘龍的那張窩單，有人來改註了。」

「誰？」

「壽寧伯家派來的人。」

「壽寧伯？」趙士深茫然問說：「誰啊？」

「咦！趙老爺怎麼不記得，當今皇上的老丈人，張皇親。」

「喔、喔、是他。」趙士深想了一下說：「張家來人呢？」

「在書辦那裡。」

「你把他喊來，我問問他。」

張皇親家派來的人，是不折不扣的豪奴，見了趙士深漫不為禮，站得遠遠地等候問話。

「你叫甚麼名字？」

「張貴。」

「你來幹甚麼？」

「我家大少爺叫我來改註一張鹽引窩單。」

「你知道不知道窩單的原主是誰？」

「上面寫得明明白白，姓紀。」

「這張窩單是怎麼到了你大少爺手裡的？」

「自然是買來的。」張貴答說：「張皇親家還能去偷去搶不成？」

「我是說，跟誰買的？不會是跟紀乘龍吧？」

「我不知道。」張貴傲然揚臉：「你去問我家大少爺好了。」

「不錯。」趙士深忍不住心頭火，「我是得問問清楚。」

「你是說，今天不能改註過戶？」

「不能。」

「憑甚麼？」口氣是要吵架了。

趙士深大怒，厲聲斥責：「你怎麼用這種語氣說話？你以為我不能辦你？你試試看！」

「趙老爺，」尤書辦急忙趨前解勸，「犯不著跟著他一般見識，只告訴他不能過戶的緣由好了。」

「他這種窩單來路不明。至少得等滕都老爺從廣西回來，查明白了再說。」

「是了。我來告訴他。」

尤書辦便轉到張貴身邊，悄悄地不知說了些甚麼；張貴悻悻然地走了。

這些情形看在趙士深眼中，恍然有悟，多半是尤書辦從中搗鬼；心中冷笑，等吳石安將吳升解到，對質以後，如果張家「大少爺」——壽寧伯長子張鶴齡不能將這張窩單的來路交代清楚，乾脆將它註銷，誰也別想占便宜。

打算既定，暫且拋開此案。那知第二天他的「堂官」，戶部尚書李敏竟特為此事找他去商談。

此時的「七卿」——六部尚書加左都御史，在吏部尚書王恕主持進退之下，都是好官。李敏是河南襄城人，久任外官，督理漕運、興修河道，績效卓著。自召拜戶部尚書後，全心全意想整理「皇莊」及豪貴的「莊田」，歸之於民耕；趙士深是非常佩服他的。

李敏為人謙下，稱他為「士深兄」，他說：「京畿一帶，有五座『皇莊』，田地總計一萬二千八百多頃；勛戚跟得寵的太監，受賜莊田三萬三千一百多頃，多招無賴當『莊頭』，殺人奪產，姦汙婦女，無惡不作，我決心要革除積弊，辦法已經擬出來了，皇莊革莊戶，歸民耕，每畝每年徵銀三分，充各宮用度。權要莊田，亦比照辦理，直接招收佃戶領田，由地方官代為徵銀，分交各家。士深兄，你以為此法如何？」

「大人造福小民，功德無量。不過，今上仁厚寬大，知人善任，革去『皇莊』莊戶，當能邀准，至於——」趙士深沉吟了一會說：「權要莊田，只怕未必肯輕易放手。」

「就是這話囉！」李敏拊掌接口，然後放低了聲音說：「士深兄，將先取之，必先予之，我要讓他們有這麼一個想法，戶部絕非故意跟他們為難；相反地，只要他們凡事不悖法理，戶部一定會照應他們的利益。你說是不是呢？」

「是。」

「所以我今天邀士深兄過來，就是為了談一件能夠表明我們態度的事。」李敏接下來問：「壽寧伯家的那張窩單，手續是否齊備？」

果然，趙士深原就疑心堂官是要談這件事，如今算是料中了，「手續固然齊備，」他說：「不過來路不明，所以我沒有准他過戶；要等滕御史回京再說。」

「你是說，這張窩單的原主，應該是滕御史？」

「是。」

「那麼滕御史會不會承認呢？」

「這——。」趙士深無法回答了。

「這一案的底蘊，我已查知。」李敏很從容地說：「滕御史清操素著，既然拒之在先；豈肯承認於後？到那時候，壽寧伯家一定會指責戶部有意刁難，甚至誣指索賄，必有麻煩。所以——」

「大人不必再說下去了。」趙士深魯莽地打斷堂官的話：「我准他改註過戶就是。不過，我們要請教大人，此案底蘊，大人既已盡知，我很想知道，這張窩單怎麼會到了壽寧伯家？」

「那還不容易明白，自然是中間有人拿這張窩單賤價脫售給他家。你說它來路不明。不錯，可是戶部無權過問；只要未曾掛失，戶部只好照手續辦。你說呢？」

「是。」趙士深很勉強地回答，又怏怏然地說了一句：「未免巧取，令人不平。」

「巧取是他的本事，如果是豪奪，戶部就不能不管了。」

趙士深啞口無言，辭出回司，找了尤書辦來，關照他通知張貴來辦過戶；尤書辦答應著復又請示：「是不是還要吳升來對質？」

這一問使得趙士深恍然大悟，尤書辦確是侵吞了那張窩單，如果對質，將無所遁形，因而想出這條脫罪的釜底抽薪之計——窩單都准人過戶了，還對質些甚麼？

「不必對質了。不過『若要人不知，除非己莫為』。」他重重地冷笑一聲：「哼！」

這口不平之氣，並不能從冷笑中發洩；尤其是滕佑的清譽，依舊不能洗刷，愧對良友，為之奈何？趙士深心想，非得好好治一治尤書辦不可。

照他的想法，將尤書辦革職，驅逐回鄉。亦不為過，但細細思考，竟是絲毫動他不得。原來明朝任官，進士為一途；舉人貢生為一途，吏員為一途，名為三途並用，部院書辦，正式名稱謂之「經承」，便是吏員，充任不入流的微末雜職，只是身分雖低，位置卻固若磐石，除非九年通考，過失重大，方能黜退；在平時除非貪瀆有據，不能加以處分。趙士深明知尤書辦舞弊，而就是抓不住證據，徒呼奈何！

氣只好忍下去了。可是滕佑的名聲，混沌一團，總要澄清才是。趙士深計無所出，就只好再去見李敏了。

聽他說完經過，李敏連聲說道：「應該、應該；應該替滕御史洗刷。」他想了一下又說：「這也容易。聽說他就要回京，不管此行有無結束，總是要敘勞績的，我來跟馬負圖說一聲，將來奏請獎勵時，拿他在慶雲謝絕鹽商所贈窩單一事也敘在裡面，不就把他的名聲都洗刷了嗎？」

馬負圖便是左都御史馬文升，扶掖善類，不遺餘力，有這樣好操守的屬下，當然要表揚，所以對李敏的關照，一諾無辭。

給事中孫珪、御史滕佑回京已在一年以後，面目黧黑，形容憔悴，足見此行的辛苦。馬文升自然慰勞備至，特為設宴接風，請了禮部尚書耿裕作陪。一面把杯，一面聽他們談調查結果。

「我跟滕御史走遍了大滕峽，明查暗訪，沒有人知道紀太后的來歷。賀縣誠然有紀家，但不是紀太后一族。」

「喔，」馬文升問：「那麼紀貴、紀旺呢？」

「不是。據說這兩個人本姓是李；木子李。叔姪二人曾經讀過書，頗工於心計，偽造了一部紀氏族譜；加以有郭太監的迴護，才能冒充得過去。」

「你是說。」馬文升問：「郭太監是知道他們叔姪的底細的？」

「這怕不然。」滕佑接口，「攀龍附鳳，人之常情，郭太監迴護李家叔姪，他們感恩圖報，郭太監自然有好處；皇上哀思亦得稍有寄託，對郭太監自然也另眼相看了。」滕佑停了一下又說：「即如這一回，就有人跟我們建議，找一個姓紀的人，指為紀太后同族，回京覆命，可膺上賞，我們拒絕了。欺君罔上之事，豈是我跟孫給事中做得的？」

馬文升與耿裕對看了一眼，自然是想起滕佑不受紀乘龍的餽贈，默喻於心的緣故。

「現在我要問一句，」耿裕加強了語氣說：「紀太后到底還有沒有親屬在世？」

「沒有了。」

孫珪加一句：「絕沒有了。」

耿裕與馬文升都不作聲，心裡卻轉著同樣的念頭，皇帝得知真相，會如何失望傷心？

好半晌，馬文升打破了沉默，「大滕峽的情形如何？」他問：「傜僮有沒有蠢動的跡象？」

問到這一點，滕佑大為興奮，「紀太后的親屬，雖已無人在世，可是紀太后的遺澤，已經廣被蠻荒；傜僮之中的長老，相率約束子弟，說太后的鄉人，豈能造反？」他很把握地說：「照我看，大藤峽可保五十年無事。」

「嗯、嗯，」馬文升欣慰地說：「這也可以上慰聖心了。」

第二天，馬文升到內閣說明孫珪、滕佑廣西之行的經過；閣臣當即將司禮監懷恩請了來，商量如何處置紀貴、紀旺叔姪。

「紀貴、紀旺叔姪，與韋父成的情形不同，後者未受爵祿，不妨從輕發落；紀家叔姪應該重辦。」馬文升又說：「郭太監也脫不得干係。」

「是。」懷恩問道：「重辦重到如何程度？」

「照律例是大辟之刑，不過皇上絕不會准。」文淵閣大學士徐溥說：「照斬監候減一等，充軍吧！」閣臣三人，徐溥居次，但由於是當今皇帝所拔的宰相，發言地位比首輔劉吉來得高，因此一言而決。至於處分郭鏞，則不勞內閣費心，司禮監自會處置。

「再一件事，要請懷司禮婉言陳奏，」馬文升說：「孫滕二人訪查的結果，已可斷定紀太后親屬，無存世之人，只是我看皇上未必肯死心，還會再要派人，不但徒勞無益，且怕苛擾百姓。我想跟懷司禮約定，如果皇上說再要派御史去訪查，我會犯顏力諫；倘或是派中官，請你諫阻。」

「是，我一定照辦。不過，」懷恩蹙著眉說：「紀太后死得可憐，總要想個能安慰皇上的法子才好。」

「我想，」耿裕說道：「不妨援馬公立廟之例。」他口中的「馬公」，指太祖馬皇后的父親。馬公是淮西宿州人，元朝末年在家鄉殺了人，夫婦倆亡命到安徽定遠；其時郭子興任俠好客，馬公將他的女兒，託給郭子興，認為義女，就是後來的馬皇后。

及至太祖力戰經營，掃蕩群雄，統一天下，建元洪武，其間曾數度尋訪馬公及他的妻子鄭太婆，而消息沉沉，一無所獲，照常理判斷，自然是死在流離的道路之中了。

於是，洪武二年太祖追封馬公為「徐王」；鄭太婆為「王夫人」，在太廟之東建專祠，由馬皇后親安神主，祝文是：「孝女皇后馬氏謹奉皇帝命致祭。」

洪武四年又命禮部在宿州馬氏塋立廟，太祖親自撰文致祭說：「朕惟古者創業之君，必得賢后，以為內助，共定大業。及天下已安，必追崇外家，以報其德。惟外舅、外姑實生賢女，正位中宮。朕既追封外舅為徐王，外姑為王夫人，以王無繼嗣，立廟京師，歲時致祭。然稽之古典，於禮未安；又念人生其土，魂魄必遊故鄉，故即塋所立廟，俾有司春秋奉祀。茲擇吉辰，遣禮官奉安神主於新廟，靈其昭格，尚鑒在茲。」太廟之東，為異姓立廟，於禮不合，故有此舉。

大家都覺得這個主意很好，議定先由禮部去規劃妥當，再會銜具奏。

聽完懷恩的陳奏，皇帝淒然無語，好半晌才說了句：「沒有想到，新的未見，連舊的也去了。」所謂「舊的」是指紀貴、紀旺叔姪。明知皇帝心情灰惡，懷恩還是不能不煩他。

「內閣的意思，紀貴、紀旺從寬免死充軍，請旨！」

「不能再寬了？」

「論罪名應該『斬立決』，改成充軍，所減不止一等，似不宜再寬。」

皇帝想了一下說：「那麼把他們充軍到廣西吧！」

「那不是充軍，是送他們回家了。」

「廣西不是『邊遠』嗎？」

原來充軍以犯案情節輕重，充發之處分為五等：極邊、煙瘴、邊遠、邊衛、沿海。廣西雖列為邊遠之區，但充軍照例最少也得離家千里以外；紀實、紀旺籍隸廣西與定制不符。

經懷恩說明後，決定將紀家叔姪充軍到東南沿海地帶，至於郭鏞，照懷恩擬議，打算將他發到南京孝陵去種菜；皇帝亦不能同意。

「讓他到南海子去當差吧！」

南海子在京城以南，一大片沼澤，又名「飛放泊」，是皇帝行圍打獵之處，設有行宮，派提督太監管理。

皇帝將郭鏞發到南海子，為的是想到紀太后，可以就近召郭鏞來談談紀太后初入宮的往事；其實郭鏞亦只不過當初記得有這樣一個「黑裡俏」的宮女而已。當皇帝垂詢時，他編了好些情節，以期取悅固寵；懷恩認為紀貴、紀旺之得逞僥倖，皆由郭鏞一手所造成，謫發孝陵種菜，處分已頗寬大，所以不贊成發到南海子去當差。但這是小事，不必再爭，所以答一聲：「遵旨。」

「吳娘娘的病好了吧？」

「尚有餘熱未退，不過精神好得多了。」

「我看看她去。」

吳廢后住在文華殿之北的慈慶宮。在感情上，皇帝對她僅次於祖母太皇太后；每當御文華殿召見司禮監裁決大政之餘，總要順道去看看她，問訊起居，十分親熱。

這天，視疾以後當然也要將孫珪、滕佑到廣西查訪的結果告訴她，一面談、一面長吁短嘆，最後說了一句：「不知道前朝的天子有像我們母子這樣不幸的遭遇的沒有？」

「問問劉景成看。」

劉景成是慈慶宮的總管太監，從小在「內書堂」讀書時，每逢考試，總是第一；肚子裡很寬，所以吳廢后要找他來問。

「有！」劉景成答說：「宋仁宗跟漢武帝的鉤弋夫人不都是？」

提到鉤弋夫人，皇帝不由得想起紀太后死得不明不白，觸動哀思，失聲長號；嚇得劉景成跪在地上磕頭不止。

「別傷心了！」吳廢后勸道：「你一哭，害得我心裡也酸酸地。」

「是。」皇帝勉強收住了淚，「不過我哭一哭，心裡好過得多。」

「那你就哭吧！」吳廢后心中突然一動，想一想說道：「幾時我讓你大哭一場，把你心裡的委屈、傷心、怨氣，哭得它乾乾淨淨。」

等皇帝辭別以後，吳廢后又找劉景成來問宋仁宗跟漢武帝鉤弋夫人的故事；問得很細，一直到完全弄清楚了方罷。

「鐘鼓司不有個會唱俗曲的嗎？」

「是。」劉景成答說：「不光是一個；有三個都唱得很好。」

四司八局中的「鐘鼓司」除掌管朝儀中的鐘鼓以外，主要的職司是演唱傳奇、雜劇，及各種俗曲雜耍，以消深宮永日。吳廢后在冷宮多年，一旦復居大內，為了補償昔日的寂寞淒涼，所以對於傳鐘鼓司來演戲文，興味極濃，雖病中不廢。

「俗曲好像不大合適。」吳廢后沉吟了一會，突然很起勁地說：「有一種彈彈唱唱，像寶卷又不像寶卷的，那叫甚麼？」

「喔，吳娘娘指的大概是彈詞。」

「對了！彈詞。」吳廢后說：「那回唱的是『西漢遺文』，說是元朝傳下來的本子；不知道可有唱宋朝的故事的？」

「這得去打聽。」

「你去打聽。把那會唱的帶了來，我問問他。」

劉景成作事很周到，將鐘鼓司會唱彈詞的兩名太監都帶到慈慶宮；而且關照隨身攜帶樂器，以備演唱。

這兩個太監，一個叫錢海，一個叫周長山，是師徒二人。吳廢后識得周長山，聽他唱過「西漢遺文」。

「那回唱的『西漢遺文』，是劉家的故事。」吳廢后問道：「可有唱趙家故事的？」

「吳娘娘是說宋太祖趙匡胤？」錢海一迭連聲地說：「有、有！而且，從頭到尾是全的。」

「喔，你說給我聽聽，怎麼個全法？」

「這套彈詞，從趙家祖先敘起，一直到陳橋兵變、趙匡胤黃袍加身，名叫『安邦志』；接下來是『定國志』，專敘北宋。專敘南宋的叫『鳳凰山』。」錢海略停一下又說：「因為南宋的大內，在杭州鳳凰山。」

「好，你唱給我聽聽。」

「是從頭唱起？」

吳廢后本來想讓他唱宋仁宗與劉太后母子恩怨那一段；沉吟未定之際，劉景成開口了。

「從頭唱起。吳娘娘聽得好，每天聽一段，就不愁沒有消遣了。」

「說得是。」吳廢后吩咐，「替他們擺桌子。」

一張平桌，朝北直擺，兩旁置椅各一；錢海師徒分上下手坐定，錢海彈絃子、周長山彈琵琶，先合奏了一套〈平沙落雁〉。然後錢海咳嗽一聲，唸定場詩：「筆應春風費所思，玩之如讀少陵詩，句多豔語原無俗，事效前人卻有稽；但許蘭閨消永晝，豈教少女動春思？書成竹紙須添價，絕妙堪稱第一詞。」

唸罷又彈一個「過門」，方入正文，先是表白：「話說後唐明宗天成二年，洛陽東北二十里的夷馬營地方，有一天半夜，出了一樁怪事：好些個百姓從夢中驚醒，只見一處地方，紅光大起，都說起火了，有人拿起一面破鑼，噹噹地亂敲，號召大家去救火。到得那裡一看，只有紅光，那有火燄？更奇的是，紅光中冒出來陣陣異香。正在互相探問，是何緣故的當兒，只聽火光中又傳來嬰兒下地的啼聲，宏亮非凡。趙家又添丁了！這個來歷不凡的嬰兒，就是大宋開國之主，太祖皇帝趙匡胤。」

接下來便是用七字唱來敘趙匡胤的家世，河北涿州人，高祖趙朓、唐朝幽都令；曾祖趙珽官拜御史中丞；祖父趙敬為家鄉涿州的刺史；到趙匡胤之父趙弘殷出生，便入於梁、唐、晉、漢、周的五代了。

這回書到此告一段落；錢海看吳廢后興味盎然，並無休止之意，便接下來唱第二回，剛起得個頭：「話說後周世宗柴榮，本是太祖郭威的養子——。」便讓吳廢后搖手止住了。

「你唱宋仁宗開棺認母那一回。」

「是。」錢海有些為難，因為這段故事，包括好幾回書在內，怕一時唱不完；想一想惟有據實聲明：「這回書要從宋真宗立德妃劉氏唱起，很長。」

「不要緊，今天唱不完，明天再唱。」

「是，是。」錢海先彈一曲「書套子」，放下三絃，先唸四句引子：「劉太后不仁不義，呂相公有膽有識，李宸妃含冤入地，宋仁宗抱恨終天。」接下來表白：「話說真宗大中祥符三年四月，皇子受益誕生，頒詔中外，道是劉德妃所生，誰知不然；皇子生母，另有其人，若問是那個？喏——。」

錢海拿起三絃，且彈且唱：「西子湖邊有佳人——。」

唱詞中敘明劉德妃宮中有個來自杭州的宮女李氏，莊重寡言，為真宗侍寢而有孕；一天從真宗閒遊，玉釵墮地，真宗尚未有子，便在心中默卜：「倘或李氏生男，玉釵當完好如故。」

左右撿起玉釵來看，居然未碎，而李氏亦真的生了兒子，便是受益。

劉德妃向真宗進言，受益將立為太子，生母出身微賤，會貶低東宮的地位，不如算作是她所生。其時劉德妃正得寵，講的話亦不無道理，真宗便同意了。李氏本性很老實，加以劉德妃手段亦很厲害，只好隱忍不言。在太子受益三歲時，劉德妃被立為皇后；到他十三歲時，真宗駕崩，太子接位，便是仁宗，尊劉皇后為太后，垂簾聽政。而李氏卻不能母以子貴，位號只是九嬪中的「順容」；而且為劉太后打發到皇陵去閒住，為的是隔絕他們母子。直到八年以後，方准她回宮。

劉太后很能幹，但亦很霸道，一直到仁宗二十三歲依舊不肯讓他親政。這年二月間，李氏病危，才獲得宸妃的封號。死了以後，劉太后通知宰相呂夷簡：「李宸妃原是宮女，不宜在宮內治喪。」

呂夷簡在簾外大聲回答：「不然，禮宜從厚。」

劉太后一聽這話，立即離座，拉著仁宗往後走；不一會復又出殿，立在簾下，召見呂夷簡說：「不過一個宮女死了，相公說甚麼禮宜從厚？干預趙家的家務！」

呂夷簡從容答說：「臣待罪宰相，事無內外，皆當預聞。」

「怎麼？」劉太后發怒了，「相公是要離間我們母子？」

「臣為太后著想。」呂夷簡答說：「太后要想保全宗族，則禮宜從厚。」

劉太后要細辨絃外之音，沒有再說下去；呂夷簡怕她還不能領會，將劉太后宮中管事的太監羅崇勛找了來，有話交代。

「李宸妃誕育聖躬，生前不能母以子貴，如今喪不成禮，將來必有人會遭嚴譴，那時別說我呂夷簡不曾忠告。」

「是、是！」羅崇勛趕緊問說：「請相公指點，應該如何發喪。」

「當用皇后的服飾入殮、棺材灌水銀——。」

呂夷簡詳詳細細地指點了一番。

羅崇勛回宮據實面奏，劉太后恍然大悟；自己對李宸妃不仁不義，將來總有一天會有人告訴皇帝。那時劉氏家族恐怕無一活口了。

於是按照呂夷簡的指點，辦理喪事，暫不下葬，棺木安置在大相國寺的洪福院。

隔了一年，劉太后亦駕崩了。仁宗至孝，哭得死去活來，甚麼人勸都止不住他的哭聲。仁宗的叔叔「八大王」——宋朝皇帝稱「官家」；后妃稱「娘娘」；皇子稱「大王」，行幾就是幾大王，「八大王」是真宗的幼弟，生來「莽張飛」的性格，掀開靈幃對仁宗說道：「劉太后值不得官家這麼哭她；官家留著眼淚哭生母吧！」

這一下仁宗的眼淚自然止住了，一時目瞪口呆，定一定神，急急追問其事，有位楊太妃，很委婉地說明其中的曲折原委。但李宸妃直到臨死，方能進位；以及劉太后先不准在宮內治喪，呂夷簡力爭才能成禮，這些情形，是他身經目擊的，因此劉太后是不是對他生母下了毒手，不能不令人懷疑。

此念一起，仁宗立即採取了緊急措施，令禁軍搜捕劉氏宗族，集中監禁；同時命駕大相國寺，開棺認母；因為先朝妃嬪身死入殮，皇帝依禮是不便在場的，所以李宸妃死狀如何，仁宗不得而知，開棺認母，其實就是「驗屍」。

大相國寺是十方叢林，規模宏大，禪院各有主持；呂夷簡所以指定李宸妃的靈柩，暫厝洪福院的主要原因是，此院有一口井，極大極深，傳說是個「海眼」；井的口徑一丈有餘，李宸妃的靈柩，用四根鐵鍊繫住，臨空縣在井中，為的是取井中的寒氣，可保屍身不腐。當然，洪福院是關閉了，僧侶移至他院居住。車駕一到，院門復開，先行祭禮，然後將靈柩吊了起來，安置在佛殿之中，本來棺木上蓋，是刻出槽道，由一端推入，與棺身密合，再用榫頭鎖住，除非斧劈，無法開啟，但呂夷簡已預見到有此一日，所以在入殮之前，叮囑不用榫頭。此時召集匠人，剔去棺蓋、棺身接縫之處的油漆，輕易地推開了棺蓋。

汗流滿面的仁宗，但見棺內盛滿了水銀，李宸妃身著皇后所服的、朱裡綠面的緯衣，面容如生、安詳地臥在閃閃的銀光之中。

仁宗既痛且慰，傳旨釋放劉氏宗族，下詔自責，追尊李宸妃為皇太后，尊謚「莊懿」，重新盛殮，擇期安葬。

絃聲戛然而止，錢海唸了兩句結尾的詩：「明朝整頓調絃手，再有新文接舊文。」

「不對！」吳廢后說：「再有新文『換』舊文。」

錢海愕然不解所謂，劉景成卻能深喻，對錢海說道：「宋仁宗抱恨終天，還有『西漢遺文』中鉤弋夫人的故事，這兩回書要改一改；怎麼改法，我會找你去談。」

禮部尚書耿裕終於提出了為紀太后父母加封立廟的建議，那道奏疏寫得非常透徹，說廣西當大征之後，兵燹繼以饑荒，人民奔竄各地，兼之歲月悠遠，蹤跡難明是意料中事。接下來便引往事為喻，「昔孝慈高皇后與高皇帝同起艱難，化家為國」，當高皇后——馬皇后在世時，訪求家族，毫無結果，於是追封后父為徐王，立廟宿州，春秋祭祀；今紀太后早年離鄉，入侍先帝，連州、賀縣非徐州、宿遷中原可比；而況紀太后當年是後宮嬪御，不比馬皇后早正中宮，天下皆知，訪尋較易。是故「陛下訪求雖切，安從得其實哉？」何不就援徐王之例，「定擬太后父母封號，立祠桂林致祭。」

奏疏到達御前，皇帝躊躇了三、四天，方始手批：「皇祖既有故事，朕心雖不忍，又奚敢違？著照所請，妥議具奏。」

於是，禮部擬呈紀太后之父的封號為「推誠宣力武臣，特進光祿大夫柱國慶元伯，謚端僖；后母為伯夫人」。特發部帑，立廟廣西省城，由地方官歲時致祭。皇帝批示：「如擬辦理。」

皇帝的哀思，似乎有了寄託，其實恰好相反。「一直在訪求，就一直有希望。」他對懷恩說：「加封立廟這一來，無異自己斬絕希望，即令有人能訪到太后的親族，亦不敢輕易上聞了。」

一連個把月，皇帝鬱鬱寡歡，彷彿一輩子不曾笑過似地；從周太后以下，無不憂心忡忡，因為皇帝的體氣嫌弱，積憂必然致疾。

尤其是太皇太后，為此愁得食不甘味、寢不安枕，只有吳廢后胸有成竹，很能沉得住氣，一天喜孜孜地從皇后的坤寧宮到太皇太后的仁壽宮，請安既畢，從容說道：「心病還須心藥醫，皇帝心裡有個痞塊，如今有個消散的法子。」接下來密密陳奏，太皇太后不斷點頭稱善。

緊蹙多時的眉頭，居然舒展了。

「那天太娘娘看到禮部所進致祭慶元伯廟的哀冊，內中有兩句：『睹漢家老母之門、增宋室仁宗之痛』，不知道這兩個典故。」吳廢后說：「我倒聽鐘鼓司的太監錢海的彈詞，唱過這兩段故事，太娘娘亦很想聽一聽，不知道萬歲的意思怎麼樣？」

聽她提到哀冊中的這兩句，皇帝便已泫然欲涕，實在怕聽傷心之事；但皇帝對祖母極其孝順，所以一口答應：「那就傳錢海來唱好了。」

「這樣吧，」吳廢后說：「明天中午我來做個東，專請太娘娘到南台去賞荷聽曲，請王老娘娘，還有你、皇后作陪，如何？」

「是。」

「你想吃點甚麼？」

皇帝沉吟了一回答說：「一時想不起來。天熱，總之以清淡為主。」

「好！那就說定了，你可別不來！」

「有太娘娘、老娘娘在，我怎麼會不來？」

南台一名趯台，在西苑南海，彷彿一座水榭，但占地極廣，林木茂密，奇石森聳，高樹鳴蟬，荷香陣陣，是個避暑的好地方。未至午刻，王太后，邵太妃及皇帝陪侍太皇太后到了；皇后沒有來，據說身子不爽，太皇太后體恤孫婦關照不必侍宴。

南台的正殿叫昭和殿，前面有座極大的亭子，題名「澄淵」。宮中妃嬪各有小廚房，吳廢后那個掌廚的太監，手藝出名，精心治了一桌肴饌，裝食盒挑了來，擺設在昭和殿東間，作主人的吳廢后殷殷勸酒，但太皇太后志不在此，淺嘗即止便即吩咐：「聽彈詞吧！」

錢海師徒獻技之處在澄淵亭；合奏過一套琵琶大曲〈十面埋伏〉，先說李宸妃與宋仁宗母子的故事。

這是指邵太妃而言，確是巧合；「邵娘娘的福氣，」吳廢后接口，「可比李宸妃好得太多了！」「倒巧！」太皇太后說：「也是杭州人，封號也是宸妃。」

這句話已經觸動了皇帝的悲緒，及至唱到開棺認母，是劉景成與錢海細心琢磨，「再有新文『換』舊文」，加上一段宋仁宗的追憶，與李宸妃朝夕相見，竟不知她是生母；回想李宸妃看到他時，眉宇間總像有一種無可言喻的哀怨，可知她有子不敢相認，內心是如何在受煎熬。

皇帝聽到這裡，掩面回首；只為有太皇太后在，不敢哭出聲來。大家都是早就經囑咐過的，裝作未見，只有吳廢后命宮女悄悄遞了一方極大的絲巾給他。

這回書說完，進用點心，略事休息，錢海師徒接唱「西漢遺文」中的鉤弋夫人故事，照例先唸定場詩：「漢家武帝大英雄，行事與人總不同；鉤弋生兒十四月，可憐堯母夢成空。」然後表白：「話說漢朝孝武皇帝十七歲即位，在位的四十四年，正逢六十大慶，依舊巡狩天下，孜孜不倦。這年是天漢四年，巡行到河間地方，扈從的方士中，有一個人善於望氣，說此間有一奇女子大貴。武帝命方士訪尋，尋到一家姓趙的人家，有個女兒年方十六，生得閉月羞花之貌，沉魚落雁之容，卻有一奇。」接下來便唱：「奇的是，生來雙手握雙拳。」

這女子被召至御前，武帝親自去擘她的雙拳，說也奇怪，雙拳即時舒成雙掌。因此得蒙臨幸，號稱「拳夫人」。隨駕到得長安，被安置在鉤弋宮，封為倢伃，但大家都稱她鉤弋夫人；寵冠後宮。

不久，鉤弋夫人懷孕了，但一直到十四個月以後才生下一子，頭角崢嶸，一看就不是凡器；武帝非常高興，說帝堯亦是十四月始生，因此將鉤弋宮的大門，命名為「堯母門」。

唱到這裡，太皇太后明白了，「原來堯母門是這麼一個出典。」她問：「鉤弋夫人的兒子，後來做了皇帝沒有？」

「做了。」皇帝答說：「就是漢昭帝。」

「那麼鉤弋夫人就是太后了。」

「不然。太娘娘聽他唱下去就知道了。」

這下面唱的是「戾太子」的故事。漢武帝共生六子，衛皇后生的兒子叫劉據，其時武帝已經二十九歲；劉據十歲時被立為太子，二十歲時生子，號為「史皇孫」，因為他的生母姓史，稱號叫「良娣」，是東宮的女官。

到得武帝六十六歲那年，有個早與衛皇后母家不和，且曾得罪了太子的權臣，看武帝老病侵尋，去日無多，一旦駕崩，太子即位，性命一定不保，莫如先下手為強，因而借受命處理「巫蠱」事件的機會，設下一條毒計，趁衛皇后及太子在甘泉宮侍奉避暑養病的武帝時，在太子宮中掘出預先栽贓的一個桐木人，打算告太子亦施巫蠱，詛咒武帝早死。

事為太子所聞，找他的師傅石德來問計，石德建議矯詔逮捕江充，下獄嚴審。太子如言遣門客作為武帝的使者，召江充至甘泉宮。

當江充受命處理巫蠱事件時，武帝另派按道侯韓說、御史張贛、太監蘇文，襄助江充；當「使者」召江充時，韓說懷疑有詐，不肯受詔，這「使者」很魯莽，格殺了韓說；張贛亦受了傷，逃回甘泉宮，太子方知門客僨事，而事成騎虎，只好稟告皇后，入夜發兵擒斬江充，長安城內人心惶惶，江充餘黨乘機散播謠言，說太子起兵造反。

太監蘇文一向反對太子，此時逃歸甘泉宮，向武帝陳奏太子擅殺江充的經過。武帝很英明，認為太子為江充所激，致有此變。派遣使者，急召太子；這個使者膽很小，不敢去見太子，飾詞回奏：

「太子造反是實，要殺臣，臣是逃回來的。」這一下，英明的武帝亦竟相信太子造反了。

不巧的是，丞相劉屈氂——是武帝的姪子，太子的堂兄，聞江充之變，又誤信流言，當太子真的造反，倉皇逃出長安，派相府長史疾馳甘泉宮告變。

「丞相如何處置？」

「丞相瞞著這件事，不敢發兵。」

「事已如此，還瞞個甚麼？」武帝說道：「我把丞相當作周公，那知他完全不能理會；周公不是也誅過管、蔡嗎？」

於是武帝發了一道「璽書」給劉屈氂，命他堅閉城門、收捕反者；巷戰時，勿以短兵相接，以免多傷士卒。而太子則宣告百官，說皇帝病困甘泉宮，奸臣乘機作亂。武帝得知其事，抱病由甘泉宮移駕長安城西的建章宮，調兵遣將，親自指揮平亂，竟成了父子對壘的局面了。

當然，在城內與太子對敵的是劉屈氂，彼此驅民以戰，前後五日，流血成渠，死者數萬，最後太子出南門逃走，匿居在函谷關與潼關之間的閿鄉地方，形跡不密，宦官搜捕，太子閉戶自縊，兩子亦皆遇害。衛皇后亦在宮中自盡了。

東宮缺位，太子諸弟紛紛謀立，但武帝屬意於幼子，也就是鉤弋夫人懷孕十四個月所生之子，名叫弗陵，生得形體壯大、聰明非凡，武帝視之如性命。默察左右，奉車都尉光祿大夫霍光，忠心耿耿，可任大事，決定將弗隆託付給霍光；命人畫了一幅〈周公負成王朝諸侯圖〉賜霍光，暗示他將成為顧命大臣，如周公之輔成王。

其後數日，鉤弋夫人忽然得罪，下獄賜死；半年以後，武帝崩於王柞宮，遺詔立八歲的弗陵為皇太子，以霍光為大司馬兼大將軍，輔佐幼主。

錢海唱到這裡，告一段落；正待說下一回時，太皇太后打了個呵欠說：「我有點倦了，得歇一會。」

「既然太娘娘要歇息，」皇帝說道：「不如就此打住吧！」

「不，不！」太皇太后說：「你們聽你們的。後文如何，回頭你聽了告訴我。」

「是！」

於是皇太后及邵太妃侍奉太皇太后到後殿休息，只有作主人的吳廢后陪著皇帝聽了下去；這一回書表明時間已在十年之後，昭帝弗陵年已十八。

「話說昭帝元鳳四年夏五月，皇帝行幸他的出生之地鉤弋宮；夜得一夢，夢見一名身長玉立的婦人，背影身材婀娜，長髮垂地，髮光如漆，可知是個絕色女子。及至轉過身來，皇帝大吃一驚。那婦人血流滿面，形容可怖，皇帝嚇得連連倒退。那婦人哀聲說道：『兒啊！你如今做了天子，怎麼就認不得生身之母了？兒啊，娘死得好慘哦！』」

「卜隆」一聲絃子響，接下來便開唱了，這段鉤弋夫人託夢為「西漢遺文」原作所無，是劉景成與錢海，特為皇帝編的，但大致與史實不悖，說漢武帝安排霍光輔政以後，以自古以來，國之所以亂，往往由於主少母壯，因為女主獨居，驕恣淫亂，種種不法之事，駭人聽聞，如高祖呂后的往事，可為殷鑒，因而召霍光密議，決定立其子而去其母。

接下來，錢海用高亢處如鶴唳九天；低徊處如深谷流泉，那種激越嗚咽、令人心悸的聲調，唱出她在「掖庭獄」中的遭遇——由於被幸以來，備受恩寵，一旦失勢，遭遇報復，備受凌虐時，皇帝已經熱淚滾滾，渾身發抖；及至「鉤弋夫人」自訴心聲，說世間母子同時的遭遇，升騰與沉淪如此懸殊，只怕自古以來，只有她與愛子弗陵時，皇帝終於忍不住失聲長號，但卻又趕緊盡力掩住了嘴，以一種異乎尋常的惶恐與求恕的眼光看著吳廢后；顯然的，他認為有「太娘娘」與「老娘娘」在，這樣如喪考妣的哭聲，是一種不可寬宥的「罪惡」。

吳廢后不作聲，匆匆轉往後殿——這是預先設計好的，特意做作的步驟；在後殿略為逗留，復又轉回來，朗聲說道：「太娘娘交代：皇帝心裡的委屈，積了十幾年；如今不但見不著娘，連姥姥家的親人亦找不到一個，比漢昭帝、宋仁宗更淒涼，儘管哭吧！不必忌諱，哭出來心裡就舒服了。」

痛親之悲，加上祖母如此體恤的感激之心，皇帝的眼淚，如長江大河，一瀉千里，哭得無法忍受自己內心的激盪，一下昏厥在地。

「醒過來了！」

皇帝聽不出是誰的聲音？心裡空落落地，如槁木死灰，甚麼念頭都沒有，只怔怔地望著一大群珠圍翠繞的老少婦人。慢慢地記起自己的身分；記起在昏厥以前是在何處；同時也能辨識到此刻是在仁壽宮祖母的寢殿中。

「哭出來就舒服了不是？」這回聽出來是「太娘娘」的聲音，「天大的事，總也有個了結的時候；你也算對得起你父母了，從此以後把這件事丟開吧！你別忘了，你是大明朝的皇上。我再告訴你一個喜信兒，皇后有兩個月的身孕了；上對祖宗、下對子孫，你有你的責任。」

「上對祖宗、下對子孫，你有你的責任；你別忘了，你是大明朝的皇上。」皇帝將這兩句話，顛來倒去唸了幾遍，心頭如槁木逢春、死灰復燃，漸漸有生意了。

高陽作品集・世情小說系列

安樂堂 新校版

2023年5月三版　　定價：平裝新臺幣350元
精裝新臺幣650元

著　　者　高　　陽
叢書編輯　杜芳琪
校　　對　吳美滿
　　　　　吳浩宇
封面設計　兒　　日

出版者　聯經出版事業股份有限公司
地址　新北市汐止區大同路一段369號1樓
叢書編輯電話　(02)86925588轉5394
台北聯經書房　台北市新生南路三段94號
電話　(02)23620308
郵政劃撥帳戶第0100559-3號
郵撥電話　(02)23620308
印刷者　世和印製企業有限公司
總經銷　聯合發行股份有限公司
發行所　新北市新店區寶橋路235巷6弄6號2樓
電話　(02)29178022

副總編輯　陳逸華
總編輯　涂豐恩
總經理　陳芝宇
社長　羅國俊
發行人　林載爵

行政院新聞局出版事業登記證局版臺業字第0130號

本書如有缺頁，破損，倒裝請寄回台北聯經書房更換。
聯經網址：www.linkingbooks.com.tw
電子信箱：linking@udngroup.com

ISBN　978-957-08-6877-7 (平裝)
ISBN　978-957-08-6878-4 (精裝)

國家圖書館出版品預行編目資料

安樂堂 新校版/高陽著．三版．新北市．聯經．2023年5月．
416面．14.8×21公分（高陽作品集‧世情小說系列）
ISBN 978-957-08-6877-7（平裝）
ISBN 978-957-08-6878-4（精裝）

863.57 112004605